T0179630

BESTSELLER

Sandra Barneda nació un 4 de octubre en Barcelona, donde más tarde se licenció en periodismo por la Universitat Autònoma de Barcelona. Ha vivido en Los Ángeles y en Nueva York. Desde pequeña quiso inventar, explorar e investigar. Empezó en el periodismo con apenas la mayoría de edad, en una emisora de radio a la que convenció diciéndoles que ella sabía hacer eso, apoyándose en las prácticas que había llevado a cabo en casa con un radiocasete y una grabadora. Desde hace diez años es uno de los rostros de Mediaset presentando en Telecinco todo tipo de programas, desde actualidad política hasta entretenimiento, como los realities *Supervivientes* o *Gran Hermano VIP*. Desde su productora ha realizado documentales, publicidad y cortometrajes. Ha trabajado en Catalunya Ràdio, Antena 3, Telemadrid, 8tv, TV3, TV2, y ha colaborado con artículos en *Smoda* de *El País*, *El Periódico de Catalunya*, *Elle* y *Zero*. Viajera incondicional, en cuanto puede coge la maleta y corre a vivir otras realidades y a aprender de ellas para poder contarlas. *Reír al viento*, su primera novela, fue un fenómeno editorial muy bien acogido por la crítica y los lectores. Con su segunda novela, *La tierra de las mujeres*, refrendó el éxito de una trayectoria literaria que ya suma 200.000 ejemplares vendidos. Tras su debut en la no ficción en 2016 con *Hablarán de nosotras*, Sandra Barneda retoma la tetralogía de los elementos con *Las hijas del agua*.

Para más información, visita la página web de la autora: www.sandrabarneda.com

También puedes seguir a Sandra Barneda en Twitter e Instagram:
🐦 @SandraBarneda
📷 @sandrabarneda

Biblioteca
SANDRA BARNEDA

Las hijas del agua

DEBOLS!LLO

Papel certificado por el Forest Stewardship Council®

Primera edición en Debolsillo: febrero de 2019
Sexta reimpresión: junio de 2021

© 2018, Sandra Barneda
© 2018, 2019, Penguin Random House Grupo Editorial, S. A. U.
Travessera de Gràcia, 47-49. 08021 Barcelona
Diseño de la cubierta: Penguin Random House Grupo Editorial / Gemma Martínez
Fotografía de la cubierta: © Frank Díaz
Fotografía de la autora: © Paco Navarro

Printed in Spain – Impreso en España

ISBN: 978-84-663-4616-0
Depósito legal: B-28.911-2018

Impreso en Black Print CPI Ibérica
Sant Andreu de la Barca (Barcelona)

P 3 4 6 1 6 A

A mi madre, mi primera heroína.
A mi hermana, mi primera amiga.
A mi pareja, mi compañera de batallas.

A todas las mujeres que han alumbrado
el camino de la valentía.
A las hijas del agua.

«Si las mujeres hubiesen escrito libros,
seguramente todo habría sido diferente».

«Del mismo modo que el cuerpo de la mujer es más
suave que el del hombre, su inteligencia es más aguda».

«Permíteme decirte que lo que tiene que estallar,
estallará en su momento».

CHRISTINE DE PIZAN (1364-1430),
La ciudad de las damas

Uno

«Una vida es todo lo que tenemos y la vivimos como creemos vivirla. Pero sacrificar lo que uno es y vivir sin creencia es un destino más terrible que morir».

JUANA DE ARCO (1412-1431)

Venecia, 1793

No hay milagros sin esperanza; al menos no en aquel tiempo, no en aquella ciudad. Recostada en uno de los balcones de sus aposentos, Arabella Massari contemplaba pensativa la llegada de sus invitados. En la luz del crepúsculo, que teñía el cielo de rojos y naranjas, se alzaba majestuosa la hilera de góndolas que se afanaban por llegar a Ca Massari antes de que se marchara la última luz del día. Las embarcaciones se arremolinaban y algunas se apresuraban a descargar los últimos víveres: buen vino y especias de Oriente, lechones recién sacrificados y un sinfín de exóticas aves preparadas para desplumar y hornear. A pesar del trajín de pequeños y distintos navíos por el *Canalazzo*, todos se movían al compás de la batuta de Arabella, la Gran Maestre. Desde lo más alto de su palacio, observaba la escena a través de sus anteojos de montura de oro, un regalo de su admirado sultán otomano Selim III. Un antiguo compañero de lecho convertido en un aliado que la protegía. Arabella acariciaba con suavidad los anteojos mientras comprobaba la calma inquietante de las aguas. Mal presagio para la misiva que debía llegar de París aquella misma noche. En los últimos meses, la hermandad había sufrido varias bajas; demasiadas muertes en poco tiempo la habían debilitado. Arabella lo había dejado claro en la última reunión: «Necesitamos convocar a más mujeres, hacernos más fuertes y más presentes. El mundo está cambiando y debemos remar en esa dirección». Adelina, Lina, su fiel criada, vieja, coja y analfabeta, sabía que en la habitación secreta, como ella la llamaba, se cocinaba el peligro. Nadie se lo había dicho, pero había oído hablar de las brujas y, aunque no pensaba que su señora lo fuera, era la única que sabía que allí se reunían una decena de mujeres cuya identidad se ocultaba tras una *moretta,* la máscara que durante siglos habían utilizado las damas de sociedad. Huérfana de boca, la máscara había sellado y mantenido en el riguroso silencio a las mujeres pues, para sostenerla, debían sujetarla con la boca, mordiendo una bola de madera.

Lina observaba, temerosa y escondida en la penumbra, la llegada intermitente de las damas negras al palacio. Atracaban sin ser vistas, seguían el rastro invisible pero conocido hasta que, atravesando una pared como si fueran fantasmas, desaparecían. «¡Jesús!», Adelina no podía evitar estremecerse cada vez que las contemplaba. Sin perder la fe, pegaba la oreja a la húmeda pared de piedra con la esperanza de oír algo que saciara su curiosidad. ¿Qué hacían aquellas mujeres? ¿Quiénes eran? ¿Qué planeaban? ¿Por qué se ocultaban? Sentada en una pequeña silla de madera, pasaba horas de guardia obedeciendo órdenes de su señora.

—Si se acerca alguien al *palazzo*, haz sonar enseguida esta campana.

Era el mismo sonido de una campana lejana la que la hacía precipitarse escaleras abajo y esconderse en un rincón con el corazón en la boca. Unos segundos más tarde, en una especie de sortilegio, la pared del *palazzo* volvía a abrirse para escupir sigilosamente sombras negras, siluetas enmascaradas que abandonaban el lugar entre la bruma de la noche. Lina no alcanzaba a comprender todo aquello. La vieja criada sabía que el mundo reaccionaría con idéntico recelo si supiera de la existencia de aquella hermandad. Una sociedad secreta creada para vincular a las mujeres del mundo deseosas de mostrar que no eran seres inferiores.

Arabella sabía que había llegado el momento de incorporar a las jóvenes en la lucha, y aquella noche de fiesta sería también la presentación de la joven Lucrezia Viviani.

«No creo que sea una digna candidata: es caprichosa y egoísta. Una joven malcriada, nada más», era la opinión de la mayoría de las hermanas, pero Arabella no se daba por vencida. Jamás se había equivocado en sus predicciones. Creía firmemente en lo que decían las estrellas. Aguardaba, desde hacía años, la señal de cuando esas mismas estrellas le contaron que llegaría una joven bañada en agua, capaz de dominar el mar Adriático.

—Lucrezia… Espero que sepas creer en ti tanto como yo lo hago —murmuró Arabella casi como un suspiro.

Arabella era una mujer hermosa, y aunque madura, conservaba la belleza y la fiereza de antaño. Se diría que Saturno había decidido convertirla en criatura inmortal, si bien era consciente de que la vida transcurría apresurada, más de lo que cualquier alma desearía.

—Mi señora, las cajas de fuegos ya están preparadas para iluminar el cielo a la llegada del Dogo —anunció Lina, interrumpiendo los pensamientos de Arabella.

—Me alegra que todo esté dispuesto —dijo esta mientras se dirigía hacia una diminuta caja de madera—. Apenas queda una hora para que anochezca. He de prepararme. Ya oigo las trompetas que anuncian la llegada de los patricios, y debo estar lista y acicalada para Ludovico.

Lina asintió y se puso en marcha. Mientras esperaba a su criada, Arabella se recreó en el juego de luces del ocaso en la ciudad que la vio nacer. Ver el reflejo de los últimos rayos de sol sobre las aguas era algo que le gustaba desde niña. Aquella ciudad hechizaba hasta a los más descreídos; llena de sombras, de canales estrechos y callejones perdidos. Protectora de secretos y madre de mil misterios. Pocos, hasta la fecha, podían describirla porque Venecia tenía mil caras, tantas como las máscaras que usaban sus habitantes. Obstinada, bella, caprichosa, culta, libertina, esquiva, húmeda, melancólica, decadente y nada prudente. La Serenísima no se abría a cualquiera, pero todos terminaban rindiéndose ante ella. Muchos habían querido conquistarla, pero todos habían fracasado. Arabella disfrutaba contemplando su ciudad, su hogar en plena ebullición. Cerró los ojos para deleitarse en el murmullo de las aguas rompiendo a cada remada y en el bullicio de las gentes excitadas por el gran acontecimiento. Las familias más acaudaladas acudían en sus lujosas góndolas. El Gran Canal era la calle de los poderosos, pero tampoco se libraba de la algazara y las trifulcas que ya formaban parte del corazón maltrecho de la ciudad.

***

Entre las decenas de embarcaciones estaba la de Lucrezia Viviani. La joven acudía por primera vez a un gran baile, acompañada de su fiel sirvienta Della del Pino y de su prometido Roberto Manin, hijo de Paolo Manin, el primo del Dogo. Lucrezia miraba el movimiento agitado de las aguas con cierta inquietud. Sabía que esa noche se despedía de su libertad pues en la intimidad de su casa esquivaba a su capricho las convenciones sociales a que estaba sujeta una dama de su rango. Disfrutaba jugando con los hijos de los criados, danzando como una salvaje, libre de la rectitud que su padre, el gran mercader Viviani, siempre le imponía reprendiéndola por sus modales poco refinados.

—¿Sabré ser parte de ellos, Della?

La buena criada miró llena de compasión a la joven. La había visto crecer y sabía que no era como las demás. Desde pequeña gozaba de una curiosidad infinita y siempre deseaba conocer el porqué de todo. Era obstinada, no le gustaba obedecer y veía la vida con un horizonte mucho más amplio que el de otras jóvenes.

—Sabrás, mi niña, porque todo lo que te propones lo consigues.

A Arabella le ocurría lo mismo. Conseguía todo lo que se proponía. Quería que Lucrezia fuera aceptada en la hermandad y estaba segura de que lo lograría. Así lo pensaba mientras empolvaba su delicado rostro con polvos de arroz. Años atrás la habían bautizado «la Cleopatra del Véneto», tanto por su belleza peculiar como por su activa influencia sobre el Consejo Menor. Este consejo lo formaban los seis hombres más poderosos de la ciudad y, por encima de todos, el Dogo, Ludovico Manin. Que habría también de ser el último de todos, aunque esa historia aún no estaba escrita.

Para no perder su capacidad de embrujo, igual que Venecia, siempre que daba una fiesta Arabella se preparaba con esmero, desde el alba hasta el anochecer, hasta convertir su cuerpo en una pócima imposible de rechazar. Después de su amorío con el sultán otomano, se había hecho construir un hamán del que salía con una piel blanca y reluciente, además de perfumada de aceites esenciales exquisitos.

—Unas gotas del árbol del amor, imprescindibles para que esta noche nada falle, mi querida Lina.

—El detalle final, señora.

Era la esencia preferida del sultán, y cierto era que su embaucador poder nunca fallaba. Arabella, lejos de escuchar los consejos de los médicos y evitar el baño, en estas ocasiones especiales se ayudaba de su fiel criada para impregnar su cuerpo de fragancias. Mientras realizaban el ritual, Lina leía con angustia la preocupación en el rostro de su señora y no andaba errada. Arabella llevaba un tiempo con un mal sueño que se obstinaba en ignorar. De noche la despertaba una imagen vívida: los canales de Venecia bañados en sangre y decenas de mujeres flotando en ellos. Se repetía una y otra vez, y presagiaba una tragedia.

—¿Se encuentra bien, señora? —preguntó la criada.

Arabella no respondió, se había quedado pensativa recordando su infancia. Tuvo su primera premonición a los ocho años, cuando estuvo a punto de fallecer a causa de una zurra de su padre, que la sorprendió con un libro en las manos. Mientras deliraba entre la vida y la muerte se le apareció la mismísima Juana de Arco con la armadura ensangrentada para anunciarle que su vida estaba destinada a la lucha. La alertó de que su deber era seguir formándose y descifrar las señales que el cielo le enviara. La pequeña Arabella no comprendió aquella experiencia, pero le sirvió para seguir leyendo, sin miedo, todo lo que pudo.

A espaldas de todos, estudió los mejores y más prohibidos tratados sobre astrología, alquimia y ciencias ocultas. Leyó sobre brujas, encantamientos y ciencias adivinatorias que la hicieron comprender que era capaz de ver más allá. Fue sor Constanza, la priora del monasterio de Santa Maria degli Angeli, la que le proporcionó los libros prohibidos del conocimiento. Los conventos, pequeñas islas del mundo, eran lugares donde las mujeres tenían la oportunidad de aprender lo que no les era permitido. Así fue para Arabella con la priora Constanza y así sigue siendo para otras venecianas con su sucesora, sor Bettina. Otra hija del agua, salvaguarda de los libros ofrecidos para la quema y, como Arabella, defensora de la libertad a cualquier precio.

—Hace mucho tiempo, Lina, elegí algo que en este mundo no me pertenece: ser libre. Hasta que no lo consiga, como sabes, no encontraré la dicha.

—Todo va a salir bien, signora, no se preocupe. Está usted bellísima.

Arabella despertó de su viaje al pasado con esa frase y miró compasiva a su criada. Aquella mujer bondadosa la había cautivado desde que la encontró durmiendo en la calle. Sintió que debía desviar su góndola y rescatarla. Cuando la *malvivènte* la miró por primera vez a los ojos, supo que permanecería siempre a su lado.

—Lina, tengo el presentimiento de que esta noche no será un baile cualquiera. Lucrezia Viviani va a brillar como ninguna bella dama veneciana lo ha hecho jamás.

Las dos mujeres contemplaban con distinta preocupación cómo la Serenísima se resistía a perder el esplendor del pasado, convertido en poder corrupto. Las aguas de Venecia olían un poco más a muerto, pero los bailes, las risas y las carnes ardientes destilaban un perfume que cubría como un manto todo lo que estaba por acontecer.

***

Los primeros invitados, ataviados con sus mejores trajes de seda e hilo de oro, comenzaban a desembarcar por la entrada principal, ocultando su verdadera identidad bajo las máscaras.

—Signora, está todo listo. ¡Ha llegado la hora! —anunció un criado.

Cuando estaba a punto de dirigirse a la fiesta con Lina, lo vio aparecer en el Gran Canal. Aquel ser oscuro fue el único invitado que miró fijamente a la poderosa anfitriona. Ambicioso, traicionero y ávido del poder de su primo, siempre hacía ostentación de su riqueza. Cruzó las aguas sobre una réplica del *Bucentauro*, el navío reservado a los dux, con grabados en oro, alfombras de Oriente y una suntuosa corte con músicos y decenas de remadores que reflejaban su poder. Cuando su navío se encontraba a menos de cien metros de Ca Massari, el resto de embarcaciones enmudecieron y reverenciaron al hombre más rico de Venecia. Paolo Manin, el primo del Dogo, descendió al paso de las trompetas que anunciaban su llegada e intimidaban al *popolino*, que asistía a la escena desde el otro lado del canal.

Con la *bauta* en su mano derecha, Paolo desembarcó a cara descubierta mirando desafiante a la poderosa Arabella. ¡No temía a nadie y menos a una mujer!

—No se atreverá a hacerlo en mi presencia —susurró Arabella.

Paolo se giró hacia el *popolino*, que al momento inició un dominó de genuflexiones temblorosas y aterrorizadas. Había comenzado el juego de *Morte o fortuna*.

—Nadie me desafía, y menos una mujer —soltó Paolo entre dientes.

Varios hombres de Manin atravesaron el canal y se acercaron al pueblo a la espera de la señal de su señor. Manin señaló a un pobre diablo al que una muleta había impedido arrodillarse. El tullido se había orinado encima por el miedo, era incapaz de tenerse en pie y lo sostenían los dos hombres que esperaban el veredicto de Manin. Arabella observaba la escena con impotencia, pero también enfurecida. No pudo reprimir un nuevo bisbiseo a Adelina:

—No se atreverá… ¡Maldito Manin!

Lina se dio cuenta, horrorizada, de que Paolo había osado desafiar a su señora. Siempre hacía lo mismo: llegaba a una fiesta de un *palazzo* del Gran Canal, señalaba a alguien entre la muchedumbre congregada y lo convertía en víctima de *Morte o fortuna*. En este juego él sacaba un cuarto de ducado de oro y lo lanzaba al aire. Si salía la cara donde estaba grabado el león, símbolo de la República, el desconocido se llevaba la moneda. Pero si caía en el lado de la genuflexión del dogo frente a San Marcos, el desafortunado era arrojado al agua y no podía salir hasta que Manin le diera la espalda. Paolo sabía que Arabella no podría detenerle, pues sería un desacato a la autoridad de los patricios sobre el resto de la población. Lanzó la moneda y uno de sus hombres se acercó para ver cómo había caído al suelo. Todo el mundo contenía la respiración. El tullido lloraba.

Arabella sintió que con aquella moneda lanzada al aire se había declarado la guerra entre los dos.

—El león ha perdido frente al dogo. *Morte! Morte!*

El *popolino* gritó al unísono: «*Morte! Morte!*». Y a Arabella un puñal le atravesó el estómago. Arrojaron al lisiado al canal, nadie le rescató ni le ayudó en sus esfuerzos por acercarse a la orilla. Los gritos, las patadas, los pisotones, los golpes, las sádicas carcajadas acompañaron la agonía del inocente en las profundas y densas aguas. Su muerte fue celebrada como una fiesta mientras la palabra «*Morte!*» llenaba el aire. Paolo miró victorioso a Arabella. Cuando el cuerpo del infeliz se hundió del todo, el *popolino* volvió a sus quehaceres. La vida valía poco menos que un juego perverso. Arabella entró en el *palazzo* y desapareció, dando por terminado el primer espectáculo de la noche.

***

—Querido, ¿podemos entrar? La noche es fría y demasiado húmeda para mi delicada piel.

La joven y ambiciosa Antonella Contarini cogió la mano gélida de su poderoso amante sin la más mínima emoción. Disfrazada de diosa griega, con una peluca blanca que apuntaba al cielo en forma de columna dórica y una fastuosa máscara de plumas de ave, Antonella utilizaba su belleza para hechizar a los poderosos y conseguir su máximo anhelo: convertirse en la bailarina y cantante más importante y famosa de Europa. Hacía tiempo que había renunciado a los buenos sentimientos y vendido su alma al diablo sin importarle ser cruel, caprichosa y vanidosa a ojos de los demás. Era la serpiente del Véneto, capaz de tragarse el veneno de cualquiera y salir indemne. Pero las serpientes no tienen dueño y si las atacas, su veneno es mortal. Paolo Manin y ella eran amantes desde hacía años. Les unía la ambición desmedida y el placer por las orgías con participantes de ambos sexos. Paolo redimía sus pecados sometiéndose en la alcoba, permitiendo que Antonella ejerciera sobre él su crueldad. Cuando Antonella tomó la mano de Manin y le miró lasciva dejando ver la punta de la lengua, Paolo sintió una punzada de placer. Después de la muerte que había provocado, sentía la necesidad de ser perdonado bajo el calor cruel de su amante.

—Has sido muy malo, mi amado, muy malo.

Con ese juego secreto entraron presurosos en el palacio, haciendo caso omiso de vítores y reverencias. Los nobles inclinaban la cabeza a su paso, las damas miraban con desconfianza a la bella bailarina. Manin necesitaba un lugar privado en el que satisfacer su repentino ardor o la incontrolable necesidad de ser castigado.

—Por aquí, señor, en este salón nadie les molestará —dijo un criado de Arabella ataviado, como el resto de la servidumbre, con casaca roja, botones dorados y sin máscara que ocultara su identidad y función.

—Por tu vida, será mejor que así sea —contestó Manin sin apenas mirarlo.

Los dos amantes entraron en la habitación del trampantojo, la sala que Arabella reservaba para aquellos invitados que buscaban intimidad. Un salón cercano a sus estancias privadas al que solo los elegidos por ella podían acceder para, sin saberlo, ser espiados. Una vez dentro, Antonella se abalanzó sobre Manin, que ya imploraba clemencia ante el voluptuoso escote de su amante. Ella sabía mover sus pechos y frotarlos en el rostro aprisionado de un

Manin que gozaba con la asfixia. Mientras, en la habitación contigua, Arabella asistía a la ardiente escena, escondida tras los ojos de un enorme retrato de ella misma que colgaba de una de las paredes del salón. Antonella contoneaba sus caderas sobre Manin y los gemidos de este acompañaban los violentos movimientos. La muerte del pobre tullido había despertado sus apetitos carnales. La bailarina clavó sus uñas en el cuello del amante dominado para provocarle dolor. Pero este no quería que el juego cesara y los dos aullaban lascivos. Mantenían las bocas muy cerca, al punto del roce la una de la otra, pero sin llegar a besarse. Antonella comenzó a lamerle el rostro a Manin y este se estremeció.

—Eres mi diosa, mi endiablada diosa... ¡No pares!

Le siguió lamiendo, a sonrisa abierta de ganadora, mientras apretaba con fuerza su cuerpo contra el suyo. De pronto, cesó de arañarle el cuello y lo abofeteó.

—Esta noche has sido un niño maaalo, muuuuy malo... —Y con esa voz sensual y melosa agarraba con dureza el sexo de Paolo para estrujarlo sin compasión, provocándole un grito—. Si eres un poquito más maaaalo esta noche, tu ama te escarmentará como te mereces.

Manin se sentía cada vez más a gusto. Antonella, perversa y cruel, continuó lamiéndole la cara y agarrándole el sexo hasta hacerle convulsionarse de placer. Cuando se encontraba en la cima del éxtasis, la bailarina sesgó el momento con otra fuerte bofetada y se apartó.

—No seas cruel y termina lo que has comenzado.

Besó, implorando, los zapatos de su amada... suplicando clemencia. Antonella se colocó el escote, la máscara y apartó con brusquedad los zapatos de su boca.

—Mi pequeño diablo, no sabes cómo me gustan tus maldades, pero la noche acaba de comenzar.

Con una carcajada aguda y burlona, abandonó el salón y se fundió con el resto de invitados que ya ocupaban todos los rincones del palacio. En el fondo despreciaba a Paolo Manin, pero estar con él la hacía sentirse poderosa y más cerca de conseguir su propósito: la fama mundial. Manin salió tras ella sin posibilidad de alcanzarla, pues fue interceptado por nobles deseosos de departir con el hombre más temido y rico de Venecia.

—Signor Paolo, deseo presentarle a mi querida esposa, Giulia Toscarini...

Manin se consoló con desconocidos que le devolvieron el orgullo perdido y se unió a la fiesta en la que se esperaba con impaciente alegría la llegada de su primo, el dogo Ludovico Manin. El hombre que le había arrebatado el cargo.

—Maldita fulana... ¡Pagarás por haberme dejado así! —soltó entre dientes intentando bajar el calor de su cuerpo.

Arabella tapó el ojo tramposo disimulando una media sonrisa por lo que acababa de contemplar. Había intuido el poder de Antonella sobre Manin, pero no imaginaba que fuera tal. Sabía de la ambición de la bailarina, pero no era consciente de que llegara hasta tal punto. «La codicia desmedida es una fisura a través de la cual cualquier alma puede ser pervertida». Antonella Contarini, al igual que su amante, solo amaba una cosa: el poder.

—Signora, Felizzia Arosso ha llegado con las Foscas.

Arabella miró a Lina y, con su ayuda, se colocó la máscara elegida para la ocasión: una que iba unida a una diadema de perlas decorada con plumas de avestruz que le cubrían el arranque de su pelo rojizo, recogido en un moño trenzado desde los lados hasta coronarse en forma de gran flor. Cuatro sirvientas recolocaron con premura cada pliegue de su vestido azul celeste, ribeteado de sedas doradas y blancas y con un escote rectangular que dejaba relucir la gargantilla de piedras preciosas azules, a juego con los zapatos de tacón de seda.

—Vamos, Lina, ¡no hay que perderse el espectáculo!

Divertida, Arabella se asomó de nuevo a uno de los balcones de la planta noble para contemplar el desembarco de las Foscas.

***

Las cortesanas más deseadas de toda Venecia llegaban a Ca Massari como un ejército de espías dispuestas a no dejar escapar ni una frase digna de ser contada. Lo hicieron en una lujosa embarcación y escoltadas por una hilera de pretendientes que tocaban y cantaban canciones de amor a su paso. Las Foscas eran tan bellas que, a pesar de su nombre, relucían en la oscuridad de la noche, mucho más que las antorchas que señalaban el camino a Ca Massari a ambos lados del canal. El pueblo las saludaba con fervor a pesar de que eran la encarnación del pecado. Eran cortesanas consentidas, las únicas que podían pasear por la plaza de San Marcos. Venecia había sido un lugar donde las meretrices habían sido tratadas como reinas, gozando de gran poder y riqueza, pero el tiempo había erosionado su gloria y la Iglesia las había condenado.

Sin embargo, las Foscas se habían salvado de las garras cristianas y podían campar a sus anchas en cualquier fiesta sin temer por sus vidas. Iban vestidas como marcaba la tradición. Simulaban que eran religiosas, cubriendo sus rostros con un velo negro de tul y sosteniendo en la mano una *bauta* blanca y negra que se quitaban intermitentemente dejando ver su rostro bajo el traslúcido tul.

—Mis Foscas, ¡listas para el ataque! Va a ser una noche larga, como las de antaño.

Felizzia, en calidad de mariscal de las Foscas, era la única que lucía un vestido rojo y blanco, completado con una gran peluca. Su cuerpo había perdido esplendor, pero conservaba la vitalidad de quien se aferra a los placeres carnales y a la fiesta con pasión. Saludó con su varita de plumas a Arabella y soltó una escandalosa risotada mostrando el elenco de Foscas elegido para la ocasión. Sabía que su amiga desaprobaba el sexo a cambio de favores y monedas, pero siempre le acababa demostrando lo útil que resultaba para la causa.

—*Cum finis est licitus, etiam media sunt licita.*[1]

Con esa frase, la única que conocía en latín, terminaba cualquier conversación sobre las artes amato-

---

[1] El fin justifica los medios.

rias como arma y protección de la mujer. En tiempos convulsos, el poder debía ser embriagado con placeres carnales. Felizzia Arosso se había convertido en la cortesana veneciana más poderosa, había coleccionado cientos de amantes y tenido a sus pies a reyes, sultanes, embajadores y nobles. Se había coronado como la prostituta más famosa de la República después de Verónica Franco, a la que adoraba, emulaba e idolatraba.

La vieja cortesana sabía que los buenos tiempos se habían acabado. Eran siervas del placer, del fornicio y de la perversión, pero era consciente de que el destino de la mayoría era la mendicidad. Condenadas a pasear solo los sábados, a resguardarse y sufrir ataques de cualquiera sin derecho a defenderse. Con los años, su desprotección había aumentado. Se encontraban recluidas; estaban obligadas a vivir en un único *sestiere*, el Rialto, sin distinción de rango ni fama. No eran bien vistas por los puritanos que cada vez llenaban más los canales. Solo para fiestas señaladas, como la de Ca Massari aquella noche, se permitía a las Foscas gozar de la misma libertad que al resto.

Felizzia deseaba más que ninguna otra mujer vivir en libertad perpetua y, por ello, desde hacía tiempo, se había unido a la hermandad y erigido protectora de toda prostituta que fuera apaleada o castigada injustamente.

—No seré yo quien juzgue lo que una mujer pueda o deba hacer con su cuerpo.

La llegada de las Foscas a Ca Massari provocó un redoble de tambores, y una fila de pretendientes enfervorizados se peleaban por acompañar a alguna hasta las puertas del *palazzo*.

Felizzia llegó decidida a desplegar, aunque fuera por esa noche, su irresistible poder sobre el sexo opuesto. Su sirviente, Angelo, le sostenía la cola del pesado vestido para que no tocara el agua. De pronto se detuvo en seco y le pidió sus anteojos al ver llegar por el canal lo que parecía una importante embarcación.

—¡Ya llega! Mi querido Ángelo, ¡ya llega!

Divisó a su protegida Lucrezia Viviani, la hija del viudo y acaudalado comerciante Giuseppe Viviani. El viejo mercader había sido durante años amante de Felizzia, pero desde hacía un tiempo se habían distanciado. Una meretriz no podía ser jamás la esposa de un aspirante a patricio. Giuseppe Viviani pronto pertenecería a los poderosos Manin y estar cerca de Felizzia representaba una deshonra.

—Prefiero esperar para ser la primera en darle la bienvenida. Muy a pesar de su padre, sigo siendo su madre adoptiva.

Felizzia necesitaba leer en los ojos de la joven que todo estaba en orden. Esa noche no era solo su gran presentación, sino la prueba de que era digna de pertenecer a las hijas del agua. Así lo había dispuesto Arabella y, al contrario del resto, Felizzia lo aprobaba.

Lucrezia estaba tan nerviosa que no podía controlar el temblor de su labio inferior. Della, tan dulce y complaciente para con su querida Lucrezia, le acarició la mano enfundada en un guante de seda verde.

—Creo que voy a desmayarme. Demasiados ojos pendientes de mí, Della.

La joven llevaba meses preparándose para la ocasión. Habría deseado otro prometido, pero su ambicioso padre la había obligado a aceptar al sobrino segundo del Dogo. Roberto, aunque conservaba la nariz aguileña de los Manin, se había convertido en un joven tan apuesto como presuntuoso. De cuerpo robusto, estatura media y mandíbula prominente, era el más atractivo de los Manin. Vanidoso y arrogante, siempre vestía con pulcritud y elegancia. Sabía que era guapo, rico y deseado, pero su corazón no estaba hecho para ser galán, sino villano. Sus profundos e inquietantes ojos de un azul oscuro, casi turbio, tenían la mirada gélida, demente y sin sentimiento propia de los Manin. No había duda de que el joven pertenecía a esa estirpe. Aunque no tenía su inteligencia, sí había heredado su crueldad.

—Desmáyate dentro si quieres, pero no en mi presencia —dijo el joven Manin.

***

No la amaba. La veía como una pieza de museo; se sentía dueño y señor de una de las damas vírgenes más deseadas de la ciudad. Nadie podía tocarla, porque ya era de su propiedad. Era su trofeo, el capricho que le había concedido su padre, Paolo Manin, a condición de que no la probara hasta que estuvieran casados. Aunque deseaba desvirgarla, decidió respetar a su padre y no buscarse más problemas, pues ya le había tenido que sacar de bastantes. Todos por su apetito carnal descontrolado. Le gustaba coleccionar amantes, como Casanova, pero sin perder el tiempo en cortejar a las damas. Roberto Manin, como una fiera indómita, rasgaba enaguas sin importarle el goce o el dolor causado. Las mujeres trataban de huir de sus garras, pero pocas podían evitar ser forzadas y tratadas como animales.

La embarcación estaba llegando a Ca Massari. Y, como en toda fiesta, olfateaba a sus presas. El hecho de ir acompañado de Lucrezia Viviani, su preciado botín, no le impediría atender a otras mujeres, vulgares o nobles, que desearan ser poseídas.

—Mi niña ya es una mujer.

—Ay, Della, no sabes cómo añoro a mi madre.

—Brillas, mi niña. Esta noche eres tú y no la luna la que ilumina el firmamento.

Della del Pino sufría al ver cómo Lucrezia recordaba a su madre, a la que perdió el mismo día que nació. Sí, su madre había muerto en el parto. Algunos interpretaron ese día nefasto como un mal augurio. Tan solo Felizzia y la buena de Della vieron lo contrario: que aquella niña de pecho estaba protegida y destinada a grandes menesteres. Debido a su apariencia de frágil muñeca, de facciones menudas y labios delicados, sorprendían sus agallas, fuerza y descaro. A espaldas de su estricto padre y gracias a Felizzia, se había convertido en una experta en el arte de la esgrima y la lectura. Lucrezia desafiaba a cualquiera con su mirada de ojos azules y profundos. Debajo de su vestido de seda verde y de su peluca empolvada y decorada con flores secas, se escondía una pantera o, mejor dicho, un potrillo desbocado con muchas ganas de galopar. Sin embargo, la obligaban a ir al paso, es decir, a cumplir las normas de una sociedad que la impedía soñar despierta, cuando ella quería cruzar los mares y encontrar preciados tesoros.

—¡Ay, Della! No sé si sabré hacerlo. Habría sido más fácil con mis botas de montar y empuñando el florete.

—¡Chsss! Mi niña, no es momento de hablar así.

La góndola atracó a las puertas del palacio. Había llegado el momento de mostrarse al mundo tal y como este deseaba que fuese. Apenas podía controlar su cuerpo, tembloroso, inseguro y pesado por tener que soportar tanto ropaje, lujo incómodo y una *bauta* blanca que Della le ajustó con sumo cuidado antes de salir, pero que apenas la dejaba ver.

—Deséame suerte para la velada.

Lucrezia miró a su criada a los ojos, respiró hondo y, después de apretarle la mano, se dispuso a enseñar a todos su coraje, su fuerza, su elegancia... Lo hizo con tanto ímpetu que perdió el equilibrio; trató de recuperarlo, pero terminó tropezando con su propio vestido y precipitándose, sin poder evitarlo, al agua. Su prometido, que ya andaba con las manos sobre los pechos de una Fosca, vio desde la orilla la escena sin inmutarse, más bien se mostró divertido. Fue un joven gondolero quien se lanzó para rescatar a la bella dama.

—¡Ayuda! ¡Ayuda!

Della pidió auxilio desde la góndola, pues su niña se ahogaba con el peso de la ropa mojada y la máscara pegada al rostro. El joven gondolero agarró a Lucrezia por lugares prohibidos y estando tan cerca de su cuerpo sintió ardor a pesar de lo fría que estaba el agua. Todo sucedió muy deprisa y ante la mirada atónita de los invitados, que vieron como salvador a un mísero gondolero y como un cobarde al hijo de Paolo Manin. Un grupo de remeros ayudó al joven Filippo, que así se llamaba el muchacho, a salir del agua con Lucrezia a cuestas. Pesaban tanto los ricos ropajes de esta que para sacarla del agua fueron necesarios cinco. La *bauta* y los zapatos prosiguieron su travesía, dejando el rastro de una desgracia, de una llegada desafortunada a su primer baile de máscaras.

—¿Se encuentra bien? Enseguida entrará en calor. ¿Está bien? ¿Se encuentra bien?

El pobre Filippo no hacía más que repetir las mismas preguntas, con un tartamudeo producto del frío y los nervios de tener entre sus brazos a una bella dama. Sus ropas, pegadas al cuerpo, dejaban ver una musculatura atlética, como la del mismísimo *David* de Miguel Ángel. Filippo apartó con torpeza el largo pelo mojado de Lucrezia que, igual que una medusa, le engullía la cara. Él jadeaba a varios centímetros de la boca de la dama, que se encontraba conmocionada. Más preocupado por la salud de la joven que por la suya, quería asegurarse de que reaccionaba. Lucrezia abrió los ojos despacio y se encontró con la cara de Filippo que, en ese preciso instante, se enamoró de ella perdidamente. Lucrezia temblaba de frío, Filippo temblaba de amor, de amor prohibido. Ella estaba avergonzada y no se atrevía a salir de los brazos de aquel valiente que había arriesgado su vida por salvar la suya. ¿Cómo había podido ser tan torpe? Ella era una corsaria, una equilibrista, una mujer que sabía luchar y deseaba surcar mares… ¿Perder el equilibrio por un leve remolino de aguas en una góndola? La atormentaban los malos pensamientos.

—¿Se encuentra bien? Señora…, respóndame si no desea que muera de tristeza.

Lucrezia lo miró de nuevo. Tenía el pelo negro enmarañado tan empapado que iba dejando caer gotas sobre su anguloso rostro hasta unos labios carnosos. Ella también sintió el colibrí recorriendo su cuerpo, pero creyó que era de la vergüenza por su imperdonable torpeza. Filippo la miraba con el descaro del enamorado que tiene todo que perder. Sostenía a Lucrezia como si flotara, la miraba con una mezcla de ternura, miedo e impaciencia intentando disimular el temblor de su boca. Ella le devolvió una sonrisa tímida y, durante unos segundos, compartieron temblores y complicidad. A ella le asaltaban pensamientos de salir huyendo con ese joven, abandonar la dichosa fiesta, los incómodos corsés de ballena y, sobre todo, a su pretencioso novio que, con gesto brusco, la puso en pie y la despertó de su ensoñación.

—Querida, ¿qué ha sucedido? ¿Este indeseable se ha atrevido a tocarte?

Sin que nadie pudiera hacer nada, Roberto ordenó a cuatro de sus hombres que levantaran a Filippo, que recibió un rabioso puñetazo que le partió el labio. Los remeros protestaron e intentaron sin éxito romper la barrera humana para auxiliar a Filippo, que estaba medio inconsciente y sujetado por dos hombres para que Roberto Manin le siguiera asestando golpes. Los remeros hacían fuerza para romper el escuadrón de Manin e, impotentes, gritaban a pleno pulmón:

—¡Es el salvador! ¡El salvador! ¡No merece ser tratado como un verdugo!

Roberto golpeó de nuevo al joven que, con su insolente bravura, le había hecho quedar como un mentecato. El puñetazo fue abucheado por una masa que volvía a aglomerarse a las puertas del palacio. Mientras Della cubría a Lucrezia con la ropa que las había resguardado del frío en la góndola, esta lanzó un grito para que su futuro esposo detuviera la sangría:

—¡Me ha salvado! ¡Me ha salvado de morir ahogada!

Entonces Lucrezia se puso delante del pobre gondolero mientras seguía implorando a Roberto que dejara de golpearle.

—Te ruego que no sigas. ¡Déjalo ir!

Pero en el silencio de la muchedumbre de aquel tenso momento, se despertó el alma iracunda del Manin que anhelaba matar por puro placer. La furia salió de sus entrañas en forma de alarido animal; sentía la tiránica necesidad de seguir golpeando, golpeando hasta la muerte porque la valentía de aquel indeseable lo había humillado en público. ¿Acaso podía consentirlo?

Lucrezia se arrodilló frente a él con el pelo y el vestido empapados y los labios morados de frío. A pesar de no parecer una dama, seguía radiante, con su belleza natural y mirada compasiva.

—Te suplico, mi amado, que le salves la vida.

Roberto Manin, con el puño en alto: apretado, inflamado y ensangrentado… con la mirada del diablo, los dientes afilados y la respiración ronca y entrecortada... se tomó unos segundos y luego ladeó la cabeza a modo de señal para que soltaran al remero, que se desplomó en el suelo, inconsciente. No sabía por qué había cedido a su petición ni tampoco cómo salir airoso de aquello. Felizzia Arosso y cuatro Foscas irrumpieron en la escena justo a tiempo para llevarse a Roberto, dejando a Filippo con el cuerpo apaleado y el corazón ocupado por Lucrezia.

—Mi querido y apuesto Roberto, al fin llegas... Nos tenías a todas impacientes...

Felizzia guiñó el ojo a Della para tranquilizarla y siguió alabando a Manin, mientras las jóvenes cortesanas lo rodeaban y se lo llevaban entre tocamientos y risas. La fiesta continuaba y, en la lejanía, volvía a sonar la música de cámara. Los últimos invitados se apresuraban a desembarcar y entraban en el palacio entre murmullos y buscando el mejor rincón para ver llegar al Dux. Este debía dar paso al convite entre los vítores y los aplausos de todos.

***

Della cubrió a Lucrezia con una enorme sábana y la llevó del brazo por Ca Massari. Felizzia las guiaba después de haber dejado a Roberto Manin bien acompañado. Había enviado de avanzadilla a una Fosca para que avisara a Arabella del desastre. Nadie más que ella podía poner remedio a aquella pésima entrada de una dama en su primer baile.

—Será mejor que nos demos prisa.

A la carrera, Lucrezia, perdida en sus pensamientos, iba dejando un reguero de agua sobre las lujosas alfombras que cubrían las escaleras e imprimía huellas de agua en los suelos de mármol de cuantos salones atravesaban... En las paredes de espejo de uno de ellos contempló la cómica escena: una oronda dama y una diminuta sirvienta sostenían una enorme sábana chorreante. Della aprovechaba para fisgonear el lugar. ¡El lujo la embelesaba! Una colosal mesa ovalada de brillante madera de nogal, con enormes garras de león como patas, ornamentadas en lustrosa plata. Las sillas tapizadas de terciopelo rojo, y sobre ellas un techo cubierto de decorosos frescos y una suntuosa araña de cristal. La pobre criada iba sin aliento por la belleza y por las prisas, pero seguía sin rechistar a Felizzia.

—No te detengas, Lucrezia, debemos apresurarnos.

—¿Dónde vamos? ¿Puedes quitarme la sábana?

Tenían que reparar la desastrosa caída al agua de Lucrezia. El Dogo estaba a punto de llegar, y Lucrezia y Roberto eran la segunda pareja elegida para inaugurar el baile de máscaras, después de Arabella y el Dogo.

Entre un suspiro de Della y una pausa concedida de Felizzia, Lucrezia aprovechó para quitarse la incómoda sábana que le impedía disfrutar de la ruta por los privados rincones de uno de los palacios más envidiados del Gran Canal. Della se detuvo en seco para recoger la sábana y evitar así dejar rastro. Felizzia canturreaba, disfrutaba de la inesperada situación, mientras abría otro portón que daba a otro salón de techos altos y frescos por todas partes.

—¿Cuántos salones de baile puede tener este palacio?

Lucrezia susurraba con complicidad a Della, que se había rendido a la situación. Sabía que Arabella era una coleccionista de exquisito mobiliario llegado de todas las partes del mundo. Divanes de madera de nogal tallados con ornamentos florales o geométricos y seda estampada que solo los grandes *marangoni* —maestros ebanistas— tenían la destreza de hacer; sillas de madera noble con patas cabriolé dando lugar a infinidad de formas; lujosos espejos *trumeau* bañados en oro, importados del Rococó francés; secreteres laqueados con deliciosos dibujos con los tiradores en bronce, plata y oro; majestuosos tapices españoles y de Oriente… Lucrezia caminaba fascinada y arrastraba los pies para frenar el paso de las otras dos mujeres que recorrían el laberinto de salones sin perder el norte.

—No quiero bailar con mi prometido. El desastre ya se ha producido.

—No es momento para estas rebeliones —la azuzó Della.

Al llegar ante una enorme chimenea se detuvieron en silencio. Las llamas parecían salidas del mismo infierno, pero era una bendición para que la joven entrara en el calor.

Della respiraba con dificultad, la carrera la había dejado exhausta y apenas podía mantenerse en pie. Recostada en una silla, recuperaba el aliento mientras observaba las esculturas de mármol que escoltaban la sala. Sus ganas de curiosear eran tan desmedidas que, aunque apenas podía respirar, cualquier objeto brillante llamaba su atención.

Lucrezia intentaba entrar en calor y, al recordar lo ocurrido, empezó a llorar desconsoladamente. Maldecía su torpeza.

—Cuando mi padre se entere… ¿Acaso no se esperaba de mí otra cosa?

Della se acercó a su niña rebelde y de alma pura. Sentía que tenía que seguir protegiéndola. Con amor maternal, trató de tranquilizarla.

—Ha sido un tropiezo, nada más. Y te aseguro que has caído con la elegancia de una verdadera dama.

Lucrezia se rio entre sollozos y besó a la bendita Della. Era la única que sabía consolarla.

Una legión de sirvientas y artesanos de la belleza irrumpió en la estancia bajo la tutela de la vieja y coja Lina.

—¡Hay que ser veloces y dejar a este polluelo listo para el baile!

Andaban con la misma firmeza que un escuadrón militar. Desde el arco de la puerta principal del salón, Arabella vio a la joven bañada en agua. Se estremeció y la contempló en silencio. Esa escena era exactamente la misma que se le había aparecido en sueños tantas noches. Jamás le había puesto rostro a la dama, pero supo que era ella. Se cerraba al fin el círculo: Lucrezia era la elegida, y no solo debía ser aceptada dentro de la hermandad sino que estaba destinada a liderarla.

Dos

«Si nos referimos a tener héroes, esta-
distas y filósofos, deberíamos haber
aprendido de las mujeres».

ABIGAIL ADAMS (1744-1818)

Cómo era posible que no la hubiera reconocido antes? Como Felizzia, Arabella había
visto crecer a aquella joven rebelde, malcriada y caprichosa, pero nunca imaginó que Lucrezia fuera la
joven bañada en agua de sus sueños. Al calor de las
llamas, las sirvientas desnudaron a Lucrezia y dejaron al descubierto su menuda figura, sus pechos pequeños y la pureza de su piel intacta.

El frío había calado tanto en su cuerpo que se
arrimaba a las llamas con el riesgo de quemarse sus
largos cabellos. El séquito de criadas la acicaló con

esmero y vertió en su sedosa piel unas gotas de bergamota y álamo.

—¡Vamos! No debemos demorarnos, que los invitados esperan no solo al Dogo sino a esta jovencita —dijo Lina guiñando un ojo a las sirvientas.

Sin tiempo que perder y buen aliento... ¡dio comienzo el ritual! Empezaron por las enaguas, para proceder después a ajustar el endiablado corsé con petillo de seda de Oriente y bordado en hilo de oro, que realzaba el intacto y virginal escote de Lucrezia, y un exagerado miriñaque que acentuaba su invisible cintura. La propia Arabella había elegido el traje. Su intenso color amarillo sobresalía del peto triangular, falda y sobrefalda, deslumbrando a quien lo mirara.

—Querida, siempre logras sorprenderme con tu exquisito gusto —dijo Felizzia, satisfecha con el vestido y el color elegidos.

—Una prenda bien guardada para digna ocasión.

Decorado por los mejores bordadores de París, con centenares de brocados de seda y encaje floral, el vestido era una de las joyas que Arabella conservaba; un tesoro, un regalo de la mismísima María Antonieta, cuando se conocieron en Versalles diez años atrás. Y le sentaba como un guante a Lucrezia.

—¡Es un milagro! —soltó Della.

Felizzia y Arabella se miraron cómplices, satisfechas con la impoluta labor del escuadrón de sirvientas comandado por la vieja Lina. Arabella jamás había compartido con su amiga Felizzia la repetida visión de la joven del agua. Durante años la había inquietado, pues presentía que aparecería ante ella un día y le alumbraría el camino. ¿Lucrezia Viviani era la verdadera Hija del Agua? La miraba sin salir de su asombro. ¿Cómo podía recaer en esa muchacha el peso de toda la hermandad? Felizzia observaba a su amiga e intuía que algo importante estaba pasando. La astuta cortesana se preguntaba si tendría algo que ver con Lucrezia.

—Nos conocemos de tiempo y mi olfato me dice que me ocultas algo.

—Nada que deba preocuparte, mi querida amiga. Ya sabes que los tiempos deben ser respetados.

—«Respeto» no es una palabra que me agrade, bien lo sabes…

Dos *lustrissimi* se encargaron de colocar la guinda del pastel: una peluca de color rosa estilo *tête de mouton*, aparentemente sencilla, pero distinta por su textura, brillo y color. Cuando Lucrezia estuvo lista, la legión de sirvientas, peluqueros y otros especialistas en el complejo acicalamiento de la joven se abrió ante Arabella, que se acercó a la joven para colocarle, con ayuda de Adelina, la máscara.

—Mi querida Lucrezia, como el mar Adriático ha hecho esta noche, yo te bautizo.

El rostro de Lucrezia quedó oculto tras una espectacular *bauta* de ojos rasgados y labios menudos perfilados en oro. El resto de la máscara mostraba exóticos tatuajes florales de Oriente, bañados también en oro. Ceñía el óvalo de su cara un tricornio en seda blanca y, descendiendo a cada lado de las puntas con hilo trenzado, dos hermosísimas perlas a modo de pendientes.

Todos se quedaron prendados de la belleza de la imagen.

—¡Un milagro! ¡Un milagro!

—Y de los míos, que son mejores que los del Supremo.

Della soltó una lágrima y miró agradecida a Felizzia, que se abanicaba con satisfacción.

—Es preciso que la Vecchia Fosca vea a Lucrezia —le sugirió Arabella a Felizzia al oído. Era la primera vez que Arabella solicitaba que la vieja adivina viera a alguien. La cortesana era una defensora de la fuerza y el carácter de Lucrezia, pero aquello iba más lejos de lo que Felizzia había pensado.

—¿Qué tramas? —preguntó Felizzia.

—Bien sabes, mi buena amiga, que no siempre puedo confiarte mis pensamientos. Todo a su debido tiempo. Solo espero seguir contando con tu lealtad.

—La duda me ofende, querida.

Cuando se vio reflejada en uno de los grandes ventanales, Lucrezia se giró con dicha hacia Arabella e hizo una pequeña reverencia para agradecer todo cuanto había hecho por ella. Siempre había pensado que Arabella la consideraba una joven caprichosa. Pero aquella noche notaba que algo entre las dos había cambiado. Sintió que era bienvenida, pero eso le causó inquietud. Su cabeza no dejaba de dar vueltas: ¿A qué se ha referido con «Yo te bautizo»? «¿Por qué Felizzia sonríe cómplice a Arabella? ¿Por qué Della llora sin parar? ¿Acaso me he perdido algo?».

No deseaba interrumpir el celestial momento que compartían todos los del salón menos ella, pero necesitaba saber qué estaba ocurriendo.

—¿Qué quieres de mí?

Fue una insolencia, una pregunta demasiado directa, pero la curiosidad de Lucrezia era demasiado grande. No balbuceó ni apartó la mirada al preguntar y esperó con avidez la respuesta de Arabella. La Gran Maestre la miró tras su máscara, movió sus dedos con delicadeza y tomó aire para responder a la joven. Fue un endiablado y ensordecedor ruido de fanfarrias, avisando de la llegada del gran Dux, lo que cortó en seco la respuesta.

Felizzia no permitió que la joven volviera a preguntar, dándole un fuerte tirón.

—Pero, niña, ¡ese carácter! A veces pienso si no serás en realidad mi hija —soltó con sonrisa cómplice.

Arabella salió deprisa del salón y la pobre Lina la siguió con dificultad. Tenía la pierna derecha mucho más corta que la izquierda y, aunque era de nacimiento y había aprendido a ser tan veloz como el resto, los años le dificultaban seguir el paso con destreza. Lucrezia, acompañada de la fiel Della y de Felizzia, se precipitó escaleras abajo para contemplar la llegada del Dogo.

Una enorme galera, llevada por más de cien remeros, ribeteada en oro y cubierta de seda roja, abría las aguas del Adriático. Un séquito de trompetas anunciaba su llegada y el pueblo vitoreaba exaltado. Las cajas de fuegos colocadas para la ocasión despertaron, centelleando en el cielo al paso del hombre más importante de Venecia. Los invitados, desde Ca Massari, aplaudían, reían, se besaban de emoción, mientras observaban la opulencia del momento, el poder de la República sobre el Gran Canal. Los gondoleros alzaban sus remos, el *popolino* reverenciaba al gobernante en señal de respeto y adoración. Así le gustaba ser recibido a Ludovico Manin, el último gran dux de la Serenísima. Fiel a su apellido, era derrochador y mostraba con gusto sus riquezas. Sus apariciones siempre eran de una opulencia cegadora.

«Il doge Manin dal piccolo cuore, è stretto di mano perché è nato friulano».[2] Era una frase repetida por el pueblo que el propio Dogo se había ganado a pulso tras gastar una suma considerable de ducados el día de su coronación.

Pero más allá de su avaricia y de ser un Manin, Ludovico era bienquisto, un hombre bondadoso, preocupado por la terrible situación de la República, de sus ciudadanos, de sus nobles. Saludaba a su pueblo con la mano derecha cubierta con un guante blanco impoluto. El Dogo iba enfundado en la tradicional capa de terciopelo rojo y dorado, y sobre su cabeza lucía el cuerno ducal ribeteado con piedras preciosas y bañado en oro. El cielo brillaba por los fuegos artificiales de Oriente que cubrían de esplendor la llegada del Dux a Ca Massari.

—Ahora sí, Lina, ahora sí que ha comenzado la fiesta.

Arabella esperaba a su soberano con la satisfacción de la perfecta melodía. Tras ella… el resto de

---

[2] El dogo Manin es manirroto porque nació friulano.

invitados. Ludovico Manin descendió del *Bucentau-ro* al tiempo que una alfombra roja se desplegaba para cubrir el suelo empapado de agua, barro y sangre. Aparecía ante todos deslumbrante como un dios y, aunque su estatura era menuda, su silueta parecía llegar al cielo. No tenía una figura grácil, su rostro era anodino, de nariz grande, boca minúscula y semblante carente de fuerza ni atractivo. Pero era el gran Dux y, aunque su mirada despertaba cierto temor ante el peso del poder, pocos habrían entrevisto aquella debilidad. El Dogo era un hombre de escaso coraje, hipocondriaco e influenciable que vivía con miedo a ser asesinado; más todavía después de los últimos acontecimientos ocurridos en Europa y que ponían en peligro la vieja República.

—Mi Dux...

Arabella fue la primera en hacer la majestuosa genuflexión a los pies del Dogo y el resto siguió su ejemplo. Paolo Manin contemplaba la escena con inquina desde uno de los balcones del palacio, acompañado de su hijo Roberto, la ambiciosa Antonella y un corrillo de Foscas.

—Ni siquiera cubierto de oro parece un gran gobernante. ¡Venecia no merece a alguien así!

Le costaba asimilar la derrota y no haber sido él el elegido, el dios terrenal, el todopoderoso al que todos temen y respetan. No soportaba ver en su primo la debilidad de quien no sabe regir, de quien no es merecedor de la corona de laurel. Su fortuna, su prestigio y su apellido estaban en peligro por culpa de su inepto e incapacitado primo. Lo era para la República y para las mujeres, a las que dejaba siempre insatisfechas por su falta de virilidad.

—Pronto me adularán a mí como único salvador de la República.

Desde hacía un tiempo, confabulaba con los patricios, los franceses y los rebeldes otomanos, contrarios al nuevo sultán, Selim III, para derrocar al Dogo y erigirse como el nuevo gobernante. Él era quien estaba destinado a la gloria, al precio que fuese, incluido el fratricidio. Todos los presentes, también Paolo Manin, alzaron la vista para disfrutar del número final: dos cabezas de león que estallaron en el firmamento ante el asombro de la muchedumbre.

Las puertas de Ca Massari se sellaron con la entrada del Dogo, él debía ser el último invitado y el más laureado. Los asistentes se repartían por los salones y disfrutaban de la velada, ocultos tras sus máscaras, bebiendo champán en copas de cristal de Murano y comiendo exquisiteces servidas en bandejas de plata. En el gran salón estaba todo preparado para que empezara el tradicional baile de máscaras.

El *Concierto para dos violines y cuerdas en sol menor* del maestro Vivaldi, ejecutado por la orquesta de cámara, ambientaba la estancia. Los empolvados caballeros ya estaban escogiendo con la mirada a sus compañeras de danza y se preparaban para el gran momento.

—La exquisitez, querida, te acompaña siempre. Es un placer disfrutar de tus fiestas.

Arabella, como anfitriona del gran Dogo, le acompañaba mientras saludaba a embajadores, nobles extranjeros y hombres poderosos, interesados en intercambiar unas palabras con el gobernante.

—Querido, no están tus ojos atentos a la fiesta. ¿Ha ocurrido algo?

Ludovico llevaba noches sin dormir, preocupado por los acontecimientos que se estaban produciendo en Europa. Sabía que contaba con el consuelo y el sabio consejo de Arabella. No sentía lo mismo respecto a su primo Paolo que, a unos centímetros de distancia, lo vigilaba a la vez que reía escandalosamente. Arabella cruzó una mirada con Paolo y este evitó acercarse. Aquel día ya le había declarado abiertamente la guerra a la protegida de su primo; ahora debía esperar el momento perfecto para asestarle la estocada mortal, y no sería en esa fiesta.

—Querida, debemos hablar en privado.

Arabella escuchó en un susurro la petición de su Dogo. Se acercaba el momento de recibir la esperada misiva y suponía que no serían buenas noticias. Además se había percatado de que esa noche el Dogo no se despegaba de su escolta. Cuatro de sus guardias impedían cualquier sorpresa o altercado a *il segno di Taverna del Veneto Stato.*[3] Arabella y él simulaban participar de la diversión.

Mientras, en el corrillo de Paolo Manin, Antonella saludó e incorporó al joven Giacomo Crosoni. Ataviado con tricornio, un sencillo antifaz y una inapropiada peluca marrón de piel de cabra, acudió sin demasiado entusiasmo a besar la mano de la bailarina.

—Deseo presentarte a un ilustre escritor: mi admirado amigo Giacomo Crosoni.

—¿Crosoni?

—Genovés de familia, aunque mi corazón pertenece a estas aguas.

Paolo desconfiaba de aquel desconocido que Antonella había metido por sorpresa en la conversación. Su apariencia dejaba traslucir su falta de fortuna y elegancia. Sin duda era un erudito, y Paolo no se fiaba de ellos ni le gustaba que por sus habilidades

---

[3] El señor y dueño de la Taberna del Estado del Véneto.

tuvieran acceso a las comodidades que, hasta hacía poco, habían sido exclusivas de nobles, gobernadores y reyes.

—¿Y qué escribe? —preguntó desafiante.

El dominio de la pluma en esos tiempos podía ser más peligroso que un afilado sable. Manin acariciaba la culata de su trabuco escondido entre la levita y el chaleco. Le tranquilizaba tener el arma de fuego cargada, dispuesta a ser usada sin piedad. Giacomo divisó por el rabillo de su ojo derecho el arma de Manin y le sobrevinieron sudores fríos, un leve mareo y temblor de piernas. Entonces, para sorpresa de todos, empezó a balbucear palabras incomprensibles:

—Sobre lo que acontece a orillas del Véneto. Sobre lo que ha sucedido y está por venir. Soy cronista del *Giornale Enciclopedico*.

Antonella, divertida siempre por el pavor que despertaba su amado Manin, le ofreció una copa de champán al descolocado joven, de cuerpo y formas sospechosamente delicadas.

—Querido…, él fue quien tuvo bellas y acertadas palabras sobre mi último estreno en San Benedetto.

Paolo seguía con los labios tensos, mirando fijamente al joven de frágil apariencia y sudor en la frente. Era consciente de que los espías podían entrar furtivamente en fiestas como aquella y, para su seguridad, necesitaba identificar a los traidores.

—Escribo para quien desee saber cómo se vive en Venecia.

En tono amenazante y con mirada de desprecio, Paolo zanjó la conversación:

—Espero leer mi buen nombre en alguna de sus crónicas, y del mismo modo… espero que sean de mi agrado.

El joven Roberto Manin entró en escena acompañado de Lucrezia. Para su desgracia, ella debía aguantar al indeseable de su prometido hasta el primer baile de la noche. Lucía una sonrisa de compromiso y apenas le apetecía hablar. Tampoco soportaba a su futuro suegro porque pensaba que era una pésima influencia para su padre, don Giuseppe.

—Crosoni, le presento a la futura esposa de mi hijo, la bella Lucrezia Viviani.

—Un placer, signora.

Lucrezia recibió el tenso beso en su mano y se dio cuenta de que su suegro tramaba alguna fechoría. Luego miró al joven Crosoni con cierta compasión y divertida complicidad. Le había caído en gracia por el simple hecho de incomodar a los Manin. Felizzia apareció de la nada como un rayo, rompiendo el tenso silencio, y rescató a Crosoni del peligroso encuentro.

—Mi querido y leal Crosoni, ya le andaba yo buscando… Si me permiten. —Sonrió con picardía a Paolo Manin—. Reclaman su ilustre presencia en otro círculo patricio antes de que dé comienzo el baile.

Roberto sujetaba, imitando a su padre, el trabuco. El joven ilustrado había levantado también sus sospechas, sobre todo al ver la complacencia de su prometida hacia el recién llegado. No le gustaba que nadie se acercara a ella y, mucho menos, que ella mirase con devoción, curiosidad o interés a un extraño. Lucrezia se dio cuenta de su incomodidad, y lejos de apartar la mirada de Crosoni, le ofreció una amplia y seductora sonrisa.

—Una lástima que nos abandone. Acabo de unirme y apuesto a que me he perdido una conversación agradable.

La cortesana salió con el joven de forma poco cordial, saltándose el protocolo y las buenas maneras. No dejó que contestara a Lucrezia. A una prostituta se le perdonaba la falta de decoro, incluso fuera de la cama. Felizzia atravesó con paso ligero el inmenso salón, repartiendo sonrisas con invitados e intercambiando miradas cómplices con las Foscas con las que se cruzaba.

—¿Acaso no te había dicho que cuando llegases te dirigieras primero a mí? Te acabo de librar de una buena.

—No pude evitarlo, bien sabes cómo es Antonella cuando desea algo.

Felizzia reparó en el deslucido atuendo del joven para tan ceremoniosa ocasión. Le miró de arriba abajo con desaprobación.

—Mi querido, ¿acaso no recibiste —le dirigió una cínica sonrisa— los trajes que te envié?

—Algún pícaro los robó.

Felizzia y Crosoni subieron a la planta noble, sin ser vistos, guiados por un sirviente.

—Llegamos tarde. No tendrás mucho tiempo esta vez. No debemos correr peligros innecesarios.

Al llegar a uno de los dormitorios, se detuvieron en seco y, antes de despedirse, Felizzia quiso advertirle:

—Disfruta hasta el último aliento y… ¡recuerda!, no abras a quien no llame de la forma convenida. La puerta quedará escoltada por él —dijo, y señaló al fiel sirviente— que, como bien sabes, tiene la boca sellada por mí.

Al tiempo que Felizzia terminaba su frase depositaba un ducado de oro en la mano del criado, que sonreía por la buena ventura de aquella noche. Crosoni bajó la cabeza en señal de agradecimiento, abrió con sigilo la puerta de la estancia y desapareció.

«Ser defensora del amor me va a llevar a la tumba», se dijo Felizzia a sí misma acelerando el paso todo lo que su pesado cuerpo le permitía, para llegar al gran salón antes de que comenzara el esperado minué.

—El pájaro ya está en la jaula —le dijo a Lina al cruzarse con ella.

La vieja criada perdió el poco aliento que le quedaba para informar a Arabella de la buena noticia.

—Gracias, Lina, parece que la noche nos ofrece más de lo que esperamos.

***

Con los últimos compases de Vivaldi, y siguiendo la tradición, los patricios comenzaron su procesión hacia el gran salón. El baile estaba a punto de comenzar. Ludovico Manin miró a Arabella, que gustosa siguió el paso de su invitado principal. Las demás parejas se alinearon tras la elegante anfitriona y el Dux, preparadas para descender por la escalera con la majestuosidad que el momento requería. Dos hileras de sirvientes bajaron por las escalinatas laterales portando soberbios candelabros al paso de los primeros compases del *Minué en do mayor* de Mozart. Un par de acróbatas convirtieron el techo de la estancia en su cielo de piruetas y equilibrios en la cuerda floja. Al mismo tiempo el arlequín de la fiesta se dejaba ver con cabriolas de saltimbanqui, haciendo sonar sus sonajeros y escupiendo fuego. Los asistentes se hicieron a un lado para recibir a los primeros bailarines. Lucrezia, junto con Roberto, miraba de soslayo a Felizzia que, con el corazón todavía acelerado por la carrera, trataba desde la distancia de tranquilizar a la muchacha. Después de Arabella y el Dogo, ella entraba en escena, estrenándose en la sociedad del ocio, el juego y la perversión. Concentrada, recordaba en silencio los pasos e imaginaba sus movimientos gráciles convertida en una elegante dama, capaz de hechizar a quien la mirara.

Tras una pausa reverencial y un silencio ceremonioso, los músicos regresaron a la melodía, mientras las parejas descendían por la escalinata central ante la admiración de los asistentes. Arabella, de sonrisa aristocrática y barbilla poderosa, percibía el temblor de Ludovico Manin, no muy buen bailarín. Tras ellos, la joven y envidiada pareja: Roberto y Lucrezia. Él mostrando las puntas de sus lustrosos zapatos, seguro de su talento y su galanura. Amaba ser el centro de atención, ver cómo, tras los abanicos y las máscaras, las mujeres lo deseaban o lo temían. Lucrezia observaba a su prometido con fingida complacencia y pensamientos malévolos.

«Ojalá tropieces y se te quite esa cara de bobo», dijo para sí.

Deseaba con todas sus fuerzas estirar una de sus piernas y hacerle caer para que rodara escaleras abajo como un mal bufón. Sin embargo, reprimió sus deseos... El baño en el Gran Canal había sido suficiente. Pudo sentir la mirada, siempre alerta, de Felizzia.

«Será mejor que sigas bailando y ahuyentes los malos deseos», parecía decirle.

Aquella mujer tenía el don de leerle el pensamiento y cortar las alas a sus fechorías desde lejos. Tras ellos descendían la bella y la bestia: Antonella Contarini y Paolo, el más temido de los Manin, enfadado por no ser el primero en el baile.

«La humillación será devuelta», pensaba Paolo para sus adentros. La agraciada danzarina sabía que sus dotes y su belleza eclipsaban a cualquiera y por ello adoraba ese momento, aunque tuviera que compartirlo con un hombre tan poco grácil como Paolo. Habría empujado a Lucrezia escaleras abajo para quedarse con Roberto que, aunque no tenía ni la mitad de la inteligencia de su padre, sí le doblaba en belleza y excelente porte.

«¡Todos me miran! ¡Todos desean bailar conmigo!».

Tras ellos, el resto de patricios, los distinguidos invitados, gozaban de uno de los momentos más divertidos de la noche.

Las parejas se situaron en el centro del salón y comenzó el sabido movimiento de brazos extendidos y pasos que juntan tacones primero para terminar con punta sobre punta. Así era el baile de cortejo, uno frente al otro, uniendo sus manos, coqueteando con la mirada y dando vueltas para dibujar pequeños círculos y volver a separarse una y otra vez. Arabella desvió la mirada del ofuscado Dogo para clavársela a Paolo, que recibía con gusto la puñalada de su enemiga declarada, pues el baile le interesaba bien poco.

—Una rata jamás bailará bien. Disfruta de esta noche de reinado. Puede que para ti sea la última —musitó.

Antonella continuaba su juego seductor con Roberto, el único capaz de igualar la elegancia de sus movimientos. Lucrezia era, sin duda, la más bella, pero no destacaba como bailarina. El público aprovechaba para proferir comentarios de envidia o desaprobación hacia las parejas que bailaban. Arabella despertaba admiración con su impecable silueta en movimiento y su collar de oro puro con un enorme zafiro que le realzaba el escote. Pocos podían apartar la mirada de esa piedra preciosa, ni siquiera Antonella.

—Querido, esa joya me pertenece —susurró esta al oído de Paolo con envidia infinita.

El momento más tenso del baile se produjo con el intercambio de parejas. Paolo, aprovechando el juego, se saltó el orden y, para sorpresa de todos, siguió la danza con Arabella, dejando a Ludovico al rescate de la pobre Lucrezia, que ya tenía suficiente con su estreno de esa noche.

—Mi querida Lucrezia, esta noche pareces una reina.

—Mi Dogo, has pronunciado las palabras más bellas que sobre mí se hayan dicho esta noche.

Los dos sonrieron bajo sus máscaras. Lucrezia sentía admiración por su gobernante y, al tiempo, intentaba entender por qué desviaba la mirada y buscaba consuelo en Arabella. Antonella salió ganando en el intercambio de parejas. Al fin consiguió bailar con Roberto y brillar como deseaba. Los dos lucieron como nadie y provocaron la admiración de los asistentes.

—Querida, es un placer compartir baile.

—Lo mismo puedo decir.

Roberto no se sentía atraído por la amante de su padre, pero la utilizaba para lucimiento propio. Estaba, además, atento a un par de Foscas que le esperaban en los balcones frontales sobre las escalinatas. Felizzia dominaba la situación con sus anteojos y sonreía con satisfacción: Roberto había picado el anzuelo y quizá podrían sonsacarle alguna cosa de interés. Arabella y Paolo también bailaban bajo la mirada preocupada de Felizzia.

—¿Llevas en el pecho el regalo de otro amante? —preguntó Paolo.

—Un zafiro tan único que ni el hombre más rico de Venecia puede permitirse.

—No hay cosa que no pueda tener. Si no lo puedo comprar, me apropio de ello sin más.

—Apuesto a que sabes que aunque mates no te apropias de una vida. Solo te conviertes en un mísero asesino.

Paolo soltó bruscamente a Arabella deteniendo el baile ante la mirada atónita de los presentes. Arabella le miró sin pestañear. Paolo, ofendido, coqueteó de nuevo con el trabuco.

—Mi querido primo, sería insensato por tu parte —le susurró Ludovico al oído—. Por el bien de todos, ¡contente!

Los dos se miraron y el resto contuvo la respiración. Las demás parejas, acatando las órdenes del Dux, continuaron moviendo los pies al son del minué. Antonella miraba de reojo a Arabella pues sabía que, en esta ocasión, le había ganado la partida a su ardiente amado. La anfitriona tendió de nuevo el brazo a Paolo.

—Estoy segura de que jamás dejas a medias a una dama —dijo desafiante.

El baile prosiguió en silencio. Poco después las parejas volvieron a ser las del principio para finalizar el baile. Paolo percibió frialdad en su amada Antonella; Arabella agradeció el gesto a Ludovico y Lucrezia recibió indiferencia por parte de su prometido.

El cuarteto concluyó el minué al tiempo que las puertas del gran salón se abrían para recibir suculentos manjares, transportados con majestuosidad por los sirvientes en colosales boles de oro con grabados de criaturas míticas y el león alado veneciano: fruta fresca, ostras y manjares del mar, lechones horneados con la manzana en la boca y esculturas de infantes orinando el mejor champán francés.

Paolo salió con Antonella precipitadamente; sentía la imperiosa necesidad de resarcirse del agravio sufrido.

—¡Vámonos! La fiesta ha terminado. ¡Estás muerta, Arabella Massari! ¡Muerta!

Aquella noche Paolo tuvo sed de venganza y supo que, como los de Ludovico, los días de la Cleopatra del Véneto estaban contados. Golpeó con su bastón un enorme jarrón de porcelana y lo hizo añicos, dejando claro que para él y su séquito había terminado el baile en Ca Massari.

Arabella vio alejarse a Paolo desde una de las ventanas del palacio que daban al Gran Canal. Finalmente había conseguido sortear a la muchedumbre y quedarse a solas con el Dogo. Ludovico mascaba tabaco mostrando inquietud y sin encontrar la palabra que le ayudara a iniciar la esperada conversación. Arabella, intranquila, tomó de una pequeña caja metálica, con los dedos índice y pulgar, una pequeña cantidad de rapé para darse ánimos.

—Querido Ludovico, tu silencio me preocupa.

—Las cosas no marchan bien, Arabella. El mundo se revuelve y la tormenta arrecia en Venecia.

Arabella recordó con un leve escalofrío el mal presagio del atardecer al contemplar las aguas calmadas, las mismas que engulleron al muerto en la corriente. En los canales venecianos, tal y como profetizaba en ensoñaciones nocturnas desde hacía semanas, flotarían más cadáveres. ¿Podía el Dogo saber de dónde procedía la traición? ¿Había comenzado el baile de la muerte? ¿Había intrigas alrededor? ¿Estaba la vida del Dogo en peligro? La vieja Lina, con varios vinos de más, rompió el silencio.

—Mi querido, ha llegado la esperada misiva.

El Dux, alterado, buscó con mirada precipitada a Arabella y a Lina en el mismo instante en que entraban dos soldados, con paso certero y acompasado, y se detuvieron a menos de un metro del Dogo. Uno de ellos sacó un papel lacrado del interior de su casaca y se lo entregó a Ludovico con una reverencia. Lina, a pesar de que le costaba razonar por el alcohol, se dio cuenta de que aquella noche su Arabella nuevamente había acertado: aquella carta no podía contener nada bueno.

Los dos soldados abandonaron la estancia no sin antes mirar a la vieja Lina, que también se marchaba tratando de recobrar el equilibrio perdido.

Al sellarse una vez más el salón, el Dogo se acercó al fuego con la carta en las manos. Arabella era capaz de sentir el sudor de su frente, sus manos húmedas que parecían sostener una bomba de papel. Se sentó en la esquina de una silla *Régence* de tres plazas. Guardó silencio con las manos en el regazo y la mirada clavada en la espalda de su viejo amigo. Era cuestión de tiempo que encontrara la palabra, el gesto o la valentía para abrir el mensaje.

—Cuando el temor se apodera de mí, dudo de si soy merecedor del craso poder que se me ha otorgado.

—Bien sabes que el buen corazón, mi querido, abre también las puertas de la conciencia.

***

En la cama con dosel de uno de los dormitorios, Felizzia se dejaba manosear por un poderoso fabricante español, amigo del embajador, que le había prometido, a cambio de una noche de placer, un buen surtido de telas indianas de puro lino y un telar para autoabastecer a las Foscas con los mejores y más exquisitos vestidos. La robusta cortesana recibía las manifestaciones de deseo con carcajadas sonoras, mientras el pretendiente metía su hocico en el canalillo, sorbiendo el sudor estancado de los fornidos pechos. El busto de Felizzia era tan descomunal que se decía que había causado desmayos y asfixiado a más de un fogoso amante. Con una mano, Felizzia hundía más la cabeza del español en su escote y, con la otra, tiraba del cordel suspendido en el techo al lado del ornamentado cabecero de nogal para hacer sonar una campanilla. La señal precisa, la esperada, para que se abrieran las puertas y entraran cuatro Foscas, enfundadas con antifaces, plumajes en las cabelleras, corsés de seda y enaguas… Todo de un negro tan rotundo que redoblaba el virginal efecto de sus tersas, blanquecinas y aterciopeladas pieles.

—Mis queridas Foscas, tenemos un invitado revoltoso que quiere probar… nuestras mieles.

Las cuatro mujeres tomaron las extremidades del español que, con cara de desconcierto, tensó su

orondo cuerpo y, antes de exclamar cualquier improperio, Felizzia le llenó la boca de champán y le besó
con un juego libidinoso de lengua.

—¡Chis! No te resistas al placer…

Con las mismas sábanas fue atado a los barro-
tes de la cama, después de ser despojado de sus cal-
zones, entre tocamientos, pezones al viento y risas
juguetonas. El generoso español sabía, con el miembro apuntando al cielo, que Dios había escuchado
sus plegarias y le había honrado con una noche rodeado de las más preciadas concubinas de Venecia.
Felizzia no dudaba de que el elegido se ocuparía de
correr la voz por la corte española, reforzando la reputación de sus damas negras, que lograban arrancar
gritos de éxtasis incluso a los más taciturnos. En tiempos de conspiraciones, debían gestar alianzas que, en
un futuro, pudieran necesitar. Felizzia sabía que en el
casto reino de España, el placer carnal era tan pecami-
noso como deseado y la fuerza de ese deseo era capaz
de detener una guerra, un asesinato o una conspiración.
Por eso llevaba años fraguando su alianza particular
con españoles influyentes.

—Ya sabes que Venecia ama a los españoles y
al buen rey Carlos IV.

Los gemidos de placer del afortunado traspasa-
ban las paredes y llegaban hasta la estancia contigua,

donde hacía escasos minutos había culminado el éxtasis. Bajo las sábanas se escondían dos amantes: el
joven Alonzo Farseti y la agraciada Chiara Simoniato. Sus besos eran una cadena infinita de deseo anhe-
lado, acumulado por el infortunio de estar enamorados y pertenecer a familias enemigas. Los Farseti y
los Simoniato eran los Capuleto y los Montesco de
Venecia.

—Me cuesta vivir sin tus besos.

—Mi querida y amada Chiara, no veo más que
infierno en mi existencia.

Alonzo, de frente pequeña, nariz prominente y
ojos saltones, era incapaz de contener las lágrimas en
los brazos de su amada ante una nueva despedida. Era
el menor de los Farseti y parecía que en él el coraje de
la estirpe se había evaporado. Su débil personalidad
era causa de una infancia enfermiza y un temperamento asustadizo. Todo lo contrario que su amada, llamada «Chiara la Brava» por no conocer el desánimo. Había escapado del convento y burlado la vigilancia de
su familia para gozar con Alonzo.

—Mi amada, hay demasiado riesgo en nuestros
encuentros y presiento que no traerán nada bueno.

—Chsss… Alonzo, no abras las puertas al miedo. Deja de llamar a mayor desventura que beber de
fugaces encuentros en lechos distintos.

Alonzo recorría cada poro de la piel de su amada, se apropiaba de su olor, le despojaba un poco de su esencia para sobrellevar el tormento de una nueva separación. Sus cuerpos se entrelazaban, fogosos. Alonzo acariciaba la cabeza rapada de su amada, condenada a una celda fría, húmeda y maloliente en el convento de Santa Maria degli Angeli.

—Me preocupa tu desánimo, Alonzo. Debemos seguir unidos sin desfallecer.

Su piel se había alejado ya del lustro de la buena cuna y sus manos se habían tornado ásperas con el paso del tiempo. Chiara, hija única de una acaudalada familia, había renunciado a la «libertad» del matrimonio y apostado por sus dos amores: los libros y Alonzo. Su padre consintió en que ingresara en el convento y expulsó su tristeza pensando que era una bendición ofrecer a Dios a su única y casta hija.

—Mi amada, no desfallezco, pero temo por ti. Si alguien descubre tu…

—¡Chsss! No perdamos el tiempo en palabras, sino en besos.

Nadie sospechaba del plan urdido por Chiara. Gracias a Arabella Massari, la joven había tenido acceso ilimitado a la biblioteca pues vivía en el mismo convento que regía sor Bettina, la priora que, como Arabella, alentaba todo tipo saberes, fueran prohibidos o no. Arabella junto con Felizzia habían logrado convertir a Chiara en un escritor de renombre: Giacomo Crosoni. Un ilustrado cronista que describía las intrigas venecianas en el *Giornale Enciclopedico*, dirigido por otra hermana del agua, la famosa Elisabetta Caminer. Arabella la convenció para que Chiara pudiera escribir en el diario bajo su nueva identidad.

—¡Se llamará Giacomo Crosoni!

Era una práctica que cultivaban decenas de mujeres, y lo seguirían haciendo hasta que pudieran firmar sus escritos sin arriesgarse a un castigo o la deshonra. En la Venecia de finales del XVIII seguían con la superstición de que una mujer ilustrada era causa de infortunios en la familia. *Una donna che parli latin non si è visto che faccia buonfin.*[4] Por ello y por seguir con la lucha silenciosa de la hermandad, Chiara se había convertido, de puertas afuera, en el joven Giacomo Crosoni. Un joven de sexo ambiguo, curvas en exceso femeninas y una voz suave pero afilada en su mensaje. Algunos lo percibían con gustos desviados y otros, de ideas más revolucionarias, le veían como un brillante pensador, visionario de cambios sociales.

—No me acostumbro a tu doble identidad —dijo Alonzo.

---

[4] Una mujer que hable latín nunca se ha visto que lleve a buen fin.

—¿Acaso existe otro camino? —preguntó Chiara.

Alonzo contemplaba a su amada mientras, sin mirarle, se volvía a vestir con sus humildes ropas de hombre.

—Mi amado, desearía quedarme a tu lado, pero debemos ser precavidos.

—El tiempo comienza a ser avaro con nosotros. Nuestros encuentros son cada vez más escasos y breves.

Alonzo envolvía su cuerpo desnudo con las sábanas en las que se habían amado. El encuentro estaba a punto de evaporarse. ¡Qué desdicha la suya! Observaba a su amada colocándose de nuevo la modesta peluca de pelo de cabra y se maldecía por no haber nacido con el valor de darse a la fuga, de buscarse fortuna en otros horizontes, para librar así a Chiara de convertirse en hombre y evitarle el peligro de ser descubierta.

—¡Soy un cobarde! No merezco tu amor.

Chiara se convirtió en Giacomo y se recostó junto a su amado para darle una última lluvia de besos y hacer más liviana la dolorosa despedida. Alonzo se ahogaba en lágrimas, sentía el desánimo y la rabia de ser un Farseti y ella una Simoniato.

—¿No esperas a la señal?

—Conozco los rincones de este palacio como si fuera mío. Sé cómo llegar sin ser vista hasta el remero que me llevará al convento.

Chiara abrió la puerta de nogal, miró al fiel sirviente que se había desplomado de sueño en una esquina y aprovechó la ausencia de sombras para salir a la carrera. Alonzo, saltándose las reglas, fue tras ella desnudo y desconsolado, susurrando su nombre y arriesgándose a que los descubrieran.

—¡Chiaaara! ¡Chiaraaa!

A la vuelta de la esquina, Lucrezia, que había escuchado pasos cercanos, frenó en seco su paseo de inspección y aventura y se resguardó tras una puerta para espiar. Por la pequeña ranura observó al ilustre escritor Crostoni, o Crosoni, que Antonella le había presentado antes del baile. Estaba en medio de un pasillo pidiendo silencio a alguien. Atónita, vio cómo se le acercaba un joven desnudo que lloraba. Con la precipitación de la fuga, sin dudarlo, el joven besó al escritor. Lucrezia exclamó con la boca tapada al contemplar a los amantes. El bello doncel gritaba el nombre de... ¿Chiara?

—¡Chiara! ¡Chiara! ¡Huyamos! ¡Dejemos de fingir y esconder nuestro amor! ¡No quiero que vuelvas al convento! ¡Huyamos!

—Amor mío, corremos un gran peligro ahora mismo. No temas, vuelve a la alcoba y ten fe en que nos espera un hermoso destino, pero debemos seguir con lo acordado y no tentar a la suerte con este tipo de locuras.

Lucrezia no salía de su asombro. ¡El extraño escritor era una mujer vestida de hombre! ¿Quién era esa Chiara? ¿De dónde procedía? Los amantes se regalaron besos desbordados de pasión y anhelo antes de volver a despedirse. Lucrezia vio cómo el joven regresaba a la carrera y cerraba una puerta, no sin antes lanzar un último beso a su amada.

—¡Chiaraaaaa! ¡Es tarde! —Felizzia le gritó desde la esquina. Chiara se reunió con ella con paso presuroso y desaparecieron.

Lucrezia se desplomó en el primer asiento que encontró; era incapaz de resolver el enigma. No entendía qué estaba ocurriendo. ¿Por qué una mujer se hacía pasar por un hombre conocido e ilustre? ¿Por qué su querida Felizzia protegía a aquella mujer? ¿Por qué Arabella no había dejado de observarla aquella noche? Se sentía excitada con el descubrimiento, con el misterio. Envidiaba a aquella Chiara de apellido desconocido por vivir una existencia aventurera, por vivir el amor y no tener que aguantar a un mentecato ni casarse para que su padre sellase importantes acuerdos comerciales. Se levantó soñando aventuras. Desenfundó un sable invisible para comenzar una lucha a muerte con enemigos imaginarios.

—¡Nadie puede conmigo! ¡¡A quien se atreva a desafiarme le mataré sin compasión!!

Dio estocadas a adversarios que, en su imaginación, tenían cara de Manin y a soldados sin nombre ni cabeza. Imaginó que salía victoriosa, que podía ser la dueña de un navío para buscar tesoros y recorrer mares infinitos. Casi sin aliento, volvió a sentarse y, con mirada pícara, tramó que debía descubrir el paradero de esa Chiara.

—Aunque te escondas, ¡daré contigo! Nadie se resiste a la mejor espadachina de Venecia.

Decidió que su destino de corsaria estaba en descubrir quién era aquella joven y resolver el enigma del porqué de su doble identidad y el apoyo cómplice de su apreciada Felizzia.

****

—Proviene de París… Como bien sabes, desde que empezó la revolución las cosas van muy mal.

Ludovico Manin seguía de espaldas a Arabella. Su voz parecía haber recobrado el coraje necesario para abordar la situación sin más silencios ni titubeos. Con medio giro brusco, rasgó el membrete y leyó con premura la misiva que desde hacía media hora le quemaba en las manos. Sin levantar la vista, el Dogo arrugó el papel y lo tiró con rabia al suelo bizantino.

—*Merde! Merde!* ¡Hemos perdido el juicio!

—¿Qué ocurre, querido?

Ludovico se volvió a las llamas para ocultar su rabia. ¿Cómo era posible semejante barbarie? Eran tiempos de victoria para los desalmados, el pueblo se había vuelto sanguinario y sus vidas corrían peligro.

—María Antonieta ha sido decapitada.

Arabella se puso en pie al oír la sentencia. ¿Cómo podía haber ocurrido? La hermandad se había encargado de protegerla y había desembolsado grandes sumas para organizar su huida y evitarle la guillotina. ¿Qué podía haber salido mal? Ludovico se acercó a Arabella y le besó la mano con mirada compasiva.

—Lo siento, querida. Sabía de tu gran estima por la reina.

Sabía de la amistad de las dos mujeres, pero no de sus encuentros secretos, de los viajes anónimos de la reina a Venecia y sus reuniones festivas en Versalles. Los ojos de Arabella estaban bañados en lágrimas, temerosos.

—¿Quién dice que no harán lo mismo con esta decadente República? ¿Nos espera la misma suerte?

Arabella no salía del aturdimiento, pero necesitaba encontrar una frase que consolara al poderoso, en aquel momento con los hombros caídos y la mirada débil.

—Venecia parece que se hunde pero no olvides, mi querido Dux, que en realidad… ¡flota!

Ludovico Manin dejó Ca Massari entre vítores y reverencias. Guardó como pudo la compostura; el poder no admite fisuras y en los tiempos convulsos que se avecinaban necesitaría disimular sus debilidades y reducir su círculo de confianza. Subió al *Bucentauro* y sus pensamientos se perdieron en las profundas aguas del canal. Necesitaba reflexionar, necesitaba saber cómo reaccionaría Venecia al asesinato de la reina María Antonieta.

Arabella vio alejarse al Dogo desde uno de los ventanales del palacio. Había hecho llamar a su amiga Felizzia para contarle el terrible suceso. Ninguna de las dos daba crédito. ¿Qué parte del plan había fallado? ¿Acaso habían sido traicionadas? De ser así, la muerte de la reina de Francia no sería la única. Otras hermanas podían correr la misma suerte…

—*Acqua alta*, mi querida amiga. El *acqua alta* ha llegado a la hermandad… Solo espero que no nos hunda para siempre y que nuestros cadáveres no terminen flotando en estas aguas.

Mientras, el fuego de la chimenea había devorado las palabras del amigo del Dux, el escritor y filósofo irlandés Edmund Burke, citadas en la carta: «Creí que diez mil espadas saldrían de sus vainas para vengar hasta una mirada insultante. Pero la época de la caballerosidad se ha terminado; la de los sofistas, la de los economistas y calculadores ha triunfado y la gloria de Europa se ha extinguido para siempre».

Las dos mujeres contemplaban en silencio cómo despuntaba el alba, cómo nacía un nuevo día de trágico destino. El mundo llevaba unos días sin María Antonieta. El 16 de octubre de 1793 la última reina de Francia, condenada por alta traición, había sido decapitada en la plaza de la Revolución entre vítores y abucheos.

Lo que Arabella no había querido decirle al Dogo es que, al igual que Venecia, los cadáveres también flotan.

Tres

«Mujer, despierta, el toque de alarma de
la razón se hace escuchar en el universo
entero: Reconoce tus derechos».

OLYMPE DE GOUGES (1748-1793)

O dio a los Manin!

—¡Chsss! Ni se te ocurra volver a decir
eso en alto. Ahora formas parte de esa familia.

—Todavía no, Della, todavía soy una Viviani.

Lucrezia llevaba varias semanas encerrada, solo
departiendo sobre cuestiones relacionadas con la boda.
Cada día se entretenían con los preparativos para el
enlace, dichoso y deseado para cualquier dama, pero
a Lucrezia nada de eso la hacía sonreír.

—Mi querida niña, apenas sonríes ya…

—Della, no quiero casarme. ¿Acaso sonreír me
serviría de consuelo?

A Della se le rompía el corazón al ver a Lucrezia sentada, con la mirada perdida, esforzándose en bordar paños o manteles, una tarea que le resultaba fastidiosa desde niña.

—Apenas ya lees tus libros secretos.

—Solo me recuerdan aquello que pronto voy a dejar de tener: mi libertad. Soy una prisionera en mi propia casa y pronto lo seré fuera de ella.

—Sabes que no puedo dejarte ir a ver a Felizzia. ¡Tu padre lo ha prohibido!

Aquella mañana, a Della se le acababan los recursos para animar a Lucrezia. Era una mujer de miras estrechas que no comprendía la necesidad de buscar nuevos horizontes más allá del buen decoro, un marido y una familia. Pensaba que los hombres estaban hechos para llevar las riendas y que las mujeres valían poco más que para servirles.

—Pensaba que estabas de mi parte y de la de Felizzia.

—Bien sabes, mi niña, que eres lo que más quiero en este mundo.

Della deseaba por encima de todo que Lucrezia no perdiera la alegría y la vitalidad que tenía desde niña. Así que, en un arrojo irracional y desesperado, se levantó de la silla y propuso:

—¡Nos vamos a ver a Felizzia!

—¡Esa es mi Della!

A Lucrezia se le había iluminado la mirada y Della supo que acceder a que viera a la Fosca había sido un acierto. La joven se pinchó con la aguja de la emoción y Della, con sonrisa pícara, empezó a dar vueltas por la sala de costura, nerviosa, para idear el plan perfecto de fuga.

—Debemos hacerlo sin que tu padre se entere...

La fiel sirvienta sabía que era bueno para Lucrezia hablar con las Foscas, pues estas le servían de orientación. Desconocía por qué Felizzia la había citado, pero sabía que la cortesana también podría ayudarla a levantarle el ánimo a la joven. Estaba segura de que ese encuentro iba a ser mucho más sincero que reunirse con jóvenes damas en el café Alla Venezia Trionfante.

—Ninguno de los hombres de tu padre nos puede acompañar. No nos guardarían el secreto.

—Digamos que vamos igualmente al café Trionfante, pero ¿quién podría sernos fiel?

—¡Filippo! —Della brincó exaltada y prosiguió gritando—: ¡Filippo! ¡Filippo! —Como si hubiera hecho un gran descubrimiento, daba palmas risueña. Lucrezia la observaba asombrada y trataba de acertar a quién correspondía ese nombre—. ¡Filippo! ¡El bueno de Filippo! ¿Cómo no se me había ocurrido?

No habrá mejor escudero para ti que él. Ya te salvó de ahogarte en el canal, ¿recuerdas? ¡En el baile en Ca Massari!

Lucrezia recordó con media sonrisa al joven que aquella noche se lanzó a las heladas aguas para rescatarla y terminó inconsciente, con el cuerpo magullado por los golpes que le propinaron Roberto y sus hombres. Recordó sus ojos valerosos, que, con intensa ingenuidad, la contemplaron mientras recobraba el ánimo. Reflexionó con placer que nadie antes se había comportado así con ella.

—¿Acaso fui tan desconsiderada como para no agradecerle tal valentía?

Della prefirió no contestar y desapareció escaleras abajo con juventud recobrada, decidida a localizar cuanto antes a Filippo y encargarle la misión: ser fiel escudero de Lucrezia en sus presentes y futuras fechorías. La astuta sirvienta había visto reflejado a Cupido en los ojos del remero y no dudaba de que el joven, hechizado de amor, no pondría reparos, ni por dinero ni por misión. Pero lo que no había visto era que Cupido había lanzado dos flechas y, ambas, habían llegado a destino.

No fue difícil localizar a Filippo ni convencerlo y, con la mayor celeridad, acordaron en secreto la hora de recogida y el lugar.

—A las tres, a tres puentes de la casa de los Viviani.

✳✳✳

Siempre que precisaba de inspiración, Elisabetta Caminer permanecía unos minutos contemplando la iglesia de San Benetto, donde sus padres la habían bautizado. Venecia no era la misma, pero la modesta iglesia románica persistía intacta. No ocurría igual con la *città delle donne* cuyas aguas, a cada nuevo despertar, se pudrían un poco más. Elisabetta, mujer de cuerpo orondo, cabellos blancos ondulados, mirada azul y semblante bondadoso, reflexionó preocupada sobre los acontecimientos de las últimas semanas. Le gustaba hacerlo a la misma hora, cuando el sol alcanzaba su cenit y las sombras de la vida eran más cortas. A modo de superstición, creía que a esa hora la existencia tendría menos peso y los pensamientos serían, quizá, más luminosos.

Ella misma se reía de su creencia. Sentada frente a su secreter, trataba de digerir la carta de Mary Wollstonecraft, que le informaba de más muertes violentas en París.

—¿Dónde encontrar esperanza ante tanta muerte inesperada? —reflexionó en voz alta.

Elisabetta era una mujer ilustre en Venecia, respetada y criticada al tiempo. Desde bien joven había escrito artículos de toda índole en la *Europa Letteraria*, periódico que dirigió su padre, el bueno de Domenico. Cuando este murió, y haciendo caso omiso a los murmullos de los demás, se encargó ella del periódico, sabiendo que tarde o temprano pagaría un precio por ello. La creencia popular de que «la mujer que usa su mente, no es una mujer honesta» era fuerte. Europa estaba despertando y las luces de una nueva razón comenzaban a mostrar un camino distinto. Varias mujeres, sin importar su clase, estaban cambiando los roles establecidos y mostraban sus deseos de aprender, de crear, de dirigir… Algunas, como la misma Elisabetta, Mary o Arabella, lo habían logrado… y continuaban con vida. Otras, como la reina María Antonieta, habían muerto.

—¡La historia es injusta! ¿Acaso alguien se creerá que una reina puede tener en tan poca estima a su pueblo?

Al poco, después de que Elisabetta hiciera sonar tres veces una campanilla dorada, una sirvienta entró con una bandeja de plata y un espumoso chocolate servido en vajilla de porcelana.

—No quiero que nadie me moleste hasta la llegada de Arabella Massari. Necesito silencio y soledad.

La sirvienta cerró el gran balcón desde donde Elisabetta contemplaba la iglesia. El bullicio era ensordecedor, la plaza se había llenado de vendedores ambulantes y de farsantes que leían el futuro a supersticiosos e ignorantes. Ella también necesitaba fe en un futuro esperanzador. Hacía unos años que no vivía en Venecia, sino en Vicenza, ciudad natal de su amado marido, el doctor Antonio Turra, que por temor a las consecuencias de lo que su mujer publicaba la convenció para abandonar la Serenísima. Elisabetta accedió con la condición de volver cada cierto tiempo, sin aviso ni fanfarrias, para reunirse con otras ilustres mujeres. Crear la Hermandad del Agua no había sido fácil. Encontrar mujeres dispuestas a reunirse y a compartir anhelos prohibidos fue complicado. «Los camposantos están llenos de valientes, la cobardía no es fértil en estas tierras». Aquellas que se atrevieron fueron descubriendo que compartir sus temores y sus gozos las hacía sentirse menos solas y mucho más protegidas.

Elisabetta se puso a leer horrorizada un pasquín, otro más de los numerosos que corrían por las calles.

De cinq anni bambina,
de diese fantolina,

de Quindese putela,
de vinti ragazza bela,
de trenta donna fatta,
de quaranta vecchia matta,
de cinquanta torsoduro,
de sessanta, va torsela in culo.[5]

—¡Maldito mundo!

Arrugó el papel y lo lanzó a la chimenea. Se desplomó en uno de los sillones frente a las llamas para contemplar con ojos cansados cómo los versos anónimos se convertían en ceniza. Venecia se había llenado de textos similares que culpaban a la mujer de todos los males que acontecían en el Véneto. El viejo orden no concebía que las mujeres llamaran a la puerta de la sociedad y quisieran participar dando su opinión en famosos salones literarios de París o Londres. Eran consideradas débiles, demasiado sensibles, sentimentales y poco capacitadas para el pensamiento racional. Las mujeres vivían en sus jaulas de oro y apenas se les permitía salir de ellas, solo podían encargarse de darles brillo y de que fueran las jaulas más bonitas. Muchos vivían empeñados en sostener este disparate.

---

[5] A los cinco años cría, / a los diez niña, / a los quince muchacha, / a los veinte hermosa joven, / a los treinta mujer hecha y derecha, / a los cuarenta vieja loca, / a los cincuenta vieja zorra, / a los sesenta, que te den por el culo.

Sobre sus rodillas tenía la *Vindicación de los derechos de la mujer*, un texto que había publicado apenas hacía un año en Venecia su querida amiga Mary Wollstonecraft, donde respondía a ilustres pensadores como Rousseau, que continuaban escribiendo con desprecio sobre las mujeres.

—Mi querida Elisabetta, ¡cuánto tiempo!

Arabella interrumpió los pensamientos de Elisabetta y, atravesando la sala con los brazos extendidos, la abrazó con ternura. Las dos mujeres llevaban tiempo sin verse.

—La salud te acompaña en belleza, mi querida Arabella.

—A ti la bondad te luce en estos tiempos de oscuridad.

Mientras las dos mujeres se sentaban frente a la chimenea, entró de nuevo la criada para ofertar a Arabella chocolate caliente espumoso, que esta aceptó de buen grado.

—*Grazie. Buon appetito.*

Reflexionaban en silencio mientras daban vueltas al chocolate con cucharillas de plata. Arabella sabía que su amiga no tenía buenas noticias.

—Mi querida amiga, bien sabes que tu presencia en Venecia siempre es un regalo, pero me temo que, en esta ocasión, tu visita esconde malas nuevas.

Elisabetta se levantó con calma y cogió del secreter la misiva escrita hacía unas semanas por Wollstonecraft. Sin pronunciar palabra se la entregó a Arabella, que la leyó en silencio. Volvió a sentarse, sorbió un poco de chocolate y esperó paciente la reacción de su amiga escuchando el crepitar de las llamas.

—¿Olympe de Gouges y madame Roland también?

Arabella miró con incredulidad a Elisabetta. ¿Dos mujeres más decapitadas? Con la reina María Antonieta, eran ya tres en los últimos tres meses. Tres hermanas guillotinadas, brutalmente asesinadas. ¿Se aprovechaban los tiempos revolucionarios para terminar con la hermandad?

—Ya no hay duda de que estamos en peligro —sentenció Arabella agitada.

—Nadie se libra en estos momentos de estar bajo sospecha, mi querida Arabella. Y nosotras representamos una seria amenaza para el mundo.

La Gran Maestre se levantó con la taza entre las manos y miró por la ventana el bullicio de la calle.

—A veces envidio a los que viven en la ignorancia, mi querida Elisabetta. El saber, en ocasiones, nos acobarda.

Aquel frágil pensamiento la llevó a Ludovico. ¿Cómo se encontraría el Dogo? Nadie lo había visto desde el baile de máscaras en Ca Massari. Se rumoreaba que no había salido del Palacio Ducal, incapaz de tomar una decisión después de los fatídicos acontecimientos que se estaban produciendo en Francia.

Desde el principio de su historia, la República había sobrevivido mostrándose neutral, pero ahora mantenerse al margen era un suicidio. Arabella sabía que debía ver al Dogo, pero el Consejo de los Seis y su pérfido primo, Paolo Manin, lo habían aislado de ella y puede que hasta puesto en su contra.

—¿Es seguro viajar a París?

Elisabetta conocía la preocupación de Arabella. La lista de nombres ilustres de la hermandad estaba en París. Era preciso conseguirla y recuperar, por encima de todo, el manuscrito original, la base sobre la que se sustentaba la Hermandad del Agua, documento guía sobre el que todas ellas juraron y se comprometieron, incluso con su vida, a conseguir la igualdad entre hombres y mujeres en todos los ámbitos de la sociedad: igualdad en el trabajo, en la política, para poseer y controlar propiedades, el derecho a la mujer a formar parte del ejército, el derecho a la educación… Una realidad que, aunque los libros de historia se empeñaran en silenciarla, demostraba la existencia de un grupo de mujeres valerosas que, a finales de siglo XVIII, arriesgaron sus vidas por ese fin común.

—¿Mary está de camino a París? —preguntó Arabella, que seguía dubitativa—. Ella sabe quién custodia la lista y la declaración original. Mmmm... Es un viaje peligroso, pero solo ella, como amiga de Olympe, puede hacerlo sin despertar sospechas. ¿Me equivoco?

Elisabetta comprendió la angustia de Arabella. Ella llevaba varias jornadas reflexionando sobre la cuestión y había traspasado estadios mucho peores del alma, sin encontrar descanso.

—Su viaje terminaría con otra muerte. Mi querida Arabella, confiemos en que haya otras formas de recuperar los documentos sin que ninguna pisemos París. Aquella ciudad es un polvorín y ahora no saldríamos con vida.

—¿Debemos confiar en que se cumpla la voluntad de Olympe?

Las dos conocían las precauciones que había tomado la escribana de la hermandad, su querida Olympe. Antes de su encarcelamiento y muerte había dejado instrucciones de cómo proceder en caso de peligro. Todo estaba en manos de su hijo, Pierre Aubry. En él había depositado su confianza y, para que no tuviera tentaciones, también le había prometido una buena suma de dinero.

—¿No será precisamente a Pierre a quien recurran primero como fuente de información? ¿Y si ya está muerto como su madre? ¿Y si la traiciona y entrega los documentos?

Arabella estaba en lo cierto, pero Pierre Aubry había sido meticulosamente instruido para salvaguardar los papeles incluso con su propia vida. La historia cuenta cómo el hijo de la escritora francesa renegó públicamente de su madre, de sus luchas para evitar ser sospechoso y acabar detenido. Lo que no cuenta fue cómo se arriesgó entrando en el custodiado domicilio de Olympe en la rue du Buis de París para coger los preciados documentos, escondidos bajo una baldosa debajo de la cama con dosel del dormitorio principal. Disfrazado de oficial de la Gendarmerie, pasó sin problemas entre los guardias y consiguió salir airoso con los manuscritos en la mano. Nadie podía sospechar que aquel hombre era el hijo de una conspiradora. Pierre Aubry abandonó el lugar con paso tembloroso. Sabía que cualquier error podía provocarle la muerte, bien por un afilado sable o por el disparo de una bayoneta. Cada gota de sudor le recordaba que pasaría a la historia como un hombre cobarde que renegaba de los méritos y las luchas de su madre; únicamente él sabría la verdad: que no solo simpatizaba con la revuelta de aquellas mujeres, sino que suscribía todo lo que reclamaban. Él, al igual que otros hombres, se había unido a la causa de esas mujeres que habían construido una alianza para cambiar el rumbo de la historia, con unas consecuencias más poderosas que la revuelta de los jacobinos y los girondinos o que la caída de las monarquías absolutistas. Pierre siguió escrupulosamente el plan establecido sin despertar sospechas. Abandonó París y envió a destino los documentos por los que su madre había dado la vida. Cumplida la misión, desapareció, convirtiéndose en otro de los hombres silenciados que lucharon por la revolución que se había puesto en marcha y que ningún palo en las ruedas pudo detener.

—Pierre nos hará llegar una carta anunciándonos que tiene los papeles y que, de un modo u otro, llegarán a nuestras manos.

Arabella solo esperaba que el hijo de Olympe consiguiera lo pactado: que los papeles llegaran a Venecia y que nadie más que la hermandad los custodiara. De caer en las manos equivocadas, la situación podía empeorar.

—Y si recuperamos los documentos… ¿qué hacemos con ellos? —preguntó, preocupada, Arabella.

—No creo que Venecia sea un lugar seguro. Quizá lo mejor sería quemarlos y ahorrarnos problemas. Debemos alertar de lo que está ocurriendo al resto de las hermanas.

Las dos mujeres se miraron con angustia. Destruir los documentos debía ser la última opción. Arabella tenía la esperanza de que las cosas salieran bien. Sintió que aquella decisión era fruto del miedo. ¿Acaso era justo hacer desaparecer tanta lucha? ¿Convertir en polvo lo deseado? ¿Significaba eso volver a ser sombras de la vida?

—No creo que sea la mejor decisión, mi querida amiga. Nuestros pensamientos tienen como guía la rabia por las tempranas muertes. No podemos aspirar a ser libres si no luchamos por ello.

Elisabetta sabía que Arabella tenía razón, pero su precaria salud y el amor por su marido le habían robado el valor necesario para la lucha. Si decidían custodiar los papeles, ponían en riesgo sus vidas más de lo que ya estaban. Si decidían destruirlos, la hermandad podría continuar, pero sin dejar rastro. Elisabetta, recostada en la silla Luis XVI, frente a la chimenea, buscaba una solución certera al nuevo desafío que el horizonte dibujaba. El chocolate se había enfriado, las buenas gentes habían despejado las calles para dar paso a los maleantes que se preparaban para escaramuzas y fiestas tempranas. Arabella debía partir, el sol estaba bajo y tenía que encontrarse con Felizzia y la joven Lucrezia. Debía cerciorarse de que la intrépida joven era su dama de agua.

—¿Sigue sin convencerte Lucrezia Viviani?

Toda Venecia hablaba de la prometida del hijo de Paolo Manin. La joven despertaba interés por su indiscutible belleza, pero sus notorias dificultades para comportarse en sociedad como una dama adinerada habían protagonizado más de una murmuración. No eran pocas las gentes que se habían sorprendido de que un Manin escogiera a la bella Lucrezia. Roberto Manin podía aspirar a cualquier noble europea que supusiera un matrimonio más provechoso para su padre, por lo que existía la sospecha de que ese enlace respondiera a un plan oculto.

—Bien sabes que no es de mi agrado, pero su futura posición puede ser de ayuda para la hermandad.

El ambicioso Paolo Manin no daba puntada sin hilo y no eran pocos los que se preguntaban qué desconocido beneficio ocultaba tal unión.

—Paolo Manin no necesita más poder ni dinero, pero sí lograr la estima de un pueblo que lo repudia. Los Viviani son, como bien sabes, una de las familias más queridas de Venecia, y una unión con los Manin podría acercar a estos al pueblo.

—Elisabetta..., los Manin jamás conseguirán el amor de pueblo.

Elisabetta se había perdido en los vericuetos del futuro matrimonio y las intrigas palaciegas que lo rodeaban. Arabella, por su parte, buscaba la forma menos abrupta de hacerle una confidencia a su amiga.

—Debes apoyarme para que Lucrezia sea aceptada en la hermandad.

Arabella miró a Elisabetta con temor a la reacción de su vieja amiga, mujer estricta, letrada y poco dada a las supersticiones.

—¿Acaso existe un motivo que yo desconozca?

—Ella es una hija del agua y... aunque todavía no sé con exactitud la razón... puede que nuestro futuro esté en sus manos.

Elisabetta conocía muy bien a Arabella. Sabía que poseía poderes que su razón no alcanzaba ni deseaba comprender. Pero aquella afirmación era demasiado importante como para dejar que se hundiera en el agua. Y no tanto por la joven Lucrezia, sino por la solidez que había visto en los ojos de su amiga.

—¿No será que quieres vengarte de Paolo Manin?

—Jamás antepondría mis afrentas personales a los intereses de la hermandad. Espero que no dudes nunca de eso. No puedo contarte más, pero Lucrezia

Viviani es la joven que esperábamos y debemos tratarlo en la próxima luna nueva.

Elisabetta y Arabella acordaron someter a votación el futuro de Lucrezia Viviani cuando la hermandad volviera a reunirse. Como en otras ocasiones, la convocatoria estaba en marcha. Las misivas con el sello de la hermandad lacrado viajaban por Europa y el Véneto. Los asuntos a tratar eran de suma importancia y pocas faltarían a la cita. Las dos mujeres se despidieron con un prolongado abrazo ignorando las convenciones. Necesitaban sentir la seguridad de estar en lo cierto con sus acciones y alejarse del miedo.

—No debemos precipitarnos; esperemos la llegada de la luna nueva.

Cuatro

«Cuando estemos armadas y entrenadas,
podremos convencer a los hombres de
que tenemos manos, pies y un corazón
como los suyos».

VERÓNICA FRANCO (1546-1591)

Como dos sombras en movimiento, Della y Lucrezia salieron por la puerta de servicio y caminaron ocultas unas cuantas calles con paso presuroso, mirando al suelo para evitar ser reconocidas.

—¡Della, no te retrases! Sabes que a Felizzia le irritan las esperas.

—Si alguien nos descubre, si alguien nos descubre… —repetía Della a modo de plegaria.

Comenzaba a pensar que su arrebato por cambiar el ánimo de Lucrezia podía tener consecuencias. Sabía que desobedecía las órdenes explícitas de don

Giuseppe: no relacionarse con *meretrici*, ni siquiera con Felizzia, antigua amante y por siempre *innamorata*. Desde que se había convertido en la prometida de Roberto Manin, debía comportarse como tal y evitar escándalos que pudieran poner en riesgo una boda tan importante para el ascenso de la familia.

Debajo de un pequeño puente, las esperaba Filippo con la mano alzada. La joven iba cubierta hasta los pies con una capa negra y una *bauta*. Aunque su semblante se escondía tras la máscara, Filippo sintió la misma punzada en el estómago que cuando la rescató de las aguas.

—¡Gracias por... salvarme la otra noche!

El gondolero apenas pudo balbucear y se limitó a ayudarlas a subir para evitar una nueva caída al agua.

Viajaron en silencio, evitando el cruce de miradas curiosas. Lucrezia sentía una extraña confianza en aquel remero que apenas conocía pero que, estaba segura, jamás la traicionaría.

—Lucrezia..., sabes que por vieja sé leer los pensamientos y te ruego desvíes los tuyos. Tu corazón ya tiene dueño y a nadie más pertenece.

—Della..., mi corazón tendrá el dueño que yo desee... —respondió Lucrezia mientras miraban a Filippo atracar la góndola debajo de otro puente. Había confiado a un extraño su custodia, previo pago de unas monedas y la promesa de recibir el doble a su vuelta.

Filippo ayudó a las damas a bajar a tierra firme y sintió la mirada cómplice de Lucrezia al hacerlo.

Los farolillos rojos en el Rialto comenzaban a alumbrar las pecaminosas y estrechas calles, repletas de mujeres perdidas y abandonadas a un fatal destino. Era el lugar donde las cortesanas venecianas estaban obligadas a vivir, a pesar de que en Venecia, además del juego, la fiesta y la compra de votos, el placer carnal era la actividad a la que la ciudad más tiempo dedicaba. La decadencia y el empobrecimiento de la República no había impedido que dicha afición disminuyera, sino todo lo contrario. La lujuria era una buena fuente de ingresos, y las prostitutas debían pagar impuestos, grandes sumas que servían para sufragar más de una galera y además llenaban las arcas. El oficio no había caído, pero sí su imagen; como la misma República, estaba en decadencia y solo las Foscas conservaban los privilegios y el prestigio de antaño.

—Si alguien nos descubre, si alguien nos descubre —repetía Della con la vista fija en el suelo.

Las calles del *sestiere* estaban sucias de pensamientos y eran poco recomendables para mujeres solas, de buen nombre y casta, como la joven Lucrezia Viviani. La fiel Della la seguía con el corazón en un puño, pues, si no querían un escándalo público, no podían ser descubiertas.

—¡Chssss! Della, deja de llamar a la desgracia. Nada malo nos va a pasar.

Filippo y Lucrezia cruzaron una mirada cómplice y se sonrieron al ver a Della, cabizbaja, asustada y repitiendo lamentaciones sin cesar. Ella, igual que Filippo, lejos de sentir miedo, estaba excitada por la aventura.

El barrio de las meretrices estaba lleno de tabernas que escupían extraños que apuraban el vaso de vino. Algunas rameras se mostraban desnudas de cintura para arriba en los mismos portales o en los *altanelle*, los balcones de madera que sobresalían de decenas de palacios. Estas mujeres también mostraban sus largas cabelleras de rubio veneciano, logrado con una extraña mezcla de extracto de uñas de caballo, altramuz, salitre, vitriolo, áloe y cúrcuma: una pócima mágica famosa y codiciada en todo el mundo.

—¿Cegado por tanta belleza? —preguntó divertida Lucrezia a Filippo.

—No... no suelo frecuentar este vecindario —respondió ruborizado.

Lucrezia se quejaba por tener que caminar sobre unos incómodos chanclos que le había obligado Della a llevar. Esos chanclos, lo mismo que las perlas, mostraban su distinción y evitaban que la confundieran con una *cortigiana*. Filippo sentía las miradas de algunas de ellas clavadas en él y se mostraba incómodo por ser incapaz de apartar sus ojos de los senos desnudos de algunas que buscaban su bajo vientre. Lucrezia cotilleaba bajo su *bauta*, con mirada divertida, todo cuanto acontecía. Filippo comenzaba a tener dificultades para quitarse de encima a algunas osadas que se acercaban para insinuarle mejor cama que la de una dama. Otras perdían su atención en Lucrezia, su presencia resultaba toda una provocación para ellas y la miraban con envidia.

De pronto, tres borrachos cortaron el paso al trío. Filippo se puso delante de las damas para prevenirlas de cualquier mal. Uno de ellos sacó un pequeño sable.

—¿A qué debemos este honor? ¿O acaso os habéis perdido?

Della empezó a gritar cuando vio cómo una prostituta se abalanzaba sobre Lucrezia para arrancarle el collar de perlas. Apenas alcanzó a rozar cuello, pues con un rápido movimiento de pies esta no solo evitó el tirón sino que tuvo tiempo para sacar de debajo de la capa un espadín de empuñadura de bronce. Se puso en guardia y se quitó los chanclos ante el silencio atónito de los presentes.

—¡Que nadie se atreva a tocarnos! Juro que no dudaré en clavar mi espada a quien lo intente.

Los tres borrachos y las prostitutas que los acompañaban se quedaron sorprendidos ante las escondidas artes de Lucrezia. La prostituta que había intentado arrancarle las perlas dio un paso atrás y, con un solo gesto, le quitó el sombrero a uno de sus compañeros.

—¡Saluda a una dama valiente! Ha demostrado tener más agallas que tú, viejo borracho.

Con pausa ceremoniosa, realizó una divertida reverencia a Lucrezia. El resto siguió la broma, mostrando respeto a una dama que tenía el coraje de batirse en duelo con cualquiera que la ofendiera.

—¡Vámonos cuanto antes de aquí! ¡De menuda nos hemos librado!

Della había recogido los chanclos de Lucrezia y les rogó que acelerasen el paso, rezando para encontrar el camino y entrar sanas y salvas en Ca Felizzia. Como si los milagros existieran, la vieja cortesana apareció de la nada con su séquito de Foscas. Della sonrió a Felizzia, pero la pobre criada solo obtuvo una severa reprimenda.

—¿Cómo se te ocurre venir con Lucrezia sin avisarme? Ya sabes que a estas horas abundan los asaltos, las muertes y las violaciones.

Della estaba arrepentida porque su imprudencia les podía haber costado la vida. Lucrezia seguía con el espadín en la mano, con los pies llenos barro y la sonrisa de satisfacción bajo la *bauta*. Aquello le parecía mejor vida que la de bordar y engendrar niños entre perlas y sedas de Oriente. Filippo custodiaba a las damas, recuperándose de la sorpresa de descubrir que su enamorada fuese menos dama y más salvaje de lo que él pensaba. Los tres se situaron en el centro del grupo de Foscas que, como un ejército bien formado, los escoltaría hasta Ca Felizzia. Alguna no perdió el tiempo y miró de reojo al gondolero. Filippo devolvía las miradas con timidez, pues sabía que aquellas mujeres eran las más deseadas de… ¡Europa!

—Della, no nos ha ocurrido nada malo —dijo Lucrezia intentando animar a la sirvienta, que no volvió a hablar en todo el camino.

La vieja cortesana caminaba presurosa y disimulaba el orgullo que había sentido al ver a su ahijada Lucrezia desenfundando la espada con brío y sin miedo. Estaba claro que aquella joven no estaba hecha para convertirse en la mujer de un Manin y quedar relegada a un objeto silencioso. Felizzia era una mujer que había desafiado su propio destino. Se negó a casarse, se negó a ser encerrada en un convento y, aunque perdió a toda su familia y su buen nombre, había logrado ser ella misma. Entraron por la puerta de atrás y subieron a la primera planta, dejando a Filippo en manos de las Foscas sedientas.

—¡Prohibido degollar al cordero! —dijo Felizzia con autoridad.

Lucrezia también se detuvo al pie de la escalera y con destreza se quitó la capucha y la *bauta*. Sus ojos lucían tan brillantes como la amplia sonrisa que iluminaba su excitado semblante. Filippo sonrió al contemplar tanta belleza. Bajó decidida dos escalones hasta estar a la misma altura del joven y, sin perder la sonrisa, le ofreció su mano en agradecimiento por la gesta de esa tarde.

—Filippo, debo ser justa y corresponderte como es de merecer tu lealtad y arrojo, pues en Ca Massari casi pierdes la vida por salvar la mía.

Lucrezia se quitó una cadena de oro blanco que portaba una medalla grabada con el león alado, símbolo de bravura y justicia en Venecia.

—No creo que sea una buena idea… —Della trató de impedir la generosa acción de la muchacha.

—¡¡¡¡Chsss!!! —Felizzia se lo impidió, mandándola callar.

—Te entrego esta medalla del león alado, que me regaló mi buen padre, como símbolo de mi confianza. Es mi deseo que a partir de ahora seas mi sombra y mi remero personal. Si aceptas mi ofrenda, sé que mientras la luzcas podré confiar en ti.

Filippo sintió que el mismo Dios le enviaba señales del cielo. Poco sabía de estrategias, pero callejear por la oscuridad le había dado olfato y se había dado cuenta de que aquel corazón indomable necesitaba protección.

—¿Aceptas? —preguntó insistente Lucrezia.

—En mi pecho colgará este león que, desde este preciso momento, solo volará por deseo tuyo.

Felizzia vio una escena digna de cualquier dramaturgo que hablara de amor, mientras que Della comenzaba a vislumbrar peligro.

—No trates de convencerme, Felizzia, bien sabes que lo que acabamos de ver no está bien. ¡Es un vulgar remero! —susurró Della.

Las Foscas acompañaron a Filippo a beber vino para compartir confidencias y entrenar al buen mozo en el arte del amor. Lucrezia subió ágil las escaleras ante la sonrisa cómplice de Felizzia, emocionada por el momento vivido. Della puso cara de circunstancias.

—¿Cómo le has entregado la medalla del león? Si tu padre se entera… nos buscamos un problema.

—¡Déjalo en mis manos! Conozco al mejor orfebre de la ruga dei Oresi que puede hacernos, a la velocidad de un rayo, una réplica exacta —contestó rápida Felizzia.

La vieja cortesana salió al balcón y silbó para avisar a las Foscas de que llevasen a Filippo a la ruga dei Oresi, para que cuanto antes se comenzase a trabajar en la réplica. El padre de Lucrezia llegaría a Venecia al cabo de una semana y, como bien sabía la antigua amante, era un hombre astuto. Podía oler cualquier fechoría de su hija.

Della se desplomó rendida en una *duchesse* de terciopelo verde, mientras Lucrezia observaba gozosa el nuevo tesoro adquirido por Felizzia que reposaba sobre el secreter.

—¿Un nuevo manuscrito? —preguntó Lucrezia—. ¿De qué trata?

La miró con curiosidad pues Felizzia era famosa por ser una hábil rastreadora de libros prohibidos, además de por poseer bellas telas y ungüentos llegados de todas partes. La vieja cortesana se desprendió de su pesada peluca con la ayuda de dos jóvenes.

—Demasiado peso para mi salud… el sacrificio de la belleza.

Vio en el espejo la expresión de asombro de Lucrezia ante su cabello escaso, débil y corto como el de una monja. Aprovechó para secarse el sudor, empolvarse de nuevo, remarcar su famoso lunar en la mejilla derecha y respirar.

—No temas, querida. Te quedan muchas lunas nuevas todavía. Y cuando ocurra… tendrás que llevarlo con la dignidad que corresponde.

La buena de Della se había quedado dormida, respiraba fuerte y soltaba alguna palabra indescifrable que provocaba la risa de las presentes.

—Me alegra que duerma. Tengo muchas cosas que contarte.

Lucrezia amaba a aquellas dos mujeres tan distintas. De no ser por ellas, su vida habría sido muy solitaria.

—¿Quieres saber qué es este manuscrito? Es una de mis joyas y fuente de inspiración.

Lucrezia se acercó a la mesa para descubrir el preciado tesoro. Le encantaba que Felizzia le mostrara hallazgos o compras que había conseguido… ¡a saber de qué modo!

—*I segreti della signora Isabella Cortese.*

—¡Una auténtica joya! —asintió Felizzia con entusiasmo.

Era el primer tomo de un tratado de belleza y remedios de salud de una de las químicas más importantes del siglo XVI. Isabella Cortese, buena veneciana, escribió cuatro libros que contenían valiosas fórmulas farmacéuticas, de perfumería y cosmética, que eran las más extraordinarias y buscadas en el mundo. La vieja Felizzia había dado al fin con el tomo de la cosmética y trabajaba sin demora para elaborar los mejores ungüentos no solo de Venecia, sino de Europa.

—Mi querida Lucrezia, este manuscrito, junto con otros que tengo a buen recaudo, es mi salvoconducto para una vida mejor.

—¿Son fórmulas secretas? —preguntó Lucrezia.

Lucrezia siguió con la mirada a Felizzia, que tras localizar una llave bajo una baldosa se dispuso a abrir la parte superior de un colosal *trumeau* en *lacca* Povera con iconografía de la lejana China.

—Ha llegado el momento de compartir esto contigo, mi querida Lucrezia.

Lucrezia se había quedado embobada pues ese mueble siempre había despertado en ella una extraña fascinación. Las dos puertas del *trumeau* se abrieron descubriendo un sinfín de pequeños frascos de cristal con líquido en su interior. Todos menos uno dejaban pasar la luz; el opaco era de ónice negro. Fue precisamente ese el que Felizzia levantó en busca de la luz para mostrar su belleza.

—Esto es mi salvoconducto y cuando yo muera, pasará a ser tuyo, mi querida Lucrezia. No el frasco, sino la fórmula secreta que encierra.

—Un elixir secreto, pero… ¿para qué?

—Mi querida niña, este es el perfume que te hará reina, reina de la verdad y el deseo. Si te mienten, descubrirás la verdad y si te aman, no podrán resistirse.

Felizzia le explicó la importancia de la fragancia y cómo cultivar el olfato podía transformar las penas en alegrías. Arabella le había confesado, conocedora de su pasión, que María Antonieta poseía un perfume misterioso llamado Jardín Secreto que llevaba siempre encima en un frasco de jade negro. Le fascinó tanto la imagen que encargó un frasco de Murano también negro para guardar el elixir del deseo. Mientras le recitaba parte de la pócima mágica, Felizzia le ofreció cinco dosis.

—Te entrego la esencia de las Foscas. Te aconsejo que no la utilices hasta estar muy segura de aquel o aquello que deseas atraer a la luz de la verdad.

Lucrezia miró el pequeño frasco y lo cogió con las dos manos. Felizzia le ofreció un saquito de cuero para que lo llevara en el corpiño.

—A partir de ahora, tal como hacía María Antonieta, llévalo siempre contigo. Nunca se sabe cuándo lo vas a necesitar.

—¿Cuándo debo usarlo? —preguntó Lucrezia.

—Sabrás con quién y cuándo. Solo debes confiar en ti.

Lucrezia miró el saquito y se lo guardó con sumo cuidado, como si de un tesoro muy valioso se tratara.

—Gracias, Felizzia.

—Custódialo para que jamás caiga en manos no deseadas. Este elixir nos ha salvado de muchas maldades.

Felizzia cerró el *trumeau* con suma delicadeza y volvió a guardar la llave bajo la baldosa mientras comprobaba de reojo si la buena de Della seguía dormida. La pobre criada respiraba fuerte, con los ojos cerrados y el cuerpo relajado.

La llegada de una visita hizo sonar con fuerza una campanilla. La cortesana miró por el balcón que daba al canal y vio con alegría la góndola de su querida amiga Arabella, acompañada de su inseparable Lina.

***

—No querría ver caer la noche antes de llegar al *palazzo* pero bien sabes, mi querida Lina, que cuando el cielo se oscurece, predice tormenta.

La sirvienta no supo qué contestar, pues estaba tan mareada que solo quería llegar a *terra ferma*. Su señora llevaba días ajetreados y Lina comenzaba a sentir los estragos de tanto viaje. Habría deseado quedarse en Ca Massari, pero presentía la inquietud de Arabella y, por lo que pudiera acontecer, prefería estar junto a ella.

Al salir del hogar de Elisabetta habían puesto rumbo al Palacio Ducal. Arabella necesitaba verse con el Dogo, pues este llevaba un par de semanas sin responder a ninguna de sus misivas.

—Tu silencio, Lina, te delata. Sé que sospechas de la fidelidad del Dogo, pero yo sigo creyendo en él.

—No soy yo quién para poner en duda su olfato, signora.

Lina no se equivocaba. Por primera vez en su vida, a Arabella se le prohibió la entrada al Palacio Ducal. Dos guardias impidieron que cruzara el portón de entrada por orden expresa, según profirieron, de Ludovico Manin.

—¿Acaso no saben con quién están hablando? ¿Acaso no reconocen a Arabella Massari? —soltó Lina, indignada.

Los guardias, aunque bajaron la mirada, no hicieron ademán de apartarse. Las dos mujeres, acompañadas de un séquito de cinco hombres que se ocupaban de velar por la seguridad de Arabella, tardaron unos segundos en reaccionar.

—¡Alto! —dijo Arabella a sus hombres—. No quiero traer la violencia a este respetado lugar.

Necesitaba encontrar el modo de ver al Dogo, pues tenía el convencimiento de que él no había prohibido su entrada. Fue entonces cuando vio llegar a Pietro Morosini, uno de los nobles más influyentes de la República, amante de las artes y, a diferencia de muchos, defensor del progreso femenino. Morosini se quitó el tricornio y con una leve genuflexión saludó a la gran dama, ignorando a los guardias.

—¡Mi queridísima Arabella! Mi alma se reconforta cada vez que te veo. ¿A qué debemos tu visita?

—Mi querido Pietro, tú siempre tan atento y decoroso. Aprecio tu llegada, porque la guardia me impide el paso, según cuentan, por orden expresa del Dogo.

El buen hombre ordenó que abrieran paso sin rechistar. Los dos guardias se miraron confundidos sin saber cómo proceder ante esa contraorden. Desobedecer a un miembro del Consejo de los Seis podía ser causa de alta traición… pero la orden de no dejar pasar a Arabella Massari había sido clara y contundente.

—Signore, me temo que no podemos dejar pasar a la signora —replicó uno de los guardias.

—¿Quién puede no desearla en el Palacio Ducal? Tengo la certeza de que no es el Dogo, así que si valoras tu vida, soldado, habla.

Lina observaba la escena, inquisidora. Deseaba retener las caras de los mozos, porque en la ley de la calle uno jamás olvidaba a quien te había ofendido. El poder de Arabella era tal, que debía cubrirse las espaldas y no perdonar actos de humillación pública como aquel. Venecia era la ciudad de los mil puentes y siempre se encontraba uno desde el que arrojar un cadáver.

—Mi señor, la orden ha sido dada… hum… por el primo del Dogo.

—¡Maldito Manin! —exclamó Lina y, tapándose la boca para no ser oída, terminó el improperio—. *Le mortacci tua, de tuo nonno, da tua madre e dei da palazzina tua.*[6]

Arabella miró con desaprobación a Lina. Si bien Paolo Manin era un ser malquisto por la mayoría de la nobleza, en la misma proporción era temido, luego era difícil que Arabella pudiera encontrar un aliado fiable.

—¡Lleváosla! —ordenó Arabella a dos de sus hombres—. Mi querida Lina, no quiero que nadie termine por cortarte la lengua.

—¡Exijo que dejen entrar a Arabella Massari! Yo mismo comprobaré si la orden viene de Paolo Manin en persona —dijo Pietro Morosini.

---

[6] Tú y tus muertos.

Los guardias no perdieron el tiempo y franquearon el paso.

—Mi querida, bien sabes que tu escolta debe permanecer fuera. Sería, tal y como están las cosas, una declaración de intenciones. Este es un lugar sacro y seguro.

Los tres hombres de Arabella se quedaron custodiando la puerta de entrada al Palacio Ducal. A lo lejos vieron con desconfianza a Paolo saludar a Arabella y a Pietro. El semblante del noble veneciano palideció cuando habló el temido Manin:

—Mi querida Arabella, mi querido Pietro, ¿acaso alguien ha impedido vuestra entrada en el Palacio Ducal?

La sonrisa de villano dejó sin voz a Morosini que, aunque odiaba a Paolo, sabía muy bien cómo salvar su vida, su fortuna y su prestigio. Existía una ley de oro por la cual jamás debía ponerse en cuestión ninguna afirmación de ningún Manin, y menos del más despiadado.

—Mi querido Paolo, no ha sido nada más que una leve confusión —se pronunció serenamente Arabella, aguantando la estocada—. Ya sabes que en estos tiempos cualquiera puede convertirse, de la noche a la mañana, en una amenaza para la República.

Don Pietro desapareció sin despedirse de Arabella; tan solo dejó un pestilente rastro de orina.

—¡Me encanta el olor del miedo!

Paolo soltó una carcajada al notar el hedor que dejaba el noble en su estampida; disfrutaba sintiendo cómo su mera presencia provocaba reacciones incontrolables. Después, olfateó a Arabella de arriba abajo. Esta permaneció con el semblante sereno, sin atisbo de rubor en las mejillas.

—Curioso que tenga que encontrar en una mujer al hombre más valiente que jamás haya conocido.

Paolo la agarró del brazo con engañosa suavidad y la forzó a acompañarlo hasta un rincón apartado, guarecido de miradas, para con un seco e inesperado movimiento asestarle un fuerte empujón y amenazarla con un afilado y diminuto puñal que se detuvo en su delicado cuello.

—Seguro que si atravesara tu garganta, tus ojos me darían lo que más ansío: tu temor, tu súplica, tu derrota ante mí.

Arabella contuvo la respiración y abrió sus ojos verdes de par en par. Sabía que cualquier paso en falso podía ser mortal y que Paolo estaba dispuesto a acabar con su vida, pensara lo que pensase el Dogo.

—Querida mía…, ya no eres bienvenida. Mi primo no va a precisar de tus consejos nunca más. Sugiero que no vuelvas a intentarlo, ni siquiera haciendo uso de los pocos amigos nobles que te quedan. Yo que tú evitaría cualquier conspiración contra mí, pues bien sabes que mis oídos llegan a Constantinopla.

Arabella seguía con el corazón en un puño y sentía rabia por haber perdido la influencia sobre el Dogo. Paolo acababa de dejarle claro que Ludovico Manin era su títere y solo era cuestión de tiempo que toda la República estuviese a sus pies.

—Vuelve a tu palacio, y si deseas conservar tu vida te aconsejo que lo conviertas en un monasterio. Si no… seré yo mismo quien te rebane esa preciosa garganta.

Paolo apartó el puñal de su cuello y, sin dejar de mirarla, lo deslizó sobre la pared de piedra como si del cuerpo de Arabella se tratara. Arabella se recolocó el vestido en silencio.

—Pero todo a su debido tiempo. Mi querida, tu hora todavía no ha llegado.

Los guardias abrieron paso para que la dama abandonara el lugar bajo la vigilancia de Paolo.

—Pronto flotarás, mi querida Arabella, flotarás.

Pero antes Paolo debía convencer a su primo de la mala influencia de Arabella y lograr acusarla, fuese como fuese, de alta traición. Arabella desapareció escoltada por sus tres hombres sin mirar atrás y sintiendo todavía la afilada punta de acero sobre su garganta. Llegó a la góndola en silencio. La vieja criada leyó que algo malo había sucedido. Se privó de expresar sus dudas al ver la pequeña herida en el cuello de Arabella.

—*Le mortacci tua, de tuo nonno, da tua madre e dei da palazzina tua* —volvió a susurrar.

Se acercó con ternura y limpió el rasguño. No necesitaba confirmación de que aquello portaba el sello de Paolo Manin. El cielo empezó a perder claridad y la bruma invadió los canales…

***

—Mi querida Arabella, tu presencia en esta casa siempre es una alegría.

—Felizzia, debo partir antes de que anochezca. ¿Ha llegado Lucrezia?

—Llevamos un tiempo conversando, pero no imagina nada.

Las dos mujeres bebieron un vaso de vino a solas para compartir confidencias y secretos. Felizzia observó aquella tarde que Arabella había envejecido prematuramente. Pero se guardó su preocupación y no quiso emitir un juicio precipitado.

—¿Está la Vecchia Fosca de camino?

—Los remeros ya salieron en su busca.

La Vecchia Fosca era conocida por todas las meretrices de Venecia. Salió milagrosamente sana e intacta de un incendio provocado por un embajador despechado. Días después se desmayó y, cuando volvió en sí, estaba ciega. Ningún médico supo encontrar una explicación. Algunos religiosos sentenciaron que aquello era obra del mismísimo diablo, que le había robado los ojos por salvar su vida y salir ilesa de las llamas. Felizzia le dio cobijo y se ocupó de ella cuando nadie la quería. De haber podido, la habrían enviado a Poveglia, la isla maldita conocida como la isla de los Muertos, donde se desterraba a los moribundos durante la peste bubónica.

—¡Déjame morir! Ya soy vieja y ahora estoy maldita.

—El tiempo lo mismo que perdona, olvida —sentenció Felizzia.

Poco tiempo después, las gentes dejaron de hablar de la Vecchia Fosca. Fue como si hubiera muerto, y permaneció en la más estricta intimidad bajo los cuidados y la protección de la cortesana. Felizzia se enfrentó a cuantos desearon su muerte y prometió protegerla incluso con su vida. Ella sabía que el alma de aquella mujer era blanca y no tardó en descubrir que no se había equivocado: no tenía visión, pero sí podía leer las almas. Le bastaba tocar las manos de la otra persona. Así se convirtió en la Vecchia Fosca: un oráculo que consultaban las prostitutas. Una especie de sabia consejera, que con distintos métodos curaba males que habitaban más allá del cuerpo. Solo ella decidía si la visita era bienvenida y debía recibir un mensaje o debía irse a su casa con las manos vacías. Cuando las gentes dejaron de verla como un ser endemoniado, empezaron las peregrinaciones para pedir su ayuda o consejo.

—Debes seguir escuchando tu voz interior, la que te habla por las noches —le dijo la Vecchia Fosca a Arabella.

Ella la ayudó a interpretar sus sueños y sobrellevar sus premoniciones… Nadie más podía comprender su poder y no temerlo.

Desde la entrada principal, Arabella y Felizzia vieron llegar a la vieja meretriz con su inconfundible atuendo: una larga túnica medieval cubierta por una capa también negra, lo mismo que el griñón que cubría su cuello y la máscara *moretta* junto al tricornio. La Vecchia Fosca era la única mujer de la ciudad que lucía en público la *moretta*. Desde que perdió la vista, solo Arabella y Felizzia habían podido contemplar su rostro, desfigurado por las llamas. Y nunca salía sin su cetro, una vara de pino sin apenas pulir, salvaje y tan vieja como ella.

Nada más llegar palpó la cara de las dos mujeres, que se habían quitado los antifaces para recibir su bendición.

—Se avecina la tormenta, mis queridas, y puede que las aguas os arrastren a lugares desconocidos.

Felizzia le apretó la mano a Arabella. No deseaba saber más de lo que había escuchado; ella también presentía que algo iba a suceder, y no precisamente bueno. Solo en ocasiones la cortesana gozaba de ese sexto sentido que tenía tan agudizado Arabella.

Felizzia y Arabella agarraron cada una de un brazo a la Vecchia Fosca, que siempre encontraba en su camino señales de respeto y temor. Incluso los que no creían en su poder trataban de no mirarla por si alguna maldición recaía sobre ellos.

—Nos queda la esperanza de saber si al fin hemos encontrado a la joven bañada en agua.

El momento ansiado había llegado: ella debía confirmar si la joven Lucrezia era la elegida.

La llevaron al salón secreto de Ca Felizzia, la sala de reunión de las Foscas. Una habitación con una mesa redonda de nogal en el centro, techos altos pintados en oro y paredes vestidas de telas de cáñamo y seda con ornamentos dorados de Oriente. Estaban colgados los retratos de las más famosas cortesanas de la historia de Venecia en fastuosos marcos ovalados. Esos rostros mostraban no solo el poder, también la historia de una Venecia olvidada. La Vecchia Fosca se acomodó con su bastón en la silla principal, una especie de trono forrado de seda dorada con bordados de las diosas griegas en el respaldo y el asiento. Arabella se sentó en una de las sillas que rodeaban la gran mesa y esperó en silencio a que Felizzia llegara con la joven Lucrezia.

—Siento la angustia de tu corazón y desearía decirte que no existe motivo —dijo la Vecchia Fosca con un tono lúgubre.

Arabella miró a la anciana. No sabía qué decirle, no quería preocuparla con sus temores.

—Mi querida Arabella, mis sueños son cada vez más oscuros… Sé que mi tiempo en este mundo se agota. Quizá sea la última vez que hablemos.

—No llames a la muerte.

—Bien sabes que está cerca.

Arabella le sirvió vino en una copa de oro y se la entregó sin deseo de seguir la conversación. Sabía que la vieja llevaba razón y que si los astros no se equivocaban, aquel sería su último encuentro.

—No llores, mi Arabella. Bien sabes que la eternidad se agotó en el tiempo de los dioses y que los humanos gozamos de otros privilegios como es sentir…, sentir… vida y muerte.

Arabella miró a su vieja compañera, con la que había compartido tantas confidencias. Ella era otra hermana del agua y estaba a punto de perderla. ¿Acaso no eran demasiadas muertes en muy poco tiempo, demasiadas ausencias? Sintió que la debilidad llamaba a su puerta y, aunque debía ser fuerte, no podía evitar que la duda o la desesperación se apoderara de ella.

—Quizá nos volvamos a ver más pronto de lo que desearías, mi vieja ciega.

Antes de que pudiera contestar, Felizzia y Lucrezia entraron en la sala con sonoras carcajadas; modales de quien tiene a la ignorancia como compañera de juegos.

—Por lo que veo, se me esperaba…

Lucrezia se percató enseguida de que aquel no era un encuentro casual y que, nuevamente, la poderosa Arabella le tenía preparada una sorpresa. Se sentó en silencio en una de las sillas y esperó una respuesta. Felizzia le guiñó un ojo y la miró bondadosa antes de cerrar las dos puertas para dejarla a solas con Arabella y la Vecchia Fosca.

Tras una pausa tensa, Arabella se levantó y se acercó a Lucrezia, que la miraba con curiosidad y desconfianza.

—No temas, querida. Esta anciana ciega solo desea saludarte y bendecirte el rostro.

La Vecchia Fosca alargó sus brazos para palpar el semblante de la recién llegada que, tras varios suspiros, se levantó de la silla y, cautelosa, se acercó a ella. Los finos y huesudos dedos recorrieron cada surco de su piel como si fuera un libro abierto. Comenzó acariciando la frente y fue descendiendo con cautela con ambas manos hasta llegar a la boca y el mentón. Lucrezia tuvo ganas de salir corriendo, o de ponerse en guardia con su espadín ante esas mujeres que comenzaban a parecerle muy extrañas.

—¡Chss! No dejes que los malos pensamientos se adueñen de ti —dijo la vieja.

A continuación susurró una oración en una lengua incomprensible. Lucrezia apretó los dientes y decidió mantener los ojos cerrados para pensar con claridad. ¿Qué estaba ocurriendo? Sus pensamientos volaban uno detrás de otro. Apenas surgía uno, ya llegaba otro menos alentador que el anterior. Antes de que el pánico se apoderara de ella, la anciana apartó abruptamente las manos de su rostro e interrumpió su cantinela.

—¿Alguien podría contarme qué ocurre? —preguntó.

Lucrezia dio dos pasos atrás y miró a Arabella, que vigilaba a la Vecchia Fosca. Trató de dominar su miedo y observó cómo las dos mujeres murmuraban palabras desconocidas. Temía que pudiera tratarse de brujería, pues su padre le había llenado la cabeza de supersticiones, y a pesar de que Felizzia le había quitado muchas de la cabeza, acudieron ahora a sus pensamientos.

—¿Qué ocurre?

Arabella se sentó en silencio y la vieja ciega sorbió un buen trago de vino y sonrió levemente. Lucrezia se dejó de ceremonias y preguntó sin decoro:

—¿Debo respetar este silencio? Me gustaría saber o abandonar esta sala cuanto antes.

—Mejor saber que abandonarse a la ignorancia —respondió Arabella.

Arabella desplazó el fastuoso retrato de Verónica Franco, el más grande de todos los que colgaban en la sala. Su tamaño era colosal, ocupaba casi media pared y, para asombro de Lucrezia, tras él se escondía una librería con cientos de volúmenes encuadernados bellamente en piel y cuero. Sin atisbo de duda, Arabella tomó uno de considerable tamaño que destacaba sobre el resto. Estaba colocado en el centro y tenía un color distinto. Lo cogió con dificultad y, sin abrirlo, lo puso sobre la mesa frente a Lucrezia, que miraba hipnotizada. La lustrosa encuadernación tenía unos lacrados en oro sobre piel morada y en el centro solo un símbolo: un triángulo invertido dentro de un círculo y dos palabras en latín, *Mulieres aqua*, escritas en letra cancilleresca. Lucrezia no comprendía nada. No había oído hablar de ese libro, pero había visto aquel círculo con el triángulo en alguna parte.

—Es tiempo de que te muestre el lugar al que perteneces. Pero necesito que escuches con atención.

Arabella abrió con suma delicadeza el precioso tomo que contenía la historia manuscrita de cientos de mujeres; antepasadas que habían protagonizado gestas que no debían quedar en el olvido. Heroínas que, en soledad, con sufrimiento y valentía, habían decidido debatir incluso sus propios razonamientos. Lucrezia observaba con atención todas las páginas de papel verjurado que Arabella iba pasando y recorriendo con sus dedos. Mostraban bellos retratos en tinta de aquellas mujeres: científicas, otras orando, guerreras y varias en actitudes que no eran de esperar en el género femenino.

—¿Juana de Arco?

Lucrezia no sabía quién era aquella mujer con armadura y una gran espada en las manos, pero sin lugar a dudas le llamaba la atención. Sus ojos se detuvieron en cada retrato, en cada nombre, en cada página que iba mostrando a mujeres que habían conseguido ser algo más que una *nobil donna*. Se detuvo ante la imagen de una monja de cara afable llamada Arcangela Tarabotti. Bajo su efigie, su fecha de nacimiento y muerte: 1604-1652, y una frase: «Cuando las mujeres son vistas con la pluma en la mano, se las reprende con gritos e inmediatamente se las devuelve a una vida de dolor que su escritura había interrumpido, una vida dedicada al trabajo de aguja y rueca».

—¿Quiénes son?

—Mi querida Lucrezia, son como tú y como yo… mujeres que se sacrificaron por conseguir sus sueños.

—¿Como tú y como yo? ¿Qué tengo que ver yo con ellas?

Lucrezia estaba desconcertada. No alcanzaba a entender por qué la incluían entre las mujeres de aquel libro tan extraño como seductor. Sentía la imperiosa necesidad de leerlo, de conocer a aquellas mujeres que, por alguna razón, Arabella consideraba heroínas. Se sentía más perdida, más desorientada, pero extrañamente, lejos de desear abandonar la sala, quería conocer todos los detalles. Su olfato de exploradora le decía que quizá había llegado la hora de dejar de sentirse distinta y formar parte de una… ¿sociedad secreta?

—La Hermandad del Agua. Mujeres que han luchado para que la vida de la mujer sea mejor.

Arabella habló a Lucrezia de las hijas del agua y la labor que desde hacía años realizaban a escondidas del mundo porque, de ser descubiertas, sus vidas correrían…

—¿Peligro? ¿Por qué?

—Porque el mundo no está preparado para ofrecernos la libertad por la que luchamos.

La Vecchia Fosca intervino en la conversación con detalles sobre las gestas de la hermandad. Arabella respiró profundo y le soltó la noticia de golpe.

—Mi querida Lucrezia, espero no espantarte, pero... tú eres una de las nuestras. Y no solo eso... Además estás destinada a... salvar la hermandad.

¿Salvar la hermandad? Aquello era una broma de mal gusto. Ella estaba a punto de casarse con Roberto Manin y a la fuerza... Cómo iba a ser la salvadora de una hermandad de... ¿brujas?, ¿traidoras?, ¿conspiradoras de la República? Sintió ganas de salir huyendo, no quería seguir escuchando.

Lucrezia se levantó de un brinco y retrocedió con suspicacia. No quería pertenecer a ninguna hermandad, y mucho menos ser la salvadora de nadie ni de nada. Aquellas mujeres eran unas embaucadoras y no deseaba oír más palabrería sobre un mundo que estaba por venir.

—Creo que os habéis equivocado de persona... ¿o esto es una broma? —dijo Lucrezia mirando a Arabella.

—Querida, es mucha información, pero no hay nada incierto en todo esto. Eres... una de las nuestras.

Arabella intentó calmarla, pero Lucrezia salió de la sala precipitadamente. Las dos mujeres sabían que la joven precisaba de tiempo para aceptar su destino.

—Arabella, debes seguir confiando en ella. Su alma es tan pura como salvaje, solo debe aprender a volar, a escucharse y… tú debes tener paciencia. Es fuerte y reaccionará. Solo necesita tiempo.

—Me pides tiempo, Vecchia, y no sé si gozamos de él o se nos escurre.

Lucrezia recorrió los pasillos como alma que lleva el diablo. Ni siquiera se dio cuenta del saludo de Filippo, que ya había vuelto del encargo. En su precipitada carrera se chocó con Chiara Simoniato y ambas terminaron en el suelo. Lucrezia salió unos segundos de su estado y contempló con extraña familiaridad a aquella joven monja.

—¿Te conozco? —preguntó al tiempo que se levantaba y pedía mil perdones.

No recordaba dónde la había visto. Chiara, en cambio, supo quién era Lucrezia en el acto. La había conocido en el baile de máscaras de Ca Massari.

Entonces Lucrezia exclamó, complacida por haber descifrado el enigma:

—Encantada de volver a verle… ¡Giacomo Crosoni!

Chiara sintió que un enorme peso la impedía levantarse del suelo. ¿Había oído bien? La joven Lucrezia la había llamado por su alias. ¿Cómo era posible? ¿Había descubierto su doble identidad? ¿Cuándo? ¿Cómo? Pero cuando quiso preguntárselo, esta ya había desaparecido.

De pronto, Chiara vio salir a Arabella y a la Vecchia Fosca de la sala secreta. Ella la conocía porque había sido convocada en más de una ocasión por la hermandad. Ella también era una hija del agua. Desde que no pudo casarse con quien amaba, había decidido luchar sin tregua para que otras mujeres no sufrieran como lo había hecho ella. La gran Felizzia le había salvado la vida y también la había ayudado a ser aceptada en la hermandad. Era feliz con su alias y con la posibilidad de disfrutar de su amor en secreto, pero además la hermandad le había encargado que denunciara los ultrajes y las violaciones que se producían en los conventos.

—Deberás ser nuestros ojos sobre lo que acontece en esos lugares supuestamente libres de pecado. Sor Bettina te ilustrará y ya te darás cuenta de que son todo lo contrario.

Todas las semanas acudía en secreto a dar el parte a Felizzia que, junto con una escribana, lo anotaba todo. Los ultrajes a las novicias, el comportamiento libertino en los conventos y el maltrato a las religiosas eran no solo algo común, sino un divertimento para los patricios venecianos. El propio Giacomo Casanova había seducido a decenas de ellas, pero esos amoríos no preocupaban lo más mínimo a la hermandad. Lo intolerable era que los conventos, con el consentimiento de la Iglesia, se habían convertido en zocos de nobles y clérigos.

—Cada pecado será devuelto a quien lo comete —fue una sentencia de Felizzia que Chiara tardaría tiempo en comprender.

Felizzia se acababa de despedir de Della, que se precipitó escaleras abajo a buscar a Lucrezia, quien desde el canal gritaba sin decoro que deseaba marcharse. Filippo había conseguido una barca para llegar al puente donde habían dejado la góndola. Felizzia contemplaba divertida la escena desde uno de sus balcones, cuando Chiara entró en la cámara con la preocupación en el rostro por su accidentado encuentro con Lucrezia.

—¡Te quiero ver pronto, mi niña!

Felizzia lanzó un beso a Lucrezia, pero esta apenas se dio cuenta; quería volver a casa antes de que anocheciera. Chiara no se atrevió a preguntar si la joven Lucrezia estaba siendo preparada para entrar en la hermandad. No hizo falta. Su olfato de buena investigadora la hizo sospechar.

—Mi querida Chiara, esta tarde nos hemos quedado sin tiempo para departir nuestros asuntos de convento. ¿Algo que desees destacar?

Necesitaba informar sobre el avanzado estado de gestación de una de las novicias de su convento. Felizzia la escuchaba, aunque se trataba de una situación no anómala, pues eran muchas las que se quedaban encinta después de ser forzadas. Chiara estaba afectada porque la novicia llevaba un tiempo con comportamientos extraños; no se comunicaba con nadie y estaba perdiendo las ganas de vivir.

—¿Cuál es su nombre?

—Beatrice… Beatrice Ruzzini.

—¿Quién ha podido ser el causante?

Chiara no tenía suficientes datos, debía hablar con la compañera de Beatrice, la joven Giulia Mezzo, que se negaba a revelar un secreto que ambas novicias compartían. Felizzia miró a Chiara con los anteojos de madera que sostenía sobre su nariz. Con la sonrisa de quien se sabe experta en artes amatorias, levantó la ceja con pícara suspicacia. Chiara asintió con la cabeza, confirmando que aquellas dos mujeres compartían entre ellas pasiones de lecho y una fidelidad como ella con su Alonzo.

—Bien sabes que conozco todo tipo de amor y en mi casa no hay juicio sobre él —dijo Felizzia.

Aquellas dos novicias, con la misma valentía que Chiara, se habían recluido en el convento para poder vivir juntas. Sería difícil que denunciaran al culpable, pues temían que las obligaran a separarse. Felizzia había conocido amores como aquel, entre cortesanas, monjas y mujeres nobles. Hacía años que había descubierto que el corazón, al igual que el León de Venecia, tiene sus propias alas y se posa donde quiere.

—Una bonita historia de amor, sin duda. Pero, Chiara..., me interesan los hechos y las sospechas sobre la agresión a ¿Beatrice Ruzzini?

Felizzia seguía sin entender por qué el caso de esa novicia encinta era más importante que los demás.

—No quiero adelantarme con conclusiones precipitadas, pero sospecho quién ha podido ser.

Felizzia se ponía nerviosa cuando Chiara daba tantos rodeos. Ella era una mujer impaciente, y ni la cautela ni la paciencia eran dones aprendidos. Con el tiempo había llegado a practicar la contención, porque la precipitación no es buena compañera, y no podía forzar a nadie a que caminara a una velocidad que no era la suya. En casos como ese, Felizzia decidía sentarse, mascar tabaco y jugar con los dedos para no impacientarse. Chiara sabía que cuando la cortesana tamborileaba con los dedos en la mesa, debía bien desaparecer, bien decir lo que tenía en la cabeza.

—Debo ser precavida, pero podría estar detrás uno de los hombres del Dogo.

—¿Uno de los Seis? ¿Estás segura?

Felizzia frenó en seco la danza de sus dedos y se mordió la lengua de la impresión.

—Sería un buen golpe si hubiera pruebas. Quizá podríamos detener así las libres agresiones en los conventos —reflexionó en voz alta.

No debían informar al resto de las hermanas antes de tener la certeza de que uno de los seis consejeros del Dogo era el responsable de una atroz violación. Aquel malnacido debía ser descubierto.

—Con un poco de tiempo, podría conseguir pruebas.

—Chiara, no podemos apuntar sin pruebas. De equivocarnos, perderíamos la batalla para siempre.

Chiara sabía lo que estaba en juego. Aunque tenía sospechas, no podía demostrarlo.

—¿Qué dice sor Bettina?

—No he hablado con ella del asunto.

Felizzia confiaba plenamente en la priora del convento, otra hermana del agua que escondía su historia y muchos secretos que compartía con muy pocas.

—Debes seguir atenta. Tarde o temprano, encontraremos la manera.

Los nobles se creían con todo el derecho del mundo para desvirgar novicias y violarlas. Las autoridades miraban hacia otro lado, siempre y cuando nadie encontrara pruebas que comprometieran el buen nombre de la familia.

—Habla con la priora. Sabes que anota cosas en sus libros. Quizá tenga la respuesta de quién ha forzado a Beatrice.

Los patricios tenían comprados prácticamente todos los conventos para que ninguna de sus fechorías llegara a los tribunales, y mucho menos las pruebas que pudieran ponerles una soga al cuello. Felizzia sabía que en ese convento las cosas eran muy distintas desde que sor Bettina era la priora. Simulaba estar con el poder, pero actuaba de espaldas al poder como toda hermana del agua.

***

Arabella volvía en silencio a su *palazzo*. La bruma y el cielo de tormenta impidieron contemplar el naranja traslúcido que tiñe el cielo veneciano en las últimas horas de luz. Lina la abrigó, pues la humedad hacía enfermar los cuerpos debilitados y Arabella había recibido varios golpes en pocas horas. Dos muertes más en la hermandad; se había quedado por el momento sin el apoyo del Dogo; se le había prohibido la entrada al Palacio Ducal; Paolo Manin había ido un paso más allá en sus amenazas y, sin disimulo, se comportaba a los ojos de todos como el dueño y señor de Venecia. Sus contactos ya no eran seguros, la guerra parecía perdida, pero... igual que los reflejos en el agua, cualquier certeza puede convertirse en un mísero espejismo que desaparece en el olvido. Venecia se había vuelto oscura, los caminos que eran seguros podían resultar mortíferos. La Serenísima estaba agitada, desconocida, y en su agonía trataba de mantenerse a flote sin respetar lealtades.

—Esta niebla tan espesa me recuerda lo ciega que me estoy quedando... —dijo una preocupada Lina.

La anciana coja contemplaba la espesura del Gran Canal, las siluetas de los palacios, y oía los gritos en código de los remeros para evitar los choques. Arabella parecía no haber oído el comentario de su sirvienta y seguía absorta en sus pensamientos. Se había quedado preocupada por la reacción abrupta de Lucrezia. Necesitaba encontrar el modo de que la joven confiara en ella y deseara convertirse en hija del agua, que descubriera su propia fuerza y fuese así aceptada por el resto de las hermanas. La *nobil donna* sabía que todo llevaba su tiempo, pero las circunstancias las obligaban a apresurarse.

«Deja libre a la fierecilla y volverá por voluntad propia». Con esas palabras se había despedido la Vecchia Fosca.

No había sido un día fácil, se sentía cansada, necesitaba abrigo, calor y comida. Lina la miró preocupada, su señora llevaba semanas con el desasosiego en la mirada y eso traía malos augurios.

—Su rostro lleva tiempo angustiado, signora. Debe reposar si no quiere caer enferma.

Entre las sombras y la niebla escucharon los gritos de un pobre diablo a quien la muerte le había venido a buscar de manera violenta. Cuando la niebla arreciaba, Venecia se llenaba de asesinatos. Muertes blancas porque se las comía la bruma, porque las devoraba el manto del viaje sin retorno.

—¿Podemos dar con él y ofrecerle auxilio? —preguntó Arabella.

Los hombres de la dama intentaron, con esfuerzo pero sin acierto, ver de dónde procedían los gritos. Arabella y Lina miraban a su alrededor con impotencia, atentas a cualquier nuevo grito. El último fue el estertor de quien ha dejado de respirar.

—¡Odio esta ciudad de muertos!

Mientras se alejaban, en la orilla cercana se desangraba como un perro Pietro Morosini. Aquella noche de lobos hambrientos había sido asesinado el gentilhombre que había mostrado cariñosa lealtad a Arabella Massari en el Palacio Ducal. Antes del alba, Venecia sabría que había comenzado el declive de la Cleopatra del Véneto.

Cinco

«Hombres necios que acusáis a la mujer
sin razón, sin ver que sois la ocasión de
lo mismo que culpáis, si con ansia sin
igual solicitáis su desdén por qué queréis
que obren bien si las instáis al mal».

Sor Juana Inés de la Cruz (1651-1695)

Venecia se despertó con olor a muerto. Arabella, que había pasado la noche en vela presintiendo que algo terrible iba a suceder, observaba desde la cama la llegada del nuevo día. Doce cadáveres flotaban bajo el puente de los Tres Arcos ante el asombro de los recién llegados que no se atrevían a tocarlos ni a desvelar sus identidades. Mujeres muertas, todas vestidas menos una… y todas con máscara.

—¡La *moretta!* ¡Todas llevan la *moretta!*

Lina irrumpió en el dormitorio de Arabella y a gritos informó a su señora del terrible suceso. La anciana estaba tan exhausta que fue Arabella quien corrió las cortinas para dejar pasar la luz. Lina sufría por su señora y Arabella podía leerlo en su mirada. Aunque jamás habían hablado de la hermandad, conocía las dotes fisgonas de su fiel sirvienta y suponía que años de espiar tras la puerta a las hijas del agua le habían servido para recabar información. Con los cadáveres todavía flotando bajo el puente, le importaba poco de qué hablaban Arabella y esas misteriosas mujeres en esas reuniones secretas. Lina solo sabía que si se descubrían esas reuniones, correrían peligro y señalarían a Arabella, pues era quien llevaba el timón.

—Reposa, mi querida Lina, y toma aliento para contarme lo sucedido.

Lina con los años se había convertido en una escudera con derechos impropios de los sirvientes y una lengua demasiado afilada. A la mayoría de nobles no les gustaba Lina. Más de uno había sentido deseos de cortarle la lengua, pero debían asumir que la incondicional sirvienta de Arabella gozaba de unos privilegios únicos y debían respetarla. Arabella sabía que Lina se tomaba excesivas confianzas, pero era su única debilidad y no deseaba dejar de consentirla. Era huérfana, no había tenido hijos y Lina era su familia.

En todos los años que llevaban juntas, aquella mañana fue la primera en que Lina no tuvo fuerzas para descorrer las cortinas. Sentada en la silla, respiraba con dificultad y le costaba hablar con coherencia. Arabella, preocupada, hizo sonar la campanilla. Un criado entró con agua fresca en una jarra de porcelana y llenó un par de copas.

—Bebe despacio.

La criada apenas reaccionaba a nada y tenía las pupilas dilatadas. Arabella hizo una señal al criado para que abriera un armario y extrajera una botella de cristal con el cuello de oro. Contenía alcohol de láudano con azafrán, canela y clavo. La fórmula era del alquimista inglés Sydenham, y había conseguido un elixir tan milagroso como costoso, capaz de reanimar a cualquiera.

—Bébetelo todo… No dejes ni una gota.

Después de unos minutos, tras ingerir la poderosa pócima curalotodo, Lina comenzó a recuperar el color y a abrir poco a poco los ojos.

Había sufrido un ataque de pánico al recibir la noticia de las doce mujeres muertas bajo el puente de los Tres Arcos. Todas ellas boca abajo menos una que flotaba desnuda, sin peluca y con la *moretta* puesta. Lina había mandado a dos buenos remeros a que averiguaran todos los detalles posibles.

—¿Se sabe algo de su identidad?

Lina negó con la cabeza. Arabella sabía que aquellas muertes podían estar relacionadas con la hermandad. El corazón le latía con fuerza pues, aunque no deseaba ponerle rostro a las asesinadas, no podía evitar pensar en Felizzia y las Foscas. Era pronto para que cundiera el pánico en la ciudad, para que las madres prohibieran a sus hijos asistir a un nuevo baile, para que los religiosos se alegraran de la muerte de ¿cortesanas?

—¿Sabemos si eran cortesanas?

Lina permanecía con la cabeza baja y la pequeña copa de láudano entre las manos. Ella también sospechaba que pudiera tratarse de las Foscas y que entre ellas estuviera Felizzia.

—Debemos esperar a que los remeros lleguen para saber más, pero la sangre ha teñido las aguas de Venecia y mucho me temo, mi querida Lina, que estas no serán las últimas muertes.

Arabella sentía el puñal de la certeza de que el violento suceso apuntaba directamente a ella. Su amiga Felizzia había acudido la noche anterior, junto a un cuantioso grupo de Foscas, a la fiesta que ofrecía el Dogo en el Palacio Ducal en honor de su querido amigo, el sultán Selim III del Imperio otomano. Aunque había recibido la invitación, Arabella había decidido permanecer en Ca Massari. Sabía que su presencia podría tensar todavía más las relaciones de Venecia con los turcos. A Selim III le costó aceptar que no asistiera a su fiesta, pero ella prefirió su enfado a provocar en exceso a Paolo Manin. Ya le había dejado claro que no era bien recibida, y acudir bajo el paraguas protector del sultán hubiera sido una provocación, en esos tiempos, innecesaria. Sin embargo, la decisión de Arabella de no ir a la fiesta no había evitado el desastre. Al contrario.

—De haber ido… De haber asistido tal y como me dictaba el corazón… quizá nada de esto hubiera sucedido.

El día despertaba con doce mujeres brutalmente asesinadas, pero nada parecía haber cambiado. Las barcas llenaban el Gran Canal, las góndolas transportaban a los señores que salían de sus palacios a sus menesteres. Los mercados estaban a punto de abrir. Los músicos, embaucadores y ladronzuelos llenaban las plazas. La vida, más que nunca en aquellos días, valía pocos ducados. En el balcón, Arabella no podía dejar de pensar en su amiga Felizzia.

Lo cierto es que aquella noche Felizzia, de tratarse de otro festejo, habría dejado a sus Foscas libres. Se había levantado con extraños mareos. Pero el baile que daba el Dogo en el Palacio Ducal era para ella uno de los acontecimientos más importantes del año. Desde hacía tiempo, ni las Foscas ni ninguna otra cortesana habían puesto el pie en el Palacio Ducal. Ludovico Manin, con la férrea oposición de su primo Paolo, había accedido a la petición del nuevo sultán, amante de las Foscas, que sabía apreciar las buenas artes en el lecho sin importarle la cantidad de oro a pagar. Para Paolo Manin y la mayoría del Consejo de los Seis esa decisión revelaba que el Dogo había perdido el juicio. Sin embargo, para Ludovico suponía ganarse un aliado en tiempos convulsos. Selim no concebía una fiesta en Venecia sin la presencia de las Foscas, y si la República deseaba honrarle con una, debía aceptar la compañía de las mujeres más bellas y sabias del mundo. El sultán no bebía alcohol ni probaba el opio, pero sí disfrutaba de los placeres de la carne y le gustaba rodearse de bellas mujeres expertas en artes amatorias. Antes de ser sultán, ya visitaba Venecia. Primero como amante de Arabella, luego como amante de un ejército de Foscas. Selim y Felizzia habían cultivado también una estrecha relación. La cortesana era su consejera en bálsamos afrodisiacos, que le habían convertido en un hombre venerado por las mujeres. El sultán era caprichoso y de gusto exquisito, no se conformaba con cualquiera. Si no quedaba satisfecho, se ponía furioso... Felizzia y

Arabella conocían bien al nuevo sultán y las dos mantenían una buena amistad con él.

—¡Selim no puede haber tenido nada que ver con estas muertes! Es cruel, ¡un asesino!, pero ama demasiado a las mujeres.

Arabella respondió cortante a la mera insinuación de Lina de que Selim estuviera detrás de semejante atrocidad. Aunque era un hombre capaz de cortar la cabeza a cualquiera sin pestañear, intuía que aquellas muertes no le pertenecían.

—Qué pudo pasar, Lina… Qué pudo pasar…

Felizzia había llegado a la fiesta haciendo ruido con fanfarrias y un buen espectáculo de fuegos artificiales. En el patio principal, un numeroso grupo de cómicos amenizaba la entrada de los invitados con cabriolas y bailes. Los asistentes llegaban con los mejores trajes de sedas bordadas de Oriente y las máscaras más ostentosas. Era una noche de puente entre Oriente y Occidente, y todos querían aprovechar la ocasión para establecer lazos con los poderosos otomanos que acompañaban al sultán.

***

—¡Compórtate como es debido! Es una noche donde tu padre debe ganar muchos ducados de oro.

Don Giuseppe Viviani había vuelto de su último viaje mucho más distante con su hija. Su lejanía aumentaba en la misma proporción que Lucrezia crecía y seguía mostrándose indómita.

—¿Acaso has heredado algo de mí? —le había preguntado en alguna ocasión.

Era un hombre muy terrenal y autoritario. Solo le importaban su fortuna, su buen nombre y los barcos mercantes. Se quedó viudo y no volvió a casarse, pero sí mantuvo durante mucho tiempo relaciones con Felizzia, una mujer de la que se avergonzaba en público pero a la que necesitaba en privado. Jamás se ocupó de educar a Lucrezia y se limitó a cumplir la promesa que le había hecho a su difunta esposa de que no la recluiría en un convento. Pero lo cierto es que la abandonó en manos de Della y Felizzia. Lucrezia quería a su padre, pero lo veía como un ser triste y poco dispuesto a la conversación.

—Tu madre jamás me avergonzó, no lo hagas tú tampoco.

«Ella seguro que me hubiera entendido», dijo para sus adentros.

Lucrezia odiaba cuando su padre mencionaba a su madre. Estaba segura de que ella la hubiera defendido de ese trato y tanta incomprensión. Aquella noche ni la máscara que cubría su rostro podía ocultar su semblante serio y triste. Llevaba una semana encerrada en casa, concentrada en los preparativos de la boda, simulando ser la perfecta gentil dama que su padre esperaba. Y ni siquiera eso lo hacía feliz.

—¿Me has oído? ¡Lucrezia!

—Sí, padre, no se preocupe —susurró la joven, desganada.

Lucrezia no había podido dejar de pensar en la inesperada reunión que había mantenido con Arabella y la vieja ciega. Había intentado reunir el valor necesario para seguir indagando y aceptarse como lo que siempre había soñado ser: una aventurera. Pero la vuelta de su padre la había dejado con una madeja de sentimientos encontrados. El mercader había llegado con un semblante mucho más cansado. «El mar cura almas, pero puede ser demasiado agresivo con quienes comienzan a sentir el desaliento en el cuerpo».

—¿No piensas saludar a Felizzia? —musitó don Giusseppe.

Aunque durante su ausencia le había prohibido que se aproximara a ella, don Giuseppe trató de atemperar los ánimos con Felizzia. Al fin y al cabo, su único afán era asegurar el futuro de su hija. Él ya era un viejo esperando a la muerte y su hija precisaba la protección de una familia poderosa. Unir su apellido al de los Manin le había costado mucha suciedad y sangre. Solo él sabía de lo que había sido capaz por el bien de su querida hija.

«Mi querido Giuseppe, tenerte como aliado me ha salvado de muchos males. Tus viajes han escondido y silenciado muertes. Tus barcos han servido de contrabando para llenar mis arcas y las tuyas. Debemos hermanarnos. Debemos unir a nuestros hijos. Tú tendrás un buen apellido al fin y yo, la estima de un pueblo que desconoce tu mala praxis».

Así fue como un día Paolo Manin le había sugerido casar a su hija con Roberto Manin. Así fue como don Giuseppe terminó de perder la poca decencia que le quedaba. Era considerado un hombre bueno, pero su codicia le había convertido en un lacayo de los Manin. Lo necesitaban para transportar mercancía secreta; para abastecer el mercado negro que controlaban y, de ser necesario, proveerlos de armamento suficiente como para invadir Venecia y salir vencedores.

Desde el acuerdo con los Manin, don Giuseppe se había vuelto mucho más frío y distante con Lucrezia. Además, los sucesos se habían precipitado y el asalto al Dogo estaba a punto, ya no había marcha atrás. Él estaba en el bando de los traidores, junto a Paolo y Roberto Manin. Y por tanto, Lucrezia, sin saberlo, también.

—¡Padre! ¿Padre?

Don Giuseppe despertó de sus pensamientos al oír a su hija. ¿Qué pasaría con Lucrezia si la revuelta fracasaba? No podía dejarse llevar por el miedo, pero las dudas también atenazaban al ambicioso mercader.

—¡Mi querido don Giuseppe! ¿Acaso no vas a besar la mano de una dama? —dijo alegremente Felizzia.

Giuseppe miró de soslayo a su sonriente hija, sintiéndose humillado. No había cosa que le sacara más de quicio como que aquella mujer jugara con su caballerosidad. Besó su mano sin rechistar. A sus años, ya no ocultaba su deseo ni la debilidad que le despertaba aquella cortesana descarada.

—Felizzia, veo que sigues con la sonrisa… ¡intacta!

Lucrezia observaba divertida la escena. Felizzia y su padre siempre andaban jugando y, después de días, verla era lo único que le había hecho sonreír. A Lucrezia no le gustaban los bailes porque no sabía comportarse ni deseaba convertirse, aunque lo simulara, en una dama que disfrutaba con el cortejo de los poderosos.

—Odio tener que fingir que me gusta, Della… ¡Lo odio!

—Deberás a prender a fingir, entonces —contestó la criada.

Nada más cruzar las puertas del Palacio Ducal, divisó a lo lejos a su prometido, Roberto Manin, rodeado de mujeres y en actitud poco decorosa.

—¿Y si decido no casarme? —susurró al oído de Della.

—Lucrezia, no invoques males mayores. Bien sabes que esos pensamientos los trae el mismísimo diablo, deseoso de acarrear desgracias a tu familia.

Della apretó la mano de Lucrezia, que silenció el resto de sus pensamientos. Sabía que las mujeres no podían decidir sobre su vida y debían aceptar el matrimonio como una obligación y no como una elección. En secreto, y con cierta resistencia, llevaba noches soñando con ese libro ilustrado que le había mostrado Arabella en Ca Felizzia y recordando el retrato de esas mujeres que habían hecho de su vida su destino, desobedeciendo normas y desafiando lo establecido.

—Mi niña, llevo días con deseos de hablarte. Debemos encontrarnos esta noche a solas, pues lo sucedido el otro día en mi casa es de suma importancia. Debes confiarme tus miedos.

Lucrezia se disponía a contestar a Felizzia cuando la entrada en escena de Antonella Contarini la interrumpió.

—Esta fiesta promete ser la mejor en mucho tiempo. ¡Una lástima que se la pierda Arabella! —soltó, hipócrita, la bailarina.

—Como bien sabes, querida, no hay que perder la salud por un baile, y Arabella Massari necesita reposo —respondió Felizzia.

Antonella sonrió a las dos damas sin perder de vista a los invitados que iban llegando. Sabía que Arabella no estaba enferma, solo deseaba asegurarse de que no se presentaba por sorpresa, desafiando a su amado. La victoria era suya y sería la primera de muchas por venir.

—Por supuesto, no vaya a ser que un torpe descuido termine en algo más grave.

La Contarini desapareció mientras saludaba al embajador holandés, pero no sin dar esa estocada final a Felizzia.

—Haz de tu silencio tu virtud, Lucrezia. No es tiempo para sacar el alma a pasear —aconsejó Felizzia a su protegida.

***

Don Giuseppe observaba a las dos mujeres desde un corrillo de mercaderes que discutían sobre cómo ser veneciano, que ya era más un lastre que una virtud en el mar. La República había ganado fama de usurera, embustera y tramposa. Todos deseaban enriquecerse y conseguir con promesas falsas buenos acuerdos. Los días de prosperidad habían quedado atrás y muchos, por ambición desmedida, habían perdido su fortuna y su buen nombre. En ese corrillo todos buscaban averiguar a quién convenía acercarse, a quién rendir pleitesía... Todos deseaban escuchar a don Giuseppe.

—Mi querido y admirado Giuseppe Viviani, ¡qué disfrute para mis ojos tu presencia en esta fiesta! —exclamó una voz atronadora.

Todos se inclinaron temblorosos, pues siempre que Paolo Manin se acercaba a un corrillo terminaba humillando a alguno de los presentes. Venía acompañado de su hombre de confianza, el almirante Gozzi, un viejo soldado que comenzaba a sentir el cansancio de los enfrentamientos de Paolo Manin. Don Giuseppe recibió el apretón de brazos de Paolo y este, sin prestar atención a los mercaderes serviles, se lo llevó a un aparte con gesto impaciente.

—¿Alguna novedad?

—Mi querido Paolo, ha llegado a mis oídos algo sobre unos documentos que podrían sentenciar a Arabella Massari.

Paolo se interesó enseguida. Encontrar el modo de deshacerse de ella se había convertido en una de sus obsesiones.

—¿Qué documentos?

—Podrían demostrar que existe una sociedad secreta de mujeres y detrás de ella podría estar…

—¿Arabella? —preguntó Paolo frotándose las manos—. ¿Qué contienen esos documentos? ¿Qué quieren esas mujeres?

—Contienen la lista de todas las mujeres implicadas, entre ellas Arabella. La mayor traidora.

Don Giuseppe le ofreció todo tipo de detalles sobre la hermandad y sus actividades al margen de la legalidad que le habían trasladado sus informantes. El hijo de la decapitada Olympe de Gouges había custodiado unos documentos que confirmarían la existencia de una sociedad secreta de mujeres que…

—Según cuentan, desean acabar con el poder del hombre.

—Mi querido Giuseppe, quiero esos documentos. ¡Los quiero!

Pierre Aubry había logrado sacar los papeles de casa de su madre sin ser visto, pero las calles de París estaban llenas de ojos.

—El centro, al parecer, es Venecia y Arabella está detrás. Solo necesitamos encontrar los documentos.

—¿Qué nos lo impide? —preguntó, ansioso, Paolo.

—Sabemos que vienen a Venecia, pero les perdimos la pista. No entiendo qué ha podido ocurrir, pero mi contacto llegó con las manos vacías.

Manin apretó más el brazo del mercader. Aquellos papeles podían significar el fin de Arabella y no podía permitir que cayeran en otras manos que no fueran las suyas. Ponerle a Manin la miel en los labios para luego quitársela era lo peor que se podía hacer.

—Mi querido mercader, necesito que consigas esos papeles.

Paolo Manin deseaba atrapar a Arabella Massari con o sin su ayuda. Don Giuseppe había despertado a la bestia.

—Pongo mi buen nombre en juego al asegurarte que si esos documentos arriban a aguas venecianas, no llegarán a ninguna mano que no sea la tuya.

—Yo que tú no me arriesgaría a decir esas palabras, no vaya a ser que por jugar… ¡acabes perdiendo la cabeza! —sentenció Manin.

El ensordecedor sonido de las trompetas y tambores anunció la llegada de Selim III, el vigésimo séptimo soberano de la familia otomana, vigésimocuarto gran sultán y decimonoveno califa. Ocho hombres armados hasta los dientes con puñales, dagas y sables portaban a hombros el trono de oro y piedras preciosas del gran turco. El mismo que había salido victorioso de la guerra con Austria y que, muy a su pesar, había firmado un acuerdo de paz con Rusia, su eterna enemiga. Selim III, ataviado con ropajes de la seda más lujosa, deslumbraba a los presentes, que aplaudían de júbilo. Un turbante blanco con plumas de garza y un broche con un descomunal diamante en el centro mostraban su poder y su riqueza. El sultán saludaba con la mano derecha, repleta de anillos, y desafiaba con la mirada a quien se atreviera a no inclinarse a su paso. Tras él, una corte de arqueros, eunucos y mujeres con velos se abría paso para mostrar el poder otomano con regalos como cofres con gemas preciosas o peligrosos tigres enjaulados.

Lucrezia observaba atónita, junto a Felizzia, la procesión de lujos y de personajes tan diferentes a ella. Soñaba con cruzar un día los mares y conocer Constantinopla. Le gustaba ver la valentía en los ojos de aquellos hombres y sus pieles doradas y brillantes.

—Mi querida niña, que tus ojos no te engañen, siguen siendo hombres y nosotras mujeres. Ni los de este mundo ni los del suyo te darán la libertad que deseas. —Lucrezia se asombró de que Felizzia le hubiese leído los pensamientos—. Recuerda que soy experta en leer los pensamientos carnales, y los tuyos hablan demasiado alto.

Los presentes despejaron el gran salón para que los hombres que portaban al sultán depositaran el trono en el suelo. Dos eunucos, uno blanco y otro negro, comenzaron a lamer el frío suelo de mármol antes de que se extendiera la alfombra por donde el sultán caminaría. Los presentes observaban la exótica ceremonia mostrando respeto y temor, pues por todos era conocida la cruel afición del sultán a degollar a quien le ofendiera. Selim III era un hombre respetado en Venecia y querido, aunque sus estrechas relaciones con los franceses le habían colocado en una situación incómoda con la República, que todavía no se había pronunciado respecto a la guerra. Los presentes aplaudieron y reverenciaron al poderoso, que esperaba con impaciencia la llegada del Dogo. Los músicos turcos comenzaron a tocar una melodía hipnótica que hacía mover los cuerpos de las bailarinas, ataviadas con preciosos tules, ante el sultán y los invitados enmascarados. Lucrezia observaba el sensual movimiento de las caderas, los ojos rasgados y pintados de esas musas de Oriente que mantenían en silencio a los patricios que abarrotaban el salón de baile. Al finalizar, el sultán señaló con el dedo índice a Felizzia para indicar a la cortesana que se acercara.

—Si me permites, querida, el deber me llama —dijo esta a Lucrezia.

Lucrezia la miró sin pestañear y siguió el trayecto de Felizzia por la alfombra roja hasta detenerse a pocos pasos del trono del sultán. La cortesana se inclinó. El sultán se levantó y se acercó a ella. Todos callaban. Entonces Selim dio dos palmadas. De la nada, surgieron dos hombres con una silla de oro y la colocaron al lado del trono del sultán. Este tendió la mano a la cortesana que, con media sonrisa, aceptó el desafío de sentarse a su lado.

—Ya veo, mi sultán, que llegas con ganas de… diversión.

Paolo Manin miraba la escena con desdén, pues invitar a una ramera al Palacio Ducal había sido una ofensa tolerada, pero sentarla junto al Dogo era una afrenta. Sus hombres, capitaneados por el almirante Gozzi, intervinieron para evitar que Felizzia se sentara en la silla. Los hombres del sultán alzaron los sables en guardia para responder a cualquier ataque y acordonaron al sultán. Paolo cogió su trabuco y disparó al techo.

—¡Alto! ¡Alto! ¡Que nadie respire! —dijo Gozzi mientras miraba a Paolo, esperando una nueva orden.

Paolo se quitó la *bauta* dorada y miró con desprecio infinito a Selim III. Los asistentes se prepararon para la huida, pues según la reacción del primo del Dogo la fiesta podía convertirse en una sangría. Paolo sabía que no debía ir más allá, por ello desvió la mirada de inquina hacia Felizzia que, sin que nadie lo hubiera evitado, permanecía sentada al lado del sultán, a la espera de la llegada del Dogo, Ludovico Manin.

—Me las pagarás, maldita ramera —susurró entre dientes Paolo.

Al poco, Paolo sonrió y movió la cabeza en falsa señal de respeto, aprobación y pleitesía al nuevo sultán, provocando un suspiro de alivio en los invitados. Selim III volvió a dar palmas para que retornara la música, para que las bailarinas hipnotizaran con su danza y la fiesta continuara. Paolo indicó a Gozzi que abandonara la guardia y se reuniera de inmediato con él. Necesitaba digerir la ofensa infligida por el turco y preparar la estocada final.

—¿Dónde está mi primo? ¿Dónde?

—No ha salido de sus aposentos —contestó Gozzi.

—¡Maldito cobarde!

Se abrió paso por los distintos salones hasta llegar junto a Ludovico, que estaba siendo informado por sus consejeros sobre las últimas noticias llegadas de Oriente. Paolo mandó a todos abandonar la sala. El almirante Gozzi selló la puerta para asegurarse de que nadie les molestaba. El Dogo llevaba unas semanas cabizbajo, taciturno, con una inseguridad impropia de un gobernante.

—¿Vas a consentir que una prostituta se siente a tu lado solo porque lo diga el turco?

—Mi querido primo, no sé de qué me hablas, pero esta noche permíteme ser conciliador con el nuevo sultán. La República ya tiene demasiados ojos puestos en ella y no necesita un nuevo enemigo, sino un aliado.

El Dogo permaneció inmóvil en su silla sin ánimo de levantarse. Le hubiera entregado con gusto a su primo el poder que tanto deseaba y él se habría retirado a cualquier lugar a descansar. Mientras se perdía en su bucólica ensoñación, Paolo continuaba con su discurso iracundo. El gran Dogo se sentía muy solo y, aunque pensaba cada día en Arabella y en su buen juicio, sus consejeros habían vertido malas palabras sobre ella y habían emponzoñado su entendimiento. Ludovico sabía que todos mentían y que Arabella jamás le traicionaría, pero era de alma cobarde y estaba demasiado debilitado como para enfrentarse a los suyos.

—¿Ludovico? ¡Ludovico! ¿Acaso has oído algo de lo que te he dicho?

El Dogo reaccionó ante los gritos de Paolo que, desesperado, solicitaba su autorización para arrojar a Felizzia y a sus Foscas al canal.

—Siento el agravio en carne propia, pero no puedo desafiar al sultán. Ojalá comprendieras la complejidad de mi situación y me concedieras tu apoyo en esta noche tan difícil. Mi querido primo, bien sabes que mi ánimo está bajo y que necesito consejo y brío. Te pido este esfuerzo más allá de tu entendimiento.

Paolo acogió incrédulo la decisión de Ludovico. En pocas semanas había envejecido siglos y su ánimo era cada vez más taciturno. Paolo le puso una mano en el hombro pues, aunque lo detestaba, todavía era el Dogo. Disimuló su aprecio, su apoyo, su lealtad con esa muestra de cariño forzado que a ninguno de los dos convenció de verdad.

—Tu decisión será respetada, mi querido primo.

***

En el gran salón, perfumado de incienso, el ambiente estaba mucho más sereno tras el enfrentamiento de Paolo Manin y Selim III. Felizzia seguía sentada al lado del sultán, y observaba cómo los hipócritas patricios buscaban desesperados bailar con una Fosca. Estas estaban bien entrenadas y aceptaban la invitación si podía serles útil para cualquier menester futuro o presente. Selim y ella disfrutaban del espectáculo sin ir más allá, como viejos conocidos que saben masticar la victoria compartida. Quizá la única que no disfrutaba de la fiesta era Lucrezia, que se había quedado en un rincón, con el abanico como compañero y la vista puesta en una diversión que poco tenía que ver con ella.

—¿No le gusta el baile?

Lucrezia se dio la vuelta para averiguar quién había interrumpido su letargo. No era otro que Giacomo Crosoni, es decir, la novicia Chiara. Las dos se observaron en silencio. Chiara se había acercado porque necesitaba saber si Lucrezia sería capaz de guardar su secreto como si fuera suyo; no deseaba que la hija de ningún mercader estropeara sus planes. Lucrezia vio en los ojos de Chiara su temor a ser descubierta. Aunque le divertía ese momento, deseaba calmar a la joven, pues en el fondo la envidiaba por la valentía de desafiar al mundo por amor.

A Lucrezia se le había iluminado el rostro al ver a Giacomo y buscaba un rincón para poder conversar sin interrupciones. Chiara en cambio no se fiaba de la joven, a fin de cuentas era la prometida de Roberto Manin, pero necesitaba convencerla de que no revelara su doble identidad. La condujo por los pasillos hasta un salón en el que estaba su prometido. El mismo que en aquel momento fornicaba con cuatro mujeres a la vez, el mismo que rasgaba sus vestidos con un puñal, el mismo que rociaba sobre sus pechos champán y dejaba que sus secuaces las sostuvieran mientras las violentaba sin ningún respeto. El hecho de no haber conocido el amor de una madre y estar sometido a la crueldad de su padre hacía que desatara su ira sobre las mujeres. Las odiaba y las amaba al mismo tiempo. Sentía por ellas una necesidad, un imperioso deseo de poseerlas y luego maltratarlas por puro placer.

—Sería conveniente dejar de mirar…

Lucrezia observaba escondida la escena junto a la joven Chiara, vestida de Giacomo, por un portón entreabierto. En ese lujoso salón se celebraba una auténtica orgía. La verdadera fusión de Oriente y Occidente. Lucrezia era inexperta en esos menesteres, pero tenía curiosidad. Observando a la bestia de su futuro esposo, sintió deseos de ofrecerse a otro antes que a él solo por fastidiarle. Sintió arcadas al imaginar las manos de Roberto en su cuerpo, su aliento en sus senos. Aquella visión le dio fuerzas para hacer cualquier cosa con tal de impedir el enlace.

—¡No puedo casarme! ¡No puedo! ¡No quiero! —se le escapó.

Había decidido que se enfrentaría a su padre si era necesario, pero no se casaría con él. Se dio cuenta de que prefería estar muerta antes que convertirse en la esposa de aquel ser despreciable. La joven Chiara tiró de Lucrezia, pues era peligroso quedarse detrás de la puerta.

—¡Será mejor desaparecer antes de que nos descubran!

Lucrezia reaccionó. Y Chiara la miró cómplice y la agarró de la mano para salir de allí. Subieron escaleras, recorrieron pasillos y buscaron un balcón solitario para respirar aire puro.

—Mi verdadero nombre es Chiara Simoniato. Soy monja del monasterio de Santa Maria degli Angeli porque mis padres no querían ni que escribiera ni que me casara con Alonzo Farseti. Los Simoniato y los Farseti son familias enemigas y el amor no sirve para ganar batallas. Me hice novicia para huir de mi destino y desde hace unos años, con la ayuda de Felizzia, puedo escaparme del convento y ver a Alonzo. Pongo en riesgo mi vida porque necesito escribir mis pensamientos y que los mismos sean leídos, por eso me ayudaron a crear a Giacomo.

—¿Te ayudaron?

—No puedo decirte más. Solo puedo revelarte lo que ya sabes, que soy una impostora que se viste de hombre por dos motivos: para ser ilustre y para poder amar.

Lucrezia se apoyó en la baranda de mármol y sus manos apenas sintieron el frío, estaba demasiado embriagada con la historia que Chiara le acababa de confesar. La observó detenidamente. Aquella mujer vestida de hombre era una verdadera corsaria, una valiente que ponía en peligro su vida con una firmeza admirable.

—¿No tienes miedo?

Las dos mujeres se miraron fijamente y sonrieron bajo sus máscaras.

—Necesito que me des tu palabra de que jamás revelarás mi doble identidad.

Chiara necesitaba la promesa de Lucrezia, no podía esperar más tiempo. Lucrezia sintió su inquietud, su prisa por desaparecer, pero quería meditar muy bien su respuesta. Miró al sudoroso escritor, que comenzaba a alterarse con cualquier voz o paso. La miraba suplicante para que se decidiera cuanto antes.

—¿Me das tu palabra?

Lucrezia habría necesitado saber mucho más antes de comprometerse, habría querido conocer más detalles de su doble vida. Pero comprendía que no podía demorarse más. Entonces soltó:

—Jamás lo revelaré si me ayudas a impedir mi matrimonio con Roberto Manin.

Chiara se sobresaltó. Hasta aquella noche siempre había creído que Lucrezia aceptaba de buen grado el matrimonio por posición y dinero. Aquella condición dejaba claro que la había juzgado mal. Ella odiaba a Roberto Manin, pero no tenía el suficiente poder como para urdir un plan que malograra el enlace. Chiara era una joven brillante y Lucrezia confiaba en su poder para construir planes alternativos a la realidad impuesta. Si ella había sido capaz de hacerlo, podrían encontrar un modo de impedir la boda.

—¿Estarás dispuesta a todo?

—A todo.

Las dos se dejaron llevar por la emoción de lo pactado y se olvidaron del transcurso del tiempo y de la fiesta. Se olvidaron de que Chiara era Giacomo, y cualquiera que viera a la prometida de Manin a solas con un hombre podía hacer correr la voz hasta que llegara a oídos del novio. Y así fue como Roberto Manin apareció de la nada apretando con fuerza su puñal.

—Querida, ¿no crees que deberías evitar este tipo de encuentros? Alguien podría pensar cosas poco convenientes para tu reputación.

—Solo conversábamos sobre banalidades, don Roberto, no se apure.

Roberto Manin se llevaba a Lucrezia del brazo pero, al escuchar la voz de Chiara, se giró al mismo tiempo que desempuñaba la pequeña daga y la acercaba al cuello del joven escritor.

—¡No te atrevas a hacerle un rasguño!

Lucrezia gritó a Manin como nunca lo había hecho. Sonó a amenaza seca que Roberto recibió desafiante, con una sonrisa. Lucrezia vio cómo le temblaban las piernas a Giacomo y se dio cuenta de que su actitud, poco esperada, no bajaría los humos a su prometido. Precisaba ser más gentil y sumisa si deseaba evitar una desgracia.

—Mi querido, te lo ruego, no es más que un escritor que me ponía al día de nimiedades de Venecia. Ya sabes cómo me divierte saber lo que se cuece en cada casa de patricio. Te lo ruego… No hay peligro ni ofensa, pues nadie puede arrebatar el corazón que ya te pertenece.

Roberto mantuvo unos segundos más el puñal sobre el cuello del escritor. Sintió cómo se calmaba y cómo las palabras de Lucrezia habían entrado en él de forma desconocida. Miró a su prometida, sabía que era un poderoso trofeo, pero comenzaba a no fiarse ni de sus actos ni de sus palabras. Aquella noche había visto cómo la pantera que intuía que había dentro de Lucrezia asomaba la patita. No lo dijo, pero ese descubrimiento le complació. Soltó al pobre Giacomo que, con la mirada baja, desapareció.

—Tu arrojo me sorprende, querida.

Roberto no dejó de mirar a su futura esposa mientras se guardaba el puñal. Lucrezia permanecía apoyada en el balcón y observaba con desesperación al animal que tenía enfrente, con el que iba a casarse si nada lo impedía. Roberto se acercó a ella con el paso firme de quien ha salido victorioso y desea recibir su recompensa. Puso sus manos sobre el corsé de Lucrezia y las deslizó hacia arriba hasta encontrar sus pechos, y empezó a apretarlos con fuerza. Ella cerró los ojos y contuvo la respiración. Roberto metió las manos en el escote y no se detuvo hasta sacar uno de los pezones para lamerlo como un perro. Lo baboseó y mordió, mientras Lucrezia se contenía para no darle una estocada mortal con su espadín. No lo hizo, ni tampoco gritó ni pidió ayuda para quitarse de encima a aquel ser repugnante.

«¡Lo pagarás! ¡Juro que lo pagarás!», pensó.

Lucrezia sabía que debía contenerse. El precio de haber salvado la vida a la joven Chiara era ser poseída, maltratada, utilizada sin derecho a grito ni queja. Lucrezia percibió con claridad cuál iba a ser su vida…

«Juro por mi difunta madre que es la última vez que me tocas».

La joven Chiara se había quedado tras la puerta, pues sospechaba que ocurriría algo así. Aquella noche, tras esa puerta, se prometió que Roberto Manin no se casaría con Lucrezia Viviani. Aquel bastardo no se saldría con la suya. Chiara sabía que coleccionaba amantes y que, al igual que su padre, era un sádico insaciable que disfrutaba sodomizando. Despreciaba a los Manin; incluso al Dogo, al que todos veían como la flor en el desierto. Para ella, aquella familia estaba maldita y desde que se habían hecho con el poder de Venecia, la República había caído en desgracia.

—Prepárate, maldito… ¡Bastardo!

Ella era de las pocas, junto a las hijas del agua, que sabía que el hijo de Paolo Manin era un mísero bastardo y que su madre no murió por enfermedad, sino asesinada por su propio marido por adúltera. Sintió deseos de escribir aquella noche en el *Giornale Enciclopedico* un artículo sobre los Manin, sobre su historia negra, sobre sus leyendas, sobre los canales ensangrentados por los que navegaban… pero sabía que Elisabetta Caminer se negaría a publicarlo, como ya se había negado una y mil veces: «Los Manin son intocables… Para ganar en otras cosas debemos desviar la mirada de ellos».

Chiara sintió aquella noche la necesidad de acabar con Roberto Manin. De enterrarlo para siempre.

—Encontraré el modo de destruirte. Buscaré entre las piedras la manera de enterrarte. ¡Vivo o muerto!

La inteligencia de Chiara se puso en marcha para idear un plan que evitara el matrimonio entre Lucrezia y Roberto. Necesitaba averiguarlo todo y llamar a cuantas puertas fuera necesario para dar con la fórmula perfecta. Sabía que solo había un modo de impedir el enlace: asesinar a Manin.

—Sor Bettina…

Chiara era una joven dócil, pero dentro de ella se escondía una rabia capaz de pensar en algo tan loco como tramar un plan para asesinar a Roberto Manin. Solo había una persona tan loca como ella en la que pudiera confiar: la priora del convento.

Mientras se dejaba llevar por sus pensamientos, Roberto Manin salió por la otra puerta del salón dejando a Lucrezia humillada y ultrajada. Chiara entró ruidosamente para hacerla reaccionar. Se acercó a ella mientras se recolocaba el vestido, se detuvo a pocos pasos y la miró con compasión y complicidad.

—Te doy mi palabra de que no te casarás con Roberto Manin. Pero no puedo prometerte que no sea peligroso.

—Antes de que me vuelva a tocar, ¡le mato!

Chiara sonrió y desapareció en silencio por la misma puerta que lo había hecho Roberto Manin.

Lucrezia se asomó al balcón para contemplar la plaza de San Marcos y vio que los gondoleros y remeros esperaban en el Gran Canal a los patricios para cuando decidieran regresar a sus casas. Llovía y Lucrezia alargó la mano derecha para sentir las gotas; con la izquierda se quitó la *bauta* dorada y dejó su rostro al descubierto. Dejó que la lluvia acariciara su piel, que limpiara las lágrimas y se llevara la rabia. Se prometió que no volvería a ocurrir nada parecido y que si tenía que matar, no le temblaría el pulso. Por eso se había convertido en una experta espadachina. Como solía hacer para darse fuerza, se tocó la falsa réplica de la medalla que le había regalado su padre y, de pronto, como por arte de magia, apareció a lo lejos Filippo, que trataba de saludarla con su sombrero. Él también se tocaba el medallón que le había regalado semanas atrás. El remero no logró llegar hasta ella y terminó con toda la ropa calada, ante la divertida mirada del resto de sus compañeros.

***

Selim III, rodeado de las Foscas, contemplaba cómo el gran salón del Palacio Ducal rebosaba de alegría. Las ansias de poder hacen que los pueblos vivan enfrentados para que unos pocos sigan manejando los hilos del destino del resto.

—A veces el poder es muy aburrido, querida. Me muero por probar alguna de tus Foscas —le susurró cómplice a Felizzia.

La cortesana seguía sentada al lado del sultán y del Dogo de Venecia. Respiraba profundamente, consciente de que la ofensa de Selim iba a tener consecuencias. La noche estaba siendo demasiado tranquila, sin altercados. La fiesta era un espejismo de la comunión entre el Imperio otomano y la República de Venecia. No se equivocaba. Paolo Manin, apoyado en un balcón en la media planta esquinera del salón, miraba desafiante a Felizzia.

—Muy pronto vais a perder la sonrisa.

La cortesana sintió el odio de Paolo. No hay cosa que dé más pavor que lo que es invisible a los ojos. Felizzia necesitaba encontrar el modo de escapar antes de que la furia de Paolo Manin estallara.

—Quizá sea un buen momento para ese disfrute, mi sultán.

—Me temo que esos placeres deberán esperar, querida.

Ludovico simulaba disfrutar de la fiesta en honor a Selim III, pero el sudor frío en la frente y en las manos delataban su falta de confianza en aquel encuentro. Selim mantenía una gélida sonrisa, mientras observaba cómo la noche se iba calentando y el escuadrón de los Manin se preparaba para atacar a la primera orden.

Selim miró a Felizzia y pudo comprobar que la cortesana presentía, como él, una emboscada. El sultán también estaba calculando las posibilidades de huir y salir ileso de esa fortaleza. Una Fosca se acercó a Felizzia para advertirle de los extraños movimientos que se estaban produciendo en los alrededores del Palacio Ducal.

—Algunos patricios comienzan a abandonar la fiesta con premura y se llevan a sus familias.

Era la señal esperada para estar seguros de que Paolo Manin planeaba una venganza, aunque... ¿era posible que el Dogo estuviera de acuerdo? ¿Acaso Paolo actuaría a espaldas de Ludovico y en el mismo Palacio Ducal? Felizzia pensaba en Arabella y, de estar ella allí, en cómo hubiera leído los movimientos invisibles de los hombres de Manin. Los dos enanos de la corte del sultán se acercaron a Felizzia y comenzaron a tirarle del vestido para invitarla a bailar. Selim y ella se cruzaron miradas de complicidad y la cortesana entendió que debía seguirlos. Cruzó el salón comprobando cómo los invitados se apartaban a su paso.

—¿Adónde me lleváis, hombrecitos? —decía con la boca pequeña.

Buscó con la mirada a Paolo, pero ya se había perdido. Los sables de los otomanos estaban bien sujetos, las fieras a punto de ser soltadas de las jaulas y las bailarinas, como sabinas, a punto de ser raptadas por el enemigo…

—Mi querido Dogo, aprecio esta fiesta en mi honor, pero me temo que nuestras tierras han dejado de mostrar un horizonte común.

Ludovico se extrañó ante las francas palabras del sultán, que lo miraba con ojos desafiantes mientras se acariciaba la larga barba negra. El Dogo debía reaccionar ante esa declaración de intenciones, pero no era tarea fácil pues la República se encontraba en un difícil equilibrio que dependía de no romper relaciones con nadie ni afianzar alianzas que pudieran provocar nuevos enemigos.

—Mi querido sultán, me producen cierta desazón tus palabras, pues bien sabes del aprecio de los venecianos a tus dioses.

Mientras los dos dirigentes departían, Felizzia llegaba a una sala donde había una decena de Foscas y varios hombres del sultán. En cuanto la cortesana entró en la sala se cerraron las puertas. Dos de los hombres, ataviados con casacas rojas ribeteadas en oro, bombachos y un poderoso y pesado yelmo de bronce acabado en punta, se dirigieron con cierta desconfianza hacia la cortesana, pues, como buenos turcos, no estaban acostumbrados a departir sobre asuntos militares con ninguna mujer. Una Fosca, que había nacido en Constantinopla, hizo de intérprete.

—Contadme. No hay tiempo que perder en suspicacias por el hecho de que yo sea mujer.

Uno de los guardias, el más anciano, comenzó a vociferar agarrando con fuerza la empuñadura de su sable, mientras el resto se colocaba tras él formando una uve. La Fosca comenzó la traducción.

—Por espías en la República sabemos que Paolo Manin prepara una revuelta con jenízaros rebeldes que desean la cabeza del sultán. El primo del Dogo es un traidor a la República. Es imprescindible sacar al sultán del Palacio Ducal y para ello os necesitamos a ti y a tus Foscas.

—¿De cuánto tiempo disponemos? —preguntó Felizzia.

—No hay tiempo. Los hombres de Paolo Manin están dentro.

Felizzia escuchaba atónita las revelaciones de los hombres de Selim. El palacio estaba repleto de enemigos del sultán. Los jenízaros rebeldes estaban deseosos de terminar con quien les había llevado al exilio, además de arrancarles el privilegio de ser la armada principal del sultán durante siglos.

—¿Tenéis la certeza de que el Dogo desconoce estos planes?

El guerrero, un hombre acostumbrado a la batalla, no dudó al contestar a la cortesana.

—El Dogo no sabe nada, pero es fiel al sultán y, por ello, debemos utilizarlo para sacar a nuestro señor y tú… debes persuadirle para que colabore.

Felizzia tuvo que sentarse para tomar aire. Aquellos otomanos le habían hecho un encargo difícil de cumplir. Ludovico Manin respetaba a las Foscas, pero no se acercaba a ellas y, de haber podido, las habría erradicado. Pero, gracias a Arabella, sabía de su utilidad y precisaba de ellas para atraer a altos mandatarios europeos a Venecia y sellar fecundos acuerdos para la República. Desde hacía años, ella no se acercaba ni hablaba con el Dogo. Para eso estaba Arabella, que siempre las defendía, y hasta hacía bien poco asesoraba al Dogo sobre cuestiones de Estado.

—¿Cómo puedo convencer al Dogo de que sea cómplice de la huida del sultán?

El soldado dejó de acariciarse la barba y la miró a los ojos. Antes de traducir sus palabras, la Fosca se llevó las manos a la boca y miró con terror a Felizzia.

—Nos hemos llevado a tus Foscas. Será mejor que consigas convencer al Dogo si no quieres ver sus cadáveres flotando por cualquier canal de esta maldita ciudad.

La cortesana sintió cómo la rabia se apoderaba de ella y, sin poder evitarlo, respondió a la amenaza con otra.

—Como les pase algo, seré yo misma la que te convierta en un eunuco y arroje tus testículos al canal.

La joven Fosca la miró con horror.

—¡Traduce!

La Fosca cerró los ojos y disparó las palabras de la vieja cortesana. Al terminar la traducción, el escuadrón rompió la uve para formar una única fila con los sables en alto en posición de ataque.

—¡No serás capaz de matarme!

Felizzia no temía a la muerte, había estado en muchas trifulcas y siempre había salido con vida, y aquella amenaza no había sido la primera ni sería la última. El guerrero mantuvo la mano alzada sin despegar la mirada de la cortesana. Luego, y para sorpresa de todos, soltó una sonora risotada. El valor era una cualidad que no solo admiraban, sino que respetaban más allá de si provenía de un hombre o de una mujer.

—Si no hay más… ¡será mejor que comience la función! —dijo Felizzia.

La cortesana abandonó la sala enfundada de nuevo en su máscara, tramando el modo de convencer al Dogo de que colaborase en la huida de Selim. No se quitaba de la cabeza el secuestro de sus Foscas ni la posibilidad de que al alba sus cadáveres flotaran en las aguas del Adriático.

—¡Felizzia!

Don Giuseppe reprendió a su hija por no disimular su confianza con la cortesana. Aunque intentó retener a su hija, Lucrezia corrió a saludar a su amiga, con la que no había podido hablar en toda la noche. Las dos estaban viviendo una velada que deseaban no haber vivido nunca.

—¡Acompáñame! ¡Necesito tu ayuda y la de tu padre! —dijo Felizzia.

—¿La de mi padre?

—Chssss.

Subieron la escalinata y comprobaron que los saltimbanquis, los faquires y los hombres de fuego habían comenzado un nuevo espectáculo. Los acróbatas enmascarados volaban cerca de los altos techos de oro del gran salón entre ovaciones y aplausos. El número final estaba a punto de comenzar. Felizzia debía darse prisa para encontrar el modo de sacar al sultán del Palacio Ducal antes de que los fuegos artificiales pusieran la guinda del gran festín. Las dos mujeres se refugiaron en un balcón de la entreplanta, rodeadas de Foscas y embajadores ebrios. No era el mejor de los lugares para hacerse confidencias, pero no había tiempo que perder y entre susurros fueron contándose medias verdades. Lucrezia no quería que Felizzia supiera lo que había ocurrido con Roberto, aquello era un secreto entre Chiara y ella, y además quería proteger a la vieja cortesana de sus intenciones. Por otro lado, Felizzia no quería poner en peligro a Lucrezia, pero necesitaba su góndola para que Selim huyera.

—Mejor será avisar a Filippo, él lo llevará hasta las galeras turcas sin despertar sospechas. Los hombres de mi padre son leales a Paolo Manin.

—¿Podemos confiar en Filippo? La huida será peligrosa —preguntó Felizzia.

Lucrezia sabía que el remero haría lo que fuese por ayudarla y confiaba en que cumpliría con éxito la misión.

—¡Lo conseguirá! —afirmó con seguridad.

Ya tenían el modo de trasladar al sultán hasta las galeras, pero ¿cómo podía abandonar el Palacio Ducal sin ser visto? Paolo había acordonado la zona con sus hombres y era difícil burlar la vigilancia, a no ser que…

—Tenemos que cambiar al sultán por otro sin que se den cuenta.

Felizzia necesitaba que Lucrezia entretuviera a Paolo Manin para que se despistara de sus hombres mientras un grupo de Foscas llevaba al sultán a buen recaudo. Harían el trueque y lo esconderían hasta que, por las puertas traseras, pudieran sacarlo del Palacio Ducal.

—No vamos a poder hacerlo sin la ayuda y el consentimiento del Dogo.

Felizzia sabía que no había otro modo de actuar, que se jugaban la partida a una sola carta, pero confiaba en que Ludovico Manin reaccionara y pusiera cordura en aquel asunto. Asesinar al sultán otomano no solo era ponerse de nuevo en pie de guerra con el Imperio, sino cavarse su propia tumba.

—Tenemos un Dogo cobarde, querida. Nos ayudará porque querrá preservar su vida por encima de todo.

Felizzia saldría en una barca con un grupo de Foscas para jugar al despiste y blindar la huida del sultán con Filippo. Lucrezia tenía los pies fríos y las manos sudorosas. Miró a su madre adoptiva y la abrazó con fuerza. Aquella noche había prometido convertirse en una corsaria libre, y el primer paso sería evitar que un grupo de Foscas fueran asesinadas.

—Confía en la pureza de tu corazón. No olvides que el camino está escrito y tú eres… ¡una hija del agua! Recuerda tu poder, y deja que salga para convertirte en la mujer que debes ser.

Lucrezia se quitó la réplica del león alado y se la entregó a Felizzia como símbolo de buena ventura. Aquella medalla debía retornar otra vez a sus manos cuando las dos mujeres volvieran a encontrarse. Felizzia sonrió de emoción por el gesto de la joven.

—Mi niña, hace falta mucho para acabar con esta vieja cortesana. Te devolveré tu talismán —susurró Felizzia.

Lucrezia se alejó, tramando en su cabeza alguna posibilidad que permitiera la huida del sultán sano y salvo. Y en ese momento se acercó su padre.

—Recuerda que no debes mostrar en público tu afecto por Felizzia. Eres la futura esposa de Roberto Manin.

Lucrezia le pidió perdón solo para tranquilizarle, al tiempo que observaba cómo Felizzia se colocaba al lado del Dogo y del sultán. Selim III miró a la cortesana mientras acariciaba la coronilla desnuda de uno de los dos eunucos que reposaban como perros al lado del otomano. La ventaja de los bufones y los enanos en una corte es que pasan desapercibidos y pueden convertirse en los más rápidos y mejores informantes. La cortesana se dio cuenta de que el sultán sabía lo que se tramaba.

En ese mismo instante cuatro guardias transportaban a la favorita del sultán como una diosa sobre una cama alada, decorada con oro y piedras preciosas. Los guardianes del harén dejaron la cama a ras del suelo frente a una gigantesca *çeng,* el arpa otomana, que solo podían tocar los delicados dedos de la favorita. El número final daba comienzo: los cuatro portones del salón se abrieron para recibir a las decenas de mujeres que conformaban el harén del sultán. Deidades hechas para el placer, para amansar a las bestias tras la batalla. Decenas de ellas rodearon a la portadora del arpa con distintos instrumentos: *dombra, kilkopuz, rubab, ud, rebab, miskal, nefir...* Estaba a punto de comenzar el sonido hipnótico de las mujeres más poderosas del Imperio otomano.

Selim III se puso en pie e invitó al Dogo a hacer lo mismo. Alzó su copa de oro para brindar ante la mirada de Paolo Manin, que apretaba los puños y se relamía pensando que aquel indeseable yacería muerto en cuanto la música de sus concubinas concluyera. Antes de decir el brindis, Selim III susurró al oído del Dogo:

—Esta noche tu primo planea asesinarme. Si no quieres ser el primero en caer muerto, debes prestarte al plan. ¿Eliges vivir o morir?

Ludovico sintió como si un sable imaginario le cortara la cabeza. Una gota de sudor frío descendió hasta sus entrañas. Se mareó, perdió el equilibrio y se desplomó en el trono ante el asombro de los presentes. Tardó unos segundos en recuperar el aliento. Se dio cuenta de que estaba condenado a ayudar al otomano a escapar. Observó con la mirada borrosa a los patricios que esperaban con ansia que comenzara el concierto de las concubinas y supo, compasivo, que algunos de ellos no sobrevivirían a aquella noche. Pidió a san Marcos valor para afrontar la traición y coraje para volver a levantarse y brindar por una alianza a riesgo de su propia muerte. Ludovico pidió una nueva copa para que se la llenaran de vino ante la mirada incisiva de su primo.

—¡El brindis de un cobarde! —le dijo Paolo a su hijo—. ¡Pronto te arrepentirás, querido primo!

Paolo lo repudiaba por brindar con el traidor otomano en público. El Dogo le sostuvo la mirada y tuvo la certeza de que se declaraban silenciosamente la guerra. No cabía duda de que estaba solo y que su propia sangre conspiraba contra él.

—¡Larga vida a nuestros pueblos!

El Dogo brindó con Selim III y Lucrezia apostó por los celos para provocar la trifulca perfecta. Aprovechó el momento de euforia para echar una gota del mágico elixir que Felizzia le había entregado hacía semanas en la copa de un mercader otomano que celebraba con ansia la alianza. La pócima, según Felizzia, tenía el poder de enamorar u obligar a decir la verdad a quien la bebiera. La joven había decidido utilizarla para provocar a su prometido que, como su padre, andaba con la rabia a flor de piel, con ganas de matar al primero que se sobrepasara.

Paolo y Roberto Manin observaban tensos los vítores de los presentes al brindis entre el sultán y el Dogo de Venecia. Los dos sabían que Selim III no podía salir vivo del Palacio Ducal y que los turcos acusarían al Dogo de alta traición. Se acercaba la hora de Paolo Manin, y cuanto más cerca estaba del poder, más violencia sentía dentro de él.

—¡Vamos! Reacciona…

Lucrezia no observaba ningún cambio en el mercader otomano. Su cabeza trató de elaborar otro plan que creara el caos necesario para que el sultán y el Dogo pudieran salir de allí y hacer el trueque.

—Cubrid las salidas. ¡No puede salir vivo de aquí! —le soltó Manin al almirante Gozzi.

Felizzia observó cómo los hombres de Manin se colocaban sigilosamente en puntos estratégicos para evitar la huida. Roberto Manin pasó junto a Lucrezia con intención de prepararse para la emboscada. Fue entonces cuando, en un acto reflejo, lo detuvo agarrándolo por el brazo. Roberto frenó en seco, sorprendido por la acción.

—Querido, te ruego que te quedes junto a mí, me siento algo incómoda rodeada de... ¡salvajes!

Intentaba inventar una situación que provocara la algarabía necesaria para emprender la huida. Cuando lo daba todo por perdido, el mercader otomano se abalanzó sobre ella. Le rasgó el vestido por el escote y se lanzó con violencia hacia sus pechos delante de Roberto, sobrepasado por lo que veían sus ojos. Fue el propio Paolo el que disparó su trabuco volándole los sesos al mercader. Lucrezia vio cómo el cerebro del otomano reventaba en mil pedazos. La escaramuza entre otomanos y venecianos dio comienzo. Parecía como si el odio entre ellos, retenido en un pequeño frasco de cristal, hubiese reventado con el disparo de Manin.

El Dogo, el sultán y Felizzia aprovecharon el caos para escapar, custodiados por la guardia turca.

—¡Que no escapeeee!

Paolo Manin alertó a su almirante tras comprobar que el sultán huía por las escaleras centrales. Roberto se quitaba a los hombres de dos en dos, lo que le impedía alcanzarle. No era hombre de grandes talentos, pero a matar no había quien le ganara. Lucrezia abandonó el gran salón protegida por unos cuantos hombres de Manin y acompañada de su padre, que suplicaba a la Virgen salir vivo de allí.

Las puertas del Palacio Ducal eran un hervidero de barcas, de gritos, de máscaras pisoteadas. Aprovechando la confusión, Lucrezia se separó de su padre. Filippo esperaba con los otros gondoleros en el embarcadero principal a que salieran los patricios del baile. La escaramuza les había pillado desprevenidos. El caos había llegado a la orilla y los remeros se veían obligados a luchar para proteger su barca. La huida siempre altera el orden y rompe lo establecido. Muchos turcos deseaban tirarse al mar y salvar también su vida. Lucrezia daba vueltas desesperada por el embarcadero principal gritando su nombre:

—¡Filippoooooo! ¡Filippoooooo!

Había demasiada confusión y comenzaba a perder la esperanza de localizarlo. Necesitaba encontrarlo pronto si quería impedir que mataran al sultán. Cuando un sable estaba a punto de segar su vida, Filippo apareció como un león enfurecido para detener el sable con otra espada que terminó en el estómago del soldado otomano.

—¡Sígueme! ¡Tenemos que salir de aquí!

El remero agarró con fuerza a Lucrezia, que corrió hasta la góndola. Un compañero les cubrió la salida mientras se alejaban del peligro. Lucrezia trataba de ocultar sus pechos con una capa negra que le había prestado un soldado de Manin, pero Filippo tan solo quería cerciorarse de que estaba sana y salva.

—¡Estoy bien! No te preocupes por mí… No pares de remar… Debemos llegar cuanto antes al puente de los Tres Arcos. Allí deberás llevar al sultán hasta su galera.

Filippo dejó de remar para digerir la información.

—¿Me pides que encubra al máximo traidor y lo escolte hasta dejarlo a salvo en su navío?

—Te pido que confíes en mí. Necesito que confíes en mí. No todo es como parece, y no disponemos de tiempo para explicaciones.

Filippo comenzó a remar con fuerza sin comprender qué hacía Lucrezia en medio de aquel revuelo. Aquella mujer que le había robado el corazón tenía la extraña costumbre de meterse en líos. Decidió confiar en las decisiones que salían de aquel buen corazón que él custodiaba desde la primera vez que la vio.

Mientras se alejaban, Lucrezia trataba de buscar a su padre en las otras barcas. Estaba segura de que los hombres de Manin le habrían puesto a salvo. También estaba preocupada por Felizzia, temía por la vida de la vieja cortesana. Esperaba que hubiera podido conducir al sultán por los túneles subterráneos del

Palacio Ducal. Las Foscas conocían bien las salidas alternativas de los ilustres edificios venecianos. Lucrezia confiaba en que el conocimiento de Felizzia de los pasajes secretos la ayudara a salir de allí. No se equivocaba. Felizzia había estudiado bien las salidas secretas del Palacio Ducal antes de acudir a la fiesta. Era una precaución que las Foscas no podían saltarse, pues siempre sabían por qué puerta entraban a la fiesta pero nunca por cuál saldrían. Sin embargo, Felizzia, ni ninguna de sus Foscas, jamás hubiera imaginado que sería la encargada de liderar la fuga de Selim III. Ella, el Dogo de Venecia, el sultán y cinco hombres recorrían pasadizos secretos. Habían dado por fin esquinazo a los lacayos de Paolo Manin y había llegado el momento de dividirse. Por un lado ella, dos hombres y el sultán. Por el otro, el Dogo, dos hombres más y el sultán falso, el señuelo perfecto para engañar a los soldados de Manin. Antes de partir, Selim III se detuvo en seco y miró agradecido a Ludovico Manin. Se quitó con precipitación un anillo con un rubí enorme y se lo ofreció como señal de alianza verdadera entre ellos.

—Nuestros pueblos estarán enfrentados pero, a partir de esta noche, tu vida será custodiada por la mía propia. Vigila a los de tu sangre, son tus peores enemigos.

Felizzia y Selim siguieron con el plan de huida por los oscuros pasajes. Con una pequeña vela que alumbraba el camino a pocos pasos de distancia, recorrían estrechos túneles en fila y siguiendo las indicaciones de Felizzia. La cortesana no podía equivocarse en las bifurcaciones, pues sería mortal para todos.

***

—¡Seeeeeelimmmmmm!

Paolo Manin gritaba el nombre del sultán. Sabía que Ludovico le había traicionado y, con el sable ensangrentado en alto, enviaba a su escuadrón de la muerte a matar al Dogo de Venecia si se atrevía a custodiar a Selim III. Uno de sus soldados alertó a Paolo del hallazgo, señalando una de las puertas que daba al largo porche de columnas. Paolo pisó con rabia una ristra de cadáveres para llegar cuanto antes al lugar donde el sultán y el Dogo habían sido apresados. Un poco rezagado, llegó el almirante Gozzi, que observó la escena temiéndose lo peor. Con el sable en alto, Paolo se encaró a Ludovico Manin, rodeado por su propia guardia con todos los sables apuntando a su cuello.

—¿Vas a matar a tu primo? ¿Piensas asesinar al Dogo de Venecia?

—Sabes que no te quiero a ti, sino a Selim.

—¡No puedo dártelo! Salvándole la vida protejo a Venecia.

Paolo escupió en el suelo en señal de repulsa. Ludovico no respondió al agravio, pero siguió intentando convencer a Paolo de que dejara libre al sultán falso. Sabía que jamás lo conseguiría, pero necesitaba ganar tiempo para lograr que el verdadero huyera ileso. El falso Selim III llevaba un turbante que le cubría el rostro a excepción de los ojos. Paolo escuchaba displicente a su primo y le observaba con mirada nauseabunda. No tenía prisa. Paolo Manin gozaba de los preliminares antes de cortar una cabeza. Para él era un placer escuchar los ruegos estériles de Ludovico, oler el hedor que desprendía su putrefacto valor, ver el sudor de su frente y oír su respiración entrecortada.

—Mi querido primo, la victoria es mía. El juego se ha terminado.

Paolo cogió su trabuco y, con ruda delicadeza, lo cargó sin apartar la mirada de Ludovico. Los hombres de Manin bloquearon al falso sultán que, tembloroso, cayó de rodillas y comenzó a recitar en turco lo que parecía una oración implorando por su vida.

—¡Asesinar al sultán es colocar a la República en la diana!

—Asesinar al sultán, mi querido primo, es colocarle al Dogo de Venecia la soga al cuello... ¡Se ha terminado tu tiempo! ¡Descubrid su rostro! ¡¡Vamos!!

Gozzi se acercó al falso sultán y le quitó el turbante de un solo gesto. La artimaña había quedado al descubierto.

—Este no es el sultán... —anunció Gozzi.

Paolo tardó en reaccionar al comprobar que el necio de su primo se había burlado de él en sus narices.

—*Vecchia puttana!!*

Con el puño cerrado, dio un golpe en la pared de piedra. Cayó en la cuenta de que Felizzia había organizado el engaño junto a Ludovico y el sultán, y que la estratagema podía haber funcionado. ¡Humillado, traicionado por una cortesana ante sus hombres! En un arrebato de cólera apuntó con el trabuco a la cabeza del Dogo.

—¡Túúúú!!! ¡Tú eres el traidor a la República!!!

Disparó pero la bala ni siquiera rozó a Ludovico. Ante la impotencia de no poder matarle, se acercó hasta el falso sultán y lo degolló sin compasión. Después le asestó varias estocadas y usó su cuerpo como si fuera un saco de grano. Los hombres de Manin sostenían al falso sultán que, ya muerto, siguió recibiendo sablazos hasta que Paolo logró calmar su ira. Gozzi se había quedado fuera de la escena, contemplando en silencio un nuevo arrebato de Paolo. Un ensañamiento avergonzaba al buen soldado. Él había sido uno de los mejores soldados de la República, no solo por sus victorias sino por su sentido del honor. Los años que llevaba con Manin habían enterrado el honor y sus condecoraciones. No le gustaba el sadismo de Manin, ni el odio enfermizo que sentía por su primo. A pesar del cansancio y por el momento, Gozzi prefería el silencio a la afrenta.

Cuando Paolo Manin terminó con el sable, comenzó a propinarle patadas al cuerpo sin vida hasta que se le ocurrió cómo vengarse...

—Mi querido primo, ¡acabas de despertar a la bestia! Gozzi, ¡que no salga de sus aposentos! ¿Me has oído bien? No quiero que nadie hable con el Dogo hasta que yo regrese.

Paolo Manin salió con tres de sus hombres y una sola idea en su cabeza: Felizzia y las Foscas pagarían cara su deslealtad.

—Esta va a ser la noche más oscura que recuerde Venecia.

Seis

«Las virtudes femeninas son difíciles
porque la gloria no estimula su práctica».

MADAME LAMBERT (1647-1733)

Arabella esperaba impaciente el regreso de
sus hombres del puente de los Tres Arcos
para averiguar detalles sobre la matanza. Demasiadas preguntas sin respuesta. Trataba de mantener la
calma antes de sacar conclusiones confusas que pudieran complicar más la situación. Aquella mañana,
tras informarle Lina de los hechos, había escrito
varias cartas. Una de ellas al Dogo. Esperaba que
Ludovico Manin, por amistad y por lealtad, no se
negara a leerla. Todavía le quedaban aliados en el
Palacio Ducal. Así había encontrado el modo de

burlar la guardia de Paolo Manin, pero sabía que solo dependería del propio Dogo leer la carta y creer en sus palabras. Arabella intuía que estaba aterrado, superado por los acontecimientos y, como en otras ocasiones, escondiendo la cabeza debajo del ala. Debía sacarle de ese estado y así rescatar a la República. Pero a Arabella no solo le preocupaba su patria.

Los papeles de París que había recuperado el hijo de Olympe de Gouges no habían llegado todavía a sus manos. ¿A qué se debía el retraso? Aquellos documentos eran vitales para preservar el anonimato de los cientos de mujeres que, a lo largo de decenios, se habían aliado en el más absoluto silencio. La lista de las hijas del agua no podía caer en las manos equivocadas. Hasta el momento, nadie podía identificarlas. En una ceremonia secreta de bautismo, las nuevas integrantes prometían fidelidad a la hermandad. Todas las hijas del agua sellaban con su propia vida un pacto de confidencialidad: jamás, ni siquiera bajo tortura, hablarían de la hermandad ni revelarían ningún nombre. Solo Arabella, la Gran Maestre, y tres de las hermanas más antiguas: Elisabetta Caminer, la duquesa de Benavente y la fallecida Olympe de Gouges podrían proponer nuevas candidatas. Ellas conocían la importancia de ampliar el círculo, de hacerse más grandes y, poco a poco, estar más cerca del poder para, el día señalado, comenzar a activar los cambios que afectarían al resto de las mujeres. Las hijas del agua sabían que el mundo necesitaba tiempo para el cambio y que ellas tenían que permanecer en la clandestinidad. Posiblemente se había abierto alguna brecha y en Europa se empezaba a sospechar de su existencia. Pocos hombres estaban preparados para aceptar que la mujer era un ser igual a ellos. Pocos comprenderían la necesidad de una unión secreta que mantenía correspondencia cifrada y reuniones ocultas. Arabella presentía que estaban en peligro. Ningún hombre se había atrevido en público a proclamar la ampliación de los derechos de las mujeres. Ni siquiera Rousseau y otros padres de la Revolución francesa. Este había proclamado la igualdad de los hombres para abolir los privilegios de los regímenes absolutistas, pero se olvidó de las mujeres, porque consideraba que les faltaba racionalidad para pertenecer al mundo ilustrado.

La hermandad había crecido vertiginosamente desde la traición de Rousseau, pero todavía era minoritaria y esa lista, con el nombre de todas las hijas del agua, abría la caja de Pandora. Revelaba el poder de la Hermandad del Agua con su epicentro en Venecia. Lo que desconocía Arabella es que no solo ella esperaba la lista, sino también su peor enemigo: Paolo Manin.

***

—¡¡Muchachoo, no me aplastes un pie con la caja!! —gritó la vieja Lina.

Desde el muelle de carga, Lina alertaba a un mozo de su presencia.

—¡Venecia se ha despertado negra! Tanta mujer muerta… ¡Santísima misericordia! ¿Acaso no tenemos suficiente con la falta de agua? —soltó el mayor de los mozos al descargar los primeros sacos de azúcar y grano para Ca Massari.

—No blasfemes antes de tiempo. ¿Llegan noticias de los cadáveres? —preguntó Lina, impaciente.

—Mujeres de mala vida, ¡cortesanas!, mujeres bellas que pactaron con el diablo… —respondió otro mozo sin mirarla a los ojos.

—¿Foscas? —preguntó Lina siguiéndole con la mirada mientras se levantaba de entre un montón de cajas y se acercaba para oír su respuesta.

El más viejo de todos, que sabía interpretar qué traían las aguas, le contó que todos los cadáveres eran de cortesanas, y que la única muerta desnuda y con una máscara puesta era una vieja ciega.

—¡Una bruja! Una mala mujer a la que Dios había castigado quitándole los ojos, y la muy condenada se escondía tras la *moretta*…

—*Porca donna!* —soltó el otro mozo cargando un saco a sus espaldas.

Lina cerró los ojos, respiró hondo, miró al cielo y se santiguó frente al carguero, que seguía escupiendo lo que las aguas traían. «¡La Vecchia Fosca muerta!».

—Las gentes hablan de unas muertes malditas y comienzan a pedir que no sean sepultadas, no vaya a ser que atraigan a los malos espíritus.

—¿Y qué van a hacer con el cadáver de la vieja? ¿Quemarlo? —preguntó Lina.

Lina solo pensaba en cómo reaccionaría su señora cuando se enterara de que entre los cadáveres de las Foscas flotaba también, desnudo, el de la Vecchia Fosca. Reconocía que siempre le había dado miedo esa mujer y que cada vez que Arabella se reunía con ella en su guarida temía que pudiera hechizarla o provocarle algún mal. Su tatarabuela había ardido en la hoguera por andar siempre entre brebajes. Por eso desde pequeña había tenido miedo a las mujeres que prometían la cura con cualquier tipo de pócima. La Vecchia Fosca era más que una boticaria, pero Lina no podía disimular su desaprobación cada vez que su señora visitaba a la anciana.

—¡Nooo! ¡Ni siquiera eso! Quieren llevarla a la isla de los Muertos, para que se pudra y que su hedor no nos contagie de ningún mal.

—¿La isla de los Muertos? ¿Se sospecha quién está detrás de las muertes? —siguió preguntando Lina.

—Se dice que alguien muy poderoso y próximo al Dogo. Se cuenta que es un aviso, una señal de que habrá más muertes.

—Hasta ahora los cadáveres se hundían en nuestras lagunas, ahora ya todo flota —remató el más joven de los mozos que, habiendo terminado con los sacos, subió al bote y se sentó entre los montones de carga, esperando la partida.

¿Un aviso? ¿Una señal de más muertes? La vieja criada no era buena descifrando acertijos, pero sabía que aquello apuntaba directamente a su señora. Su prestigio había caído en picado, apenas podía abandonar su *palazzo* sin recibir algún insulto o mirada recelosa. Había llegado la noticia de que ya no era bien recibida por el Dogo y muchos deseaban verla muerta. Lina sabía que los canales de Venecia eran el mejor medio de comunicación. Con seguridad, aquel carguero llevaría toda la mañana contando lo mismo en los *palazzi* en los que atracaba. Así funcionaba Venecia cuando un suceso conmocionaba a la ciudad. Cortesanas muertas, una vieja ciega desnuda y una advertencia.

Y muchos, como Lina, habrían entendido a quién iba dirigida la advertencia: a Arabella Massari.

**

La noche para Lucrezia había sido larga. Se la había pasado sin dormir entre recuerdos de promesas y amores que alumbraban el camino. Al llegar a su palacio sufrió por su padre, que al poco llegó escoltado y sin un rasguño. Luego sufrió por su remero, Filippo. Durante esas horas dio vueltas por la habitación con muy mala conciencia. Pensaba que no debía haber dejado solo a Filippo, que tenía que haberlo acompañado y cubrirle las espaldas. Della entró un par de veces al oír ruido en la *camera* y siempre se encontraba a Lucrezia en la misma posición: tendida sobre la cama, con las velas encendidas y simulando leer un libro que sostenía al revés.

—¿Te preocupa algo, mi niña?

—No, solo que la luna está brillante esta noche y no me deja dormir... ¿Mi padre ya duerme?

Della no creyó una palabra, pero decidió aceptar la excusa de la luna y permanecer tras la puerta toda la noche. Aquella muchacha llevaba un tiempo comportándose de manera extraña. Della no se fiaba de las intenciones de Lucrezia, puesto que detrás de una mentira siempre se producía una acción peor. Aquella noche habían llegado ella primero y su padre un poco después, muy alterados los dos con todo lo acontecido en el Palacio Ducal. Don Giuseppe había abrazado a su hija como si la hubiera dado por muerta y él, a juzgar por el estado de sus ropajes, parecía haber presenciado una guerra.

Lucrezia dejó a un lado el viejo manual sobre los deberes de una buena esposa y sacó de debajo de la cama otro en francés, regalo de Felizzia en su pasado cumpleaños. *La Belle et la Bête*, de la escritora Jeanne-Marie Leprince de Beaumont. Un ácido cuento de protesta sobre las mujeres condenadas a casarse con hombres peores que una bestia. Ese relato le había hecho dejar de pensar en Filippo y concentrarse en su firme decisión. Odiaba a los Manin… ¡A todos! Eran unos bárbaros, unos asesinos, y no deseaba esa suerte. Aquella noche había decidido que no se convertiría en la esposa de Roberto Manin. ¿Cómo evitarlo? ¿Cómo salir ilesa de aquello sin perjudicar también a su padre?

—¡Chiara!

Recordó el pacto con la joven monja. ¡Ella se lo había prometido! ¿Podía fiarse de aquello? Al fin y al cabo, fue una promesa bajo la amenaza de Lucrezia de romper su voto de silencio… ¿Cómo sabía que no la traicionaría si las cosas se ponían feas? Apenas la conocía y lo poco que sabía era que mentía muy bien, tanto como para haber sido capaz de construir una doble identidad a los ojos del mundo y que nadie la descubriera excepto ella.

«Muchas mujeres lo hacen para poder ser libres. ¿No lo sabías?».

Lucrezia pensaba en aquella frase que le había dicho Chiara. ¿Mujeres que se hacían pasar por hombres para ser libres? Nunca había oído nada parecido, pero la imaginación la había llevado a fantasear con vestirse de hombre, de pirata, de corsario... tener todos los amantes que quisiera y no estar condenada a casarse con un hombre al que no deseaba. Sintió deseos de inventarse una identidad masculina para poder ir libremente por cualquier lugar sin necesidad de criada. Para gozar de su soledad y del privilegio de ver mundo sin compañía. Dejó de leer *La Belle et la Bête* y comenzó a imaginar qué le gustaría ser si pudiera hacerse pasar por un hombre. Elegiría ser mercader como su padre y se pasaría años recorriendo lugares perdidos más allá de Constantinopla. Antes de convertirse en una dama, cuando era una niña, su vida había sido bien distinta. Se le permitía leer, aprender esgrima y escoger sus compañías. No tenía que preocuparse de encajar en una sociedad que se imponía a sus deseos.

«Mi querida Lucrezia, un día deberás dejar los juegos y convertirte en lo que se espera de ti».

Su padre siempre se lo había recordado. Durante esa infancia, don Giuseppe jamás le había preguntado si era feliz, mucho menos cuando se habían terminado los juegos y comenzado las responsabilidades. Don Giuseppe conocía los anhelos de su hija, pero el cuento había terminado.

«Mi querida hija, debes convertirte en la mujer que da riquezas a la familia y no problemas. Tu madre estaría orgullosa».

Lucrezia se agarró a la almohada con fuerza. Necesitaba estrujarla en su desconsuelo, aunque al mismo tiempo sentía una extraña excitación. ¿Cómo podía experimentar sensaciones tan opuestas? Algo había cambiado en ella. Sabía que no podía confiar en su padre, pero, por otra parte, había descubierto que no estaba sola.

—¡Las hijas del agua!

Volvió a recordar su conversación con Arabella y la vieja ciega, y también, una a una, a las mujeres retratadas en aquel libro secreto. De un salto se puso de pie sobre la cama impulsada por la energía que surgía de su interior. Parecía una locura, pero quizá ella, como le había confesado Arabella, formaba parte de aquel grupo.

—¿Yo? Una hija… ¿del agua?

Le gustaba ese nombre. Ella era una verdadera hija del agua porque deseaba ser libre. ¿Cómo habían hecho esas mujeres para rebelarse a su cruel destino y vivir como deseaban? Quizá la respuesta a sus plegarias estaba en ellas. Necesitaba saber más, quiénes eran, hablar con cada una de ellas…

—¡Arabella!

Aquella noche, Lucrezia libró una batalla consigo misma. Tenía miedo de soñar que podía tener otra vida, una que deseara. Saltó de la cama, cogió su pequeño sable y comenzó a pelear con enemigos imaginarios.

—Creéis que podéis vencerme, ¿eh? Pues para ello tendréis que demostrar mayores habilidades. ¡Ja! Soy una experta espadachina. ¡Ja! Hasta ahora no he conocido la derrota. ¡Ja!

Mientras luchaba contra enemigos invisibles, Filippo, escondido en una esquina del canal, lanzaba piedrecillas al cristal del balcón de Lucrezia. Había completado con éxito la misión y Selim se había reunido sano y salvo con sus soldados. El sultán, en agradecimiento a su valentía, le había regalado un saquito que contenía una misteriosa llave.

—Conserva esta llave… ¡muéstrala siempre! Pronto recibirás aquello que abre. Además, por haberme salvado la vida, nadie se atreverá a cerrarte ninguna puerta.

Filippo habría preferido un saco de monedas y no esa misteriosa llave, pero las palabras del sultán se le grabaron a fuego. Aquel hombre poderoso le había hecho una promesa en forma de llave y esperaba comprobar su poder algún día. Se la colgó en el cuello junto al león alado y remó con ansia para encontrarse con Lucrezia y contarle cuanto antes lo sucedido. Con la piedra en la mano para lanzarla contra el cristal, permaneció embelesado observando la sombra danzarina de Lucrezia en camisón y con el pelo suelto luchando con una espada contra oponentes invisibles. Había ensayado cien veces cómo dejar de ser su remero fiel, pero todo se iba al traste en cuanto la veía sonreír. Sabía que su amor era imposible, pero la amaba más allá de la batalla y de la adversidad. Sentía la necesidad de permanecer junto a ella: protegerla, salvarla, contemplarla, tenerla entre sus brazos y no soltarla.

—¡Filippo!

Lucrezia reaccionó a la señal: una piedra golpeando el cristal de su balcón. Corrió hacia la ventana. Su remero había vuelto y la saludaba con la sonrisa del héroe victorioso. A pesar de la oscuridad podía sentir su fuerza, su bondad, su manera de mirarla como si no hubiera más mundo que ella. A Lucrezia se le aceleraba el corazón, aunque desconocía todavía si era por Filippo o por todo lo que había sentido aquella noche. No sopesó los riesgos y, sin pensarlo, se preparó para salir de la casa y encontrarse con él. La curiosidad por saber era mayor que la obediencia de permanecer en cama y encerrada en su habitación. Decidida, se cubrió el camisón con un batín y abrió con sigilo la puerta de su habitación para no despertar a su padre. Pronto se encontró con la buena de Della, que se había quedado dormida en una silla y salió de puntillas para no despertarla. Bajó las escaleras a tientas y abandonó el *palazzo* por la parte trasera.

—¡Llévame a la góndola! ¡Deprisa, antes de que alguien nos vea!

Filippo sintió el rubor en sus mejillas al ver a Lucrezia acercarse. Los dos se metieron bajo cubierta para pasar desapercibidos y compartir confidencias. Lucrezia quería que Filippo se lo contara todo, pero el joven temblaba y se había quedado sin palabras.

—¿Te vas a quedar callado o piensas contarme lo ocurrido?

Filippo no pudo hablar hasta que Lucrezia le propinó un pescozón.

—¡Filippo! He arriesgado mi vida para encontrarme contigo y ¿enmudeces? —dijo Lucrezia con el rubor en las mejillas.

El joven respiró profundo y, a trompicones, comenzó a contárselo todo hasta que dejó al sultán en manos amigas. Al ver cómo disfrutaba Lucrezia, convirtió lo ocurrido en un cuento. Se inventó decenas de peligros y altercados, se describió como un titán invencible que no tiene miedo a la muerte. Lucrezia le escuchaba embelesada. Aquel joven tenía una mezcla extraña de fuerza e ingenuidad que la maravillaba. Además de un corazón valeroso y una mirada con chispa que delataba su gran imaginación. Lucrezia se daba cuenta de cómo el remero exageraba su relato, pero no le importaba, le divertía. Había descubierto a otro fabulador como ella, incluso mejor.

—¿Y los dragones? —preguntó, divertida, Lucrezia.

—¿Cómo? —dudó Filippo.

—¿Cuándo llegaron los dragones soltando fuego? —dijo con una dulce risotada.

Filippo, al verse descubierto, bajó la cabeza y se rascó el pescuezo sin saber qué responder.

—¡Eres mi héroe! Y eso no es un cuento —dijo Lucrezia mirándolo con dulzura—. ¡Gracias!

Un rayo de luz rompió el hechizo e impidió el primer beso. Los dos habían dejado pasar las horas hasta el amanecer. Lucrezia se sobresaltó y, sin apenas despedirse, abandonó la góndola. Filippo trató de retenerla.

—¡¡Lucrezia!!

En su desesperación, dejó a un lado el decoro y las formas entre un gondolero y una dama. Ella se paró en seco y se dio la vuelta, divertida. Él solo acertó a pronunciar con timidez:

—El corazón de tu fiel remero esperará con ansia una nueva misión.

Lucrezia le guiñó un ojo. No había sido un beso, pero le había regalado un amanecer inolvidable. Se acordó de la misteriosa llave que le había dado el sultán y la sacó junto al león alado que le había regalado Lucrezia. Sus dos tesoros más preciados juntos.

«¿Para qué me servirás?», pensó.

Siete

«Si los hombres fueran buenos, no habría mujer mala».

ISOTTA NOGAROLA (1418-1466)

Las aguas de Venecia volvían a su cauce después de las muertes que habían inundado la ciudad de rumores, leyendas y malos augurios.

—¡Venecia sigue tan viva como siempre! ¡Al fin y al cabo eran solo prostitutas!

Lucrezia clavó una mirada inquisidora en su padre y tragó saliva para evitar responderle. Don Giuseppe hablaba sin mirar a su hija ni a nadie que pudiera interrumpir su monólogo. Llegaban tarde a La Fenice y, por compromiso con el Dogo, acudían al reestreno de la ópera de Vivaldi *Motezuma*. El mercader odiaba la música y Lucrezia, los actos públicos, pero aquella noche los dos tenían prisa por llegar y aprovechar la ocasión para afianzar alianzas no compartidas.

Las cosas habían ido a peor entre Lucrezia y su padre desde la mañana siguiente a la tragedia. Lucrezia miraba a su padre con desdén y se preguntaba qué había sido de la parte bondadosa que le había enseñado a dar limosna a los *malviventi* a las puertas de los *ospedali*. Su cuerpo se había encorvado y sus manos parecían haberse alargado como las de un prestamista avaro. Pasaba horas en su despacho recibiendo a gente de mirada angosta, contando ducados y enviando centenares de cartas. Todo a puerta cerrada, siempre custodiado por un gigante vigilando que nadie entrara, ni siquiera su propia hija.

«¡Cuanto menos sepas, mejor será tu vida!».

Lucrezia tenía esa frase grabada a fuego en la sien de las veces que se la había repetido su padre. No le gustaban las personas con las que se reunía. Eran de rostro rudo y modales animales. Asesinos, hombres con el alma muerta. En aquellos días de desencuentro, habían aumentado las visitas y su padre apenas salía para almorzar o cenar. La fiesta en honor al sultán Selim III había movido las fichas del tablero y el juego de la simulación era tan peligroso como el de la verdad. Don Giuseppe, en una decisión premeditada o inconsciente, evitó cruzar palabra con su hija para esquivar cualquier enfrentamiento. No estaba preparado para abandonar el mundo de los vivos y deseaba, al precio que fuera, aferrarse a él. Había contratado a un escuadrón de hombres de reputación incierta, armados hasta los dientes, para proteger su vida y la de su hija. La de Lucrezia era demasiado valiosa.

—¡Tu vida ya no te pertenece! ¡Una futura Manin debe ser protegida como la reliquia de una santa!

Lucrezia escuchaba a su padre mientras observaba a los mercenarios contratados, que navegaban en otro barco a poca distancia sin apartar la mirada de ellos. En poco tiempo, la existencia de Lucrezia se había complicado. Se sentía prisionera en su propia casa y el carcelero no era otro que su padre.

—Empiezo a estar furiosa con mi padre, Della.

—No digas eso. Sabes que… te quiere y todo lo hace por tu bien.

—¿Por mi bien? ¿Tenerme presa en mi propia casa?

Della había intentado sin éxito acercarlos. Era difícil porque el mercader se comportaba de forma autoritaria para evitar que su «caprichosa» hija estropeara la ascensión de la familia. Don Giuseppe no atendía a otras razones.

Lucrezia se acariciaba las manos mientras recordaba la mañana siguiente a la fiesta en el Palacio Ducal, en el Ospedale della Pietà. Lucrezia había ido para encontrarse con Felizzia, y don Giuseppe fue en su busca.

—¿Cómo se te ha ocurrido verte con Felizzia? ¿No sabes que es una traidora a la República? Colaboró en la huida del sultán. ¿Acaso no sabes quién eres?

Don Giuseppe había asido del brazo a Lucrezia en pleno concierto y, sin mirar a Felizzia ni a Chiara, se la llevó casi a rastras hasta la barca. Fue la primera vez que padre e hija midieron sus fuerzas.

—¡No he hecho nada para que me trates así!

—Una futura Manin no puede hablar con proscritas.

—Entonces tu lecho es un lugar de delito...

Don Giuseppe propinó una bofetada a su hija que la dejó con medio cuerpo fuera de la barca. El mercader se abalanzó sobre ella y comenzó a azotarla.

—Signore. ¡¡Por favor!! No le haga más daño —suplicaba Della.

Lucrezia guardó silencio mientras su padre gritaba con violencia desmedida:

—¡No me alces la voz! ¡Descarada! ¡Soy tu padre, amo y señor! ¿Me has oído?

La azotó sin compasión y Lucrezia no derramó una sola lágrima. Entonces, como si un ser invisible hubiera detenido el brazo del mercader, don Giuseppe paró de golpe y se apartó de ella como si estuviera apestada. Mientras se colocaba la casaca y la peluca, la miró con resquicios de ira y vergüenza.

—Ha sido mi culpa, por malcriarte y no enderezarte cuando debía. No voy a consentir que dejes a los Viviani malparados. Me ha costado mucho esfuerzo llegar hasta aquí.

Antes de que su padre se la llevara a rastras, Lucrezia había tenido tiempo de intercambiar unas palabras con Felizzia. La vieja cortesana se había convertido en una mujer casi desterrada a la que habían prohibido la entrada en el *ospedale*, pero recurriendo a privilegios pasados logró acceder y reunirse con ella y con Chiara.

—Estoy bien, niña, pero las aguas se oscurecen en Venecia. Ya no somos libres y caeremos como moscas si no lo evitamos —dijo Felizzia.

Chiara y ella escucharon con suma atención las palabras de la cortesana. Aquella mañana parecía que había envejecido dos siglos, sus manos estaban frías y no quedaba rastro de su sonrisa. Estaba asustada.

—Va a ser difícil que nos veamos. Mi vida corre peligro y quizá tenga que desaparecer un tiempo o…

para siempre. ¡Lucrezia!, debes proteger tu vida tanto como yo la mía. Desconfía hasta de las sombras, guíate solo de tu instinto.

Felizzia miró compasiva a la dulce Chiara, que había comenzado a llorar sin consuelo. La mujer que la había ayudado a ser quien era se estaba despidiendo de ellas.

—Mi querida Chiara, no temas, yo ya he vivido cien vidas. No me asusta la muerte.

Acarició su rostro y la besó en la frente, mientras Chiara hundía la cara en su pecho entre sollozos. Deseaba borrar lo que sus oídos habían escuchado, deseaba retenerla en su vida.

—Quiero que me prometáis que cuidaréis la una de la otra. ¿Puedo confiar en ello?

No les dio tiempo a responder, pues don Giuseppe se abalanzó sobre Lucrezia para llevársela.

—¡Juro que si me vuelve a pegar... no responderé de mis actos! —dijo Lucrezia en voz baja mientras viajaba arrodillada en la barca tras la paliza recibida. No solo odiaba a su padre por los golpes sino por haber impedido que se despidiera de Felizzia; temía no volver a verla. Hasta que atracaron y vio los pies de su padre alejarse, no se levantó. Con el cuerpo magullado, corrió al *palazzo* a encerrarse en su habitación.

—¡Odio mi vida! ¡La odio!

Se tiró en la cama y lloró desconsolada. ¡Estaba muerta de miedo! No lograba entender por qué la vida le arrancaba a una de las personas que más quería. Su madre adoptiva, la mujer que se había encargado de mostrarle el camino a otra vida y enseñarle libros, elixires y mundos mejores que aquella Venecia a la que comenzaba a despreciar.

Lucrezia se pasó el día llorando, sin probar bocado, sin atender ni siquiera a las súplicas de la buena de su sirvienta. Se secó por dentro, se quedó sin agua y sintió cómo un pedazo de su vida se había esfumado para siempre. Sentía una soledad profunda.

«Guíate solo por tu intuición». Las últimas palabras de Felizzia la martirizaban. No sabía cómo hacerlo, y además su presentimiento era confuso. No había sido educada para convertirse en una rebelde, aunque de alma lo era. ¿Qué se suponía que debía hacer?

En un acto de desesperación se arrodilló para hablar con su difunta madre, para rogarle que le alumbrara el camino a seguir. Siendo niña, engañaba a todos confesando que le rezaba a una santa para que la dejaran hablar a solas con ella.

—Madre, ayúdame a encontrar el camino. Necesito de tu fuerza, la que me diste al nacer.

Aquella tarde se dio cuenta de cuánto la echaba de menos. Pasó tanto tiempo hablando con ella que le ardieron las rodillas.

—¡Solo tu fuerza hará de ti la heroína que debes ser!

Lucrezia se sobresaltó al escuchar con suma claridad una voz que la hablaba. ¿Era su madre?

—¡Confía! No dudes de tu instinto.

Entre sollozos y reflexiones se quedó dormida, creyendo que su madre al fin le había hablado. Se prometió no volver a ofender a su padre para no despertar en él sospechas. No volvería a confiar en él.

En aquellos días de encierro Lucrezia no protestó y se dedicó a coser y rezar. Cuando se recluía en su habitación, aprovechaba para devorar libros prohibidos que durante años le había regalado Felizzia y, por consejo de ella, los había escondido de su padre. Della decidió, como siempre, protegerla ante el mercader.

—¿Acaso debo cenar cada noche en soledad? —protestó este a la sirvienta.

—Don Giuseppe, Lucrezia no goza de buena salud estos días. Pide reposo para recobrar el brío y se disculpa una noche más.

La criada aprovechaba lo que creía que era sentimiento de culpa del mercader para atajar posibles preguntas. En el fondo, don Giuseppe sentía desdén. Se avergonzaba de su hija porque no se comportaba con la dignidad merecida y esperada. Desconfiaba de sus malas formas, de su arrojo y su escasa docilidad. La había disculpado ante Paolo y Roberto Manin, pero no podía seguir excusando su comportamiento. Lucrezia debía enderezar su carácter y mostrar mansedumbre y buena disposición ante él y su futuro marido. Si era necesario, volvería a encerrarla hasta que entrara en razón. El mercader estaba rabioso con su hija por haber provocado que los Manin cuestionaran su valía. Su propia hija se había convertido en un reflejo de la cortesana a la que él había amado, y habría sido capaz de estrangularla con sus propias manos: tan distante y áspera, tan insensata y altanera como ella.

—¡Maldita Felizzia!

De haber sabido su paradero, la habría matado con sus propias manos. Pero se había esfumado sin dejar rastro. Ni los hombres de Manin ni los suyos habían dado con la ramera esquiva. El sultán se había encargado de ayudarla a salir de Venecia. Desde la desaparición de Felizzia, Paolo miraba con ojos de desconfianza a don Giuseppe pues sospechaba que había colaborado en su huida. Él o su hija Lucrezia, pues fueron los últimos que la vieron en el

Ospedale della Pietà. Manin conocía la relación de Lucrezia con Felizzia y la debilidad del mercader por la cortesana.

—Más despacio, remero, que las aguas están esta noche agitadas y se me encoge el estómago.

Don Giuseppe cesó su soliloquio para mirar de reojo a su hija que, con un hilo de voz, había avisado al barquero de que cesara la marcha. Lucrezia se asomó al borde de la góndola para vomitar. No podía evitar pensar en Felizzia cuando escuchaba a su padre. No podía evitar sospechar que él podría haberla asesinado y lanzado su cuerpo a esas aguas que tantos cadáveres habían engullido ya. Don Giuseppe la observaba con frialdad, dudando de si todo aquello formaba parte de una escena ensayada para despistarle. Lucrezia echó la cena y también la rabia contenida. Tener que simular la indisponía. Sin mirar a su padre, recuperó la postura para continuar el viaje y don Giuseppe ordenó al remero que prosiguiera.

—Dale brío, muchacho..., ¡no debemos demorarnos!

Padre e hija habían organizado reuniones secretas en La Fenice. Don Giuseppe no debía llegar tarde aquella noche en la que, estaba convencido, recobraría la confianza de Paolo Manin. El viejo mercader había conseguido la única cosa que le reconciliaría con Paolo: los esperados y secretos documentos de París. Había sobornado a marineros de todos los puertos para ser él quien se hiciera con ellos. En París se le escaparon de las manos misteriosamente y le había jurado a Manin que los recuperaría. Había cumplido su palabra.

Aquella noche se había citado en La Fenice con un hombre sin nombre ni sombra. Era un pirata que había oído que don Giuseppe pagaba a precio pedido unos documentos de París. Hizo saber al mercader por medio de sus hombres que los tenía y acordaron encontrarse en la ópera.

—¿Cómo sé que no es un engaño? —preguntó don Giuseppe cuando le comunicaron la noticia.

—Nos ha dado un nombre: Arabella Massari —respondió uno de sus hombres.

Acordaron encontrarse al final del primer acto. Para proteger su vida y evitar el engaño, después de meditada reflexión, don Giuseppe había informado de la reunión a Paolo Manin. Era el único que conocía el contenido de aquellos documentos. Había demasiado dinero en juego y cualquiera podía engañarlo. Las noticias del hallazgo del preciado documento habían devuelto el prestigio perdido al viejo mercader. Si Paolo Manin quería gobernar Venecia, debía controlar lo que sus aguas llevaban al precio que fuera. Don Giuseppe siempre había tenido fama de ser el mejor para esta tarea y durante mucho tiempo demostró ser el hombre indicado. La única condición que puso el mercader para convertirse en lacayo de Manin fue el matrimonio de su hija con Roberto Manin. Un acuerdo que permitía a uno ascender en sociedad y al otro le proporcionaba la valiosa información que traía el Adriático y el amor que el pueblo sentía por los Viviani.

**

Aquella sería la primera vez que Lucrezia pisaría el suelo del teatro. Ella y su padre se colocaron el antifaz para presentarse en sociedad sin apenas mirarse y pisaron tierra firme con disimulada corrección. Lucrezia, como el resto, llevaba el tradicional antifaz sujeto a una varilla, para luego poder ver la ópera con un binóculo y a la salida volver a esconder el rostro con facilidad. Ella se agarró del brazo de su padre, el primer contacto entre ambos desde hacía tiempo, y mantuvo la compostura. Como el resto de invitados, se apresuraron a acceder a la imponente entrada. Lucrezia trataba de reconocer, impaciente, al escritor Giacomo Crosoni o, mejor dicho, a Chiara disfrazada. Como si de una recepción se tratara, el baile de trajes, joyas, pelucas y máscaras era colorido. El reestreno de una ópera era un gran acontecimiento para los venecianos, y más si se trataba de uno de sus compositores más ilustres, Vivaldi. Don Giuseppe saludaba a conocidos y Lucrezia, más distraída que desganada, lo acompañaba con sonrisas y pequeños cumplidos. En cuanto podía, se perdía en los detalles lujosos de aquel lugar. De pronto vio llegar a Arabella y enmudeció.

—¿Cómo se atreve a presentarse esta noche? —dijo don Giuseppe al verla entrar.

La multitud se abrió para contemplar en silencio su paso por la entrada principal. Lucía su rojiza cabellera en un recogido natural ondulado que realzaba su hipnótica mirada de ojos verdes. En su mano derecha, cubierta de anillos de piedras preciosas, portaba el antifaz. La Cleopatra del Véneto había hecho su entrada sin ocultar su identidad, desafiante, orgullosa de mostrar su poderosa presencia ante los asistentes. Lucía un espectacular vestido de distintas tonalidades de verde. Nada opulento, sencillo, casi liviano para la ocasión, que la hacía parecer una diosa romana. Iba acompañada de dos embajadores, el español y el austriaco, que caminaban cabizbajos y temblorosos ante el revuelo causado a la entrada. Los abanicos de las damas se abrieron para dar voz al cuchicheo. Los hombres, incluido Paolo Manin, no podían negar la belleza de la escena. Arabella Massari conservaba intacto su poder de seducción, incluso a oscuras y en horas bajas. Permaneció en el centro del salón, junto a los dos embajadores, mientras todos la contemplaban. Solo Paolo Manin rompió el momento, satisfecho ante un nuevo desafío público. Iba a demostrar otra vez su poder, pues al acercarse a Arabella, esta tendría que hacerle una reverencia.

Arabella no dudó en hacerlo y simular con sumisa prontitud que su persona admiraba, respetaba y temía a Paolo Manin. A cara descubierta y ante todos, se inclinó ante Paolo, bajó la mirada y besó con devoción su anillo de sello con el escudo de los Manin. Los dos embajadores la imitaron con exagerada pomposidad. Era el momento de recibir el perdón del primo del Dogo por acompañar a una dama colocada en la lista negra. Todos sabían que si uno era incluido en esa lista invisible, perdía todos sus privilegios de la noche a la mañana.

Mientras Paolo y Arabella acaparaban la atención de los presentes, Lucrezia divisó con alegría a Giacomo, que llegaba acompañado de Elisabetta Caminer, directora del *Giornale Enciclopedico*. Ella y su marido, el doctor Turra, habían viajado desde Vicenza para no perderse el reestreno. El joven Giacomo también reparó en la presencia de Lucrezia y contó con la complicidad de Elisabetta para acercarse a ella, sin levantar las sospechas del mercader.

—Mi querido Giuseppe Viviani, una grata sorpresa volver a... ¡encontrarnos! —dijo Elisabetta.

—¡Elisabetta!, cuánto tiempo sin contar con tu presencia. Venecia está triste desde que tú y el doctor Turra nos dejasteis.

—Mi delicada salud me permite estar pocas semanas en estas lagunas. Pero esta noche es especial —prosiguió, cómplice, Elisabetta.

Don Giuseppe presentó a Lucrezia a Elisabetta y a su esposo. La joven le recordaba a la mujer de peluca empolvada de algunas cenas organizadas por Felizzia y su padre en tiempos más propicios.

—Tu hermosura ha aumentado con el tiempo, mi querida Lucrezia —comentó Elisabetta mientras observaba detenidamente a la protegida de Arabella.

—Sus cumplidos sabe bien que me halagan.

—¿Conoces al buen hombre que escribe con oro columnas en mi periódico? Giacomo Crosoni...

—Tuve el placer de conocerle en la fiesta de máscaras de Ca Massari —respondió Lucrezia con tono cómplice.

Giacomo besaba la mano de Lucrezia y realizaba, como el resto, la coreografía establecida para no levantar las sospechas del mercader. Este, sin embargo, estaba más pendiente de Manin y Arabella que de saludar a viejos conocidos. Estaba decidido a acercarse y conocer el plan previsto para la visita del sin nombre en el descanso del primer acto.

—Giuseppe, ¿no te importará que tu hija vea la función desde nuestro palco? —preguntó Elisabetta—. Deseo saber más detalles de los preparativos de la boda con Roberto Manin.

El mercader dudó unos segundos… Permitir a su hija estar fuera de su alcance podía resultar arriesgado, pero los bondadosos ojos de la Caminer borraron cualquier atisbo de sospecha. Al fin y al cabo, así él sería más libre de atender a lo que pudiera suceder entre bastidores.

El mercader entonces se perdió entre los invitados hasta llegar junto al almirante Gozzi, que observaba sin perder detalle el encuentro entre su jefe y Arabella Massari. Palabras y frases vacías para el gran público; solo ellos podían interpretar los mensajes cifrados que contenía su conversación. Paolo odiaba a aquella mujer, pero admiraba su valentía. De haber sido un hombre, lo hubiera temido por su inteligencia. Arabella sentía repulsión por aquel hombre cruel. Llevaba semanas esperando ese encuentro para escupirle. Aunque no había podido conseguir la prueba definitiva, sabía que él estaba tras los asesinatos de las Foscas y la Vecchia Fosca.

—El atrevimiento de tu presencia me fascina, mi querida Arabella.

—Soy una gran amante de la buena música, como bien sabes, y siempre he disfrutado de las óperas junto a tu primo, el Dogo de Venecia.

—La diferencia es que a él le adormila y a ti parece que la música te convierte en diosa o…

Arabella miró a Paolo, inquieta, intentando averiguar el final de la frase, pero este terminó su discurso rozando su oído.

—… en una ninfa del agua que flota desnuda con la máscara puesta.

—¡Maldi…!

Arabella no pudo terminar lo que iba a decir porque su respuesta podía llamar la atención. Antonella Contarini cogió del brazo a su amado.

—Querido, prometiste que esta sería mi noche…

Deseaba que todos supieran que ella iba a ser la futura *prima donna* de La Fenice. Paolo y Arabella se despidieron prometiéndose un nuevo encuentro con la mirada. Antonella, demasiado ensimismada, apenas dio importancia al encuentro. Para ella, Arabella era una mujer condenada, de reputación mancillada. Ella sabía reconocer el breve trecho que separa la fama del olvido en el escenario. En la vida ocurría lo mismo. Reconocía enseguida el hedor de un muerto en vida. Arabella Massari desprendía ese olor y su figura, aunque seguía siendo esplendorosamente bella, había dejado de brillar.

***

—Me ha costado un encierro en la celda del silencio poder estar aquí esta noche. Cuando vuelva al convento, deberé pagar penitencia.

—Me prometiste lealtad al precio que fuera. No creo que unas jornadas a pan, agua y rezo sean el sacrificio más alto que has hecho por encontrarte con tu amado.

Lucrezia y Chiara, como Giacomo, compartían en el palco sus primeras confidencias. Después de darse unas coces, volvieron a sentirse próximas y unidas con un mismo fin: destruir a Roberto Manin.

—¿Te encuentras bien? Te noto agitada —preguntó Lucrezia a Chiara.

—Espero que sí, debo encontrarme también con Alonzo. Confío en que acuda…

Lucrezia prefirió no seguir preguntando al respecto. No conocía a Alonzo, no sabía demasiado de su historia, pero le preocupó la inquietud de Chiara.

—Tengo un plan para desenmascarar a tu prometido e impedir la boda —comentó la monja de corrido.

***

Los asistentes se espiaban unos a otros sin perder detalle antes de que diera comienzo la ópera. Todos exhibían anteojos con manijas de marfil, oro o piedras preciosas, dependiendo de la clase y distinción. Los frescos y las lámparas de araña de cristal presidían la platea, con asientos de terciopelo rojo y un escenario sellado por un pesado telón, ansioso por ser alzado. Arabella, ya en su palco, todavía asignado a su nombre, saludaba desde el otro lado a Elisabetta Caminer. Por lo que podía ver, había cumplido con su encargo de invitar a la joven Lucrezia y sentarla junto a Giacomo Crosoni. Las dos aliadas se sonrieron en la distancia. Más que una noche para la ópera, era un encuentro secreto para preparar los pasos a seguir para proteger a las hijas del agua y organizar la partida de la Gran Maestre a un destino seguro. Arabella corría peligro y, en cualquier momento, como había aventurado Paolo Manin en su amenaza, podía convertirse en una nueva ninfa flotando en las aguas de algún canal.

—Mi querida Arabella, debemos buscar un lugar donde no seas objetivo fácil. Venecia comienza a ser tu enemiga.

***

Ludovico Manin llegó acompañado de varias damas y caballeros y una gran ovación presidió su entrada en el palco principal. El Dogo apenas saludó y atajó los aplausos. Se sentó y se protegió tras sus anteojos de oro macizo, sosteniéndolos con mano temblorosa. Su mirada fue directa al palco de Arabella. Ella despejó su rostro para que leyera en él su lealtad. Ludovico se sintió culpable y cobarde. Llevaba la traición escrita en la frente. Por salvar su desgraciada existencia, había abandonado al único ser que le había protegido de verdad. Sabía que su primo deseaba matarla, y ya había logrado desposeerla de poder y manchar su buen nombre. Un paso más y su querida aliada podía morir desangrada, decapitada o asfixiada.

—Pronto serás mía, y no hay cosa que desee más.

Paolo Manin los vigilaba desde el palco contiguo. Aquella mujer era demasiado peligrosa para mantenerla mucho tiempo con vida, pero antes debía romper su alianza con el embajador español, último protector de la Cleopatra del Véneto. Asesinarla suponía atentar contra el hombre más poderoso del Imperio español, Manuel Godoy, ministro de Carlos IV y compañero de lecho de la reina de España, María Luisa de Parma. Paolo sabía que la serpiente veneciana había dedicado su tiempo de reclusión para reforzar, mediante misivas a la reina, su protección. El propio Dogo había leído la carta sellada de Godoy, confirmando que, entre otras cuestiones, de la vida de Arabella dependía la paz entre los dos pueblos. Ludovico se la había mostrado a Paolo para que atajara cualquier plan de venganza.

—Mi querido primo, será cuestión de tiempo que termine con ella. Mientras tanto haré de su existencia una agonía.

Aquella noche Ludovico se sentía intimidado por la mirada límpida de Arabella. Sabía que la había abandonado a su suerte y seguía sin ser capaz de defenderla ante su primo. No había recibido noticias de ella en todo aquel tiempo y sospechaba que cualquier misiva que hubiese salido de Ca Massari habría sido interceptada por los hombres de Paolo. Él no podía protegerla, pues su propia vida pendía de un hilo. Le atormentaba la culpa y su propia cobardía.

«Sigues siendo mi aliado, solo necesitas recuperar tu poder», pensaba Arabella mientras miraba a su antiguo confidente a través de los binóculos.

Apenas lo reconocía, pues el miedo había convertido a Ludovico Manin en un espectro. Sintió congoja. No estaba segura de cómo iba a reaccionar, pero había preparado todo para comunicarse con él. Había sobornado a un joven mercader español, protegido de Godoy, para que en el primer acto entregara una carta al Dogo por mediación de una de sus amantes, que lo acompañaba aquella noche. Las intrigas en La Fenice eran algo natural.

***

—Espero que la ópera sea de tu agrado —le dijo Elisabetta a Lucrezia—. Siempre se extrae de ella alguna enseñanza.

Chiara y Lucrezia sonrieron.

Entre los gozos y las sombras, el telón comenzó a abrirse al tiempo que despertaba un sonoro aplauso del público. Y, tras unos segundos, los primeros compases de *Motezuma* dieron paso al espíritu del admirado Antonio Vivaldi. Los asistentes olvidaron tormentos, dichas y peleas para disfrutar de la música. Chiara lloraba conmovida por la historia y por la ausencia de su Alonzo. Lucrezia la observaba con preocupación.

—No te desanimes. Quizá llegue más tarde…

Lucrezia buscó la mano de Chiara para estrecharla en la oscuridad. Trataba de infundirle coraje por lo que pudiera acontecer aquella noche. Sabía bien cómo consolar la soledad porque había crecido con ella. Primero por la falta de su madre y luego la de su padre. Lucrezia se percataba antes que nadie de los abandonos y sabía que la ausencia de Alonzo era el principio del fin.

—¡Maldito Manin! No se cansa de llamar la atención —dijo Chiara en voz baja.

Las dos vigilaban de cerca a Roberto, que se encontraba rodeado de jóvenes bellas y ambiciosas que trataban de atrapar como fuese al hijo de Paolo Manin, el primo del Dogo. Roberto vivía con ansiedad su inminente boda con Lucrezia. Últimamente sentía por ella un deseo desconocido, no violento, ni de posesión agresiva como ya había demostrado, sino envuelto en una ternura que le provocaba desconcierto y miedo. Por eso no quería encontrarse a solas con Lucrezia.

—Padre, tengo sentimientos extraños hacia mi prometida. No me gusta cómo me mira.

—Querido hijo —contestó Paolo—, solo precisa de buena doma y, en cuanto sea tu esposa, nos encargaremos de ello.

Roberto Manin no conocía los buenos sentimientos ni el arrepentimiento; su vida había transitado entre la humillación continua de su padre y la muerte de su madre. Despreciaba a las mujeres y las humillaba como había hecho su padre con él. Se sentía cómodo siendo cruel y aquellos brotes de ternura eran mala hierba que debía ser arrancada cuanto antes. Esa noche contempló a su prometida y sintió de nuevo una extraña debilidad.

«¿Qué me ocurre? Quizá sea que mi alma rebosa de pecados y necesito confesarme». Roberto buscaba el modo de enterrar cualquier signo de debilidad.

«Necesito confesarme», se repetía sin cesar.

Era creyente y, cuando no podía dormir por las pesadillas, buscaba consuelo en la confesión y en los cuerpos intactos de las novicias. Unas mártires de Dios obligadas a entregar su cuerpo bendecido para limpiar el de asesinos como él. Roberto las forzaba para su propio disfrute y para expiar sus pecados carnales. No era el único que se comportaba así, pero sí el que lo hacía de forma más violenta.

La joven Chiara sabía de sus costumbres enfermizas y por eso tenía un plan, pero necesitaba la ayuda de Lucrezia y la complicidad de sor Bettina, la priora.

—Ese malnacido caerá en nuestra trampa como una rata miserable.

***

El telón se bajó al terminar el primer acto. Los asistentes aplaudieron. La ópera no estaba defraudando. Quedaban dos actos y tiempo entre ellos para seguir relacionándose. Las conspiraciones y las reuniones secretas daban comienzo.

Don Giuseppe acudió presuroso al palco que Paolo Manin había reservado para recibir al sin nombre. Las cortinas estaban echadas para que nadie pudiera ver desde la platea lo que allí sucedía.

—¿Cómo sabremos que el documento es el esperado?

—Un membrete con dos iniciales deben mantenerlo sellado.

—¿Y si está abierto?

—Entonces le rebanaré el cuello aquí mismo.

Paolo Manin estaba demasiado tenso como para ser cordial. El contacto de don Giuseppe todavía no había aparecido.

—Resulta sospechoso que un hombre en la sombra acepte acudir a un lugar público.

Entonces entró en el palco una joven dama ataviada con un antifaz dorado y un vestido a la francesa de seda roja con bordados de hilo de oro. Llevaba una peluca cuyos rizos simulaban las olas del mar y, en lo alto, enredado en el cabello, reposaba un barco de madera con una bandera pirata.

Gozzi ordenó a sus hombres que sujetaran a la extraña dama, mientras esta se inclinaba en una reverencia y dejaba el barco a la altura de los ojos de los asistentes. Paolo observó que dentro había un papel enrollado y atado con una cinta negra. Con premura, lo cogió antes de que la joven se incorporara de nuevo.

—¡No la soltéis!

Paolo comenzó a leer el manuscrito. El sin nombre había entregado la primera pieza del acertijo. Paolo descorrió las cortinas. Solo había un palco que se mantenía en penumbra. Era el más cercano al escenario y en él había un hombre de pie apoyado en la columna.

—Los binóculos, ¡rápido!

Paolo se precipitó sobre la barandilla con tanto ímpetu que a punto estuvo de caer al vacío, dos de sus hombres lo sujetaron hasta que recuperó el equilibrio.

—¡Dejadme, inútiles! ¡Soltadme!

Observó con detalle aquella figura masculina. Iba vestido con un lujoso traje. Todo en él brillaba, incluido el antifaz. Llevaba una peluca blanca y le saludaba desde lejos con insolencia. El desconocido había aparecido vestido de noble patricio. Disfrazado para el encuentro, esperó a que los ojos de Manin terminaran la inspección para proceder, con elegancia y sorna, a extender un pañuelo negro con la bandera pirata en el centro. A los pocos segundos, se esfumó.

—¡Maldito!

Paolo lanzó con violencia los binóculos en dirección a ese palco sin importarle que un pobre infeliz recibiera un golpe en la cabeza. Se dio la vuelta y pidió a gritos que abandonaran el palco. Gozzi y sus hombres obedecieron.

—Tú no, ¡mercader!

Don Giuseppe sospechó que algo no había salido como esperaba. Inquieto, recogió el papel que Manin había lanzado al suelo.

—¿Cien ducados y un duelo a muerte?

—*Morte o fortuna!* El muy cretino quiere jugar conmigo. No sabe a quién se enfrenta.

Don Giuseppe se quedó sin palabras. Para conseguir el documento, el pirata proponía una versión del juego *Morte o fortuna,* un duelo entre el pirata y un hombre de la cuerda de Manin. El mercader sintió que se asfixiaba imaginando que podía ser él. La noche se había complicado más de lo que se hubiera esperado.

—¡Mercader, revisa tus ropajes!

Nervioso, don Giuseppe los registró sin saber qué debía encontrar. Le temblaban las piernas y rezaba por no encontrar nada que no se esperase. A sus años había comprobado que las sorpresas no suelen ser plato de gusto. Respiró aliviado.

—No hay nada en ellos, don Paolo.

Él mismo también inspeccionó los suyos, aunque con mayor fiereza. Se puso en pie y tiró al suelo su saco de monedas y la caja de rapé como si le quemaran…

—¡Nada! ¡No hay nada! —gritó Manin.

—¿Puedo preguntar qué es lo que debemos hallar con premura?

Paolo Manin miró con desprecio al mercader. Este era astuto para el intercambio, buen comunicador, pero carecía de su inteligencia.

—Hay que encontrar el pañuelo pirata. Quien lo tenga… es el elegido para el duelo. Antes del segundo acto debemos hallarlo si no queremos perder la oportunidad de hacernos con el documento.

—¿Y cómo sabremos que es el original? El documento original… —preguntó el mercader mientras Paolo Manin llamaba de nuevo a sus hombres para informarles de que debían encontrar, entre todos los asistentes, a quien llevara entre su ropa un pañuelo pirata.

***

El segundo acto estaba a punto de comenzar. Chiara y Lucrezia no se habían movido de sus asientos, y aprovecharon la ocasión para hablar con franqueza.

—¿Estás segura de que tu plan puede funcionar?

Lucrezia había escuchado atentamente las indicaciones de Chiara. Se había sorprendido al descubrir las aventuras de convento de su prometido.

—No es el único que busca en los conventos ese enfermizo consuelo. Desde siempre ha sido una actividad consentida por las propias madres superioras, por los capellanes y por el santo obispo.

—¿Todos los hombres?

—No sé decirte si todos, por si piensas en tu padre... No he oído que don Giuseppe visite conventos.

Lucrezia agradeció que Chiara despejara sus malos pensamientos porque, por un momento, había pensado en él también.

—¿Por qué una nueva visita al convento puede evitar mi matrimonio? —preguntó para saber más sobre el plan de Chiara.

—Cuando no existen leyes que nos protejan, solo nos queda recurrir a la fe, y a la superstición de los hombres que tienen las entrañas llenas de crímenes, asaltos y acciones más propias del infierno que del cielo.

—Yo no soy como tú. No creo en Dios. No es mi Dios si permite todo esto. Y… no debería ser tampoco el tuyo.

—¿A qué viene todo esto? —preguntó Chiara.

Lucrezia comenzaba a estar enfadada con ella. Se había comprometido a trazar un plan para impedir su boda con Roberto Manin y aquella noche solo hablaba del poder de la fe.

—La fe se pondrá de nuestro lado. Solo debes creer, confiar…

—Sigo sin entender cómo lograr…

—¡Chssss! Escucha porque, aunque te parezca extraño, todo va a depender de nosotras y de cómo conseguir que su razón se transforme en miedo enfermizo, en remordimiento profundo, en locura.

—¿Locura? —Lucrezia se apoyó en el respaldo del sillón para digerir las palabras de Chiara. ¿Su plan era convertir a Roberto Manin en un diablo atormentado? El plan era un despropósito ¿Cómo se le roba la razón a un hombre y se le convierte en un simple loco?

—Necesito que confíes en mí y que me dejes que te lo cuente todo.

—¡Quedan pocas semanas para mi boda! ¡Toda Venecia se prepara para los fastos del gran día! ¡Cientos de invitados de toda Europa están de camino! Decenas de lacayos han comenzado a sacarle brillo a la catedral de San Marcos… Todo está en marcha y tu gran plan es ¿convertirlo en un loco que se ríe solo, que pronuncia palabras sin sentido y que apenas reconoce a los suyos? ¿Ese es el gran plan?

Lucrezia se levantó ofendida, dispuesta a abandonar el palco, pero la llegada de Elisabetta y su marido lo impidió.

—Querida, *Motezuma* nos espera…

Lucrezia sonrió a Elisabetta y se volvió a sentar con el ceño fruncido al lado de Chiara. La cabeza le iba a estallar.

—¿Cómo se le quita a un hombre la cordura? ¿Cómo? —preguntó en voz baja.

—¡Con el plan perfecto! —contestó Chiara sonriente.

***

Paolo aparentaba que estaba disfrutando del espectáculo mientras su amante, Antonella, se entretenía con juegos de seducción, risas y flirteo. Don Giuseppe, al lado de Manin hasta nueva orden, buscó con la mirada el palco de Elisabetta Caminer para contemplar desde la lejanía a su hija. Se dio cuenta de que lo miraba: gélida, áspera, indiferente. Sabía que la había perdido y, aunque sentía cierto atisbo de tristeza, era un sentimiento que apenas le duraba. Los años lo habían transformado en un hombre medroso ante las amenazas, desconfiado y cobarde.

Lucrezia se sorprendió con la mirada de su padre. Le hubiera gustado tenerlo como protector, como benefactor y defensor de su felicidad. Apartó su mirada de él; lo abandonó con desprecio y se refugió en los ojos de Arabella. Hubiera caminado suspendida en el aire para llegar hasta ella y confesarle sus temores. Arabella sabía del plan de Chiara porque la joven había pedido ayuda a la hermandad. Era peligroso, pero debían apoyarla si no quería perder la oportunidad de que Lucrezia cumpliera con su cometido: continuar con la hermandad, seguir la lucha.

Arabella sacó su abanico de manija dorada y piedras preciosas a juego con sus binóculos y comenzó a moverlo con agilidad con la mano izquierda, cubriéndose el rostro.

—¡Cuidado! Nos vigilan.

Lucrezia captó el mensaje de Arabella. Felizzia le había enseñado el lenguaje del abanico y manejaba muy bien ese arte. Desplegó el suyo y comenzó a deslizar los dedos simulando contar las varillas, mientras Arabella la contemplaba con los binóculos.

—¡Ven a hablar conmigo!

Para evitar sospechas, Arabella y Lucrezia fingieron, por unos minutos, estar disfrutando del espectáculo. Entonces Chiara intuyó que Lucrezia tramaba alguna cosa. Las dos se observaron, pero no se hablaron más. La joven disfrazada de hombre sabía que debía esperar a que la curiosidad de Lucrezia se despertara. Sentía que su destino, como el de Lucrezia, hacía aguas. Aunque confiaba en ella, no le había contado los últimos acontecimientos que le habían roto el corazón. La familia de su amado Alonzo había concertado la boda de este con una bella joven florentina y había ido a conocerla. La desdicha se había apoderado de ella. Alonzo Farseti había vuelto a incumplir su promesa de encontrarse con ella en la ópera, tal y como le había rogado Chiara.

Mi amor, necesito verte. Necesito que mis ojos se encuentren con los tuyos. Confiar de nuevo en que nuestro amor sobrevivirá a cualquier envite. Siento tanto como tú, tu viaje forzado a Florencia. Te espero en La Fenice. No dejes de venir.

Tu amada siempre

C. S.

Sabía que Alonzo no tenía brío para luchar contra aguas revueltas, y aquellos tiempos eran de marejada. La joven temía el significado de que no se hubiera presentado: ¿habría decidido rendirse?

Lucrezia seguía conversando con Arabella a través del abanico. «¿Cuándo te puedo ver?». Arabella apoyó sus labios sobre el abanico extendido. «No dudes de mí», y la miró intensamente. Luego dejó de abanicarse y se centró en la ópera.

El segundo acto llegaba a su fin. Lucrezia se quedó desconcertada con la última frase de Arabella; no dudaba de ella, pero sí de Chiara y su plan. Recordó las palabras de Felizzia y la promesa de protegerse mutuamente, pero Chiara no había sabido convencerla. ¿Cómo seguir creyendo en ella?

Cuando se levantó para estirar las piernas, Elisabetta Caminer se acercó suavemente y le entregó un billete. A continuación le susurró:

—No desfallezcas, mi niña, estamos todas remando contigo. Amplía tu fe más allá de tu horizonte.

Elisabetta salió del palco acompañada de su marido, el doctor Turra, y ambos empezaron a conversar con otros asistentes. Chiara la miró de soslayo y abandonó el palco también para buscar a Alonzo. Conservaba la esperanza de que su amado le habría dejado al menos una señal que ella pudiera reconocer.

Lucrezia leyó entonces la nota que le había dejado Elisabetta. «¿Estamos todas remando contigo?». ¿A quiénes se refería?, ¿a las hijas del agua? «Mañana, después del Ángelus, nos encontraremos en Alla Venezia Trionfante. Elisabetta Caminer se encargará de convencer a tu padre. Resístete y él no opondrá resistencia». La nota iba firmada por Arabella.

Lucrezia se escondió el billete en el escote. ¿Estaba tras el plan también la hermandad? Renacían sus esperanzas. Se apoyó en la barandilla del palco y vio a su futuro esposo en un corrillo con su padre y Paolo Manin. Parecían alterados y no permitían el acceso a extraños. No era el único corrillo, pero sí el más oscuro.

***

«¡Necesito verte! Mañana al caer el sol te espero en San Cassiano. ¡Jugaremos al Faro!». Otra nota de Arabella, pero no para Lucrezia sino para el Dogo. Si algo compartían el célebre Casanova y Ludovico Manin era su pasión por las cartas, y sobre todo por el juego del Faro. Aunque la leyenda cuenta que Giacomo Casanova estuvo cuarenta y seis horas seguidas jugando a las cartas, el Dogo podía pasar casi una jornada entera apostando y gastando enormes sumas de dinero. Era el único capricho que su primo no le había prohibido. Y todo por una doble táctica: por una parte, era bueno que el pueblo viera jugar al Dogo para rebajar la preocupación general. Pero por otra parte, aumentaba su descontento porque veían con malos ojos que gastara tanto en el juego cuando corrían malos tiempos.

—Sería divertido que, como a María Antonieta, los venecianos decidieran cortarle la cabeza a su Dogo.

Para evitar los rumores y el escándalo, Ludovico Manin se disfrazaba como cualquier patricio. Solo unos pocos conocían su identidad, pues siempre acudía con el mismo nombre al *casini*, para así poder entrar escoltado por sus hombres y evitar cualquier ataque. Después de recibir la nota de Arabella, le asaltó la duda de si acudir a la cita. Era demasiado peligroso, pero necesitaba verla para saber cómo se encontraba y para que le diera fuerzas para lidiar con las traiciones. Arabella sabía que el Dogo dudaría en aceptar la invitación. Quizá fuera su última oportunidad. Pero confiaba en que Ludovico quisiera despedirse. Bien sabía que partiría pronto para evitar convertirse en cadáver. No habían sido amantes, pero habían compartido algo importante: el poder.

***

Paolo vio cómo su hijo mostraba el pañuelo negro. Roberto había sido el elegido y andaba bravo, celebrando que sería él quien se mediría con el sin nombre. Paolo no dudaba que saldría vencedor, sin embargo le preocupaba que fuese una emboscada.

«¿Quién andará detrás de toda esta argucia? ¿Están jugando con nosotros?», se preguntó Paolo.

Roberto Manin seguía brincando y mostrando a todos los asistentes su pañuelo negro.

—*Morte o Fortuna! Morte o Fortuna!*

Gritaba poseído por la embriaguez de quien desea clavarle la espada a un corsario que ha osado desafiarle. Su padre ordenó a sus hombres que lo detuvieran y lo llevaran a su presencia. Después de mucha resistencia, Roberto accedió. Se guardó el pañuelo en la manga para que nadie se lo robara y se acercó a Paolo con una media sonrisa.

—¡Suelta el pañuelo antes de que te vea con él! ¡Esta es una noche de ópera y nadie va a manejar la espada! ¿Me has oído?

—¡No soy un cobarde!

En toda Venecia no había espada que pudiera vencerlo, pero solo su padre era capaz de restarle mérito. Aquella noche en la ópera deseó su muerte. Roberto imaginó mil formas de ver morir a su padre, el verdugo que siempre lo había despreciado.

—*Morte o Fortuna! Morte o Fortuna!* —seguía susurrando. Estaba harto de ser el delfín del cuervo de Venecia. Necesitaba desprenderse de esa losa.

Paolo Manin aguantó la mirada de rencor de su hijo; siempre que se sentía agraviado hacía lo mismo: sacaba pecho, cabeza, lo miraba con odio y como un perro herido se retiraba con el rabo entre las piernas. Así era su hijo: de gran cuerpo e inteligencia escasa. Hacía tiempo que había renunciado a hacerle entender que un hombre era mucho más que sus impulsos primitivos. Que el verdadero placer estaba en la mente, en idear un golpe que nadie pudiese responder.

—Nunca intentes ganar por la fuerza lo que puede ser ganado por la mentira.

Cuando se encaraba a él, su padre siempre recurría a Maquiavelo. Roberto leía con dificultad, pero había memorizado *El príncipe*, igual que los salmos o los rezos a san Marcos. Había terminado despreciando a Maquiavelo tanto como a su padre. La diferencia era que uno llevaba muerto siglos y el otro no se moría nunca. Toleró que el almirante Gozzi le arrebatara el pañuelo negro de la manga y lo tirara al suelo con furia. Uno de los hombres de Manin se precipitó a recogerlo. Paolo dejó de mirar a su hijo y colocó su mano sobre el hombro de aquel infeliz.

—Quiero que protejas este pañuelo con tu propia vida. Al alba, ven a mi palacio y serás recompensado.

Roberto Manin decidió abandonar La Fenice. Para él había terminado la ópera. Odiaba aquellos encuentros de gente refinada. Él era un soldado, un guerrero que había nacido para satisfacer sus impulsos. En ese campo era invencible, ni siquiera su padre cuando era joven había podido quitarle la espada. Necesitaba deambular por la noche de Venecia, perderse por sus callejones, detenerse en cualquier taberna del Rialto y emborracharse hasta perder el sentido.

**

Don Giuseppe acudió al palco donde se encontraba su hija para disfrutar del último acto en compañía de los Turra. Necesitaba calmarse y dejarse llevar por la música de Vivaldi. El espíritu de Montezuma y su enemigo Fernando capturaron la atención del público, que comprobó, una vez más, que las historias difíciles pueden tener un buen final. Ninguno cayó muerto, sino que siguieron vivos a pesar de las intrigas. No se daban cuenta de cómo la ópera les estaba diciendo que el perdón podía ser más poderoso que la venganza. Ni Lucrezia ni Chiara ni Arabella ni don Giuseppe ni Ludovico ni Paolo Manin supieron ver en esa ópera un cielo abierto. Las flechas invisibles seguían atravesando el patio central de La Fenice, dibujando una nueva constelación que no había escrito su final.

***

La última flecha de la noche tenía punta de afilado cristal de Murano. Completamente negra, atravesaba la garganta de un hombre atado al amarre principal del *palazzo* de Paolo Manin. Antonella lanzó un grito agudo. No podía soportar que las buenas noches terminaran con olor a muerte.

—Arregla esta muerte… ¡Ya conoces mi superstición! —exclamó mientras abandonaba el barco.

La bailarina sabía que con Paolo presente era fácil toparse con muertos. Pero aquella noche le había prometido que sería suya y no de los muertos.

—¡Dejadme solo con él!

Paolo reconoció el rostro del muerto. No era otro que el infeliz que había recogido al final del segundo acto el pañuelo negro del suelo. El mismo que ahora cubría su garganta atravesada por la flecha que le había quitado la vida. Podía haber sido el cuerpo de su único hijo. Por eso, Paolo miró a las estrellas e interpretó esa muerte como lo que era: una amenaza. Alguien le estaba retando. El tablero de Venecia se ponía interesante. Ya no eran dos sino tres los bandos: él, su primo y el desconocido insensato que aquella noche había ganado su primera batalla.

—¡Si se ha de herir a un hombre, debe hacerse gravemente para que no se pueda temer su venganza!

Otra frase de Maquiavelo que Paolo gritó con furia mientras arrancaba con violencia el pañuelo negro clavado por la flecha en el cuello del pobre diablo. Lo olisqueó con atención y mirada desafiante. Antes de entrar, se lo guardó en la manga y alzó el brazo al cielo veneciano.

Había recogido el guante.

Ocho

«Asesinar a recién nacidos es menor pecado que enterrar vivas a mujeres».

SOR ARCANGELA TARABOTTI (1604-1652)

Sor Bettina, madre priora del convento de Santa Maria degli Angeli, se colocó los anteojos para proseguir con la lectura del manuscrito que acababa de llegar de París. Un documento que alentaba a las mujeres a sublevarse contra la opresión del hombre. Ella no pudo elegir. Se acostumbró a que su vida transcurriera en esa comunidad y entre mujeres que llegaron al convento por motivos muy distintos, pero casi ninguna por voluntad propia. Sor Bettina se frotó los ojos y apoyó los lentes sobre el manuscrito. Su vista estaba tan vieja como ella y necesitaba reposar a menudo para poder seguir disfrutando de la lectura. Su única ventana abierta al mundo real. Los muros de aquel monasterio, en la isla de Murano, se habían convertido en un repositorio de mujeres abandonadas por sus familias, que habían sido incapaces de reunir la dote suficiente para encontrarles un buen marido. Sor Bettina había sobrevivido a la infelicidad, pero había visto un mal final en muchas de aquellas jóvenes que no habían podido soportar el encierro. Su frágil salud le hacía respirar con dificultad y sentir cada vez más pesado el hábito. Miró complacida la inmensa biblioteca del convento. Cuando ella llegó, convenció a la madre priora de que le permitiera conservar y ordenar todos los documentos, libros y manuscritos. La Iglesia debía contener todo tipo de saber, aunque luego fuera sellado o prohibido al resto. Aquel lugar albergaba el mayor depósito de libros de toda Venecia: era conocido como «la catedral del saber». Muchos la consideraban la nueva biblioteca de Alejandría. Reyes, consejeros y hombres eruditos acudían con el permiso eclesiástico a consultar, a palpar ejemplares únicos. Parte de ese reconocimiento era gracias al amor por los libros pero también a la capacidad de manipular, mentir y esquivar a la santa Iglesia, que era más propensa a destruir que a conservar aquello que iba en contra de la obra de Dios.

Acarició orgullosa un enorme volumen que contenía las reflexiones de una valiente mártir. Eran las sabias palabras de Arcangela Tarabotti, una monja veneciana del siglo XVII, que en su encierro forzoso alzó la voz contra las injusticias que sufrían las mujeres. En su manuscrito *Tirannia paterna*, Sor Bettina encontró siendo joven el camino a seguir y el consuelo a sus pensamientos, que durante un tiempo creyó que eran impuros. «Vivir como una monja sin el deseo de serlo es como vivir en el infierno». Podía recitar de memoria todas las reflexiones de aquel libro que le salvó la vida. Un libro que había recomendado para liberar las almas atormentadas de muchas mujeres que no aceptaban su cruel destino.

—Sor Bettina, ¿puedo molestarla o interrumpo demasiado su lectura?

La vieja priora miró a la joven Chiara, obligada a ser monja y con inquietudes muy parecidas a las suyas.

—Sabes que mi tiempo de estudio es tan sagrado como el rezo.

—Lo sé, madre, pero debo seguir hablándole de... ese asunto que merece atención y premura.

La priora no sabía si atenderla e interrumpir la sagrada lectura. Había otras monjas, ratones de biblioteca, en el recinto y no deseaba sentar precedentes. Que lo pudieran interpretar como una debilidad. Los conventos son pequeñas sociedades, de normas férreas y estructuras de poder muy asentadas donde conviven las traiciones para conseguir privilegios.

—Necesito volver a hablarle de alguien que nos visita con asiduidad: se trata de Roberto Ma...

—¡Chsss! No pronuncies en alto su nombre. ¿Acaso quieres que terminemos en la horca?

Sor Bettina se levantó inquieta y comenzó a caminar por uno de los pasillos de la gran biblioteca. Era una priora sospechosa, con enemigos en la Iglesia, criticada por fomentar la ilustración y el estudio de las mujeres religiosas, y con fama de rebelde por ser crítica con los asaltos indiscriminados a las celdas de las novicias por parte de nobles y patricios. Sor Bettina había luchado para que su convento quedara fuera de los señalados por el obispo como lugares de purga carnal privilegiada y consentida. Durante un tiempo había logrado que ninguna mujer fuera mancillada dentro de aquellas paredes. Pero el patriarca de Venecia, el obispo Fridericus Maria Giovanelli, había levantado la protección al convento y lo había incluido de nuevo en la ruta.

—Estas paredes contienen ratones demasiado hambrientos. Salgamos al claustro.

Sor Bettina no podía evitar el horror de aquellas noches de asalto, ni mucho menos las consecuencias. Embarazos, niños abandonados en los tornos de los conventos o muertes prematuras de monjas. Durante un tiempo había llorado en soledad por el dolor de no poder evitar aquella injusticia en nombre de Dios. Mientras caminaba junto a Chiara recordó el compromiso que había adquirido en presencia de Arabella aquella tarde de *ospedale* y confesión, cuando se le ocurrió una salida: luchar a escondidas. Practicar la venganza sin lamentos ni remordimientos sobre aquellos que fueran crueles con las jóvenes religiosas. Y rememoró la conversación que ambas mantuvieron:

—¡Una muerte por cada muerte!

—Puede que la historia te recuerde como la monja justiciera y no como una asesina —afirmó Arabella ante dicha confesión.

—Los asesinos, mi querida Arabella, son ellos, y como escribió Tarabotti: «Asesinar a los recién nacidos es menor pecado que enterrar vivas a las mujeres». Y yo añadiría que no hay peor pecado que mancillar a una monja.

—Bettina, no dejes que el odio te haga comparar pecados: los niños y las mujeres son inocentes y sus vidas, igual de preciadas.

Sor Bettina contó a Arabella su plan, que esta decidió respetar a condición de que no se la informase siquiera de las reuniones secretas que se celebraban en la biblioteca del convento.

—Solo si tu vida corre peligro debo saberlo. Nada más —sentenció Arabella—. El camino de la libertad no puede pasar por convertirnos en ellos.

Sor Bettina accedió y cumplió con su promesa de actuar en solitario sin la complicidad de la hermandad. Buscó en los libros consuelo y respuestas. Gracias a ellos, se convirtió en una experta en venenos casi perfectos e imperceptibles para los médicos. Venenos que provocaban la muerte fácil o agónica; incluso la pérdida repentina de la razón con pesadillas nocturnas que se iban transformando en locura. Todas las víctimas de sor Bettina terminaban lanzándose por el balcón, flotando sobre las aguas del Adriático o con un disparo en la cabeza. Sus familias les habían repudiado, pues pensaban que el diablo se había apoderado de sus almas.

***

La priora no se había dado cuenta de que Chiara llevaba tiempo espiándola en secreto. La joven necesitaba conseguir su ayuda para salvar a Lucrezia Viviani de las garras de Roberto Manin. Cuando llegaron al claustro sor Bettina insistió:

—Mi querida Chiara, debes aprender a medir tus palabras y no pronunciar en público según qué nombre. No sé en qué puedo ayudarte, aunque mi intuición me dice que se trata de nuevo de Lucrezia Viviani.

A la priora siempre le había fascinado Chiara. Entre todas las monjas, tenía una sensibilidad especial y sabía que la hermandad la apoyaba, pero no habría imaginado que pudiera haber descubierto su labor justiciera. Se había asegurado de tomar precauciones, pero no habían sido suficientes. La mirada de Chiara la delataba. La joven necesitaba encontrar el modo para que la priora las ayudara.

—Sé que quizá no pueda, madre, pero yo… debo pedirle ayuda.

—Que colabore en las investigaciones de las agresiones en los conventos no significa que pueda… ayudarte.

Chiara sabía de su poder porque había sido testigo de cómo sor Bettina había vertido unas gotas de un extraño líquido en la ropa de un noble, asaltante nocturno de monjas, y al cabo de pocos días el indeseable había muerto en extrañas circunstancias. La joven Chiara comenzó a tirar del hilo y descubrió que las gotas que la priora vertió sobre la casaca del noble estaban directamente relacionadas con su locura y muerte repentinas. Desde entonces y para cerciorarse de que sus conclusiones eran acertadas, espió a hurtadillas a la priora y se sorprendió al confirmar que era una vengadora. Durante un tiempo pensó en decírselo a Arabella o a Felizzia, pero se dio cuenta de que debían saberlo porque algunas noches se reunían con ella en la única habitación sellada del convento: la sala donde la priora inventaba nuevos venenos.

La madre priora no solo se dedicaba a los venenos, también a pócimas y elixires de amor que habían llegado hasta Oriente y por los que muchos estaban dispuestos a pagar grandes sumas de dinero. Chiara la siguió vigilando y, con paciencia, se fue ganando su confianza. Su interés por los libros y por las vidas de otras monjas venecianas brillantes como Arcangela Tarabotti le permitieron entablar largas conversaciones con sor Bettina. La priora empezó a ver a Chiara como una digna sucesora para la preparación de venenos y pócimas.

Sor Bettina sentía un rencor especial por los Manin y llevaba tiempo tras ellos. Su principal objetivo era Roberto Manin, pero era un hueso difícil de roer y peligroso.

—¿Estás segura? Si cruzas esta puerta no habrá camino de retorno y tendrás que cargar con un secreto difícil de soportar.

Chiara supo que sor Bettina le estaba ofreciendo la entrada a su habitación secreta. Intuyó que era mucho más de lo que había imaginado, pero se reafirmó en el plan para matar a Roberto Manin.

—Estoy preparada, madre.

Ese día Chiara cruzó la puerta sellada del laboratorio secreto de sor Bettina y sintió un escalofrío de emoción y placer. Una enorme sala llena de tubos de cristal, de botellitas con líquidos de colores y de frascos gigantescos que contenían hojas, piedras, ácidos y sustancias alquímicas. Todo dispuesto en estantes en las paredes gruesas y frías. Menos una pared que estaba decorada con los grandes retratos de las monjas Benedetta Carlinni y Arcangela Tarabotti, las religiosas a las que sor Bettina rendía pleitesía. Junto a ellas, grabados en la pared, en un enorme círculo los símbolos del cobre, mercurio, estaño, plomo, plata, oro... y en el centro un gran triángulo equilátero invertido.

—Mi inspiración está en esta pared: los símbolos sagrados y las mujeres que hicieron de estas celdas una ventana de protesta al mundo —dijo la madre priora.

Aquella tarde, sor Bettina le enseñó con generosidad su laboratorio para ungüentos, su cocina particular de esencias capaces de enamorar, matar y hacer hablar a quien ni siquiera tenía lengua. Chiara absorbía unos conocimientos que nunca hubiera soñado alcanzar. Vio cómo sus pies se aferraban a aquel lugar para descubrir los misterios de la alquimia. Sor Bettina la observaba con satisfacción; sabía reconocer al sediento de saber. Chiara, con la boca entreabierta, se fijó en un enorme libro que presidía la gran mesa de operaciones. Se trataba del *Mutus Liber*, el libro alquímico por excelencia, repleto de grabados que mostraban el camino hacia la preciada piedra filosofal.

—No pretendo, como muchos otros, conseguir el elixir filosofal o de la larga vida… sino elixires que colaboren para que nuestra existencia sea más justa.

Chiara no pudo evitar mostrar su emoción ante aquel universo que se abría ante ella.

—Sor Bettina, ¿por qué me muestra todo esto? Usted sabe de mi alma curiosa y deseosa de aprender…

—No solo lo sé, sino que me alegra que así sea. Querida Chiara, yo ya soy mayor y mi vista está fatigada… Puede que sea el momento de preparar a una discípula.

La joven monja sonrió, y no dejó de dar vueltas por la habitación hasta que consiguió calmarse. No esperaba encontrarse con un lugar tan apasionante, pero también era cierto que tenía clara su prioridad: Roberto Manin. Chiara y sor Bettina estuvieron horas charlando dentro del laboratorio, y aunque la priora le confesó poco a poco muchos secretos, jamás le contó el destino de algunos elixires. Chiara sabía que eran armas poderosas, mucho más que los sables o los trabucos… pero prefirió no preguntar. Al salir del laboratorio Chiara se había quedado muy seria, intentando encontrar el modo de contarle a sor Bettina lo que sucedía. Cuando estuvo segura de que nadie escuchaba, la priora se sentó en un banco de piedra frente a la fuente del jardín.

—Querida Chiara, ¿qué te atormenta del príncipe de las Tinieblas?

La joven monja tardó en entender que ese príncipe era el nombre en clave que la priora usaba para referirse a Roberto Manin a modo de precaución. Abrió mucho los ojos y se sentó junto a la vieja religiosa para contarle la historia de Lucrezia y Roberto Manin y su compromiso de ayudarla.

—Bien sabe que el príncipe de las Tinieblas acude a este convento y no solo nos asusta, sino que nos violenta…

Sor Bettina asentía en silencio mientras observaba pensativa cómo el agua caía de la fuente.

—Él no se detiene y… ya son tres los embarazos y una muerte, que sepamos, que llevan su sello. Pero no conseguimos las pruebas que necesitamos para llevarle en presencia del alto tribunal.

La priora seguía mirando la fuente, pero escuchaba atentamente a Chiara.

—No sabes, mi niña, el dolor que me produce este horror, pero ¿por qué me cuentas algo que ya sé? El príncipe de las Tinieblas campa a sus anchas porque el mal, como el bien, circula libre en este mundo.

Chiara buscó la forma de plantear su peligrosa petición. No sabía cómo iba a reaccionar la priora, pero era el único camino que se le ocurría para impedir el enlace que se celebraría en breve. Tenía que arriesgarse. Manoseó nerviosa su rosario mientras trataba de dar con las palabras adecuadas.

—Necesito su ayuda, madre.

—Te escucho, y cada vez estoy más intrigada.

Chiara se decidió. Era su oportunidad y debía confiar en su instinto.

—Ne… necesito que me ayude a que el… príncipe de las Tinieblas… pierda la razón…

Sor Bettina tardó unos instantes en asimilar el mensaje. Aquello confirmaba sus sospechas. Chiara estaba al tanto de sus actos de venganza. Más allá de lo audaz de su petición, era peligroso que la joven fuese cómplice de todo aquello. La religiosa se levantó del banco y se acercó a la fuente para mojarse las manos y la cara. Chiara rezaba para que sor Bettina le tendiera la mano y trabajara con ella para eliminar a uno de los hombres más poderosos de la República. Sabía que sin su ayuda sería imposible matar limpiamente a Roberto, y Lucrezia haría cualquier locura que terminaría mal.

—He de confesarte que había subestimado tus dotes de investigadora, mi querida Chiara...

Sor Bettina se sentó de nuevo en el banco de piedra y se secó las manos con un pañuelo de algodón blanco. Se había levantado una brisa repentina. Chiara contuvo la respiración, esperando con ansia a que la priora terminara su frase.

—El plan contra el príncipe de las Tinieblas es peligroso, pero justo.

Al escuchar esa frase, Chiara soltó de golpe todo el aire contenido en sus pulmones.

—No va a ser fácil, y precisaré no solo de ti... también de la joven Lucrezia.

La respuesta de sor Bettina la había desconcertado. No había supuesto que fuera a acceder tan pronto, tampoco que necesitara de su ayuda y de la de Lucrezia. Sor Bettina siempre había actuado sola...

—Esta ocasión requiere que tomemos mayores precauciones —dijo la priora, como si le leyera los pensamientos.

—¿Su ayuda?

—Necesito que Lucrezia esté en una celda, que se convierta en novicia por una noche y se encuentre cara a cara con...

—¿El príncipe de las Tinieblas?

Chiara no podía estar más atenta. La presencia de Lucrezia en el convento no pasaría desapercibida...

—Una celda de este convento está preparada para hacer perder la cabeza.

—¿Y Lucrezia?

Sor Bettina sintió que había llegado la hora de confiar en la joven.

—Lucrezia antes habrá tomado un antídoto y estará libre de perder la razón. Necesito que el príncipe de las Tinieblas coincida con ella porque así, cada vez que la vea, se despertará su dragón interno... Y al final, en la gran ceremonia ocurrirá lo que tiene que ocurrir...

Chiara confiaba ciegamente en la priora y en el efecto de sus elixires, pero no sabía si Lucrezia estaría dispuesta a asumir ese riesgo.

—Solo hay una condición: Lucrezia no puede saber nada de mi labor. Dejo en tus manos que encuentres el modo de convencerla.

Sor Bettina se levantó y se fue tranquila. Confiaba en Chiara, pero además sabía que había llegado la hora de matar a aquel ser despreciable. La priora acumulaba decenas de muertos, pero soñaba con aniquilar a un poderoso. Había llegado la hora de arriesgarse y matar a Roberto Manin. Aunque Arabella le había hecho prometer que no le anunciaría nada, sor Bettina decidió que debía saberlo. Necesitaría la ayuda de la hermandad para que la operación resultara un éxito.

**

—Me vas a matar si sigues a esa velocidad. Mis piernas se mueven despacio.

Para evitar que el calor le humedeciera en exceso la piel, Lucrezia cruzaba la plaza de San Marcos a paso ligero, un comportamiento poco apropiado para una dama. Della la seguía con dificultad, sujetando el quitasol de encaje que protegía a la joven. Llevaba todo el día inquieta por el encuentro con Arabella, Elisabetta y Chiara en el café Venezia Trionfante. En los días previos había intensificado sus lecturas prohibidas y se le habían acumulado muchas preguntas. La *Vindicación de los derechos de la mujer,* de Mary Wollstonecraft, la había impresionado. Mientras lo leía, sentía que alguien ponía en palabras sus propios sentimientos. «Fortalezcamos la mente femenina ampliándola y concluirá la obediencia ciega». Ella deseaba ampliar sus conocimientos y rebelarse. Su alma había viajado a otros mundos.

—Ve más despacio, te lo ruego, Lucrezia. Bien sabes que una dama elegante no corre nunca.

—Della, las damas pueden hacer muchas más cosas de las que nos cuentan.

Lucrezia decidió desprenderse del quitasol y caminar a sus anchas mientras se divertía a costa del desconcierto de la pobre Della.

—Mi querida Della, el mundo es mucho más grande de lo que imaginamos. ¡Mucho más!

Lucrezia frenó en seco al llegar a la catedral de San Marcos. Si nada ni nadie lo evitaba, en una semana se celebraría su boda con Roberto Manin. No quería imaginarse toda su vida condenada. Della la alcanzó y la protegió de nuevo con el parasol sin que Lucrezia se negara. En silencio, le sobrevinieron los recuerdos del insensato plan de Chiara para terminar con la boda; le vino también a la cabeza la figura negra y enjuta en la que su padre se había convertido, y la sonrisa escalofriante de Paolo Manin.

—A veces siento la tentación de hacer caso a mis locuras...

Lucrezia volvía a pensar en dejar Venecia y comenzar una vida de aventurera... Una vida solitaria en un mundo donde la mujer poco tiene para defenderse. Enseguida descartaba esos pensamientos porque no sabía cómo huir; no tenía dinero, ni una barca, y era posible que le faltara arrojo para hacerlo sola.

—Niña, ¿te encuentras bien?

Della sentía que Lucrezia había vuelto al estado de pesadumbre que la acompañaba últimamente. El brillo en la mirada apenas le había durado unas horas. Las dos se resistían a avanzar, quietas como estatuas. Della esperando que Lucrezia reaccionara, y Lucrezia tan absorta en sus pensamientos que no reparó en la presencia del joven Filippo.

—Buenas tardes, Lucrezia. Qué grato verla.

El joven remero había corrido hasta ella para saludarla cortésmente. Llevaba días sin verla y aunque había preguntado a Della, la criada se había mostrado cauta. Filippo comprobó que su belleza estaba intacta, pero sus ojos habían perdido luz.

—¿Lucrezia?

Filippo se percató de que algo ocurría. Por primera vez, Lucrezia apenas reaccionó al verle.

—Filippo…

Dijo su nombre sin apenas emoción. Toda Venecia sabía de la gran boda, pero Filippo intuyó que el cansancio de su amada nada tenía que ver con el gran evento.

—¿Se encuentra bien? ¿Va todo bien?

El joven solo obtuvo el silencio por respuesta. Lucrezia y Della reemprendieron la marcha, dejándolo atrás. Este, preocupado, decidió seguir sus pasos por si la acechaba algún peligro. Las dos mujeres entraron en el Venezia Trionfante y Filippo las esperó en los soportales. Se tocó el medallón y recordó la promesa: permanecería a su lado como un enamorado silencioso y un escudero fiel. La calle y las aguas de la Serenísima le habían agudizado el olfato y percibía que su enamorada perdía salud cada día por un motivo no confesado.

—Mi querida Lucrezia, qué placer volver a verte.

Con voz bondadosa, Elisabetta Caminer saludó a Lucrezia y la llevó a un pequeño salón privado. Della se quedó cerca de la entrada, en una mesita redonda, disfrutando de su chocolate caliente en compañía de la vieja Lina. Della se olvidó por un momento de todo lo que la inquietaba: el estado de Lucrezia, las extrañas visitas a Ca Viviani y de que la vuelta al *palazzo* debía ser temprano para no irritar a don Giuseppe. Lina la acompañaba distraída con el desfile de ciudadanos de todos los lugares que acudían al café como lugar de lectura, de conversación y de encuentros galantes.

—No tenemos mucho tiempo, será mejor que vayamos al grano.

Arabella comenzó a hablar evitando prólogos innecesarios. Lucrezia había llegado la última y se sentó sin apenas saludar. A su lado, Chiara, como Giacomo Crosoni, la miró preocupada. Y en voz baja le dijo:

—No desfallezcas. Todo está organizado. Ten fe, ¡recuerda!

Lucrezia la miró desanimada. Apenas podía atender al discurso de Arabella. Se sentía mareada y sin energía. No le apetecía comunicar su falta de ánimo. El paseo hasta el café no le había sentado bien. Los pensamientos la atormentaban en exceso. Arabella se dio cuenta enseguida. Dejó de hablar y se dirigió a ella con voz calmada.

—Mi querida Lucrezia, desearía que escucharas con atención. Nos hemos reunido por ti.

Arabella y el resto debían ser precavidas y hablar en clave, pues las paredes del café eran demasiado porosas y cualquier nombre pronunciado resonaba con fuerza.

—Necesito tu atención y tu fuerza. No es tiempo de desfallecer, sino de luchar. ¿Podemos contar contigo?

Lucrezia levantó la cabeza y miró a Arabella con unas tremendas ganas de llorar. Le pedía fuerza cuando necesitaba ser abrazada. Las cuatro mujeres presentes —había una dama que Lucrezia no había visto nunca— contemplaron la escena en silencio, esperando una respuesta de la joven. Elisabetta, sentada a su lado, le acarició la mano con ternura gentil. Todas imaginaban el tormento de la joven, pero no era tiempo para lamentos sino de resurrecciones.

—Las estrellas nos protegen. No temas al miedo, deja que te acompañe en esta travesía.

La cuarta mujer, de larguísima cabellera negra, tez morena y ojos oscuros, medio oculta por un tul negro, se arrancó también a hablar con un fuerte acento extranjero, pero con un aplomo que captó la atención de Lucrezia. Kerim, hermana del sultán otomano, había llegado de incógnito para conocer a Lucrezia. Era también una hija del agua, la mujer al frente de la hermandad en Oriente, y sabía, como Arabella, que se avecinaban tiempos convulsos.

—La luna roja se acerca y debemos guiarnos por ella. Estás bendecida por todas, solo es preciso que te conviertas en guía y abandones tu sombra.

¿Luna roja? Lucrezia miró a las cuatro mujeres y soltó una carcajada. Su risa era un símbolo de la lucha interior entre la razón y la fe. Todo aquello le parecía una pantomima. ¿Guiarse por una luna roja? Mientras Lucrezia seguía riendo, Arabella aprovechó para sorber café. Elisabetta se recolocó los lentes y terminó de leer una carta de la duquesa de Benavente. Ninguna se extrañó de la reacción de la joven y la ignoraron.

—La duquesa de Benavente está de camino. Llegará un día antes del enlace y quiere verte.

Elisabetta aprovechó para avisar a Arabella de la llegada de otra hija del agua. María Josefa Pimentel y Téllez-Girón mantenía una fluida correspondencia con Arabella, a la que la unían intereses comunes, como las ideas afrancesadas y la defensa de las mujeres. El salón que regentaba en Madrid era uno de los más prestigiosos y servía también para las reuniones secretas de otras poderosas hijas del agua como la duquesa de Alba o la condesa de Chinchón, esposa de Manuel Godoy, ministro del rey.

—¿Acude sola?

—Tengo entendido que la acompañan la condesa de Chinchón y Manuel Godoy, pero no lo dice en la carta.

—Es imprescindible la presencia de Godoy para que, como bien sabes, yo pueda acudir a la boda sin que se me prohíba la entrada.

Elisabetta asintió con la cabeza, mientras repasaba cada línea de la misiva de la duquesa de Benavente. Las cartas también contenían palabras en clave por si eran interceptadas.

—Confiemos en la duquesa, ella conoce la importancia del encuentro.

Lucrezia reía sin parar. Hasta que de la risa pasó al llanto y del llanto al silencio. Ninguna de ellas habló en ese momento, todas acompañaron a la joven contemplando su lucha desesperada entre la fe y la razón, la misma que ellas habían vivido tiempo atrás. La joven Chiara le ofreció un pañuelo y la Gran Maestre siguió su discurso.

—Mi querida Lucrezia, como te aconsejó mi buena amiga Felizzia, debes tener fe, aunque no encuentres modo de retenerla. De eso se trata el camino de la esperanza. El plan está trazado, pero precisamos de tu colaboración y de tu convencimiento para que el viento nos sonría. Desde hace un tiempo, el sol no luce para nosotras y quizá debamos acostumbrarnos a esta época de tinieblas. La hermandad sigue fluyendo libre y a toda velocidad a pesar de los obstáculos. Nosotras somos sus hijas y ya no hay nada que nos detenga. Aunque no será fácil, no dejaremos de existir, no caeremos en la ignorancia y el silencio. Siempre has querido cruzar océanos y tu sueño se verá cumplido. Abraza tu propia fortaleza y piensa que en cualquier esquina reside una hija del agua para acompañarte, protegerte o comprenderte. Recuerda, ¡somos de agua!

Chiara aprovechó que Arabella había terminado su discurso para soltar lo que llevaba tiempo deseando contarle a su amiga Lucrezia.

—No hay vuelta atrás, tenemos una semana. ¡La caza del león ha comenzado!

Lucrezia había permanecido atenta. La frase que había pronunciado Chiara: «¡La caza del león ha comenzado!», resonaba en su interior con fuerza. Chiara había encontrado la llave maestra, había conseguido que Lucrezia recuperara las ganas de luchar. No importaba que el camino pareciera oscuro. Las mujeres se miraron con renovada confianza y Lucrezia al fin habló como esperaban.

—Mis sentidos están despiertos. Quiero cazar al león.

La hermandad había decidido ser cómplice de sor Bettina y Chiara. Serviría para ahuyentar a otros que mancillaban a monjas inocentes. Además, Arabella sabía que si Lucrezia se convertía en mujer libre, la hermandad se vería recompensada en su lucha.

—Prometo guiarme por la fe cuando la razón me abandone.

Lucrezia atendió a las explicaciones cifradas del plan tramado para impedir su boda con Roberto Manin. La joven Chiara traducía a Lucrezia cuando notaba que se perdía en las fauces del jeroglífico. Chiara comprendió, por las palabras de Arabella, que todo estaba listo para envenenar a Roberto Manin.

—La penitencia. La noche antes de casarse es la elegida. He hablado con la priora de Santa Maria degli Angeli y tendrá preparada una celda para tus rezos.

Lucrezia no entendía por qué la mandaban a rezar al convento. Apenas comprendía cómo se iba a dar caza al león, pero no dudó ni cuestionó su cometido. Había recuperado la esperanza. Todo era confuso, pero asintió con la cabeza. No había otro plan mejor para evitar casarse y debía acogerse con todas sus fuerzas al único que existía.

—El día de tu boda deberás lucir alegre, feliz y dispuesta como cualquier buena dama. Aunque los demonios te persigan, mostrarás tu mejor cara.

—¿Me voy a casar? —preguntó, sin poder remediarlo y rompiendo peligrosamente el protocolo de mensajes cifrados.

Todas callaron, con los sentidos atentos a cualquier reacción externa. Una vez que se cercioraron de que nadie había reparado en la pregunta, fue la mujer extranjera la que respondió:

—El día de tu boda será tu bautizo a una nueva vida, pero, ¡recuerda!, tu fe será tu camino en la oscuridad. Aunque no veas ni sientas la luz, no debes desfallecer.

Chiara sabía que Lucrezia precisaría de coraje para superar la noche de velatorio en el convento, aunque todavía no sabía que serviría de señuelo para su futuro esposo.

—No debes adelantarte. Lucrezia será informada a su debido tiempo —le recordó Arabella a Chiara.

Chiara tenía que confiar en ella y en sor Bettina. Se había comprometido a acompañar a su amiga, pero también a respetar los pasos. Necesitaban que Roberto viera a su prometida en el mismo momento de su envenenamiento. Así, cada vez que la contemplara, vería en ella al diablo y enloquecería.

—Sería bueno no alargar más este encuentro.

—¿Volveremos a reunirnos? —preguntó Lucrezia.

Los tiempos de tiniebla habían llegado y la hermandad sufría. Cualquiera de ellas podía ser descubierta y acusada de traidora a la República. La famosa lista de las hijas del agua había salido de París, rumbo a Venecia, pero había caído en manos desconocidas. Elisabetta había informado de ello ese mismo día a Arabella en un aparte en el café.

—¿Sabemos con certeza si alguien tiene los documentos?

—No han llegado a manos de nuestro enlace. Parece que alguien se nos ha adelantado.

Aquella noticia complicaba las cosas. Debían protegerse. No sabían si Paolo Manin se había hecho con ellos y preparaba una nueva matanza. Debían trasladar con premura la sede de la hermandad a otra ciudad europea.

—Recuerda —respondió Arabella a la pregunta de Lucrezia—: Detrás del miedo está el mundo que deseas.

Esas fueron las últimas palabras pronunciadas en esa reunión. Las mujeres comenzaron a despedirse y una tras otra fueron abandonando el lugar. El café Venezia Trionfante era, sin duda, uno de los más concurridos de toda Venecia. Della ya se había terminado el chocolate y, con la panza llena, esperaba junto a Lina a que sus señoras salieran. Las dos sirvientas habían aprovechado bien el tiempo, compartiendo rumores y temores sobre la ciudad y sus señoras. Las dos eran viejas y sabían que el infortunio había llamado a sus puertas.

—Se terminó el descanso, mi querida Lina.

Arabella abandonó junto a Lina el café. Debía apresurarse para acudir a su cita secreta con el Dogo de Venecia en el salón privado de San Cassiano. Fue la primera de las hermanas en abandonar el lugar. Para pasar desapercibida, se cubrió la cabeza con una capa y el rostro con un antifaz. Ya no era bienvenida y su presencia causaba revuelo.

Filippo se levantó del suelo de un salto al ver salir a la gran dama. Aunque iba oculta, la silueta y el andar de la poderosa Massari era difícil de esconder. Al poco apareció Lucrezia, acompañada de Della; su rostro era muy distinto al que tenía cuando entró. Su mirada había recuperado fuerza. Para sorpresa de Filippo, Lucrezia se detuvo.

—¡Filippo! Dichosos mis ojos cada vez que te ven. ¿Nos acompañarías a casa?

—Lucrezia, tu buen padre ya ha dispuesto, como bien sabes, un gondolero —apuntó Della.

—Della, mi buen padre dispone, pero hasta que no sea una mujer casada, permíteme que sea dueña de mi destino. ¿Acaso importa quién nos lleve?

La doncella sabía que no podía negarse a la pequeña desobediencia de Lucrezia. La joven estaba otra vez resplandeciente y no deseaba que por empecinarse con el remero de don Giuseppe, Lucrezia volviera a caer en la tristeza.

—¡Que sea, si es tu deseo, Filippo quien nos lleve! El gondolero de tu padre puede seguirnos.

El joven remero celebró en silencio poder llevar de nuevo a Lucrezia. Los dos jóvenes cruzaron una mirada cómplice. Lucrezia sintió de nuevo el rubor en sus mejillas y un extraño cosquilleo bajo su vientre.

—Debiéramos ponernos en camino… El calor aprieta —dijo Della.

La criada era buena alcahueta y sabía reconocer la primera mirada del amor y, sin el menor atisbo de duda, acababa de contemplarla entre Filippo y Lucrezia. E intentó frenar el desastre.

—Lucrezia, creo que deberíamos volver con el remero de tu padre. No son tiempos para hacer rugir al león enfadado.

¿León? Fue escuchar la palabra «león» y recordar la frase de Chiara: «La caza del león ha comenzado». Al levantar la vista vio que Filippo sostenía entre sus dedos la medalla que ella le había regalado. Una dulce sonrisa nació de su boca. ¿Qué liviandad de espíritu se estaba apoderando de ella? Lucrezia se extrañó del repentino calor en sus mejillas. No podía cruzar la mirada con Filippo sin sonreír pizpireta. Filippo se dio cuenta de que Lucrezia le esquivaba, tímida, la mirada y sonreía bajo la nariz. El viaje a casa fue un coqueteo continuo con risas, silencios y miradas furtivas. El caprichoso Eros había decidido intervenir y ahora no solo la rebeldía se empeñaba en sabotear la boda. También actuaba algo más poderoso: el amor.

—¿Podemos ir un poco más rápido, remero? —exclamó Della con cierto desprecio.

Lucrezia se molestó por el tono de la criada. Se percató de su desaprobación, pero no le importó. Comenzaba a sentir algo nuevo que la hacía sentir distinta. No podía dejar de atender a Filippo y ver cómo sus preocupaciones se esfumaban. «¿Qué me está ocurriendo?».

Durante el viaje apenas hubo conversación. Lucrezia no podía dejar de buscarlo con la mirada, de observar su destreza remando, de aspirar su olor. Della intentó distraerla, sin éxito, con preguntas incoherentes.

—Remero..., ¿has probado el chocolate del café Venezia Trionfante?

Filippo miró a Della. La pregunta era de lo más desafortunada, pues era sabido que pocos eran los privilegiados que pisaban ese salón. Era la única manera que se le había ocurrido a la sirvienta para que Lucrezia recordara su origen y el de Filippo. No podía enamorarse de un remero. De hecho, no podía enamorarse de nadie porque ya estaba prometida. Filippo se limitó a bajar la cabeza.

—Algún día lo probaremos juntos en la tierra de donde procede el mejor chocolate.

Lucrezia soltó la frase sin pensar y se ruborizó. Filippo sonrió, cómplice. Della decidió no responder a Lucrezia. Imaginaba con angustia lo inevitable: encuentros furtivos, esperas eternas y... la llegada del primer beso, como sello de un amor prohibido.

Al fijarse en el paisaje, Lucrezia recordó su visita inminente al convento en Murano.

—Filippo, pronto necesitaré que me lleves a Santa Maria degli Angeli.

Della se alarmó. Nadie le había informado de aquella visita.

—¿Lo sabe tu padre? —preguntó.

—En unos días él mismo me lo propondrá —respondió Lucrezia con una sonrisa y sin dejar de mirar a Filippo.

El remero sentía que su amor por Lucrezia había crecido aquella tarde con las miradas compartidas y ese chocolate prometido. Deseaba abandonar Venecia y recorrer el mundo con su amada.

—Moriré de un susto y no de vieja —soltó Della, mirando a Filippo.

Tenía prisa por desembarcar. Se prometió no volver a probar el chocolate. Lucrezia se detuvo un instante durante el descenso y dio media vuelta para mirar otra vez a Filippo. A punto estuvo de caerse al agua, pero ahí estaba él con sus brazos para sostenerla.

—Será mejor no provocar al destino con una nueva caída —sonrió, pícara, Lucrezia.

El deseo se había despertado en ambos. Se desprendió con delicadeza de los brazos de Filippo, sin poder evitar acercarse a su oído antes de separarse:

—Al despertar de los búhos, mi balcón se abrirá a los valientes que se atrevan a emprender el ascenso.

Lucrezia corrió al *palazzo*, avergonzada por lo que acababa de decir. Subió las escaleras sin reparar siquiera en la presencia de su padre, que solo observó el extraño júbilo de su hija. No podía pensar, solo sentía el palpitar de su corazón. Se desplomó en la cama sin saber cómo interpretar aquel arrebato. ¿Acaso era amor? Se había apoderado de ella una dicha inesperada, una fuerza desconocida, un rayo de sol en la oscuridad, un todo en la nada...

Aquella noche bajó a cenar con su padre. Solo hubo silencio entre los dos. Don Giuseppe recelaba de la media sonrisa de su hija. No se atrevió a preguntar a qué se debía, pero, a una semana de la boda, no deseaba ningún obstáculo. Los asuntos con los Manin se habían complicado más de lo esperado y todavía sospechaban de él. Lucrezia trataba de disimular sus nervios por su secreta cita con Filippo, sorbiendo distraída el consomé. Della observaba la escena compungida, solo ella presentía que aquella noche podía ser más larga de lo habitual. Tenía claro que protegería, con todas las consecuencias, a la joven

Lucrezia, porque tampoco veía con buenos ojos a don Giuseppe. Se había convertido en un tirano con la servidumbre, en un ser malhumorado al que casi nadie se atrevía a acercarse.

Padre e hija terminaron de cenar sin intercambiar palabra.

—Buenas noches, padre, que descanse.

Lucrezia se mostraba demasiado correcta, perfecta, fría y como si asumiera su destino. Un comportamiento sospechoso para un alma que nunca había sido dócil.

—Hija, ¿te encuentras bien?

—Muy bien, padre, con deseos de descansar —respondió con un hilo de voz, sin darse la vuelta.

Don Giuseppe dio por finalizada la conversación. Una vez en su habitación, Lucrezia dejó que la invadiera la tristeza. Estaba decidida a llevar a cabo el plan de la hermandad para evitar su boda y salvar su destino, aunque ello supusiera no volver a ver a su padre.

***

La noche había caído sobre Venecia. Las luces y las fiestas volvían a llenar los palacios como si el mañana no fuera incierto, como si la República estuviera en el cenit de su esplendor. Los habitantes y visitantes de la Serenísima preferían vivir en la ignorancia.

Arabella esperaba en la mesa de juego principal de San Cassiano la llegada del Dogo. Una majestuosa estancia con frescos del dios Baco y la diosa Fortuna en el techo. Los que estaban en la mesa jugaban al Faraón y no dejaban de perder dinero. A Arabella, sin embargo, solo le interesaba la llegada del Dogo. Las salas de juego estaban mal vistas, prohibidas, y la mayoría de los *ridotti*, cerrados oficialmente pero activos en la clandestinidad. Ataviados con máscaras y vestidos para disimular su identidad, en aquella mesa jugaban grandes nombres de la realeza europea.

Arabella era la única mujer. No era una maestra en el juego del Faraón, pero se defendía para no perder más dinero del necesario. No mostraba interés por ninguno de los presentes, era tarde y no tenía la certeza de que Ludovico acudiera al encuentro, pero prefería no perder la esperanza. Mientras aguardaba que repartieran los naipes, un desconocido le susurró al oído:

—La esperan en la sala Eros.

Arabella se dispuso a abandonar la mesa sin despertar sospecha, aunque la velada parecía más proclive al juego que a los encuentros carnales. Arabella cruzó la gran sala despacio, sin despertar apenas interés.

La sala Eros era una pequeña estancia de reuniones con varias sillas, una gran chimenea, espejos dorados en las paredes y el gigantesco fresco de Eros: el dios del amor sobrevolando con sus flechas los cuerpos desnudos de hombres y mujeres alrededor de una mesa repleta de viandas y fruta fresca. Arabella se sentó frente a la chimenea a esperar a Ludovico. Por precaución, el Dogo solía entrar el último para después cerrar las puertas y hablar en privado. No tardó en aparecer una silueta negra, ataviada con una gran capa y una capucha que cubría su cabello y su rostro con una máscara también negra. Las puertas se cerraron en cuanto cruzó la habitación y Arabella supo al instante que no era el Dogo.

—¿Qué desea? —preguntó con calma. No sentía miedo de su presencia, pero le disgustaban las encerronas.

—Ayudarte a que salves tu vida.

El extraño hablaba veneciano con cierto acento extranjero. A veces las conversaciones se asemejan a una partida de cartas. Cuando parece que vas perdiendo, te sale una buena mano y derrotas al contrario. Estaba claro que la Gran Maestre había comenzado con desventaja. No sabía quién era su contrincante y este en cambio parecía saber demasiado de ella. Debía ser cauta.

—¿A qué se debe ese interés protector por mi persona? No creo que tengamos el gusto de conocernos.

El desconocido se había dado cuenta de que el juego dialéctico había comenzado y, de no ser por la falta de tiempo, lo habría disfrutado.

—Tenemos intereses y enemigos comunes. A ti te quieren matar y yo tengo sed de venganza.

Arabella observó al extraño por si podía encontrar una pista, algo que lo identificara. El desconocido volvió a la carga.

—Soy un alma solitaria. Hubo un tiempo en que tuve una vida, una familia, un hogar... pero me lo arrancaron todo y ni siquiera pude despedirme. La fortuna o la mala suerte hizo que yo me salvara. He tardado años en recuperarme y regreso a Venecia con un solo objetivo: asesinar a Paolo Manin. No hay tiempo que perder. En breve entrará el Dogo para entregarte con un beso la traición acordada con su primo. Sé que eres poderosa... Lo sé porque poseo un documento que Manin persigue y tú deseas salvaguardar.

Arabella intentó reconocer aquellos ojos azules. ¿Hablaba de la famosa lista de las hijas del agua? ¿Cómo había llegado a sus manos? Aquello tomaba un cariz inesperado.

—Hace poco que sigo tus pasos y los de… la Hermandad del Agua. He descubierto vuestro coraje y respeto vuestro propósito. No soy tu enemigo.

—Tampoco mi aliado.

—Soy tu aliado frente a tu peor enemigo.

Arabella reflexionó sobre lo que el desconocido le había revelado acerca de la hermandad. No confirmaba nada, podía ser una trampa.

—Su imaginación es poderosa, señor. ¿Acaso no es tiempo de que se presente?

El extraño se acercó a Arabella. La miró fijamente con ojos fríos, pero no eran los de un asesino. Arabella descubrió en ellos el dolor intenso de quien ha vivido cosas terribles.

—No hay tiempo para galanterías. Necesito que me escuches. Tengo la lista, sé quiénes sois y os necesito para tender una emboscada a Paolo Manin. Quiero torturarle como él hizo con los míos. Quiero acabar con él y que mi alma descanse. Tengo un plan y necesito a la hermandad.

Arabella guardó silencio. No quería revelar nada que pudiera comprometer a las hijas del agua.

—Necesito que redactes una carta dirigida a las hijas del agua. Me encargaré de que le llegue a Manin. Pondrá al descubierto la hermandad, pero quienes la integran tendrán mi protección. Convocarás una reunión secreta en la isla de los Muertos. Una reunión que servirá de emboscada para aislar a los Manin y darles su merecido. Unas barcas estarán listas para sacaros de la isla cuando todo haya concluido. Nadie os acusará. Nadie sabrá que habéis estado allí.

Arabella no estaba acostumbrada a acatar planes ajenos. Era cierto que el Dogo podía traicionarla por pura cobardía, pero en la ópera parecía que había hecho un intento de acercarse.

—¿Cómo sé que no miente? —preguntó.

—No lo sabrás hasta que lo veas con tus propios ojos. No tendrás que esperar mucho.

A Arabella no le quedaba otro remedio que aceptar por el momento el pacto. Mejor un aliado que un nuevo enemigo.

—Será mejor que atiendas bien estas instrucciones. Tu vida dependerá de ello. En dos días se presentará, por mediación del Dogo, un mercader francés en tu palacio pidiéndote audiencia. Llevará una carta lacrada y las mejores esencias del mundo. Si tus dedos rozan esa carta, tu vida desaparecerá en un suspiro. Si no la tocas y despiertas sospechas, el propio mercader te degollará. Deberás avisar a tu doncella para que tenga listo el brebaje que te ofrezco. Si te lo da antes de que el veneno alcance tu corazón, tu cuerpo resucitará y comprobarás la traición de la que te hablo.

—¿Cómo sé que todo no es obra suya? —insistió Arabella.

—Tu olfato te dice que no miento —sentenció el desconocido.

Dejó un pequeño frasco en la mesita y, atado al tapón, un papel con las instrucciones para la ingesta. Arabella cogió la botellita y la guardó, y el desconocido desapareció sin despedirse. No tuvo tiempo de reflexionar sobre el extraño encuentro, porque dos suspiros después entró Ludovico Manin con tres de sus hombres disfrazados de soldados españoles.

—Mi querida Arabella, te he buscado por todo el *casini*. ¿Te encuentras bien?

—Ludovico, querido, ahora que te encuentro, mi ánimo está algo más apaciguado.

—Me ha costado desprenderme de la guardia de mi primo. No son tiempos fáciles, y mucho menos para verme contigo. Quizá sea este nuestro último encuentro. Mi vida corre peligro y la tuya también. Por eso he decidido alertarte y brindarte mi protección por encima de todo.

Arabella seguía con las palabras del desconocido muy presentes y apenas atendía a lo que decía el Dogo.

—¿Te ha ocurrido algo? Te noto taciturna…

Arabella reaccionó al instante y simuló alegría mientras observaba cierta inquietud en Ludovico por el modo como movía los dedos de las manos. Los dos se sentaron en un diván y, a pesar de la presencia de los hombres del Dogo, buscaron la privacidad en los susurros. Ludovico se quitó la máscara para secarse el sudor del rostro. Arabella buscó la mirada cómplice de quien había sido su compañero y confidente, pero el Dogo se mostró esquivo.

—No hagamos nada que pueda perjudicarnos más. He venido para advertirte y... salvar tu vida.

Arabella presintió que su amigo fiel la iba a traicionar. No sabía cómo, pero percibió la mentira en sus manos heladas.

—En unos días, un mercader francés irá a tu palacio con perfumes y una carta con instrucciones para salir de aquí. Necesito que abandones Venecia rápidamente y sin avisar a nadie. Nadie puede saber que preparamos tu huida.

Se miraron en silencio. Arabella acababa de tener la primera confirmación: Ludovico Manin se había convertido en la voz de su primo, se había dado por vencido y unido al bando enemigo. Sintió que Judas hablaba con ella y la llevaba de la mano a la muerte. Pensó en la conversación con el desconocido. Comprendió que debía aceptar el plan de matar a Paolo Manin. Debía escribir la carta que interceptaría Manin, convocando a las hijas del agua a una reunión para nombrar a la nueva Gran Maestre... después de su muerte. No tenía escapatoria. Tan solo dos días para prepararlo todo.

—Querido, no sé cómo agradecerte la ayuda.

Ludovico acarició la mano de Arabella y la miró a los ojos por primera vez. Su muerte a cambio de su vida. Ludovico había dejado de sentir remordimientos. El mundo estaba hecho para los fuertes. En el juego de la vida o la muerte no había sitio para la lealtad.

—Mi querida, ya me has mostrado agradecimiento bastante.

Siguieron intercambiando palabras corteses pero vacías. El Dogo no tardó en despedirse con prisa. Nadie podía saber de su encuentro y no quería arriesgarse más una vez entregado el mensaje.

—No olvides que Venecia también te pertenece.

Arabella había firmado su sentencia de muerte sin pestañear. Una flecha casi invisible atravesó la estancia, rozó el rostro de Arabella y terminó clavada en el cuadro que reposaba sobre la chimenea. Era un retrato de Francesco Foscari, uno de los dogos más famosos que había tenido Venecia. La flecha con un pañuelo negro se había clavado en su ojo izquierdo. Arabella miró en dirección opuesta al recorrido de la flecha y comprobó que el arquero no era otro que... su nuevo y anónimo aliado.

Arabella abandonó el *casini* con el frasco escondido entre los pechos y consternada por la traición. La vieja Lina leyó en su mirada que había llegado el momento de luchas.

—Necesito calma, Lina. Necesito reflexionar.

Arabella guardó silencio durante todo el camino de vuelta al *palazzo*. Debía medir bien sus fuerzas. Lina estaba mareada, pues en las noches de juego se calentaba con vino mientras esperaba a Arabella. La reunión había terminado antes de lo esperado y el efecto del alcohol todavía perduraba en su cabeza. Arabella la miraba y confirmaba la intuición que había tenido siempre sobre la vieja coja. Lina había llegado un día a su vida con una misión que cumplir. Había llegado el momento de poner su vida en sus manos. En esas manos ancianas y temblorosas…

Nueve

«Yo no deseo que las mujeres tengan poder sobre los hombres, sino sobre ellas mismas».

Mary Wollstonecraft (1759-1797)

Lucrezia se resistía a levantarse de la cama con los primeros rayos de sol. Della había entrado un par de veces en la habitación, había descorrido las cortinas, la había invitado a levantarse mientras le ofrecía el vaso de agua de todas las mañanas y empezaba a preparar sus vestidos. Pero Lucrezia seguía debajo de las sábanas.

—¿No estarás enferma?

Lucrezia contempló, divertida, la cara de pánico de su criada. Faltaban pocos días para la boda y lo peor que podía ocurrir es que la salud de Lucrezia se resintiera. Los invitados de las principales casas reales europeas habían llegado a la ciudad con ganas de festejar y rendir pleitesía al Dogo. El hijo de su primo se casaba y, aunque no era su delfín, no faltaban motivos para aprovechar una visita a la ciudad de los canales. Europa tenía demasiados frentes abiertos y, aunque en un juego de equilibrios peligroso, la Serenísima seguía siendo tierra neutral.

Las casas reales del continente enviaron a representantes al enlace del sobrino segundo del Dogo. Los Borbones estuvieron representados por la duquesa de Benavente, acompañada por su marido Pedro Téllez-Girón, noveno duque de Osuna. Inglaterra, gobernada por Jorge III, de la casa real de Hannover, envió a los duques de Marlborough, Jorge y Carolina. De los Habsburgo acudiría el emperador de Austria, Francisco II, amigo íntimo del Dogo... Venecia era esos días un desfile de apoderados de las grandes casas. Apenas se veía en la calle una cortesana. Los gondoleros dormían entre viaje y viaje. Los mercados se llenaban de vendedores ambulantes, de echadoras de cartas y charlatanes.

Pero esos primeros rayos de sol sobre los canales anunciaban que ese día no sería igual para todos. Arabella recibiría la visita del mercader francés y simularía su muerte para salvar su vida. La vieja Lina, desde que Arabella le contó el plan, apenas había dormido. Maldecía el temblor de sus manos y, aunque no era devota, rezaba para que todo saliera bien. Lina era muy desconfiada; además de que temía derramar aquel líquido, pensaba que los muertos no resucitaban y que los antídotos eran cosa de maleantes, brujas y hechiceros.

—Ay, vieja Lina, hoy vas a tener que ganarte el cielo o… el infierno —hablaba para sí mientras subía las escaleras para despertar a la señora—. ¿Elixires mágicos que resucitan? ¿Quién se lo cree? —Repasaba el plan de huida al que había accedido a regañadientes. Lina era también supersticiosa y le daba miedo permanecer aunque fuese solo una noche en la isla de los Muertos. Todos los venecianos conocían la leyenda: quien la pisaba no sobrevivía. Aunque Arabella le sugirió que se quedara en Venecia, Lina se negó: «Mi señora, yo iré donde usted vaya. Hace muchos años que mi destino se unió al suyo».

En el convento de Santa Maria degli Angeli la noche también había sido larga. La joven Chiara apenas había conciliado el sueño. Todo estaba a punto para la llegada de Lucrezia. Chiara y sor Bettina habían estado preparando la celda en la que se encontraría con su prometido. Esa misma noche, siguiendo la tradición de los nobles que se van a casar, Roberto Manin y sus compañeros de fechorías acudirían para desvirgar a alguna novicia.

Sor Bettina también debía preparar la sala y las celdas para la ocasión. Por desgracia, era un ritual que había hecho en numerosas ocasiones, pero esta vez le seguiría un plan de venganza. Aún faltaban horas, pero con los primeros rayos de luz Chiara sintió un cosquilleo en la boca del estómago que no la abandonaría en todo el día.

—Espero, madre priora, que el plan funcione.

—Mi querida Chiara, es el mejor veneno que he preparado jamás. No pierdas la fe. ¡Recuerda!

***

—¿Piensas levantarte de la cama, holgazana? La luz del día te lleva ventaja esta mañana.

A la buena de Della le costaba sacar carácter, pero la pereza le hacía perder la paciencia. Lucrezia sonreía oculta bajo las sábanas. Había sido sorprendida *in fraganti* por Della y no sabía cómo salir del aprieto. Había pasado la noche en vela disfrutando de los placeres del amor.

Della no se atrevía a arrancarle las sábanas, un gesto que Lucrezia agradeció porque estaba desnuda. El día se había precipitado y la criada había entrado sin que los amantes tuvieran tiempo apenas de reaccionar. Filippo permanecía en silencio bajo la cama con el cuerpo también desnudo sobre el frío suelo y la ropa en las manos, rezando para que Lucrezia lo sacara de aquella embarazosa situación.

—Della, bien sabes que esta noche la pasaré en una fría celda… No sería mucho pedir poder disfrutar un poco más y en soledad de mi cuarto, de mi cama… que dejará de ser mía en cuanto me convierta en una Manin.

Era la primera vez que Lucrezia usaba el apellido Manin. Della se extrañó y la miró con desconfianza, pero no encontró más que unos ojos pidiendo clemencia. Era sencillo ablandar el corazón de la buena de Della. Sabía que llegaban horas tristes para su querida niña. Los Manin tenían su propia servidumbre, y una criada demasiado fiel siempre era vista como un enemigo. Era probable que no pudiera acompañar a Lucrezia a su nuevo hogar. Della se perdió en esos pensamientos, que no había confiado a su querida niña.

—Della, ¿puedo quedarme un poco más?

Las dos mujeres llevaban dos días solas en el palacio porque don Giuseppe había tenido que partir con urgencia. Con su ausencia, no solo había vuelto la tranquilidad a la casa, también se respiraba mejor. Lucrezia sonreía de nuevo.

—Deeeelllaaaaa…

La criada volvió en sí.

—Está bien, está bien… Mejor que seas holgazana esta mañana, pues pasarás la noche rezando.

Della arrugó el rostro al pronunciar la última frase. Sabía que Lucrezia no rezaba ni se arrodillaba ante nadie, ni siquiera ante Cristo. Por eso le había sorprendido que aceptara tan de buen grado la propuesta de la priora del convento de pasar la noche en oración. Una invitación que don Giuseppe había visto con buenos ojos: purificar el alma antes de la boda podía ser una señal de buen augurio para la familia Manin. Della dejó la jofaina en una mesa de madera y salió, rezongando.

Filippo vio los pies de la criada camino de la puerta y cómo, poco después, esta se cerraba con un fuerte golpe. Se hizo el silencio. Ninguno se atrevió a dar el primer paso. Sonreían y les brillaban los ojos por la emoción vivida.

—Ahora soy yo quien debe agradecerte el haberme salvado.

De un brinco, Filippo volvió a la cama y se metió entre las sábanas provocando la risa de Lucrezia, que le abrazaba con inocencia. Al terminar las risas, se miraron a los ojos y sintieron cosquillas en el estómago que provocaron una cadena de besos por todo el cuerpo. Lucrezia abrazaba a Filippo con pasión y libertad.

—¿Qué locura es esta de entregarme a un desconocido? —preguntó divertida.

Se había dejado llevar por el deseo sin pensar en las consecuencias. Lo mismo que un condenado a muerte pide un festín para su última cena. Al fin y al cabo, si el plan no funcionaba, estaba condenada y prefería haber probado las mieles del amor carnal. Todo lo que había leído sobre el amor no alcanzaba a describir lo que había sentido aquella noche. Su corazón pertenecía ahora a Filippo. Aquella noche se habían convertido en amantes, habían dado la espalda a la virtud. A Lucrezia poco le importaba no llegar casta al matrimonio, y Filippo no se había detenido, aunque pusiera su vida en peligro.

—¡Bendita locura la nuestra! —dijo Lucrezia mientras seguía abrazada a Filippo y recordaba la noche pasada.

«El amor es así, te pone a prueba, te invita a enfrentarte a las convenciones». Nada importaba más que perseguirse los labios y sentir cómo los senos se erizaban de nuevo, cómo se ponían duros y pedían ser acariciados. Las piernas de Lucrezia se abrían para dar paso a la embestida del amante ardiente. No dejaban de rozarse, de tocarse, de besarse. Ninguno de los dos fue capaz de detener lo imposible y se dejaron llevar. Filippo agarraba con fuerza las caderas de Lucrezia, de cuyo pubis emanaba una fuente de deseo contenido. Antes de poseerla de nuevo, quiso probar esa fuente, beber el elixir que hacía que el cuerpo de Lucrezia convulsionara de deseo. Ella trató de no gritar de placer para que no los descubrieran. Filippo había sido bien aleccionado por las Foscas y sabía dar placer a una mujer en la cama. Después contempló a su amada con sonrisa extasiada por las sensaciones sentidas, apretó sus senos y se preparó para comenzar la embestida, suave y sentida. Los dos amantes cabalgaron juntos hacia un nuevo horizonte. Lucrezia se sujetó las rodillas con ambas manos para sentirlo más profundamente. Sentía deseos de gritar con locura y reír sin freno, pero Filippo le tapó la boca. Los ojos de Lucrezia se abrieron al máximo y su boca excitada mordió la mano del amante. En la habitación se oía solo el rechinar de los tablones de la cama y la respiración agitada de los amantes.

—¿Acaso tu corazón se ha despertado intranquilo esta mañana? —preguntó Filippo, interrumpiendo los recuerdos de Lucrezia.

—No sabes cuánto. Pensar que debemos despedirnos hace que mi corazón se acelere.

Lucrezia había encontrado el sentido de la vida en aquella habitación y quería prolongar el momento al máximo. Ahora entendía el amor de Romeo y Julieta, la desesperación de los amantes, el poder de Eros… Y no pudo reprimir las lágrimas, sintiéndose el ser más desdichado del planeta.

—Mi amada, ¿acaso he hecho algo mal?

Filippo le secaba las lágrimas, preocupado.

—No sé si esta noche podré… ¡Y esa maldita boda!

Filippo la miró con ternura mientras le acariciaba el cuerpo. No iba a permitir que Lucrezia se casara y, si era necesario, arriesgaría su vida para evitarlo.

—Podemos escaparnos ahora mismo.

Lucrezia dejó de llorar. ¿Acaso no era lo que deseaba? ¿Para qué esperar a que el plan de Chiara se cumpliera? Por un momento, sintió el impulso irrefrenable de dejarse llevar. De dejar atrás a su padre, a su propio y maldito destino… pero algo profundo la frenó. Tenía un compromiso con esas mujeres que luchaban para ser libres, que unidas intentaban cambiar el mundo. Aquella mañana, mientras su amante le acariciaba el cuerpo desnudo, Lucrezia supo que no podía abandonar. Ella también quería cambiar ese mundo tan cruel que dejaba a las mujeres sin posibilidad de elegir, de opinar o de construir aquello que desearan.

—¿Te encuentras bien?

Lucrezia contempló a aquel hermoso joven que tenía la cabeza apoyada en su pecho y que, como un león, era capaz de rugir contra quien la hiriera. Le acarició el pelo y deseó que Filippo la apoyara en su plan.

—Filippo, tengo algo que contarte que quizá te cueste entender, pero deseo que me escuches primero.

—¿Debo asustarme?

—No temas, mi amor por ti está sellado…

Filippo se incorporó para escuchar a su amada con atención. Lucrezia tardó en encontrar las palabras adecuadas. Sabía que era demasiado pedirle fe ciega sobre algo que no podía revelarle, pero no estaba autorizada a desvelar la existencia de la Hermandad del Agua. Deseaba, sin embargo, que Filippo la acompañara al convento aquella noche en calidad de remero fiel, de amante, de escudero protector, así que solo le contó que existía un plan para evitar su boda con Roberto Manin.

—¿Confías en mí?

Filippo se levantó de la cama y se acercó a uno de los balcones con cuidado de no ser visto. Necesitaba ordenar sus ideas. ¿Quién organizaba ese plan?

¿Qué tenía que ver el convento con todo aquello? ¿Estaba en peligro su amada? Demasiadas preguntas sin respuesta. Lucrezia le había pedido fe, confianza, pero ¿acaso un hombre podía confiar en una mujer? Filippo sabía que ella tenía carácter y el valor de un hombre. Lejos de molestarle, le gustaba su arrojo. Pero si ya la había dicho que la amaba, ¿por qué ella no deseaba huir con él y le pedía en cambio confianza?

—Mi amor por ti es más grande que la confianza que me pides.

Lucrezia se levantó de la cama y corrió a besarle. Sabía que podía contar con él, que aquella noche Filippo estaría con ella pasara lo que pase.

—Dame tiempo y verás que soy tan esclava de tu amor como tú del mío.

Los amantes se besaron y sus cuerpos desnudos volvieron a entrelazarse. Y así habrían seguido si no les hubieran alertado unos golpecitos de Della en la puerta. Lucrezia corrió veloz para impedir que su criada fiel pudiera abrirla.

—Enseguida voy, Della… Permíteme unos minutos más en soledad…

Al otro lado de la puerta, Della comenzaba a sospechar. Había que prepararse para la partida al convento y departir sobre algunas cuestiones relacionadas con la boda que no podían retrasarse. Con la cara pegada a la puerta para ver si su viejo oído alcanzaba a escuchar cualquier ruido, se debatía entre concederle más intimidad o ponerse seria y entrar a la fuerza.

—Della, estoy… hablando con mi madre. Ya sabes… Como cuando era pequeña.

Esas últimas palabras conmovieron a la criada, que al instante se apartó de la puerta.

—No disponemos de mucho tiempo para organizar la partida. No te demores… Tu padre está a punto de llegar y prefiero que esté todo hecho para cuando se presente.

—Prometo brevedad y agilidad en los preparativos.

Della sabía que la estaba engañando, pero prefirió dejarla estar y que se despidiera de su madre o de quien considerara. Al fin y al cabo, su vida iba a dejar de ser suya esa misma noche.

—Será mejor que te vistas y pensemos el modo de que salgas sin ser descubierto.

Lucrezia ayudaba a Filippo a recuperar las prendas de ropa perdidas por la habitación. En la búsqueda, intercambiaban besos, miradas risueñas y divertidas.

—Saldrás por la puerta de atrás, la del servicio, como un mozo más. Nadie te reconocerá… Solo podría hacerlo Della, y ella guarda mis secretos más profundos.

Lucrezia se había puesto el camisón y miraba incrédula al responsable de su dicha.

—¿Te arrepientes? —preguntó de pronto Filippo.

Lucrezia le miró sorprendida y no fue capaz de responder enseguida. Si pensaba desde la razón, no entendía cómo había podido ocurrir todo de forma tan precipitada y dudaba de si habría actuado por rebeldía. Si hacía caso a su corazón...

—No, no me arrepiento. Espero que solo sea el principio.

Esa última frase hizo que Filippo esgrimiera una gran sonrisa. Ambos todavía flotaban; les costaba volver a la realidad, incluso poner en palabras lo que había sucedido.

—¿Y si alguien me descubre?

—A mitad de camino, busca a Della y simula que has venido a arreglar el encuentro de esta noche. ¡Será mejor que arriesgarnos a que te vean saliendo del *palazzo*!

—¿No sospechará igualmente de mi presencia a una hora tan temprana?

—Siempre son mejores las dudas que las confirmaciones de lo que ya se sospecha.

—¿Sospecha?

Lucrezia besó a Filippo mientras le acariciaba la cara, divertida, pues sabía que su querida Della había descubierto su amor mucho antes que ellos.

—Una criada tiene un olfato más fino que el nuestro.

Filippo la miró sin entender demasiado, mientras Lucrezia entreabría la puerta.

—¡Corre!

Filippo besó la medalla del león de Venecia y bajó con cuidado de no ser visto por nadie hasta mezclarse con los mozos que transportaban la mercancía que arribaba a la casa. Allí fue interpelado por uno de los hombres que don Giuseppe había puesto para vigilarles.

—Remero, ¿qué haces husmeando entre esas cajas? ¿Acaso se te ha perdido algo?

Filippo se quitó la gorra en señal de respeto y pidió ver a Della, la criada personal de Lucrezia Viviani. El hombre le miró de arriba abajo, suspicaz.

—¿Por dónde has entrado? ¿Quién te ha dado permiso? ¿Acaso no sabes que no se puede entrar sin consentimiento?

—¡Filippo! ¡Qué bien que hayas llegado tan temprano!

El guardián se sorprendió al ver a Della.

—¿Le conoces? —preguntó extrañado.

—¡Claro! Es el remero al que a veces llama mi señora. Bien sabes que esta noche la pasará en Santa Maria degli Angeli.

—¿Por qué ha venido tan pronto?

—Yo se lo he pedido —aclaró Della—. Necesito que me haga unos encargos para la boda antes de llevarnos al convento.

El guardián no sentía aprecio por aquella mujer protestona que siempre aparecía cuando menos se la esperaba.

—¿Debo pedir permiso para que pueda pasar y cargar unas cajas?

Filippo volvió a entrar en la casa casi de puntillas, seguido de Della.

—Muchacho, prefiero no preguntar qué hacías merodeando por esta casa.

Filippo desapareció con el corazón en un puño. Había visto la mirada acusadora de Della. Solo podía concentrarse en Lucrezia y en el recuerdo de lo vivido. Ni en sus fantasías más descabelladas habría soñado compartir lecho con ella, y mucho menos conquistar su corazón. Ya era tarde para arrepentirse. Lucrezia y él, a pesar del mundo, habían decidido amarse.

Poco después apareció don Giuseppe cargado de mercancías y de regalos para los novios que llegaban del Lejano Oriente. Sus negocios florecían en los días previos al esperado enlace. Don Giuseppe había ganado poder y comenzaba a gozar de su nueva posición entre los venecianos. Estaba impaciente por reunirse con Paolo Manin para hacerle entrega de la preciada carta lacrada y recién llegada de París. Al fin comprobarían los Manin que el mercader era de confianza y también poderoso.

Nada más llegar al *palazzo* hizo llamar a su hija. La vio con un brillo nuevo en los ojos y una sonrisa extraña. Lucrezia lo miraba con el fresco recuerdo de la virginidad perdida y del placer descubierto. Sus pensamientos seguían en la cama. Antes de que su padre pudiera sospechar algo de su felicidad, se abrazó a él con entusiasmo fingido.

—¡Querido padre, qué ganas tenía de verle! ¡Apenas me quedan unas horas y abandonaré esta casa!

Don Giuseppe recibió con agrado el abrazo de su hija y prefirió pensar que su mano dura la había hecho entrar en razón. Era una Viviani y, en poco tiempo, se convertiría en una Manin y debía comportarse como una dama: elegante, servicial y fértil.

—Querida hija, ha llegado el momento. Espero que no me defraudes.

Lucrezia abrazó con más fuerza que nunca a su padre mientras él le recordaba sus deberes como la nueva señora Manin. Necesitaba coraje para desobedecerle, para traicionarle sin pensar en las consecuencias de sus actos. En ese estado de sensibilidad excitada, comenzó a llorar en el hombro de su padre. A pesar sus diferencias, le quería y habría preferido no traicionarle, pero había demasiado en juego. Don Giuseppe dejó su discurso y apartó a su hija con suavidad.

—¿A qué viene ese llanto?

—Lloro porque siento que le he decepcionado, padre. Y esta noche rezaré ante la Virgen para conseguir su perdón. Prometo ser… merecedora de un apellido tan ilustre como el de Manin.

Don Giuseppe vio verdad en las palabras de su hija y se emocionó.

—No es momento para mostrar debilidad sino fortaleza. Ser una Manin es ser poderosa.

Lucrezia le escuchaba en actitud sumisa. No quería que nada delatara su traición.

—Padre, si no le importa, me retiro a prepararme.

Subió con calma las escaleras y continuó con los preliminares para pasar la noche en el convento. Della la observaba con inquietud. No se había creído un gesto ni una palabra del encuentro con don Giuseppe y sentía que se avecinaba una tormenta. La vieja criada llevaba razón, aquella noche en Murano retumbarían los primeros truenos de una tormenta que cambiaría las fichas del tablero. Pero ni ella ni la joven Lucrezia imaginaban lo que estaba por acontecer.

***

—Vengo de parte del Dogo de Venecia. Traigo una carta para Arabella Massari.

El esperado mercader francés que enviaría Ludovico Manin había llegado. Un criado lo acompañó hasta uno de los salones principales del palacio para que esperara la llegada de Arabella. El espigado mercader observaba con devoción los cuadros que colgaban en las paredes y que mostraban distintas versiones de Arabella. Durante años se había dejado retratar por los mejores y había escogido un salón para exponer sus retratos. El mercader dejó la bolsa de cuero en el suelo y se acercó a las pinturas. Como buen asesino, admiraba el trabajo hecho con precisión. Al tiempo que se recolocaba los anteojos, buscaba con la otra mano, bajo su casaca, el pequeño puñal que usaba cuando los planes se torcían. Había llegado a la hora prevista, había sido recibido con pleitesía y nada parecía indicar que Arabella Massari no fuera a morder del anzuelo.

En la habitación principal, Arabella y Lina mantenían una conversación impropia entre una señora y una criada.

—Siento decirle que el plan no merece mi confianza. ¿Y si no despierta?

—Mi querida Lina, ya es tarde para echarse atrás. La carta está entregada y yo debo simular mi muerte. Si no vivo, te ruego que sigas con todo. Nada puede fallar… ¡Yo estoy preparada para morir!

La criada intentó seguir discutiendo, pero Arabella la atajó.

—Te ruego que comuniques a monsieur Cousin que enseguida estaré con él.

Lina vio que era inútil tratar de convencerla y la admiró en todo su esplendor. Incluso en la penumbra de la habitación brillaba como una reina. Se había vestido para recibir a la muerte con elegancia y poder. Había dispuesto que, si moría, su sucesora fuera la duquesa de Benavente. Lina había hecho llegar una carta a esta informándole de que era la sucesora designada por el resto de las hijas del agua. Si moría Arabella, habría que organizar su nombramiento rápidamente y trasladar el centro de la hermandad a España, un lugar menos sospechoso que Venecia para una rebelión de mujeres poderosas.

—Te ruego que me dejes sola —dijo Arabella con frialdad.

—Como guste. Me prepararé yo también para ejecutar lo planeado a la perfección.

No había tiempo para el llanto, debía mantenerse en calma y concentrada. El plan, le gustara o no, ya estaba en marcha.

***

Don Giuseppe llegó al Palacio Ducal con el cuerpo erguido y el orgullo descubierto. Aquel iba a ser un día para recordar pues iba a recuperar de nuevo la confianza de los Manin, justo antes de la boda de su hija. El tránsito de gente que entraba y salía del palacio era poco usual. Todavía quedaban muchos preparativos para el gran enlace y los días no tenían suficientes horas. El mercader esperaba sentado en uno de los salones y celebraba en silencio haber conseguido al fin el deseado documento. Sentía curiosidad por saber qué contenía, pero no abrió la bolsa. Su propósito era enriquecerse y ser más poderoso; satisfacer su curiosidad hubiera puesto en peligro sus intenciones. No era un estratega, sino un hombre de negocios.

—¡Mi querido mercader! Qué alegría verte.

Entró Paolo Manin acompañado de cuatro de sus hombres con actitud poco amistosa. No era un día para que le molestaran si no se trataba de asuntos de extrema importancia. Aquel lo era, pero Paolo confiaba poco en que el mercader hubiera conseguido el documento.

—Espero que sea grato esto que traigo, mi querido Paolo.

Este no perdió el tiempo en palabrerías y le arrancó de un tirón el documento. Con brusca ansiedad rompió el lacrado y comenzó a caminar por el salón mientras lo leía. Los cuatro hombres miraban fijamente al mercader.

Manin se detuvo y chasqueó varias veces los dedos. Al instante uno de sus hombres salió precipitado del salón. Al poco, entró el almirante Gozzi acompañado de un anciano hasta donde estaba Paolo, que no había despegado la mirada del documento. Paolo y el misterioso anciano empezaron a hablar en voz baja. Manin le mostró el documento señalando algo en él. El viejo sacó un monóculo dorado y lo analizó. Don Giuseppe se dio cuenta de que Paolo precisaba saber si era auténtico y para ello había traído a un experto. Después de examinarlo con detalle, el viejo guardó su monóculo.

—Es su firma y su letra... Me juego la vida —afirmó en voz baja.

—Tu vida poco vale ya...

Paolo cogió con ansia el documento. Al final, el enlace de su hijo estaba siendo de lo más provechoso. No se había equivocado y aquel mercader había conseguido lo prometido. Por fin tenía en sus manos la prueba de que había en marcha una rebelión de mujeres para terminar con el mundo tal y como estaba establecido, y que si no se las detenía, lo acabarían consiguiendo. Francia había sido el ejemplo perfecto, donde hasta los reyes habían muerto decapitados. El pueblo estaba insatisfecho y el origen de su descontento eran sociedades secretas como esa: la llamada Hermandad del Agua, dirigida por su peor enemiga, Arabella Massari. Había conseguido el documento que no solo probaba la existencia de la organización sino que las convocaba a una reunión en Venecia. Paolo Manin se frotó las manos pensando en los beneficios que le reportaría aniquilar a las hijas del agua. Los reyes estarían en deuda con él y se convertiría en el hombre más poderoso y aclamado de la tierra. Los hombres habían menospreciado a las mujeres y no habían visto que el verdadero y más peligroso enemigo convivía con ellos. ¿Cómo nadie había caído en ello? Manin iba asimilando la información, cayendo en la cuenta de que tenía en sus manos la llave del futuro: impedir la rebelión de las mujeres.

—¡La isla de los Muertos! Buen lugar para reunirse por última vez.

Sin despedirse de don Giuseppe, Paolo Manin salió del salón. Los cuatro hombres, junto a Gozzi, le siguieron. El último en abandonar la sala fue el anciano que, en un acto de misericordia, se giró hacia el mercader y le sonrió con respeto.

—*Vitam regit fortuna, non sapientia* —pronunció, y dejó al mercader de nuevo a solas y desconcertado.

No sabía traducir del latín. Aquella frase contenía la llave de su fortuna, de su futuro en aquella casa. Si el documento era el esperado, se cubriría de gloria; si era falso, quizá terminaría como otros, con su cadáver flotando sobre cualquier canal.

Aceleró el paso por los infinitos pasillos del Palacio Ducal buscando la salida. El trayecto se le hizo eterno. Sintió la muerte y la gloria cerca; su corazón estaba viejo para aguantar tanto sobresalto. Se acercó a la taberna donde su escribano solía pasar tardes de tertulia y vino, y cuando dio con él pronunció con voz ahogada la frase del anciano.

—*Vitam... regit fortuna, non...*

No recordaba el final. ¿Cómo era posible que lo hubiera olvidado?

—*Vitam regit fortuna, non... non...*

—*Sapientia!* —completó el escribano.

Don Giuseppe salió de su ofuscación al escuchar la palabra mágica. Con una sonrisa angustiada, esperó a que le tradujera el significado.

—Una gran frase de Cicerón, don Giuseppe: «La vida es gobernada por la fortuna, no por la sabiduría».

En cuanto escuchó el sentido de la frase, el rostro de don Giuseppe se iluminó y la angustia desapareció. Sintió que el triunfo había llegado, que la fortuna lo había bendecido.

—Una ronda del mejor vino... ¡Hoy soy yo quien celebro con gusto!

***

En el Palacio Ducal se habían precipitado las cosas desde que Paolo Manin tenía el documento en su poder. Sin pensárselo dos veces entró en la sala del *Maggior Consiglio* e interrumpió el Consejo de los Diez para que su primo le pusiera al corriente. Ludovico Manin se levantó del trono. En aquel momento tenía que medir muy bien con quién compartir una noticia que podía extenderse como la pólvora.

—¿Tanta prisa te corre saber de su muerte? —le susurró Ludovico.

Los dos salieron de la sala del consejo mayor ante la estupefacción de los presentes. Buscaron un lugar íntimo y entraron en la sala Grimani, una de las estancias privadas del palacio. La guardia de Paolo se encargó de custodiar las puertas.

—¿Has recibido noticias de tu mercader francés? —interrogó Paolo a su primo.

Ludovico lo miró y se dio cuenta de que la maldad lo había transformado. Tenía los ojos cada vez más hundidos y la nariz más prominente. Los pómulos afilados y los dientes más amarillos que nunca. La ambición y los centenares de muertes injustas a sus espaldas le habían convertido en un espectro del diablo. Ludovico no se sentía seguro junto a Paolo. No solo desconfiaba de su lealtad, sino que temía por su vida. Sus hombres estaban fuera y, si le clavaba un sable, nadie levantaría un dedo para defender su muerte. Ludovico se hundía y el último síntoma había sido traicionar al único ser que le había guardado las espaldas: Arabella Massari.

Aquella mañana se había levantado presa de una gran angustia.

—Todavía nada, pero no te preocupes. Jamás falla.

Paolo Manin recibió la respuesta de su primo con una media sonrisa mientras acariciaba el frío mármol de la chimenea. Aquel estaba siendo un gran día: el descubrimiento de la hermandad y la muerte de la Cleopatra del Véneto. Envenenada como la reina egipcia y traicionada por el hombre que le había dado todo su poder. Necesitaba recibir la noticia de la muerte de Arabella, necesitaba ver culminada su victoria sobre aquella mujer a la que había admirado y odiado a partes iguales.

—¿Has interrumpido el consejo para preguntarme por su muerte?

Paolo miró a su primo y sintió lástima de él. Por primera vez en mucho tiempo pensó en perdonarle la vida. Al fin y al cabo, nada le podía dar mayor placer que ver la derrota en sus ojos.

—Mi querido primo, te confieso que jamás pensé que pudieras dar este paso y, antes de que recibamos la noticia de su muerte, deseo felicitarte.

—No me siento orgulloso de mis actos. Matarla no era necesario, bien sabes que la podíamos haber enviado al exilio.

Ludovico estaba furioso por haber aceptado el plan de Paolo. Por haber intercambiado su vida por la de Arabella. Se llevó una mano al pecho y se sentó, en un intento por recobrar la compostura. «La cobardía es una termita que te devora por dentro hasta dejarte vacío». A Ludovico la espera le resultaba insoportable. En su fuero interno tenía esperanzas de que Arabella sorteara a la muerte.

—Ojalá terminaras con mi vida y mi tormento.

Paolo se acercó Ludovico, se sentó a su lado y acarició suavemente el anillo de oro de su mano derecha.

—El poder se alimenta del miedo y matarte sería placentero, pero ahora no alimentaría mi poder, ¿comprendes?

Ludovico se quedó sin respiración. Paolo se levantó y, sin mirarle, se dirigió hacia las enormes puertas del salón.

—La llegada de la paloma blanca será buena para ambos. ¡Asegúrate de que llega! Se acerca el gran día para mi hijo y quiero celebrarlo por todo lo alto —dijo antes de salir.

***

Arabella, bellísima, abrió las puertas del salón principal. Incluso el mercader francés se sintió turbado por el brillo de su mirada, la elegancia de sus gestos y la seductora cadencia de su voz. Nunca había estado cerca de ella, pero sí había oído hablar de su enigmático poder. Su belleza hacía que terminar con su vida pareciera un sacrilegio. Como dañar una obra de arte... Durante unos minutos conversaron sobre perfumes y esencias francesas con una exquisitez rara vez vista en aquella Venecia tan poco ilustrada.

—Monsieur Cousin, debo decirle que el Dogo me habló maravillas de usted. Sus conocimientos sobre elixires embriagan mi curiosidad y bien es cierto que podría estar toda la mañana departiendo sobre ese asunto, pero supongo que le esperan en muchas otras casas.

El mercader retomó entonces el propósito de su misión. Había algo dentro de él que le hacía retrasar la entrega. Por una extraña razón, no quería ser recordado como el asesino de Arabella Massari. Hasta el momento, sus muertes por encargo habían permanecido anónimas, pero intuía que siempre tendría que cargar con esta. Había negociado con el Dogo que se responsabilizaría a cualquier infeliz sin nombre para que fuera ejecutado en la plaza pública y enterrar con celeridad el asunto. A pesar del acuerdo, no estaba tranquilo. Arabella le miraba en silencio. Sabía que se estaba debatiendo entre lo acordado y la desobediencia. Pero prefería que siguiera el plan establecido. No cabía otro camino que morir para renacer y comenzar de nuevo en otro lugar que no fuera Venecia.

—Además de sus buenos consejos como perfumista, ¿a qué debo su visita?

El mercader se tomó un tiempo antes de abrir el cofre y sacar la carta, no sin asegurarse de que lo hacía por el lado certero y libre de muerte.

—Debo entregarle en mano esta invitación del Dogo y el embajador francés. Ruego la lea con detenimiento y me la devuelva. Tengo órdenes expresas de que nadie más lo haga.

Arabella quiso retener la mirada del mensajero de la muerte. Este tenía los ojos entrecerrados y guarecidos detrás de unos diminutos anteojos. Poco después se fijó en la mano que sostenía la misiva y volvió a mirarle a los ojos. Su mano no temblaba, pero el silencio presagiaba la tragedia. Arabella sabía muy bien que si tocaba el papel, moriría. Por un momento, el mercader intuyó que Arabella sospechaba algo, pero solo fue un pensamiento que desapareció en cuanto ella cogió la carta.

—Si me permite…

Arabella se apartó un poco para romper el lacre y leer la carta.

Mi querida Arabella:

Quizá esta sea la carta más difícil que haya tenido que escribir. Debo reconocer que en todos estos años

*tú has sido mi refugio para soportar las muchas trai-
ciones que, como sabes, me han rodeado. Incluso la de
mi primo, que hace tiempo dejó de serme fiel para
emprender su propio camino hacia el trono. La Venecia que los dos veneramos ha muerto y, con ella, nuestros sueños de recuperar el esplendor perdido. Aunque
sigo siendo el hombre más poderoso, he perdido todos
mis honores. Solo ostento el último título, el de Dogo,
y pronto me será arrancado. Estoy cansado y las piernas me tiemblan ante cualquier paso o ruido nocturno. Mis sueños son inquietos y las noches, largas.
Ya no puedo protegerte más, quizá debas acercarte a
la Corona española y pedir protección a Godoy. Aquí
corres más peligro que yo y debo advertirte de que tu
cadáver es muy valioso en estas aguas. Ojalá pudiera
acompañarte, ojalá pudiera protegerte, pero apenas
me quedan fuerzas para librar mi propia batalla. ¡Es-
capa antes de que la muerte golpee tu puerta!*

*Este mercader destruirá la carta para que na-
die pueda acusarme de haberte advertido.*
Siempre tuyo, siempre fiel,

Ludovico M.

Arabella esperó a que el veneno le traspasara
la piel e hiciera su efecto. Mientras notaba los pri-

meros síntomas, un sudor frío en la frente, pensó en Ludovico y en la extraña manera de traicionarla y enviarla a la muerte. Una carta que la alertaba de lo que la misma carta llevaba, como si con ello expiara el pecado de haberse convertido en su verdugo. Los temblores repentinos la hicieron caer de rodillas y sentirse paralizada.

—Señora, ¿se encuentra bien? —exclamó con falsa sorpresa el mercader francés.

A Arabella le habría gustado aplaudirle por mantener la farsa hasta el final, pero estaba más concentrada en sentir cómo la muerte iba lentamente invadiendo su cuerpo. Mareos, convulsiones, visión borrosa que la dejó postrada en el suelo con los ojos abiertos y soltando espuma por la boca. El mercader se apresuró a coger la misiva con un guante y a tomar el pulso de la dama para asegurarse de su muerte.

—Lo siento… Esta muerte me pesa.

Cerró el cofre y salió como un fantasma de la sala. Aquella mañana Arabella había dado el día libre a los criados y estaba sola con Lina. Todo estaba saliendo según lo previsto. Ahora quedaba la parte más importante: la reanimación.

Lina esperó el tiempo acordado y entró en el salón. El impacto de ver a su señora tendida en el suelo tan fría como un cadáver le provocó náuseas de terror.

Sin perder tiempo, abrió el dosificador del pequeño frasco que custodiaba.

—Tres gotas en veinticinco dosis... seguidas y sin descanso. Una menos y estará muerta, una más y no habrá reanimación.

Lina comenzó a verter el líquido esforzándose por no errar en las cuentas. Levantó una alfombra bajo la que había veinticinco muescas y tomó un lápiz para tachar una muesca con cada tres gotas. Arabella y ella lo habían repasado todo cien veces para que no fuera posible equivocarse.

—Una, dos, tres... —Una muesca tachada—. Una, dos, tres... —Otra muesca.

De rodillas y con los ojos llorosos, Lina seguía el ritual y esperaba que su señora hubiese anotado bien el número de muescas.

—Una, dos, tres... —Muesca.

Jamás había estado tan concentrada.

—Una, dos, tres... —Muesca.

Cuando terminó, Lina contuvo la respiración, tensa, atenta a un indicio de que su señora retornaba a la vida. Arabella continuaba inerte.

—¡Despierta! ¡Despierta! —dijo Lina.

El tiempo pasaba y Arabella no reaccionaba. Quizá todo había sido una trampa y la muerte no estaba en la carta, sino en el antídoto. Lina arrojó el frasco al suelo y pensó que ella misma había matado a su señora.

—¿Quién se cree que un papel pueda contener veneno? ¡Maldita seas, Arabella! ¿Y ahora qué voy a hacer? ¡Despierta! ¡Despierta! —La criada zarandeó a su señora, desesperada—. ¡Deeespierrtaaaa! Por Dios…, que la muerte no se te lleve…

Lina se inclinó sobre el pecho de Arabella. Se encontraba perdida y empezó a llorar desconsoladamente. Ella la había advertido del peligro de esa farsa, y ahora era cómplice del crimen y sería acusada.

—¿Quién se va a creer que lo que pretendía era salvarla? —Sentada frente al cadáver de Arabella, Lina buscaba una salida a todo aquello—. Debo huir, marcharme cuanto antes.

Lina corrió a su pequeña habitación para preparar un hato con sus escasas pertenencias. Quizá si salía sin ser vista podría salvar su vida. Con los años había conseguido ahorrar lo suficiente para pagarse un pasaje que la sacara de Venecia. Pensó por un momento en robar algunas joyas para asegurarse un buen futuro, pero le dolía traicionar así a su señora. Mientras recogía sus cosas, seguía secándose las lágrimas. Antes de abandonar la casa quiso volver a ver a Arabella para cerrarle los ojos y despedirse. Regresó al salón y entró con los ojos medio cerrados, como si así el horror de la escena fuera a dolerle menos. Para su sorpresa, el cuerpo de Arabella había desaparecido.

Lina no discernía entre realidad y fantasía. ¿Qué estaba ocurriendo? Nadie podía resucitar de la muerte, no existían los milagros, o eso había creído siempre ella. De pronto alguien le tocó el hombro y gritó asustada.

—¡Chsss! Lina… He vuelto y… todo gracias a ti. —Arabella la rodeó y la abrazó con fuerza. Lina parecía haber encogido. En pocos minutos se había consumido a la mitad—. Lina, te ruego que dejes de llorar y me mires. ¡Ha funcionado y estoy viva!

La vieja criada se tragó las lágrimas, respiró profundo y levantó la vista.

—¡Estabas muerta! ¡Muerta! ¡Lo he visto con mis propios ojos! ¡Muerta! ¡Muerta!

Ella misma había sentido su propia muerte y, ahora que se había salvado, debía seguir con su misión.

—¡Debemos continuar con el plan! Ahora deben notificar mi muerte. ¿Pagaste la suma acordada?

Lina asintió con la cabeza. Sabía que no había tiempo para preguntas, ni siquiera para celebrar lo sucedido. Seguían en peligro y si no conseguían hacer creíble la muerte de Arabella, las hijas del agua comenzarían a caer como moscas.

Arabella todavía sentía la punta afilada de la traición del Dogo, la carta y la mirada de su lacayo francés.

—Démonos prisa. Queda poco para nuestra partida y mucho por hacer. Debemos ser precavidas y asegurarnos de cada paso que damos. Nuestra vida depende de ello.

Lina había recuperado el color en sus mejillas y comenzaba a respirar con facilidad. Entonces hizo lo que debía haber hecho en cuanto vio a Arabella con vida: se abalanzó sobre ella y la abrazó con fuerza. Después se colocó de nuevo el vestido y salió para preparar la partida. Arabella, mientras, vertió vino dulce en una copa. Se sentó en una silla de seda roja y se lo tomó a pequeños sorbos. Disfrutando de lo vivido, sintiendo cómo la fortuna no la había abandonado. Aquella mañana se lo había jugado todo a una carta. Su intuición le había dictado que el desconocido no mentía. No se había equivocado, pero... ¿de quién se trataba? ¿Volvería a aparecer antes del día de la reunión con las hijas del agua en la isla de los Muertos? ¿Qué clase de venganza pretendía?

Arabella se terminó el vino dulce y se miró en el primer espejo que encontró. Se tocó el rostro, ni ella misma se creía lo sucedido. Sonrió a su reflejo y abandonó el salón dispuesta a despedirse de cada rincón de su hogar. Había llegado el momento, como dijo el traidor de Ludovico Manin, de abandonar Venecia. Pero no con los pies por delante, sino con un plan de venganza en marcha y el poder recobrado.

Diez

«Solo estoy dispuesta a actuar de la manera más acorde, en mi opinión, con mi futura felicidad, sin tener en cuenta lo que usted, o cualquier otra persona igualmente ajena a mí, piense».

Elizabeth Bennet en *Orgullo y prejuicio* (1797), de Jane Austen

Navegar por las aguas de Venecia podía resultar aterrador en noches especialmente oscuras. Por los escalofríos que recorrían su cuerpo, Lucrezia supo que aquella era una de esas noches: lóbrega, corrupta, traicionera… Filippo, Della y Lucrezia navegaban hacia la isla de Murano y cada uno tenía la sensación de que esa aventura les cambiaría para siempre. A Filippo, aquella noche le temblaban las manos. Le había prometido a su amada fe ciega. Acompañarla hasta el convento de Santa Maria degli Angeli y esperarla en la góndola hasta el alba sin hacer preguntas. Para Filippo respetar esas consignas era aceptar convertirse en un pájaro sin alas. Aunque intentaba tener fe, sentía poca claridad en las explicaciones de Lucrezia y demasiado silencio en Della.

La sirvienta acompañaba a Lucrezia de mala gana pero se dejaba llevar por la densidad del ambiente. Tenía miedo por su futuro, pues no sabía si podría contar con quedarse en Ca Viviani hasta terminar sus días. Prefirió también el silencio y no exponer sus temores a Lucrezia.

—¿Te ocurre algo, Della? Estás temblando.

Della estuvo tentada de confesar sus inquietudes, pero no era más que una criada. No era asunto suyo si Lucrezia había probado las mieles del amor con Filippo. Aunque le asaltaba la sospecha intermitente de que había algo de farsa en su comportamiento.

—Nada más que los achaques de la edad. No sufras.

No viajaban solos. Otros habían tomado los remos y se encaminaban a su destino. Filippo saludaba a algunos compadres, cómplices de borracheras, confidencias y esperas. Los remeros eran un clan muy respetado. La mayoría valían más por su silencio que por el poder de sus brazos al remo. La fidelidad era su mayor mérito, y traicionar a la familia a la que servían se consideraba una deshonra. Filippo era un buen jornalero de las aguas, pero no aspiraba a remar hasta la muerte, aunque por el momento se consideraba bendecido por pertenecer a uno de los gremios más admirados de Venecia.

—Cúbrete, mi niña. No vayas a coger frío, ¡que la noche está muy húmeda para un cuello descubierto!

Della envolvió con una mantilla a Lucrezia, que había permanecido todo el viaje ensimismada. La despedida de su padre la había entristecido y la llegada al convento le provocaba vértigo.

—¡Qué largo se me está haciendo el viaje!

Lucrezia se levantó y se arrimó a Filippo, pillando por sorpresa a Della y al propio remero. Los dos amantes detuvieron el tiempo para contarle al silencio temores y anhelos. Por sus miradas, Della supo que sus inquietudes eran acertadas. Miró a Lucrezia y vio el brillo de quien había probado las mieles del amor sensual. Y se dio cuenta de que la rebeldía había empujado a Lucrezia a la desgracia. Como estaban solos en la barca, Della pensó que quizá fuera el momento de salir de dudas.

—Mis ojos ya son viejos, pierden vista, pero no dejan de percibir lo prohibido. ¿Sigues pura para el matrimonio, niña?

Filippo prosiguió remando con el calor del rubor en su rostro. Lucrezia se aproximó a su criada y la miró con ternura.

—Mi querida Della, engañarte sería una tortura más. Amo a quien no debo, pero no me avergüenzo de haberle entregado mi cuerpo. ¿Acaso no es mayor pecado ser entregada como un perro a quien no quiero?

Della no daba crédito a sus oídos. Su niña había perdido la inocencia y estaba a un paso de cruzar la frontera de lo cabal. Ninguna mujer era dueña de su destino, solo las condenadas o las repudiadas se atrevían a la rebeldía... y a cambio traían la desgracia a sus familias.

—Mi niña... ¡El amor es un sentimiento tan poroso que hasta un ciego reconoce su color! Y yo he reconocido ese color en tus ojos. ¡Qué desgracia! ¿Acaso no conoces el castigo? Has entregado lo más preciado. Has traicionado a tu padre... Has...

—¡Basta! ¡Basta! No me hables así, no eres más que una criada y yo tu señora.

Della agachó la cabeza en señal de sumisión. Su querida niña jamás le había hablado de esa manera.

—Mi vida no es del mundo, ni de mi padre, ni de lo que deseen otros. ¡Mi vida es mía!

Lucrezia tenía el orgullo herido, le habría gustado que Della la defendiese. Pero en vez de comprensión, había recibido de ella reproche. Con el corazón dolido, dio por terminada la conversación. Della la miró desconcertada. Se sentía culpable por haberla descuidado, por no haber escuchado con mayor empeño sus propias sospechas. El amor no está hecho para gozarlo, sino para anhelarlo. La mujer no está para gozar, sino para sufrir. Della quiso acercarse y acariciar la cara de Lucrezia, pero la joven se mostró esquiva.

Filippo siguió remando sin volverse, sin atreverse a intervenir. Sabía que el destino era cruel y él, un ciego enamorado que perseguiría gigantes si fuera necesario para salvar a su amada. Estaba furioso por tener que dejarla sola en el convento, en una celda fría donde rezar y purgar sus pecados. Tenía miedo a que renunciara, a que se olvidara de las promesas hechas, a que saliera de aquellas piedras con la mirada fría. A cada golpe de remo recordaba la promesa de confiar, de tener fe…

Los tres viajaron en silencio el resto del viaje, cada uno concentrado en sus tormentos.

***

A orillas del convento, la joven Chiara comenzaba a sentir frío. Llevaba demasiado tiempo esperando la llegada de Lucrezia. Se había adelantado porque necesitaba tomar aire y llenar de valor sus pulmones. Sus ojos iban a presenciar algo repugnante: la mano violenta del hombre sobre la mujer. Chiara había curado a centenares de monjas mancilladas. Se había ocupado de ellas, había escuchado sus penas, el horror vivido, pero jamás había asistido a una violación. Recordó la conversación con sor Bettina de la noche anterior:

—Has decidido que tus ojos contemplen el horror. Debes estar preparada porque se convertirá en tu peor pesadilla.

—¿Por qué contemplarlo y no detenerlo?

—No podemos gobernar el mundo que se nos niega. No podemos detener aquello que es permitido. Debemos actuar con cautela, midiendo nuestra sed de venganza. Mientras el mundo sea el que es, ellos no serán condenados pero nosotras sí… ¿Entiendes? Reflexiona esta noche y piensa si serás capaz de soportar la carga de ver y no actuar. Si no estás segura, quédate en tu celda.

Chiara había decidido soportarla. No podía convertirse en la discípula de sor Bettina sin seguir todos sus pasos, quizá así fuera capaz de superar a la maestra y conseguir otro modo de luchar sin consentir el horror.

Levantó el candil al ver la tenue luz de la barca que se aproximaba. Debían darse prisa. La embarcación y el remero tenían que ocultarse y confundirse con las paredes. Y Filippo, invisible, contemplaría la llegada de los bárbaros.

—Tienes las manos heladas… ¿Nos hemos retrasado? —dijo Lucrezia en cuanto se reunió con ella.

—Querida Lucrezia, te espera una noche larga y, si tus rezos son los debidos, tus manos pronto estarán como las mías.

Lucrezia necesitaba despedirse a solas de Filippo y por eso dijo que había olvidado el manto en la barca. Della prefirió no acompañarla y así evitar contemplar los besos robados. A Chiara sí la sorprendió que regresara a la barca. Los dos amantes se olvidaron de los presentes. Lucrezia se lanzó a los brazos de Filippo, que la abrazó con deseo. No pudieron evitar prometerse lo ya prometido: amor eterno.

—Soy tuya para siempre. Soy tuya para siempre. Pase lo que pase, soy tuya.

—¿Estás segura de esto?

Lucrezia tuvo la tentación de confesarle todo el plan, pues sentía las dudas en su amado.

—¡Lucrezia, debemos prepararnos para el rezo! ¡La hora se acerca! —interrumpió Chiara.

A la joven monja siempre le emocionaba contemplar escenas de amor furtivas. Aunque poco sabía de su Alonzo y su viaje a Florencia, seguía confiando en que el amor puede con todo.

—Mi amor, ¿me prometes confiar en mí más allá de lo que puedan ver tus ojos?

A Filippo le extrañó que su amada volviera a suplicarle confianza ciega... pero cedió. Sospechaba que viviría una noche poco agradable y no deseaba causarle mayor tormento.

—Aunque mis ojos me digan lo contrario, seguiré confiando.

—No lo olvides. ¡Tu promesa es tu palabra!

Filippo robó un último beso. Las tres mujeres desaparecieron sin apenas causar ruido, dejando a Filippo solo y con la angustia de una fe prometida. Escondió la barca en el refugio que le había indicado Chiara y se dispuso a esperar.

Chiara y Lucrezia caminaban a un paso más ligero que Della, que iba con la respiración agitada y los pensamientos desbordados.

—¿Estás lista para esta noche?

—Estoy preparada para lo que tenga que venir.

Chiara miró con sigilo a la criada rezagada antes de preguntar por la escena de amor de la barca.

—Veo que tu corazón tiene dueño.

—Mi corazón es como el tuyo, indómito, y decide amar sin reparo y con libertad.

—Eres muy valiente, pero esta noche necesito que la sangre enamorada no te debilite. Vamos a convivir con el diablo y, aunque desearás matarlo con tus propias manos, deberás, como yo, dejarlo suelto.

Lucrezia miró a Chiara en silencio, asimilando sus palabras. A veces le costaba entender los mensajes cifrados de su compañera. No logró saber si se refería a su prometido o a los que irían con él esa noche. El camino hasta sor Bettina se hacía eterno. Algunas monjas miraban con curiosidad a la recién llegada, pero bajaban la cabeza para no ser reconocidas. Della las miraba con respeto y con tristeza. Los muros de los conventos eran tan gruesos que no filtraban nada de lo que ocurría dentro. Podía sentir el sufrimiento silenciado y las lágrimas derramadas por encierros que, convertidos en destierros vitalicios, habían apagado los sueños de muchas mujeres. No le gustaba pisar los conventos porque se le encogía el alma.

—Será mejor que esperes en aquel banco. La priora prefiere recibirla a solas.

Della se sentó sin pronunciar palabra. Lucrezia seguía molesta por su falta de comprensión y apoyo. Ella y Chiara entraron con los corazones descolocados. Había llegado el momento de conocer los últimos detalles de cómo proceder para acabar con la vida de Roberto Manin. Las últimas instrucciones eran muy importantes para que todo saliera bien. Sor Bettina, sentada detrás de su escritorio, apenas se molestó en saludarlas.

—Tomad asiento, por favor.

Las dos jóvenes se sentaron en las dos sillas de terciopelo verde y madera de nogal frente a la priora. Con el semblante serio y la pluma en la mano, estaba terminando de firmar unos documentos. Lucrezia se distrajo mirando con curiosidad el lugar, sombrío, solo iluminado por las velas. Un crucifijo, imágenes de la Virgen y muchos libros cubiertos de polvo en una gran estantería. Nerviosa, se puso a golpear el suelo con el pie derecho y Chiara le puso una mano en la rodilla para calmarla. Entonces la priora habló sin levantar la vista de los papeles.

—Será mejor que aprendas a contener los nervios. Vas a vivir dos jornadas en las que va a pasar lo que no imaginas y deberás mantenerte serena.

Lucrezia dejó de mover el pie y miró a la priora a la espera de que siguiera hablando. La estancia volvió a quedar en silencio, hasta que sor Bettina dejó de escribir, se quitó los anteojos y las miró.

—Esta noche tal vez será la más difícil a la que me enfrente. No por lo que suceda sino porque la voy a compartir con vosotras, y de vosotras también dependerá que todo salga bien.

La priora respiró hondo sin apartar la mirada de Lucrezia, que sintió cómo la observaba con la intención de penetrar hasta su alma.

—Mi querida Lucrezia, hay muchas cosas que prefiero no contarte, pero debes escuchar el resto atentamente.

Sor Bettina se levantó del escritorio y siguió con el discurso mientras alcanzaba un libro de una estantería. Chiara y Lucrezia la escuchaban con atención.

—Esta es mi biblioteca privada. Aquí hay auténticas joyas. Algunas, gracias a mi querida Felizzia, que espero que siga en este mundo, has podido tenerlas en tus manos e incluso disfrutar de su lectura. ¿Lo hiciste?

La priora se dio la vuelta, esperando la respuesta de una Lucrezia que balbuceaba.

—Hace poco que he desempolvado esos libros y no le negaré que su contenido me ha agitado el alma. En parte, gracias a ellos esta noche estoy con fuerza… dispuesta a… la oración.

Lucrezia miró con complicidad a Chiara por haberse atrevido a usar encriptados. Sor Bettina tenía un ejemplar en la mano y se lo tendió a ambas.

—Mary Astell, escritora y otra hija del agua, dice: «Si todos los hombres nacen libres, ¿cómo es que todas las mujeres nacen esclavas?». Ella y muchas otras han descrito de distintas maneras la necesidad de luchar en un mundo que da la espalda a la mujer, que la viola, la pisotea y que, lejos de defenderla, la mata en vida. Las mujeres no queremos, como en Francia, un Estado absolutista, gobernado únicamente por los hombres, pero debemos actuar con sigilo. Chiara sabe, como muchas de nosotras, lo que algunas noches sucede entre estas paredes. Roberto Manin ha elegido este convento para... el rezo, y lo practica con excesiva asiduidad.

La priora se volvió a sentar, mientras Chiara y Lucrezia miraban el libro sobre la mesa. Lucrezia tenía los dedos agarrotados por los nervios. Chiara se llevó una mano al corazón para serenarse.

—Esta noche ya ha dado el aviso de que llega con ganas de carne fresca. Era difícil negarse a que quien está a punto de casarse cumpla con la tradición. La labor del convento es preparar las mejores presas para él y tenerlas listas en distintas celdas para... el rezo continuado. ¿Me seguís?

Chiara y Lucrezia asintieron con la cabeza. La priora cogió una caja de madera de la librería y la abrió con la llave que llevaba colgada para mostrar tres frascos de cristal, cada uno con un líquido de color diferente: rojo, negro y transparente.

—Fíjate bien, porque en estos frascos está su condena y tu salvación. En la última celda estarás tú. Con el hábito especial y cubierta, como el resto, con un antifaz. Cuando oigas girar la cerradura, deberás verter en tu boca el contenido de este frasco —y señaló el que contenía el líquido negro— pero sin tragarlo. Es necesario que esperes a que la lengua se impregne bien para que surta efecto. Cuando sientas escozor, como si te abrasara, entonces podrás ingerirlo. Comenzará la cuenta atrás, el tiempo que tendrás para pasarle el veneno. Hay un único modo: con el beso de la muerte. Dependerá de ti que te bese con la pasión suficiente como para intercambiar los fluidos del diablo. No puede ser un beso corto, sino prolongado, que permita que el veneno le alcance la laringe.

—¿Y yo? ¿Qué pasará conmigo?

Sor Bettina le mostró un nuevo frasco, el último de todos, el transparente. Lo cogió y siguió con el discurso.

—El veneno tarda un tiempo en causar efecto. Cada cuerpo reacciona de manera diferente y deberás esperar sin que él sospeche.

—¿Y si desea seguir y se alarga? ¿Cómo sabré que el veneno está actuando?

—Tendrás que aguantar y seguir con las dosis de pasión y rechazo adecuadas. Sabrás de tu éxito cuando comience a sentir leves mareos y parpadee más de lo debido. Será entonces cuando te quitarás la máscara y, acercándote a él, pronunciarás esta frase: «*Alea iacta est. Inter arma silent leges. Nihil sine Deo*».[7] La pronunciarás mientras das vueltas a su alrededor, con seguridad y a modo de conjuro. No importa lo que te diga, tú sigue pronunciando la frase y todo saldrá bien. ¿Lo has entendido?

«*Alea iacta est. Inter arma silent leges. Nihil sine Deo*». Lucrezia repetía en su interior la frase para memorizarla y también para tranquilizarse.

—¡Lucrezia! ¡Lucrezia! —Chiara la zarandeó al ver que había dejado de escuchar a la priora—. No se han terminado las instrucciones, y de lo que viene ahora dependerá que salves tu vida.

—Cuando se haya desplomado, deberás encontrar el segundo frasco, escondido en una piedra falsa, el que contiene el antídoto. Chiara te mostrará la piedra cuando lleguéis a la celda. No podrás perder tiempo, pues tan solo dispones de un par de minutos.

Sor Bettina levantó el frasco que contenía el líquido rojo y, mirando a Lucrezia con ternura, le quitó el tapón y se lo ofreció con determinación. Chiara se

---

[7] La suerte está echada. Cuando las armas hablan, callan las leyes. Nada sin Dios.

había levantado para llenar de vino tres pequeñas copas de cristal.

—Antes de que te lo tomes, quiero que me digas si has entendido todo lo que debes hacer. Cualquier fallo podría ser lamentable —avisó la priora.

Lucrezia era presa del miedo. Sabía que su vida estaba en juego, tanto como su libertad. Sabía que Roberto Manin era un ser cruel, sin alma, y que trataba a las mujeres peor que a los animales. Ella necesitaba ser fuerte y aguantar para que jamás lo volviera a hacer con nadie... Había decidido entrar en la boca del lobo y salir victoriosa.

—Puedes luchar. Defenderte. Todas lo hacen, pero el daño es peor. Su agresividad aumenta cuanto mayor es la resistencia.

Lucrezia levantó la vista para mirar con horror a sor Bettina. ¿Acaso hablaban de un monstruo?

—¿Por qué no matarlo y evitar todo esto?

Ni Lucrezia ni Chiara entendían por qué no podían parar de otra manera el atropello. Pero la priora golpeó la mesa antes de que ninguna se atreviera a replicarla.

—¿Acaso creéis que no soy la primera que sufre con esto? No hay otro modo de hacerlo. Es preciso que vea tu rostro, que sienta que... eres el mismísimo diablo. No hay tiempo para reservas ni para dudar de mi palabra. Lucrezia, ¿estás con nosotras? Si es así, será mejor que bebas cuanto antes la primera pócima para que haga su efecto y te proteja del veneno.

Lucrezia miró a Chiara y supo que debía cumplir con lo pactado, y confiar en que saldría de allí viva y con el veneno recorriendo el cuerpo de su prometido.

—Estoy lista para lo que venga.

Tomó el frasco y se bebió el líquido rojo con los ojos cerrados y de un solo trago. El sabor era desagradable, por eso Chiara le dio una copa de vino. Las tres brindaron. La priora clavó sus ojos sobre Lucrezia.

—Suficiente…

Sor Bettina había entendido. Lucrezia estaba lista. Confiaba en ella y en su valor. Aunque nadie sabe cómo puede reaccionar uno si es herido en su intimidad.

—Chiara y yo estaremos velándote. Si algo ocurriera, quiero que sepas que actuaremos. No estás sola.

Chiara miró a la priora sin saber muy bien a qué se refería, pero prefirió no preguntar y seguir los pasos de sor Bettina. Volvió a colocar la mano en la rodilla de Lucrezia pero esta vez para que sintiera su calor, su comprensión y su complicidad.

—No hay tiempo que perder. Chiara, llévala con sor Arcangela para que la vista. Sigue sus instrucciones. Yo me encargo de la criada de Lucrezia.

Las dos jóvenes se disponían a salir del despacho de la priora cuando Lucrezia se dio media vuelta:

—Aguantaré, ocurra lo que ocurra en esa celda. Esta noche verá en mi rostro al propio Satanás, ¡lo juro!

Lucrezia salió del despacho sin reparar en Della. Seguía los pasos de Chiara sin pensar, concentrada en lo que debía hacer y no hacer esa noche. Las dos jóvenes se alejaron ágiles por el largo pasillo de columnas que daba al claustro, allí tomaron una puerta y desaparecieron sin más. Antes de que Della corriera tras ellas, salió la madre priora en su busca.

—¿Tu nombre es Della?

Della asintió con la cabeza. La voz profunda de la priora imponía respeto. Tenía fama de santa y de tener ciertos poderes que iban más allá de la razón. A Della la asustaba todo aquello y no se había esperado que la priora se dirigiera a ella, y mucho menos que la llamara por su nombre.

—Caminemos. Hace una noche fría, pero buena para el paseo. Te acompañaré a tus aposentos. Es bueno entrar en calor antes del rezo.

Della no tuvo elección y acompañó a sor Bettina sin poder preguntar por el paradero de Lucrezia ni pedir estar cerca de ella.

—No te preocupes por Lucrezia. Ha sido bien aleccionada para el rezo y ahora debe convivir como una más en el convento.

Della se asustó, pues la priora le había leído los pensamientos. Durante el paseo intentó controlarlos. Apenas habló, solo escuchó las palabras de sor Bettina sobre la historia del famoso convento. Cuando comenzaba a sentir que el frío le agarrotaba las extremidades, la priora se detuvo frente a una puerta.

—Aquí estarás en paz. Si lo deseas, puedes rezar, aunque intuyo que tus plegarias no suelen ir dirigidas a nuestro Dios.

Della entró cabizbaja. No deseaba recibir más reprimendas. Prefería encerrarse e intentar dormir. Tenía hambre y además le disgustaba estar en un lugar sagrado. La noche sería larga y esperaba que no se le apareciera ningún fantasma. Se contaban leyendas de que en el convento había almas retenidas con extraños mensajes para los vivos.

—Ha sido un buen paseo. Descansa.

La puerta se cerró y escuchó cómo echaba la llave. Ella también, como cualquiera que durmiera allí, debía ser encerrada. No estaba permitido pasear de noche.

**

Apenas la luna dejó de ocultarse tras las nubes cuando los truenos comenzaron a avisar de la tormenta y de la llegada de visitantes. Un imponente barco se divisó en el horizonte del convento de Santa Maria degli Angeli. Filippo trató de descubrir quién se acercaba a molestar a las religiosas a esas horas. Aquella clase de embarcación solo podía pertenecer a algún veneciano poderoso dispuesto a cambiar un *casini* por un convento para proseguir con la diversión. Filippo se ocultó para no ser descubierto y cumplir con la promesa que le había hecho a Lucrezia. Viera lo que viera, no podía salir a auxiliar ni pelear contra nadie. Aquella noche le tocaba ser un cobarde. Así lo sentía.

—Don Roberto, es peligroso fondear aquí. El mar lo dirige el diablo esta noche. Deberíamos evitar la tentación.

La tormenta estalló y lo complicó todo. Pocos se atrevían a echarse al mar en las noches de luna en sombra. Era un mal presagio.

—¡No hay marcha atrás! La tormenta ya está aquí. Debemos capearla y llegar a tierra como sea.

El capitán miró a Roberto Manin con odio. Un lobo de mar no aceptaba órdenes de nadie, y menos por un saco de monedas. Sin embargo, Roberto llevaba razón y su mejor opción era llegar a la costa y evitar la alta mar.

—Será mejor que ayude y que sus hombres despejen la borda. ¡Rece para que el mar no decida engullirnos! —gritó el capitán.

Roberto prefirió pasar por alto el comentario. El capitán era un hombre leal a su padre. Paolo Manin había consentido a su hijo el último capricho antes de la gran boda: fornicar hasta el alba con tantas vírgenes como quisiera. Así lo marcaba la tradición y debía cumplirse. El obispo de Venecia era un hombre que cabalgaba con el pecado y debía muchos favores a los Manin, sobre todo a Paolo, que se había encargado de recién nacidos y de ambiciosas cortesanas que le habían amenazado con un escándalo. Manin era experto en esperar el momento adecuado para cobrarse un favor, y aquella oscura noche debía ser protegida con el silencio. Le habría gustado que su hijo hubiera heredado su inteligencia, pero no fue así. Sí heredó el ser un depredador insaciable. Por eso mismo también le concedió el gusto de convertir el convento, por una noche, en el harén más exquisito y morboso de Venecia. Las Foscas fueron enviadas a «rezar» para compartir con Roberto y sus hombres las mieles de una buena bacanal en tierra sagrada. La guinda eran las vírgenes encerradas en sus celdas esperando a ser mancilladas y rezando por que la puerta de su celda no se abriera.

***

Las Foscas, a pesar de las recientes muertes y la desaparición de Felizzia, seguían con su labor. Algunas, por miedo, habían emigrado a otras tierras, pero las demás seguían allí. Felizzia había dejado instrucciones claras para su sucesora, por si algún día desaparecía o era encontrada muerta.

—Ocurra lo que ocurra, nadie nos echará de nuestra tierra, de nuestra Venecia. Las Foscas somos uno de los tesoros más codiciados de la Serenísima y sin nosotras…Venecia se hunde.

Felizzia siempre repetía lo mismo, y en su ausencia lo hacía su sucesora, Giuliana. Aquella noche de fiesta en el convento acompañaría a sus Foscas y sería ella la que dirigiría el baile. No quería sorpresas, ni errores ni riesgos innecesarios. Giuliana era una mujer de una belleza extraordinaria, casi hipnótica. Sabía que el encargo era peligroso, pero que al venir del Palacio Ducal no podían negarse. Había mucho dinero en juego y además sería arriesgado.

—¡Le daremos al joven Manin lo que más desea! Para que jamás olvide quién tiene el poder.

**

Roberto Manin se había quedado en cubierta mientras la tripulación batallaba con la tormenta. En vez de ver los peligros, meditaba sobre su próximo enlace y cómo una nueva vida de responsabilidades se abría en su horizonte. Odiaba a su padre por sus humillaciones públicas, pero al mismo tiempo le respetaba por haber conseguido ser el hombre más temido de Venecia. Él le era leal, pero le dolía su desprecio. Mientras él pensaba, los tripulantes liderados por el capitán seguían lidiando para librarse de las garras de la muerte. Con esfuerzo consiguieron aproximarse al acantilado y divisaron una pequeña cala que se abría al pie de los montes.

—Te has ganado tu parte. A la vuelta te recompensaré con creces con el doble de lo pactado.

Roberto Manin le lanzó un saco de monedas al capitán desde el bote que le llevaba a tierra con sus hombres. No había dudado un solo momento de que aquel veterano navegante lo lograría, por ello le había consentido el tono de sus palabras y el modo de dirigirse a él. Cualquier otro hubiera encontrado la muerte. Pero aquella noche decidió ser misericordioso porque estaba dispuesto a cometer todo tipo de pecados y prefirió no contrariar en demasía al de arriba.

***

—Ni siquiera la tormenta les ha impedido llegar. Se creen bendecidos, pero somos nosotras quienes debemos dar gracias a Dios por que el canalla haya llegado a tierra —dijo Chiara.

—Chiara, no quiero que salgas de aquí hasta que yo te lo indique. Mi labor será acompañarlos hasta la sala capitular. Las Foscas se encargarán de dejar sin hombres a Roberto Manin para el juego de las celdas. No quiero que ninguna religiosa sea vista en los corredores. Las bestias apresan la carne fresca.

—¿Y usted? —preguntó Chiara a la priora.

—Mi carne comienza a ser putrefacta para ellos. Son pellejos viejos, gastados y sin valor, que en su día ya fueron mancillados. Los tuyos no, o al menos es lo que ellos creen.

Chiara se sintió descubierta ante la última observación de la priora. Sabía que era su cómplice, pero jamás habían hablado de si su virginidad seguía intacta.

Las puertas del convento retumbaron. Roberto Manin golpeó con fuerza la consabida contraseña para sus noches de lujuria: tres veces con un martillo de hierro. Esa era la señal que indicaba su llegada. La priora le esperaba en el primer banco de piedra de la entrada, sentada y concentrada en el último rezo. Comenzaban las horas decisivas, pero se había preparado a conciencia.

***

Filippo tuvo que hacer un gran esfuerzo para no saltar encima del que iba a la cabeza de los visitantes. Había reconocido a Roberto Manin. Sabía de sus fechorías en otros conventos. ¿Cómo podía mantener su promesa si temía por la vida de su amada? ¿Quizá había elegido ese convento porque sabía que su prometida iba a pasar allí una noche de vigilia? Lucrezia le había asegurado que nadie había sido informado de sus intenciones, y mucho menos del lugar donde permanecería. Pero Filippo no creía en las casualidades. Escondido detrás de los matorrales, vio cómo Roberto golpeaba tres veces con un gran martillo de hierro el portón del convento. Se debatía entre seguir oculto o buscar el modo de entrar en la casa de Dios. Vio que la puerta se abría y los doce hombres de Manin entraban como bestias. Luego las puertas del convento volvieron a sellarse. Filippo salió de su escondite y se abalanzó sobre ellas, buscando el modo de abrirlas. El convento era una fortaleza. Y en ese instante comprendió que si no lograba entrar, la noche sería un tormento.

**

Roberto Manin avanzaba por el pasillo con sus hombres rugiendo como un animal. Al escuchar el estruendo, las monjas, escondidas en celdas apartadas, intensificaban sus plegarias. A medio camino, la priora hizo sonar una campanilla y de inmediato sintió en el cuello la daga de uno de los hombres de Manin.

—¿A qué se debe esa alerta? Nunca antes has tocado la campana.

La priora sintió la afilada punta de metal en la garganta. Apenas podía respirar, pues el soldado la había apresado entre su cuerpo y la pared.

—Es una sorpresa que ha preparado su querido padre.

Roberto se acercó con sigilo y estudió la expresión de la religiosa. Su padre no era de tributos ni regalos, y mucho menos de sorpresas agradables, pero aquella religiosa le despertaba confianza. Siempre había guardado silencio sobre sus visitas.

—¿Una sorpresa? Sería bueno que me dieras un adelanto —dijo, y ordenó a su hombre que soltara a la monja. La religiosa recuperó el aliento y contestó a Manin:

—En la sala capitular deben recibirte como te mereces, y para que todo esté listo a tu entrada tienen que escuchar la campana. No hay más secreto que ese.

Roberto cogió del brazo a la priora y siguió caminando con ella mientras sus hombres les seguían.

—Será mejor que nos demos prisa, no sea que lleguemos tarde, ¿no crees?

En la sala capitular, las Foscas habían transformado el lugar en un paraíso para el placer de los sentidos. Fuentes de fruta fresca y champán, mesas cubiertas de comida en bandejas de plata y oro. El cielo y el infierno en una misma sala, representados por los frescos de las paredes, y el techo repleto de querubines alados que personificaban escenas de los siete pecados capitales. Y habían preparado la coreografía de la noche con escrupuloso detalle. Unas a otras se habían embadurnado de aceite dorado hasta dejar sus voluptuosos cuerpos relucientes. Estaban semidesnudas, cubiertas solo con unas finas túnicas blancas que dejaban ver el cinturón de castidad que sellaba sus genitales. Todas llevaban colgada al cuello la llave que abría el paso al deseo y al goce. Su rostro se escondía tras una *moretta,* seña de identidad de las cortesanas más exquisitas y deseadas de todo el mundo. Las Foscas se habían transformado en poderosas esclavas del amor, dispuestas a gobernar y satisfacer los deseos más oscuros y perversos de quienes gozaban de su beneplácito. Algunos bancos de madera noble habían sido preparados a conciencia para el divertimento o el tormento, según se mirara: cinturones, correas, látigos… El dolor y el placer están separados por una fina línea, y quien la traspasa no suele volver atrás. En el centro de la sala había un trono ocupado por Giuliana, vestida de Afrodita, la diosa del amor, la única Fosca completamente desnuda. Su *moretta* era de oro y de ella salía un plumaje blanco que se fundía con su cabellera también blanca. La sucesora de Felizzia se movía sinuosa mientras observaba a sus esclavas listas para recibir a los invitados de esa noche.

—Esperaré, como siempre, detrás de la puerta para cuando desee comenzar con las vírgenes.

—Esta noche espero encontrar a las mejores… Como bien sabes, me caso y debo ser premiado como merezco.

—Han sido seleccionadas para la ocasión. No tendrá queja.

Roberto Manin, preso de una curiosidad perversa, apenas escuchó la respuesta de la priora porque ya se había precipitado a abrir la puerta de la sala capitular y se había dejado obnubilar por el espectáculo. Sus ojos se fijaron en la diosa Afrodita, que con sinuosa elegancia se levantó del trono y avanzó hacia él, moviendo las caderas y mostrando sus enormes pechos de pezones brillantes y erectos y un pubis cubierto de espeso vello. Afrodita extendió los brazos para recibirlo como su dios. Los hombres de Manin deshicieron el escuadrón y, como animales en celo, se acercaron con ansia a las Foscas esclavas para morderlas, besarlas, tocarlas o quitarles la capa blanca. Los violines empezaron a tocar y las puertas de la sala se cerraron. Giuliana ofreció a Manin una gran copa dorada y, antes de llevárselo a su trono, dio unas fuertes palmadas y dictó unas instrucciones:

—¡Quietos! ¡Que nadie se atreva a tocar a una esclava! ¡Ni siquiera a rozarla! Ellas marcan el tempo del deseo, del goce y de lo que acontecerá en esta sala esta noche.

Los hombres miraron a Manin deseosos de seguir sus impulsos, incumpliendo lo que Afrodita dictaba. Sabían que con las Foscas nada era como esperaban, pero ellos solo recibían órdenes de su señor. Con la copa de oro en la mano, este respondió a sus miradas de súplica.

—Si alguien toca a una Fosca antes de lo debido, morirá desangrado por mi propia espada.

Los hombres dieron un paso atrás y bajaron la cabeza en señal de respeto a las esclavas del amor.

—Ocupad vuestros asientos y esperad a que ellas os reclamen.

Roberto disfrutaba con la tortura y, en cierto modo, la contención del deseo más primitivo lo era. Por ello se sentó en el trono junto a Giuliana y brindó con ella, ganándose un beso intenso y lascivo que le provocó las primeras convulsiones en la entrepierna.

Giuliana chasqueó los dedos y cinco Foscas se acercaron. Y sin que Roberto se pudiera resistir, las muchachas le desnudaron. Dejaron al descubierto su verga ya erecta para ofertarle las primeras mieles del placer soñado. Las cinco la lamieron, la recorrieron con su saliva, la dejaron húmeda para Afrodita. Esta había empezado a acariciarse voluptuosa. Un nuevo beso lascivo interrumpió el juego. La misma mano con la que se había acariciado Afrodita, estranguló su miembro y lo sacudió.

—Esta noche me perteneces.

Manin apenas pudo pronunciar palabra. Solo gemía y se mostraba sumiso.

—¡Que comience el baile!

Las Foscas ocuparon el centro de la sala y empezaron a moverse al ritmo del arpa primero y luego de los violines. Todas convirtieron sus cuerpos brillantes en un espectáculo de danza sugerente que poco a poco se fue transformando en lascivia. La primera que se desprendió de la capa se acercó a gatas a uno de los hombres de Manin. Le rozó con sus pechos mientras él aullaba intentando contener sus manos para no tocar su cuerpo brillante y sedoso.

—Toma mi llave y... ¡libérame!

La Fosca le incitó a abrir su cinturón de castidad, pero antes el soldado fue despojado de su ropa y su sable.. A continuación lo abrió y devoró el cuerpo de la esclava hasta poseerla. Las demás Foscas hicieron lo mismo con otros soldados y convirtieron la reunión en una orgía. Los soldados obedecían sus órdenes, bebían, se dejaban bañar en champán y les daban placer cuando les era permitido. Roberto, sin embargo, reservaba el deseo para su Afrodita y para las vírgenes que la priora había preparado para aquella noche. Y se lo hizo saber a la diosa.

—Las vírgenes no son expertas para el placer como lo puedo ser yo... —le confesó al oído Giuliana.

—¡Tú prepárame! La invasión es mi mayor placer y tu cuerpo ha sido invadido demasiadas veces.

Afrodita entendió el mensaje y supo que no podría evitar que tocara a las novicias. Roberto había llegado con la intención de violar al mayor número de monjas posible. Solo le quedaba embriagarle con un somnífero disuelto en el champán para aminorar sus ansias y reducir el número de víctimas al mínimo.

—¡Bebamos para celebrar tu noche!

La fiesta duró unas cuantas horas más hasta que los soldados de Manin necesitaron dormir para reponerse. Roberto se levantó del trono y agarró su verga, hinchada en sangre.

—¡Es la hora!

Afrodita le colocó la capa a Roberto para que iniciara su procesión por las celdas.

—¡Ocúpate de que mis hombres estén listos para partir al alba!

Roberto se sentía pesado, había bebido más de la cuenta, pero estaba dispuesto a seguir con su propósito. Salió de la sala capitular con el ansia como compañera. La priora se levantó y ambos caminaron en silencio hasta llegar al pasillo de las celdas. Él apenas podía mantener los ojos abiertos. La priora se detuvo ante la primera celda: una cama y nada más. Contra la pared, la silueta de una monja con el hábito.

Roberto entró en la celda y fue directo a la monja. Sostenía un rosario y rezaba temblorosa un padrenuestro. Siguiendo las instrucciones de Manin, pasara lo que pasase no podía darse la vuelta ni verle la cara, siempre de espaldas, con el hábito puesto y sin nada debajo.

—¡En posición!

La monja se colocó a cuatro patas sin dejar de rezar mientras el bárbaro le levantaba el hábito. Manin le separó violentamente las piernas y empezó a tocarse.

—¡Reza más alto, que no te oigo! ¡Más alto!

—*Pater Noster, qui es in caelis, sanctificétur nomen Tuum, adveniat Regnum Tuum...*

Manin la penetró con fuerza y la religiosa dio un grito de dolor.

—¡¡¡Sigue!!! ¡Reza! ¡¡¡¡Reza!!!!

—*Fiat volúntas tua, sicut in caelo et in terra.*

La monja rezaba, pero no dejaba de llorar. La priora estaba siendo testigo de la cruel escena y se prometió que aquella violación sería la última. «Eres hombre muerto, y morirás... ¡peor que un perro!».

—*Panem nostrum quotidiánum da nobis hódie, et dimitte nobis débita nostra, sicut et nos dimittímus debitóribus nostris; et ne nos indúcas in tentationem, sed libera nos a malo.*

Manin se vació dentro de ella, aullando como un lobo. Después apartó con violencia a la monja, que se dejó caer en el suelo de piedra. Continuó rezando el padrenuestro, con un hilo de sangre en la entrepierna que Manin se encargó de comprobar.

—¡Reza! ¡No te atrevas a girarte ni a dejar de rezar!

La cabeza le daba vueltas; la fiesta con las Foscas se había alargado demasiado y su cuerpo estaba poco dispuesto a mayores asaltos. Se levantó con la furia de quien no obtiene lo deseado: aquella noche debía montar a varias, pero no podía arriesgarse a perder el sentido sin haber limpiado su cuerpo de pecado. Siguiendo el ritual, pidió ir directamente a la última celda.

Era la ocupada por Lucrezia, ataviada con el hábito y una *moretta* recortada por la boca para poder besar en señal de bendición y perdón. Preparada para contemplar la escena por una ranura, estaba Chiara, más nerviosa que Lucrezia. Al oír a la priora, Chiara dio la señal para que Lucrezia se tomara el segundo brebaje y lo mantuviera en la boca hasta que sintiera un intenso ardor.

—¿Está lista la última monja para limpiar mi cuerpo? Esta noche quiero ser generoso y he decidido no montar a ninguna hembra más. Es más importante que limpie mi cuerpo.

—Como deseéis…

La priora y Manin atravesaron todo el pasillo de celdas hasta llegar a la última. La priora abrió la puerta y Lucrezia hizo lo pactado. Se desnudó e invitó a Roberto a entrar. Sus ojos debían disimular el odio que sentía por aquel ser al que debía acariciar, bañar y besar hasta hacer que el veneno penetrara en su interior.

Manin se desnudó antes de entrar en la celda, y luego miró con deseo el cuerpo inmaculado de Lucrezia. Se colocó de manera que ella comenzara a lavarle con un paño bañado en agua bendita. La joven sintió un fuego repentino en la boca y aguantó como pudo sin toser para no alertar a Roberto. Este le acariciaba los pechos e intentaba recuperar su virilidad, que parecía agotada. Lucrezia se subió sobre él y se movió despacio mientras seguía limpiando su piel. Roberto le revolvió el pelo.

—Una monja con pelo… Ciertamente eres especial…

Lucrezia sintió que le sobrevenían las náuseas… pero siguió untando el cuerpo de Manin con el agua bendita mientras recitaba el *Anima Cristi*, el alma de Cristo.

—*Anima Christi, sanctifica me. Corpus Christi, salva me. Sanguis Christi, inebria me. Aqua lateris Christi, lava me. Passio Christi, conforta me.*

Manin la seguía acariciando y de pronto empezó a llorar como un niño. Acercó el rostro al cuello de Lucrezia esperando el lametón.

—*O bone Iesu, exaudi me. Intra tua vulnera absconde me. Ne permittas me separari a te. Ab hoste maligno defende me. In hora mortis meae voca me. Et iube me venire ad te, ut cum Sanctis tuis laudem te in saecula saeculorum. Amen.*

Lucrezia lamió el cuello de Manin y, preparándose para el beso, recordó lo que la priora le había dicho. Sentía repulsión por aquel animal y no sabía cómo convertir en deseo su asco... Cerró los ojos y pensó en Filippo, en su noche de amor, en sus besos de miel, en sus caricias aladas, en sus cuerpos desnudos, en el sudor de su piel... Los labios de Lucrezia se acercaron a los de Manin y lo besó. Lucrezia perdió la noción del tiempo y, con el pensamiento en su amado, siguió besando a Manin hasta que este comenzó a convulsionarse y la apartó con fuerza.

—¡Aparta, maldita! Que con tus besos he dejado de sentir mi cuerpo. ¿Quién eres? Mis ojos ven doble. ¿Qué ocurre? ¿Acaso estoy soñando?

Lucrezia se quedó de pie sin moverse, no se atrevía a reaccionar. No sabía si era el momento de descubrirse y soltar la frase. Manin se incorporó con dificultad y estiró los brazos para tocar a Lucrezia.

—¿Por qué sois cuatro? ¿Quién os ha dado permiso para entrar? ¡Priora! ¡Priora!

Lucrezia sintió que había llegado el momento. Se quitó la *moretta* y, acercándose a él, comenzó a decir la frase que llevaba toda la noche repitiéndose. La pronunció al tiempo que danzaba a su alrededor.

—*Alea iacta est. Inter arma silent leges. Nihil sine Deo.* —La decía cada vez más convencida—. *Alea iacta est. Inter arma silent leges. Nihil sine Deo.* —Sin parar ni para tomar aire—. *Alea iacta est. Inter arma silent leges. Nihil sine Deo.*

Manin se incorporó y, como si hubiera perdido la vista de repente, buscó a las religiosas que acababa de ver. Lucrezia se acercó a él y le volvió a susurrar la frase. Entonces comprendió que Roberto veía en ella el rostro de Lucifer.

—¡¡¡Fuera!!! ¡Sal de aquí! ¡¡¡Déjame!!! ¿¿¿¿Quién eres????? ¿¿¿Lucreziaaaa???

Lucrezia casi perdió la concentración cuando Manin la nombró, pero siguió con la danza y repitiendo la frase, viendo cómo se le desencajaba el rostro. Se arrodilló sudoroso, gritó auxilio, lloró y se abrazó a sí mismo. Pidió perdón, aterrorizado, y se desplomó a los pies de Lucrezia. Ella siguió murmurando la frase mientras se aseguraba de que estaba inconsciente y corrió a buscar el último brebaje. Palpó las piedras con prisa.

—¿Dónde estás? ¿Dónde?

Con los nervios no recordaba en qué rincón se escondía el frasco. Sintió pánico, pero enseguida notó que una de ellas se movía y debajo encontró la botella de cristal. Se la bebió de un trago y vio que la reja de la celda se abría. Era Chiara, que corrió a abrazar a Lucrezia mientras la cubría con un manto.

—¡Lo has hecho! ¡Lo has logrado! Este malnacido es hombre muerto.

La priora las alertó desde fuera con susurros.

—No es momento para celebraciones. Hay que seguir con el plan. Lucrezia, debes abandonar el convento antes de que sus hombres te vean. Yo me encargo de llevar a Manin a otro lugar para que crea que todo ha sido una pesadilla. Este ser despreciable ha iniciado su condena, pero debemos seguir si no queremos terminar cautivas.

Chiara y Lucrezia desaparecieron veloces. Recorrieron el pasillo con el corazón desbocado. Lo habían logrado y ese era solo el comienzo del camino hacia la libertad.

—Has sido una valiente, Lucrezia —dijo Chiara mientras la abrazaba de nuevo.

—Pensaba que no sería capaz. He sentido mucho miedo, Chiara. ¿Crees que saldrá bien?

—Confía. La priora sabe lo que hace.

Entraron en una sala donde la esperaban unas monjas para vestirla tal y como había llegado. Chiara fue a recoger a Della, que seguía en duermevela en una celda alejada del ruido. No había olido ni el delito ni el pecado.

—¿Y Lucrezia?

—¡Lista! El tiempo de oración ha sido un éxito. Su alma está preparada para el matrimonio.

Della no creyó las palabras de Chiara, pero no tenía manera de indagar, así que decidió seguir el camino en silencio. Estaba deseosa de ver a Lucrezia y comprobar si la oración había iluminado su rostro de un modo especial.

—¡Della! ¡Qué ganas tenía de verte!

Lucrezia abrazó a su criada con ímpetu y mucho cariño. A Della se le encogió el corazón y sus sospechas se disiparon. Lo único que le importaba era el estado de felicidad en el que se encontraba Lucrezia. Los rezos le habían sentado bien y sus ojos tenían una luz distinta.

—¿Habéis avisado a Filippo?

—Os espera en la parte de atrás para llevaros a casa —dijo Chiara.

Lucrezia miró a Chiara y sintió cómo se le llenaban los ojos de lágrimas. No podía verbalizar un «gracias». Chiara no pudo controlar su deseo de volver a abrazarla.

—¡Nos vemos en tu boda! —le susurró Chiara.

Lucrezia la miró extrañada, pero enseguida cayó en la cuenta de que acudiría a la boda junto al coro de monjas.

—¡Vamos, Lucrezia! Recuerda que tu padre te quiere en casa antes del primer rayo de luz.

Las dos mujeres salieron por la puerta de atrás, sin ser vistas por los hombres de Manin ni por los marineros que los habían traído. El único que las esperaba nervioso era Filippo, que al verlas saltó de un brinco de la góndola y corrió a abrazar a Lucrezia. Los dos amantes se fundieron en un abrazo. Lucrezia sentía la necesidad de contarle todo, de decirle que estaban cada vez más cerca de estar juntos… y vivir la vida en libertad, pero fue Filippo quien habló primero.

—¿Estás bien? Los hombres de Manin…

Lucrezia, para impedir que Filippo siguiera hablando y que su criada sospechara, le besó. Della había oído el nombre de «Manin» y se le había erizado la piel. ¿Qué había querido decir el remero? Pero el beso de Lucrezia hizo que lo olvidara todo para llamarle de nuevo la atención.

—¡¡¡Lucrezia!!! ¡¡¡Lucrezia!!! Mis ojos deberían olvidar lo visto… Acabas de limpiar tu alma para estar preparada para el matrimonio.

Lucrezia frenó en seco y, guiñándole un ojo a Filippo, se volvió a su criada.

—Tienes razón, Della… Solo era un beso de despedida. No habrá más. Estoy lista y entregada a la vida que me espera. La oración me ha transformado.

Della no creyó una sola palabra. Conocía demasiado bien a Lucrezia y aquel beso no había sido de despedida, sino de celebración. Su amor por Filippo era real. Los tres subieron a la góndola y emprendieron el viaje de vuelta. La luna estaba clara y las aguas, mansas. La tormenta había pasado y reinaba una calma silenciosa. Contemplaron a la Serenísima dormida, tranquila… con un semblante tan inocente como el de un recién nacido. Lucrezia sonrió. Quizá aquel no fuera el final, sino el principio de una nueva Venecia: libre, fuerte y gobernada por las mujeres.

Once

«Puesto que las almas ni son hombres ni mujeres, ¿qué razón hay para que ellos sean sabios y nosotras no podamos serlo?».

MARÍA DE ZAYAS (1590-1661)

E l día había despertado con una lluvia furiosa. Como si de una profecía se tratara, el *acqua alta* anegaba Venecia. Los venecianos cruzaban la plaza de San Marcos curiosos, chapoteando alegres sobre el manto de agua. El gran día había llegado y, a pesar de la lluvia, nadie deseaba perderse la gran boda. La imponente basílica estaba lista para el enlace; su silueta se reflejaba como un fresco decadente en el suelo encharcado de la plaza. Desde el alba, el tañido de las campanas recordaba a los ciudadanos la llegada del gran día. Los habitantes se empeñaban en sonreír para invocar la buena fortuna, como si el enlace fuera a devolverles la prosperidad perdida. Pobres y ricos se beneficiaban; los comerciantes llevaban semanas llenándose los bolsillos por las visitas reales; los patricios disfrutaban de muchas fiestas en la ciudad, que parecía haber recuperado el esplendor del pasado. Todos veían buenos augurios menos Della. Ella era la única que recibió la marea alta como un mal presagio, y observó la bruma del cielo como el comienzo de la mancha negra que cubriría a la Serenísima. Además le dolía la rodilla derecha, y cuando sentía como si una aguja atravesara su rótula era porque algo terrible estaba a punto de suceder. A pesar de la tormenta de sus pensamientos, la vieja criada trataba de disimular ante Lucrezia.

—¿Cómo es posible? No es tiempo de *acqua alta*. Los invitados de la realeza no pueden mojarse los pies ni sus lustrosos vestidos.

—¡Algo se le ocurrirá a mi padre! Estoy segura de que es capaz de terminar con el agua del mar para que todos recuerden mi boda.

Della y Lucrezia habían dedicado el día a descansar y a ultimar los detalles para que nada pudiera entorpecer el esperado enlace. Recibieron a sastres, joyeros, peluqueros… Todo debía estar al gusto de los Manin. Lucrezia se mostraba feliz bajo la atenta mirada de Della y don Giuseppe. La sirvienta se pasó el día observándola, pues trataba de entender la repentina devoción de la joven hacia su inminente boda. Della olía de lejos las tormentas, la tierra mojada, los truenos... y todo parecía anunciar un revés del destino.

—No hables así de tu padre. No ha dormido esta noche, ha estado paseando por la casa.

Reprendía el tono burlón de la joven mientras descorría las cortinas del dormitorio. Había mucho que hacer antes de ir a la basílica y Lucrezia amanecía demasiado feliz. Della la miró y respiró profundamente intentando encontrar la calma. No pudo contenerse y confesó sus temores.

—No deseo saber lo que tu cabeza trama, pero mi corazón está demasiado inquieto y he de prevenirte para que, sea lo que sea, lo abandones. ¡Tu destino está escrito! Rebelarse contra él solo puede traer desgracias.

Lucrezia se tomó su tiempo para responder mientras miraba el reflejo de Della en el espejo. Sabía que aquella mujer entrometida la quería, pero también que era inútil contarle lo ya hecho y lo que estaba por venir. Se había despertado ansiosa por descifrar; necesitaba que el tiempo corriera más rápido y encontrarse cuanto antes en la basílica con Roberto Manin para comprobar si seguía delirando.

«¡Confía! Perderá la cabeza delante de todos, pero deberás ser paciente y esperar a la ceremonia». Lucrezia recordaba las palabras de la priora y a la vez revivía todo lo recorrido para llegar hasta allí. Chiara, el convento, sor Bettina… En esos momentos echaba de menos a Felizzia y rezaba por que estuviera sana y salva. Al fin y al cabo, la vieja cortesana era una superviviente y nadie había encontrado aún su cuerpo. Suspiró al pensar en Filippo y en las promesas que se habían hecho mientras se besaban con ardor. Empezó a respirar con dificultad, le faltaba el aire. Se había perdido en sus propios temores y había olvidado la presencia de Della en la habitación.

—¡Lucrezia!, ¿me escuchas? Lucrezia…

El temple con el que se había despertado Lucrezia se transformó en angustia. ¿Y si no funcionaba el plan? Su cabeza comenzó a llenarse de malos pensamientos. Sabía que se lo había jugado todo a una sola carta y que si el veneno no causaba el efecto deseado, nada impediría que se casara con Roberto Manin. No quería ni pensar en la posibilidad de verse casada, atrapada en una vida que no deseaba y que no estaba preparada para afrontar.

—¡Lucrezia, despierta! —repitió Della.

Un sirviente entró sin avisar llevando una nota en una bandeja de plata, algo que solo ocurría si el asunto era urgente. A pesar de ello, Della no se alarmó. Sabía que como era la mañana de la boda, llegaban cartas, regalos y cajas de todos los lugares del mundo, y que algunos apoderados y vanidosos usaban sus influencias para asegurarse de que sus presentes llegaran a la novia cuanto antes. Por eso solo sintió una vaga curiosidad por saber quién era el remitente.

Lucrezia la cogió con ansia. Esperaba que fueran instrucciones de última hora para que el plan se ejecutara a la perfección. Arabella le había prometido que algunas hijas del agua estarían en la basílica de San Marcos como invitadas, para protegerla en caso de necesidad. A pesar de saberse apoyada, no podía evitar sentirse sola y un poco asustada. La esperanza duró media palabra, pues nada más comenzar a leer la nota soltó un grito y se sentó para calmar un repentino temblor.

—¿Te encuentras bien? ¿Ha ocurrido algo malo?

Della se acercó a la joven, que se había quedado pálida e inmóvil, con los ojos fijos en la carta. Lucrezia permaneció un tiempo paralizada, sin poder reaccionar. Poco después, intentó explicar lo ocurrido.

—Arabella... Arabella...

—Mi niña, no te esfuerces, mejor respira primero. No es buen día para sobresaltos...

Lucrezia tenía la cabeza llena de preguntas. Arabella Massari había sido asesinada, muerta, envenenada y, para evitar contagios, su cuerpo había sido trasladado a la isla de los Muertos. ¿Quería eso decir que habían sido descubiertas? ¿Seguiría adelante el plan de acabar con Roberto Manin? ¿Estaban en peligro? ¿Debía huir antes de que fuera demasiado tarde? ¿Cómo podía recuperarse de aquella tragedia?

Della le cogió la mano, helada como la de un cadáver, y miró la carta con temor e impotencia, no sabía leer.

—¿Qué ha ocurrido? No me asustes... El cielo ya había dado señales... Nunca miente...

Lucrezia comenzó a llorar sin consuelo, incapaz de comunicarle a Della la muerte de la Gran Maestre. Tenía el cuerpo empapado en sudor frío. ¿Acaso aquello podía haber ocurrido? ¿Qué iba a ser de ella si era descubierta? ¿La asesinarían como a Arabella? Lucrezia no podía pensar, estaba como sumida en una pesadilla. No había tiempo para una alternativa, no había marcha atrás, el plan debía seguir adelante. Pero ¿cómo?

—Necesito un poco de tiempo, Della. Estoy conmocionada. Arabella... —Tomó de nuevo aire para armarse de valor—. Arabella Massari ha sido asesinada.

—¡Jesús! —Della no dijo más y se santiguó para ahuyentar al demonio.

La criada daba vueltas por la habitación mientras Lucrezia luchaba con sus fantasmas, que le hablaban de batallas perdidas y destinos no deseados. Le habría gustado poder desaparecer. Pero entonces, como si una extraña luz se abriera en el cielo, recordó las palabras que la misma Arabella pronunció en el Venezia Trionfante: «Pase lo que pase, deberás seguir y llegar hasta el final». Repitió:

—¡Han asesinado a Arabella Massari! ¡Asesinada!

Della reaccionó esta vez con un grito desgarrado mientras, en un acto reflejo, se tapaba la boca con la mano. La muerte de aquella mujer, que llevaba tiempo condenada por la sociedad, podía acarrear acontecimientos peores. Hacía tiempo que Della miraba con malos ojos las reuniones de Lucrezia con Arabella, y ahora temía que la muerte de la ambiciosa y misteriosa mujer pudiera salpicar a su ama.

—¿Cómo ha podido ocurrir? ¿Quién se ha atrevido? ¿Acaso no era una mujer que contaba con protección? —preguntaba con angustia la joven.

Della la miró con compasión. Aunque estuviera a punto de casarse, en realidad era todavía una niña: ingenua y valiente, pero sobre todo ingenua. Todo el mundo sabía que detrás de la muerte de Arabella solo podía haber un nombre: Paolo Manin. Había jurado venganza y no había otra mayor que esa: que Venecia supiera de la muerte de la mujer más poderosa que había tenido la República el mismo día que su hijo se casaba.

—Bien sabes quién puede estar detrás...

Lucrezia se abrazó a Della para soltar sus miedos en un llanto desconsolado. Aquella mañana, al igual que Lucrezia, todas las hijas del agua recibieron la misma carta; todas fueron informadas de que Arabella había sido asesinada. La carta también decía algo que Lucrezia había evitado contar a Della: en la próxima luna llena, las hijas del agua eran convocadas a una reunión secreta en la isla de los Muertos para nombrar a la nueva Gran Maestre. Una reunión a la que no podían faltar y de la que dependía la pervivencia de la hermandad.

—Arabella sentía que su fin estaba cerca —murmuró Lucrezia.

—Peor que su muerte —puntualizó Della—, es su traslado a la isla maldita.

La hermandad debía protegerse y, por ello, había elegido la isla que nadie se atrevía a pisar. Desde los tiempos de la peste, cuando se enviaba allí a los desahuciados, el islote estaba deshabitado.

Lucrezia percibió el peligro de nuevo y cómo el miedo recorría sus venas. Después del asesinato de Arabella, todo era posible. Sentía los malos presagios a su alrededor: por la boda, por Roberto Manin, por poder ser asesinada... Todo parecía precipitarse a algún lugar desconocido y amenazador. ¿Acaso era una señal que no sabía interpretar? ¿Por qué esa muerte justo la misma mañana de su boda? ¿Casualidad o acertijo?

—¡Qué tristeza! ¡Qué muerte más injusta! —dijo Lucrezia entre sollozos.

—Ella se rebeló a su destino y el precio ha sido alto, quizá se trate de una señal... —contestó Della con dureza.

Lucrezia se volvió hacia su sirvienta y la miró muda. El cielo descargó unos cuantos rayos y comenzó una intensa tormenta. Lucrezia salió corriendo hacia el balcón sin que Della quisiera evitarlo. La conocía muy bien y sabía que cuando una situación la superaba, necesitaba sentir la lluvia sobre su cuerpo, apreciar cómo cada gota limpiaba sus miedos. Desde pequeña, Lucrezia renacía con el agua, recobraba fuerza y despejaba sus pensamientos. Aquella mañana de tormenta y malas noticias lo volvió a hacer. Delante de Della, alzó los brazos y rezó a la misma tempestad. Luego se volvió a su criada y escupió toda su furia:

—El cielo está tan furioso como yo. ¡Esa es la señal! ¿Me has oído? ¡Esa es la señal!

Lucrezia sabía que no podía rendirse, que no debía abandonar aunque su mente estuviera llena de malos augurios. «Los miedos aprovechan momentos de debilidad para comerse cualquier camino sembrado». Permaneció un buen rato bajo el agua, con el camisón pegado al cuerpo, con el pelo empapado… sin hacer caso de los ruegos de Della.

—Lucrezia, será mejor que entres antes de que alguien te vea. ¡Tu padre está a punto de llegar y debemos comenzar a prepararte para la boda!

Della sabía, al igual que Lucrezia, que las cosas se habían puesto tan feas como el cielo de Venecia. Temía por el comportamiento desatado de su niña y quería convencerla para que continuara con su papel de mujer dócil. Aunque sabía que era fingido, lo prefería a que, en un ataque de rebeldía, Lucrezia quisiera cancelar la boda.

***

En el Palacio Ducal los sirvientes se afanaban para dejarlo todo listo para el banquete. Había una gran mesa en forma de U a la que se sentarían los representantes más destacados de Europa. Paolo Manin había aprovechado las visitas reales para reunirse con ellos y confesarles su descubrimiento: una sociedad secreta de mujeres había sido la responsable de la caída del absolutismo en Francia. Una teoría disparatada para quienes no veían en la mujer más que un ser inferior.

—Una organización así representa un peligro. Son las nuevas brujas y solo pueden provocar desgracias.

Todos habían escuchado las palabras de Paolo y, por temor a perder lo suyo, aceptaron erradicar aquella hermandad. En aquellos tiempos de incertidumbre, el viejo orden debía estar alerta a las mujeres cultas que, de un tiempo a esa parte, organizaban reuniones secretas. Terminar con cualquier amenaza era un deber escrito. Manin había conseguido también el beneplácito de los Habsburgo de Austria, y de los reinos de Prusia y Gran Bretaña que, enfrentados a Francia, vieron con buenos ojos erradicar cualquier sociedad que promoviera la destrucción del absolutismo. Con el descubrimiento de las hijas del agua, Paolo Manin había conseguido recuperar la ansiada confianza de los gobernantes europeos y, al mismo tiempo, había negociado a sus espaldas un acuerdo con los franceses por si su plan salía mal.

—¡Muchacho, haz brillar esas copas como nunca! ¡Hoy hay mucho que celebrar!

Paolo paseaba su orgullo de vencedor por los pasillos del Palacio Ducal con el pecho henchido y una sonrisa distinta. Todo estaba saliendo según lo previsto y la guinda había sido despertarse con la noticia de la muerte de Arabella Massari.

—¡Estarás satisfecho! Arabella ya está muerta y el pueblo te proclama como el hombre más temido de toda Venecia.

Ludovico Manin entró en el gran salón y los sirvientes fueron testigos de su cólera. Su primo, con abierto cinismo, abrió los brazos como quien desea ser aclamado y giró sobre sí mismo para recibir el aplauso de un público invisible.

—Mi querido primo, al fin te dejas ver. Espero que hayas dormido porque el día va a ser largo. El Dogo de Venecia debe irradiar poder y no debilidad.

—No me digas lo que debe hacer el Dogo, lo sé muy bien. ¿Acaso no podías haber esperado a propagar la noticia? —preguntó Ludovico mientras se acercaba a él.

—¿Crees que ha sido obra mía? Estás muy equivocado... ¡Una señal! ¡Una buena señal! —Paolo no perdía el sentido del humor.

Ludovico miró fijamente a su primo. No podía creer que no estuviera detrás del comunicado de la muerte de Arabella. ¿Quién si no? ¿Cuál era el interés en dar a conocer tan mala muerte? El Dogo se sentó, rendido ante la situación, sintiendo el peso de su cuerpo y de la mala conciencia. Necesitaba eliminarla, extirparla porque, desde la muerte de Arabella, vivía atormentado y tenía serias dificultades para respirar.

—¡Ha sido un error! ¡Cómo pude ceder en eso! ¡No debía haberte escuchado! ¡Esto es una fatalidad! —dijo mientras se llevaba las manos a la cabeza.

Paolo miró a Ludovico como quien mira a una rata a punto de ser aplastada. No podía sentir mayor repulsión por aquel ser que había perdido el valor y se había sentado encogido, lloriqueando.

—Ni siquiera el amor puede explicar una escena tan lamentable —dijo con aire de superioridad.

Ludovico lo miró de reojo sin dar crédito a lo que oía. Aquel ser putrefacto, aquel asesino capaz de matar a su propio hijo para salir ileso, le hablaba de ¿amor?

—Prefiero que me veas como un cobarde a como te ven mis ojos: ¡el mismo demonio! Estás condenado y Dios ha comenzado a emitir señales. Venecia se hunde y la lluvia no cesa… —dijo levantando las manos al cielo.

—Deja a Dios y compórtate como un dios en la tierra, que es tu deber —Paolo escupió a los pies de su primo en señal de repulsa— y no como una miserable rata. —Alzó los brazos y levantó la cabeza apuntando al cielo—. Yo soy mi propio Dios y elijo mi destino, no mi condena.

Los dos se miraron como perros rabiosos.

—Qué felicidad para mis ojos, ¿discutiendo el día de mi boda?

Roberto Manin entró bailando, dando pequeños saltos, con el pelo revuelto y vestido con la camisa de dormir. Los presentes comenzaban a ver con estupor la conducta de los Manin en aquel señalado día. Ludovico y Paolo dejaron de discutir y lo miraron con desconcierto. Ambos conocían las correrías nocturnas de Roberto, pero jamás lo habían visto despertarse de ese modo: apenas pestañeaba, estaba eufórico, fuera de sí, moviendo el cuerpo en un baile de extrañas convulsiones.

—¿Todo bien? —preguntó Paolo, extrañado.

—Padre… Padre… —Roberto cogió a su padre por los hombros y lo zarandeó con fuerza, repitiendo una y otra vez la palabra «padre».

Ludovico observó cómo, en un juego diabólico de equilibrios, padre e hijo dibujaban con sus cuerpos un círculo que estaba condenado a un mal final. Fue Paolo quien forcejeó para romperlo y terminar con aquella extraña pantomima. Lanzó un grito furioso y golpeó a Roberto en la mandíbula. El joven se desplomó de inmediato, escupiendo sangre. Sin un atisbo de compasión, Paolo golpeó el cuerpo doblegado de su hijo varias veces hasta provocarle el vómito.

—No tengo tiempo para tus estupideces. Vomita todo el vino que te has tomado y recupera la cordura. Hoy debes cumplir como un Manin y no como un cualquiera.

A Paolo se le había agotado el buen humor. Miró a Roberto mientras este seguía echando bilis por la boca y se arrepintió de haberlo aceptado como su hijo. Paolo no perdonó a su mujer la traición, pero el niño era un varón y él deseaba tener un heredero. Sin embargo, había pagado con creces las dudas de si compartían la misma sangre. En cuanto cesaron los vómitos, Roberto se revolvió en el suelo como un animal herido.

—¡Te odio! ¡Te odio! Te odio.

Su cuerpo se tensó como el de un gato, arqueando la espalda y lanzando alaridos. Los sirvientes interrumpieron sus tareas y miraron la escena con pavor. Roberto no podía dejar de gritarle a su padre lo mucho que lo odiaba por su rechazo, por su falta de amor, por haber asesinado a su propia madre… Aunque nunca habían hablado de ello, la muerte de su madre era una leyenda en Venecia y desde pequeño había escuchado el rumor de que podía no ser hijo de Paolo Manin.

—¡Te odiooooooo! ¡Te odioooo!

—¡Cállate! —soltó su padre mientras le asestaba una nueva patada que hizo que se desplomara sobre su propio vómito—. ¡No me avergüences! ¡Ya tengo suficiente con mi primo!

Paolo sintió la mirada de reojo de los sirvientes. Y miró de soslayo a Ludovico, que permanecía sentado con la cabeza baja.

—¡Volved a vuestras tareas! ¿Quién os ha ordenado que os detengáis? ¡Vamos!

Uno de los criados, atemorizado, estuvo a punto de tirar uno de los platos de porcelana al suelo. Por suerte, otro lo cazó al vuelo y lo salvó de un castigo seguro. Los únicos que seguían impávidos eran Ludovico y Roberto. Ninguno se movió ni se inmutó con los gritos de Paolo, ni reaccionaron cuando este abandonó el salón. Los dos se quedaron en la soledad de sus pensamientos un buen rato hasta que Roberto comenzó a reírse como un demente. Ludovico se acercó a él para evitar un nuevo escándalo, pero las risotadas de Roberto fueron a más, hasta convertirse en un ataque de histeria.

—¡Avisad a dos lacayos para que se lo lleven de aquí!

Dos criados dejaron de colocar copas y salieron corriendo en busca de ayuda. Ludovico ordenó a dos sirvientes que se lo llevaran a su habitación, aunque no pudieron detener los gritos y las carcajadas, que resonaban en las gruesas paredes de piedra.

Poco después no se hablaba de otra cosa en el Palacio Ducal y, sin poder evitarlo, había corrido el rumor de que Roberto Manin había perdido la cabeza o que estaba endemoniado.

—¿Quién se va a creer eso? A mi hijo no le pasa nada. ¡Nada! ¡Un exorcismo!

Paolo Manin rechazaba las palabras del médico de palacio, que repetía una y otra vez que aquello era cosa del espíritu y no del cuerpo.

—¡Escúchame bien! —le dijo Paolo agarrándole por el cuello—. Si quieres conservar tu lengua, ni se te ocurra decir nada fuera de estas paredes. ¿Me has oído bien?

—Paolo, será mejor que lo sueltes. ¡Solo trata de ayudar! —dijo Ludovico.

—¿Ayudar? ¿Ayudar a qué? ¿A que Venecia crea que mi hijo ha sido poseído por el demonio? Lo que tiene que hacer es conseguir que vuelva en sí y que deje de gritar y retorcerse como un animal.

Ludovico y el médico asintieron con impotencia. Paolo se negaba a hacer llamar al obispo para que le hiciera un exorcismo. Faltaban varias horas para la boda y el estado de Roberto Manin era cada vez más preocupante. Desde el ataque que había sufrido por la mañana en la sala del banquete, lo mantenían encerrado en su habitación y atado de pies y manos a la cama, bajo la escrupulosa vigilancia de los hombres de confianza de Manin. No cesaba de blasfemar y hablar en una lengua irreconocible. Aquellos que le escuchaban no podían evitar santiguarse. Venecia seguía siendo una tierra supersticiosa y algo así tan solo podía ser obra de las tinieblas. Ni los baños de agua fría ni las sangrías del médico habían logrado sacar a Roberto de su estado. En los pasillos comenzaba a correr el bulo de la maldición de la familia, y que era el castigo por las muertes que acumulaban. No tardó la noticia en salir de palacio y los canales empezaron a llenarse de malos augurios, y no fueron pocos los que afirmaron que aquella boda estaba maldita.

—¡Pobre Lucrezia! ¡Se va a casar con el diablo!

Algunos corrillos se lamentaban por la novia y su mala suerte, mientras ella permanecía en sus aposentos ajena a todo lo que sucedía en el Palacio Ducal.

—Si no se recupera, tendremos que cancelar la boda. Traer al diablo a la casa de Dios ¡es un sacrilegio!

El obispo de Venecia veía con preocupación el empeño de Paolo Manin de seguir con los fastos. Sin embargo, sabía que nadie podría negarse a la voluntad de Manin, ni siquiera su primo, el Dogo, que lloraba como un niño por la muerte de Arabella Massari, pues en ese momento estaba de rodillas ante él, confesándose.

—Ludovico, a veces hay que terminar con vidas impuras. Dios te concede el perdón, no es tiempo de alimentar la debilidad en tu alma. ¡Ocúpate de tu primo!

—¿Acaso no lo he intentado ya? —interrumpió Ludovico—. Su ilustrísima debería venir y…

—¡Chsss! No hablemos más. No hay tiempo. Vuelve al palacio y olvida tus pecados, yo me encargaré de ellos.

Ludovico se levantó con lágrimas en los ojos y mirada suplicante. Había intentado que el obispo se ocupara de Roberto, que lograra expulsar aquello que lo mantenía insano, pero el religioso también temía por su vida, como media Venecia, si contradecía a Paolo. El Dogo comenzaba a dudar de si realmente todo aquello formaba parte de una maldición. Él también era un hombre supersticioso y sabía que, aunque el obispo le hubiera absuelto, nada bueno podía ocurrirle desde el asesinato de Arabella.

***

Paolo Manin estaba fuera de sí, ni siquiera Antonella Contarini, su bella y caprichosa amante, lograba calmarle. Había llegado ese mismo día de Roma y le había encontrado envejecido, mucho más encorvado y con la ira reflejada en el rostro.

—Querido, todo se arreglará, todo... pero me preocupa tu estado...

Las palabras de Antonella, acompañadas de caricias maliciosas en determinados lugares de su anatomía, habían logrado aplacar unos instantes a la bestia. Paolo miró con lascivia a su amante, de la que hacía semanas que no gozaba. La besó con virulencia y lamió sus pechos. Antonella se dejó manosear, aunque sintiera cada vez más desprecio hacia él. En poco tiempo, Paolo Manin había cambiado. Ya no era el hombre que lo dejaba todo por ella sino el que le hacía sentir que no era más que su... consentida.

—No volverás a abandonar Venecia sin mi permiso. ¿Me has oído?

Paolo seguía besándola, mientras Antonella con un gesto ordenaba salir a los hombres de Manin. Los dos necesitaban desahogarse y Antonella sabía que solo había un modo de detener su rabia. Paolo Manin se encontraba a medio vestir, con el torso descubierto.

—No es momento para hablar de mis viajes —contestó Antonella mientras, arrodillada, acariciaba el miembro erecto de Manin.

Sus manos eran tan prodigiosas como las del mejor compositor tocando el pianoforte. Paolo estaba completamente entregado al deseo. Se dejaba llevar por el ritmo que marcaban sus manos a la espera de sentir su boca para caer rendido a sus pies. Aquella tarde, Antonella deseaba hacerle sufrir, prolongar su impulso animal, ver rugir al león hasta que implorase que su lengua realizara el esperado baile. Las manos de la bailarina seguían moldeando la escultura cada vez más perfecta, más recta, más dura. Manin, con los ojos entreabiertos, gemía rendido; esperaba ser mordido, lamido y bañado hasta llegar a la cúspide de lo soñado. Antonella recorría cada rincón de placer escondido; su madre la había enseñado bien el arte de la felación y cómo mantener a los hombres siempre bajo su entera voluntad. Ella era de las mejores, incluso más que una Fosca, y sabía fingir como nadie e interpretar lo que en cada momento quería Manin. Siguió sintiendo cómo el impulso animal iba creciendo, cómo la fiera necesitaba de su agua bendita. Sus manos seguían acompañando el baile con movimientos tan sutiles como bruscos. Los dos estaban entregados a la labor. Ella iba aumentando la velocidad con movimientos más intensos y cortos al ritmo de sus gemidos. Le engullía la verga como una mantis mientras miraba con placer cómo Paolo Manin estaba a su merced. Los dedos de Manin se tensaron, su cuerpo se llenó de oxígeno, y cuando iba a soltarlo en un aullido... alguien aporreó la puerta con insistencia.

—¡Don Paolo! ¡Don Paolo! Su hijo ha vuelto en sí. ¡Don Paolo!

Paolo cogió la cabeza de Antonella y la apartó con violencia, haciéndola caer al suelo. Había llegado al éxtasis, pero la rabia por la interrupción le hizo ensañarse con su amante, a la que ni siquiera ayudó a incorporarse antes de salir de la habitación. La mujer que hacía un momento había creído tenerlo a sus pies se había encontrado con el desprecio. Fuera de sí, se limpió la boca y se recompuso de la humillación, y se prometió a sí misma llegar a ser tan rica como para no depender jamás de ningún hombre poderoso. En lo más hondo de su alma los despreciaba.

—¡Maldito tullido! ¡Ojalá la muerte se te lleve pronto!

El almirante Gozzi había presenciado la escena por la puerta entreabierta. Admiraba en secreto a Antonella y sentía repulsa por la violencia con la que Manin trataba a las mujeres. Era la primera vez que lo había hecho con la bailarina, y sabía que no sería la última.

Antonella miró a Gozzi en la distancia. El almirante desvió la mirada, bajó la cabeza y desapareció de su vista. Antonella siguió un buen rato en el suelo. Sabía que su ambición era mayor que su orgullo y que, mientras no tuviera otro camino, seguiría al lado de aquel ser repugnante.

Paolo entró precipitadamente en la estancia de Roberto, que seguía sobre la cama con los pies y las manos atados, pero en silencio y con la mirada serena.

—¡Parece que ha superado el ataque! ¡El calor en su cuerpo remite!

Paolo apartó al médico. Miró a su hijo y buscó un resquicio de locura en sus ojos; trató de averiguar si todo aquello había sido fruto de un engaño por venganza a sus humillaciones continuadas. ¿Había sido todo aquello una simulación? ¿Estaba realmente enfermo? ¿Poseído? Paolo, como buen veneciano, también era supersticioso, pero se negaba a mostrar sus turbaciones en público porque cualquier signo de debilidad podía ser utilizado en su contra. Roberto parecía otro, tenía la mirada apagada, como si la muerte estuviese próxima y él lo supiese.

—¿Te encuentras bien?

Roberto asintió; estaba rodeado de su padre, varios hombres y el médico.

—No recuerda lo ocurrido. Puede tratarse de un brote aislado o…

—¡O nada! ¿Me has escuchado? ¡O nada!

Paolo Manin agarró al médico del brazo y se lo llevó a un aparte.

—Haz lo necesario para que aguante así la boda. Luego carecerá de importancia.

Paolo seguía apretando el brazo del médico tan fuerte que este se retorció del dolor.

—¿Me has oído bien? Haz lo posible por que conserve el habla...

Paolo se acercó de nuevo a la cama mientras dejaba que el doctor se recuperase. Miró a su hijo, como queriendo asegurarse de que seguía entre los vivos.

—¡Desatadlo! El peligro ha pasado y no hay tiempo para más demoras. ¡Vestidlo como lo que es: un Manin que se va a casar!

Roberto parpadeó y recordó de repente que era el día de su boda. No pudo evitar que su cuerpo convulsionara un par de veces. Todos guardaban silencio. Paolo agarró con fuerza a su hijo y lo zarandeó sin compasión.

—¡Eres un Manin! Eeeres... un ¡¡¡Manin!!!

Dos de sus hombres tuvieron que sujetarlo para evitar una desgracia. Roberto recuperó la mirada serena. Le pesaba la cabeza y apenas recordaba quién era. Su cuerpo, blando y lánguido, estaba débil. El médico pensaba que Roberto había despertado de su demencia, pero podía recaer. Los presentes sospechaban que la cordura había abandonado al hijo del hombre más poderoso de la República. Venecia sabía que las condenas del Supremo llegan sin avisar.

***

El cielo estaba cubierto de negros nubarrones que no dejaban pasar ni un rayo de esperanza. Della miraba desde el balcón de los aposentos de Lucrezia el espectáculo de la naturaleza. La fiel sirvienta había pasado de la preocupación a la tristeza más profunda. No le quedaba mucho tiempo de vida y se daba cuenta de que ver casada a Lucrezia había sido un sueño recurrente muchas de sus noches ingratas en aquella casa. Jamás habría imaginado que viviría aquel día con esa sensación de desamparo y soledad. Ella lo había dado todo por aquella casa, por los Viviani; les había entregado su vida e incluso había renunciado al amor para no abandonar a una niña huérfana de madre y con un padre que viajaba sin parar. Meditaba y se sentía culpable por no desear la felicidad de quien más quería. Nunca había tenido valor ni había sido tan culta como para entender la rebelión contra lo establecido, pero sí sabía leer el alma de las personas y se daba cuenta de que en el último año todo había cambiado para mal. Ni don Giuseppe ni Lucrezia eran los mismos, Felizzia había desaparecido y Venecia olía más que nunca a muerto. El agua de los canales estaba oscura, tan densa que asustaba a los remeros. El mal había invadido a la Serenísima.

Della lo sabía y sentía no poder salvar a Lucrezia, una de las pocas almas puras que quedaba en la ciudad de los mil canales. Don Giuseppe ya no la miraba como un padre sino como un comerciante de ambición desmedida, capaz de vender, como estaba a punto de hacer, a su hija. ¿Cómo podía ella permitir lo que iba a suceder? Se había mostrado demasiado dura con su niña, temiendo que pudiera hacer una locura que pusiera en peligro su vida, pero ahora dudaba de si no hubiera sido lo mejor.

—¡Filippo! —exclamó sobresaltada al ver al joven remero llegar con su góndola.

No era el encargado de llevar a Lucrezia; don Giuseppe había preparado con todo detalle una embarcación para la ocasión. ¿Qué hacía allí? ¡Complicar las cosas aún más, si es que eso era posible! Della se asomó al balcón y buscó la mirada del joven, que parecía extrañamente feliz.

—¡Será mejor que te vayas! Ya has hecho suficiente en esta casa, ¿no crees?

Filippo se acercó con sumo cuidado e invitó a la criada a bajar la voz.

—No he venido a hablar con Lucrezia, sino a alertarla de las noticias que llegan del Palacio Ducal.

Della se asomó más al balcón, aun a riesgo de precipitarse al agua, para oír mejor lo que el remero contaba. Con los años no había perdido vista pero sí oído y, aunque disimulaba la sordera, la realidad era que le costaba entender a quien le hablara a más de diez palmos de distancia.

—No te oigo. El ruido del agua no me lo permite.

Della alzó demasiado la voz, sin darse cuenta de que podía alertar a los hombres de don Giuseppe y al propio comerciante. Para evitar ser descubierto, Filippo escaló hasta el balcón con sospechosa habilidad.

—¡Ni se te ocurra entrar!

El remero sonrió a la vieja criada y de un salto entró en la cámara y se escondió entre las cortinas. Della miró a todos los lados y se resignó.

—¿Qué quieres? Habla y… ¡márchate!

Filippo se rio de la criada, pues parecía que hubiera visto un fantasma.

—De palacio llegan noticias de que la boda de Lucrezia con Roberto Manin puede suspenderse.

—¡No blasfemes ni desees el mal! —le interrumpió la criada.

—No soy yo quien lo dice, sino los corrillos de la ciudad. Roberto Manin ha perdido el juicio.

Della abrió la boca sin emitir ningún sonido y miró con recelo al joven. No entendía una palabra.

—¿Perdido el juicio? ¡Explícate! Qué demonios…

—Eso es lo que se dice en las calles. Que es obra del demonio, una maldición para la familia Manin que el único hijo de Paolo Manin esté poseído.

Della movió la mano derecha para invitarle a que siguiera.

—Se dice que lleva todo el día retenido en su habitación, atado a la cama de pies y manos, soltando alaridos que ni el mismísimo diablo entiende y pronunciando palabras que provocan que aquellos que las escuchan se santigüen. Debes avisar a Lucrezia, porque nadie quiere que un poseído entre en la iglesia más importante de Venecia.

—¡No me creo estas historias! ¡Leyendas de almas malvadas que desean la perdición de la República!

Della había reaccionado, se movía inquieta y gritaba demasiado. Filippo trató de hacerla entrar en razón para que le escuchara, pues debía asegurarse de que Lucrezia recibía el mensaje.

—¡No soy yo, vieja loca desconfiada! Aunque la quiera con toda mi alma y desee que esta boda no se celebre, no me he inventado esta historia. El propio don Giuseppe conoce el rumor, porque yo me he enterado por sus hombres.

La vieja criada se llevó las manos a la cara y pensó en el mal presagio que había tenido por la mañana. El círculo parecía estar cerrándose y la maldición se iba haciendo realidad.

—¡Será mejor que te vayas! Lucrezia, o peor aún, su padre, puede entrar en cualquier momento.

—¿Se lo transmitirás? Sé que su padre no lo hará, porque ya la ha condenado.

—¡Vete! —insistió la criada.

Filippo no tuvo más remedio que confiar en la buena fe de Della y desaparecer. Aunque él no sería el encargado de llevar a Lucrezia, estaba decidido a vigilar las aguas por si en cualquier momento estallaba el motín esperado. Della lo vio alejarse mientras digería su mensaje y decidía si contarle o no el rumor a Lucrezia.

—¿No tienes nada que decirle a la novia más bella de la República?

Della se dio la vuelta sobresaltada y vio a Lucrezia, acompañada de un séquito de sirvientas que retocaba una y otra vez el vestido de novia. La joven había decidido seguir con el plan, ser valiente por Arabella y honrar su muerte. Así que se comportaba tal y como se esperaba de una novia: con arrogancia y esperando los mayores y mejores halagos de quien la contemplara.

—¡Mi niña! La belleza se siente feliz a tu lado.

A pesar de las adulaciones, Lucrezia percibió el desconcierto de Della. La joven se movía elegantemente para mostrar el vestido de novia más fastuoso que jamás hubiera visto un veneciano. Su padre se había encargado de encontrar las sedas más exclusivas de Oriente y de contratar a las bordadoras más prodigiosas. Un vestido del que hablarían durante décadas y más décadas las bocas envidiosas de las mujeres.

—Siento como si algo te impidiera mostrarte contenta. ¿Ocurre algo, Della?

La criada miró al suelo para ganar tiempo y decidir qué hacer. Carraspeó y simuló un ataque de tos para que tuvieran que auxiliarla y ofrecerle una copa de agua.

—¿Te encuentras bien? Me preocupa tu salud, Della —dijo Lucrezia inquieta. Aunque se había enfadado con aquella mujer, la quería muchísimo y le asustaba que algo malo pudiera sucederle—. Si tuvieses algo malo, me gustaría que me lo contaras. Ya sabes que mi padre tiene un buen médico y no escatimaríamos en remedios para ayudarte.

Della se levantó para evitar preocupar a la joven. Suficientes sobresaltos había tenido aquel día como para que en su cabeza revolotearan pájaros de otro nido. En silencio, ante la atenta mirada de Lucrezia y el resto de las presentes, Della se paseó por la sala.

—Necesito hablar contigo —soltó al fin—, pero a solas.

A Lucrezia le faltó tiempo para hacer salir a las demás sirvientas de la habitación y sellar las puertas. Della estaba de espaldas a ella, contemplando de nuevo el cielo negro, buscando las palabras adecuadas.

—Será mejor que me escuches con atención —comenzó.

—No me asustes, Della. ¿Le ha pasado algo a mi padre? —preguntó Lucrezia.

Della se dio la vuelta y la miró con compasión. Se acercó a ella y le tomó la mano para acariciársela.

—Venecia es muy vieja en rumores y que le gusta llenarse de ellos cada día.

—¡Vamos, Della! ¡No hay tiempo!

Della miró al cielo, rogando no equivocarse. Al fin y al cabo, hasta don Giuseppe había oído el rumor, y no era justo que la novia sufriera miradas de compasión y no de alegría sin saber el motivo.

—¡Vamos, Della! ¡Vamos! —insistió Lucrezia con el corazón en un puño y ya pensando que algo malo le hubiera sucedido a Filippo.

Della le volvió a acariciar la mano y le hizo un gesto para que se callara y atendiera a sus palabras.

—Se rumorea que… Roberto… Manin… podría haber sido poseído por el diablo. Se dice que lleva todo el día custodiado en su habitación con las manos y los pies atados a la cama, murmurando blasfemias y gritando como un animal. Desde San Marcos llegan noticias de que podría no celebrarse la boda, pero son solo rumores, no hay nada de cierto que sepamos…

Della miraba a Lucrezia, que se había quedado muda y con la mirada perdida. Intentó animarla, desacreditando los rumores.

—Ya sabes cómo es esta ciudad… Los chismes vuelan. ¡Incluso lo sabe tu padre!

—¿Mi padre lo sabe? ¿Te lo ha dicho él? —dijo Lucrezia con asombro.

—No, no me lo ha contado él. Últimamente ya sabes que no me estima. ¡Qué más da! ¿Acaso importa quién me lo haya dicho?

Lucrezia no cabía en sí de felicidad, pero trataba de disimular para que Della no sospechara. El plan parecía haber funcionado y el veneno había comenzado a surtir efecto. Pensó en Chiara y en sor Bettina y deseó que estuvieran allí. Della seguía hablando, pero Lucrezia no la escuchaba, no podía oír más que su alegría interna. ¡Pronto sería una mujer libre para hacer con su vida lo que quisiera! Miró al cielo de reojo y dio las gracias por la señal, por el mensaje esperado.

—¡Lucrezia! Lucrezia! ¿Me atiendes? —Della no entendía que Lucrezia no hubiera articulado palabra.

—Sí, te he escuchado. Lo único que me apena es que mi padre lo sepa y, aun así, no quiera evitar la boda.

Della también había tenido ese pensamiento, pero no esperaba que la joven llegara a la misma conclusión.

—Ya sabes cómo es… poco creyente…

—No digas más, Della…

Lucrezia había logrado no despertar sospechas en su criada y mantener en silencio su esperanza. Solo una cosa ensombrecía su júbilo: que su padre no la protegiera de la mayor de las desgracias. Pensó en su madre y por ella trató de comprenderlo, pero no pudo. Aquella noticia endureció aún más su corazón. Saber que su padre deseaba su muerte en vida fue un duro golpe para ella. Las dos mujeres se quedaron contemplando el cielo, que aguantaba la tormenta como Atlas el mundo. Venecia seguía inundada, pero nadie quería perderse el acontecimiento a pesar de los rumores. Todo estaba dispuesto. La plaza de San Marcos se iba llenando de agua y de gentes a las que no les importaba que la Serenísima se hundiera.

Había llegado el día de la boda y Venecia tenía que brillar como nunca.

Doce

«La felicidad en el matrimonio
es cuestión de suerte».

JANE AUSTEN (1775-1817)

Dos majestuosos halcones reales avisaban de la llegada de la novia saliendo de las columnatas del Palacio Ducal y sobrevolando la abarrotada plaza de San Marcos, que rugió en aplausos. La plaza estaba inundada de agua pero no cabía un alfiler. Cientos de venecianos llevaban horas bajo el tenebroso cielo esperando la llegada de la embarcación que transportaba a Lucrezia Viviani y a don Giuseppe.

Durante el trayecto, padre e hija no se habían dirigido la palabra. Tan solo intercambiaron alguna mirada. En un par de ocasiones, Lucrezia estuvo a punto de decir una palabra amable, pero el semblante severo de don Giuseppe la hizo desistir. Intuía que aquel viaje sería el último que emprenderían los dos porque, cuando la boda se cancelara, Lucrezia se escaparía y se alejaría de Venecia y de su padre.

—Remero, ¡ve más despacio! No quiero que el agua salpique el rostro de la novia.

Ni siquiera esa atención era por cariño sino por preservar el botín lo más intacto posible para ser entregado. Lucrezia se mordió el labio inferior. Don Giuseppe observó a su hija nuevamente de soslayo, con la ceja erguida. Sabía que estaba furiosa con él, que incluso lo odiaba, pero habían dejado de importarle los sentimientos de una criatura consentida que no era capaz de disfrutar de la felicidad que le ofrecía: pertenecer a la familia más poderosa de toda Venecia. El viejo mercader sabía que la llevaba a un paraíso envenenado, pero por lo menos se trataba de un paraíso. Él mismo temía a esa familia, pero sabía que a los Viviani les convenía la alianza con los Manin. El poder y la gloria se obtienen a base de esfuerzo y sacrificio, dos cualidades de las que, según don Giuseppe, Lucrezia carecía.

La muchedumbre de la plaza se puso a gritar de júbilo al ver llegar la embarcación y, como el mar Muerto, comenzó a abrirse con vítores, brazos alzados y pañuelos al viento. La guardia del Dogo hacía de escudo, abriendo el camino y separando a la masa enfervorizada. Lucrezia atendía al pueblo saludando y sonriendo como si aquel fuera el día más feliz de su vida. Don Giuseppe la observaba al tiempo que contemplaba el clamor popular con orgullo. Llevaba mucho tiempo soñando con aquel momento. Pero aquella fiesta no era lo que parecía. Muchos contemplaban a la joven con tristeza y compasión después de los rumores que llevaban circulando todo el día en los mentideros de la ciudad.

—¡Pobre criatura! ¡Se casa con el diablo!

Poco se sabía de la opinión del obispo, ni siquiera el Dogo se había mostrado excesivo en el saludo al pueblo desde el Palacio Ducal. La celebración había sido planificada hasta el último detalle, pero estaba empañada por un suceso que nadie podía ignorar: la enajenación de Roberto Manin.

Poco antes los allí congregados habían vivido la llegada del novio a la basílica. La plaza de San Marcos enmudeció al ver a Roberto Manin. Todos los ojos temerosos se fijaron en él como si esperaran ver al diablo. Roberto, vestido de los pies a la cabeza de un rojo intenso con ribetes dorados, apenas había hablado desde el episodio de locura y no pareció reparar en el silencio que reinaba en la plaza. Paolo

Manin iba tras él y, al ver los rostros confusos del pueblo, ordenó que comenzaran las fanfarrias para ocultar el pavoroso momento.

Un alma inoportuna rasgó el silencio.

—¡Está poseído! ¡Está poseído!

Paolo miró con ojo de halcón para cazar al hombre que se había atrevido a mencionar al diablo en su presencia, pero el gentío se había alborotado y comenzaba a presionar a la guardia para romper la barrera y acercarse a Roberto Manin.

—Será mejor que nos dejemos de saludos y entremos cuanto antes, ¡maldito pueblo!

Padre e hijo hicieron su entrada solemne en la basílica de San Marcos. La explosión de música de cámara a su paso parecía adormilar las supersticiones al escuchar, a través de la sagrada melodía, el canto de los ángeles.

—No dejes de mirar al frente, ¡al frente!

Paolo había cogido del brazo a su hijo, que caminaba con la mirada gacha. De repente, el paso de Roberto comenzó a ser dubitativo y lento… empezó a respirar con dificultad. La vista se le nubló y se detuvo. Paolo se quedó a su lado con una sonrisa forzada ante los presentes mientras apretaba con fuerza el brazo de su hijo para que retomara la marcha. Roberto se frotó las manos y sintió el sudor frío recorriendo su frente. Alzó la mirada perdida, buscando un punto de fuga, un apoyo para seguir avanzando.

—¡Sigue! No te pares. ¡¡Avanza!! ¡¡Maldita sea!! —le susurró su padre furioso.

Los representantes de las casas reales y la nobleza europea asistían a la escena con asombro y cierta superstición. Mientras, en el coro, Chiara y sor Bettina estaban atentas al comportamiento de Roberto Manin.

—Será mejor que la ceremonia no se retrase —susurró sor Bettina—. Le queda poco tiempo de vida y antes debe convencer a los presentes de que tiene al diablo dentro.

Chiara no articulaba palabra, solo observaba el momento con inquietud. Estaba impaciente por ver a Lucrezia y comprobar que todo salía como se había planeado.

Cuando Paolo estaba a punto de ordenar a sus hombres que forzaran a Roberto a seguir, este echó de nuevo a andar. El silencio era tan profundo que el golpe seco de las pisadas en la fría piedra resonaba en toda la iglesia. El resto del recorrido fue seguido con angustia, sobre todo por parte del obispo de Venecia, que oficiaba esa boda en contra de su voluntad. Su vida ociosa había dejado rastros que Paolo Manin había borrado a cambio de tenerlo siempre a su servicio. El obispo sabía que, hacía años, había vendido su alma al diablo.

«¡Ojalá Lucifer te lleve pronto!», pensó horrorizado mientras contemplaba cómo Paolo tiraba de su hijo.

Paolo y Roberto Manin se situaron en el altar frente al obispo. Paolo bajó la cabeza para simular ante todos respeto al representante de Dios, pero aprovechó la ocasión para mirarle amenazador. El obispo recibió con odio el mensaje de aquel ser por cuya muerte había rezado tantas noches. Su presencia allí le recordaba que sus plegarias no habían sido atendidas y que ahora debía acoger al hijo del diablo en la casa de Dios.

—¿Cómo pueden odiarse de ese modo? —preguntó Chiara a sor Bettina.

—El veneno más peligroso es la envidia y, créeme, andan sobrados.

La tensión entre ambos fue interrumpida por la aclamada llegada del Dogo de Venecia. Ludovico Manin llegó con semblante serio pero con paso firme. No reparó en miradas ni cortesías, solo deseaba acabar cuanto antes la pantomima y refugiarse en cualquier lugar tranquilo, alejado de su primo y sus perversiones.

—¿Cuánto falta para que entre Lucrezia? —preguntó con ansia Chiara.

—Eso deberías saberlo tú, ¿no crees? —respondió con sorna la priora—. Un buen cronista conoce a la perfección los pasos en ceremonias como esta.

Chiara estaba tan apurada que ni siquiera pudo sonreír a sor Bettina por haber hecho alusión a Giacomo Crosoni. Pensó que quizá se había equivocado al acudir como monja del coro y no como cronista de la boda. Si algo malo ocurría, estaba demasiado lejos de Lucrezia para poder ayudarla, y si la fallaba, jamás se lo perdonaría. La priora, que vio en los ojos de Chiara la preocupación, le tomó la mano y se la apretó con suavidad para ofrecerle firmeza y seguridad de que todo iba a salir bien.

Lucrezia habría deseado recibir ese aliento para descender de la embarcación y enfrentarse a la gente, a su júbilo, a su compasión, a su envidia, a todos los mensajes que serían lanzados al unísono en cuanto pisara el suelo. Cuando se disponía a hacerlo, la mano de su padre se lo impidió.

—Espero que te comportes con la dignidad que merezco.

Como un acto reflejo, Lucrezia apartó con brusquedad la mano de su padre y, sin mirarlo, salió de la embarcación. El público aspiró el grito antes de vitorear a la bella novia. Lucrezia aparecía como una imagen casi virginal después del paso de Roberto y

Paolo Manin. Su vestido blanco resplandecía y su mirada era límpida. Los presentes estaban sobrecogidos y muchos volvieron a sentir la esperanza del bien sobre el mal. Lucrezia se mostró tranquila y segura ante ellos, incluso compasiva por las inclemencias del tiempo. Se fijó en un pequeño que iba a hombros del que podría ser su padre. Tenía los labios morados y lloraba por el frío, pero nadie parecía oírle porque para el pueblo vivir aquel momento, «Mi bajada a los infiernos», pensaba Lucrezia, era más importante que la salud de un niño. «¿Acaso necesitamos vivir del engaño?», pensó contemplando la escena del padre y el niño.

Don Giuseppe carraspeó y le ofreció su brazo antes de entrar en la basílica. Ella cerró un instante los ojos y pidió ayuda a Arabella y a su propia madre. «Será mejor que me acompañéis y me deis fuerza. No deseo esta vida, no deseo esta vida…». Respiró hondo y echó a andar.

Los invitados volvieron a ponerse en pie y suspiraron de emoción. Aquella joven tenía una hermosura angelical poco común. Lucrezia enmudeció a los presentes pero de un modo bien distinto a como lo había hecho el novio. Paolo se dio cuenta de ello. Sabía que aquella joven de fuerte carácter tenía el poder de amansar a las fieras, de hipnotizarlas sin ni siquiera proponérselo. Vio la admiración y la entrega en los rostros de los invitados y se congratuló de la buena adquisición. Miró al mercader con aprobación y después a la novia, pero en la expresión de esta solo encontró desafío y desprecio.

«¡Espera a estar casada! ¡No te atreverás a mirarme nunca más así!», pensó Paolo. Ese poder hipnótico y esa mirada desafiante solo los había visto en otra mujer: Arabella Massari. Y ya estaba muerta y enterrada.

—Ahora el novio tendrá que mirar a la novia y comenzará… la función —le dijo sor Bettina a Chiara.

El único que no deseaba que comenzara era Filippo, que contemplaba la escena con angustia desde el rincón reservado al *popolino* en la catedral. No le había gustado el semblante de Roberto Manin, ni el de don Giuseppe, y le preocupaba la serenidad de Lucrezia. Había logrado burlar la vigilancia para estar cerca de ella, por si algo malo sucedía. Los soldados de la República tenían vigilada la zona, preparados para atajar cualquier signo de revuelta o insumisión.

Roberto Manin era el único que todavía no se había fijado en Lucrezia, seguía con la mirada en el suelo, perdido en sus pensamientos, tratando sin suerte de volver al mundo de los humanos. Sus ropajes estaban cada vez más empapados de sudor y le costaba mantenerse erguido. Paolo se inquietó al ver el decrépito estado de su hijo y se dio cuenta de que debía acelerarse la ceremonia.

—¡Cásalos cuanto antes! ¡No hay tiempo para ceremonias! —advirtió al obispo.

El obispo indicó a los presentes que se sentaran y comenzó a citar las palabras de Dios para precipitar el enlace. Lucrezia se percató de que Roberto no la había mirado y necesitaba que lo hiciera para que el plan culminara con éxito. El joven comenzó a murmurar en voz baja palabras inconexas, pero mantenía la mirada perdida. Empezaba a estar… ausente. Sus murmuraciones eran cada vez más altas. El obispo calló un instante para tratar de entender lo que decía.

—¡Sigue! ¡Sigue! ¡No te detengas! —susurró Paolo.

Lucrezia sintió vértigo cuando Paolo, para interrumpir los extraños rezos de su hijo, le obligó a mirarla. Alzó el rostro de su hijo y lo dirigió bruscamente hacia la novia, confiando en que su belleza angelical calmara sus demonios. Solo ella pudo comprobar el gesto de terror de quien cree estar frente al mismísimo Satán. No hizo falta nada más que eso para que Roberto comenzara a gritar como un cerdo cuando se desangra. Paolo trató de apaciguarle, pero recibió un golpe y terminó en el suelo.

—¡Satán! ¡Satááááááán! ¡Satáánnn! —gritaba Roberto a todo pulmón—. ¡Es la hija del diablo!

El obispo comenzó a rezar el padrenuestro para pedir ayuda al Supremo. Paolo se extrañó de que su hijo señalara a Lucrezia; don Giuseppe apenas podía respirar por la repentina opresión en el pecho al escuchar las acusaciones del Roberto Manin.

—¡Ella es el diablooooo! ¡Es una brujaaaa! Bruja, bruuuuja… ¡Aléjate! ¡Eres Satanás!

Lucrezia no sabía cómo reaccionar. Nadie la había prevenido de que Roberto la acusaría a ella de ser Satanás y, por la expresión del obispo, no parecía que descartaran esa posibilidad.

—Madre priora, ¿eso estaba en el plan? ¿Qué ocurre?

Chiara miró a sor Bettina, que, sin responder a sus preguntas, observaba la escena con suma preocupación. Si el veneno no mataba pronto a Roberto Manin, aquel giro imprevisto podía tener consecuencias fatales para Lucrezia. Paolo Manin, viendo cómo la demencia de su hijo era cierta, encontró en sus acusaciones hacia la novia una salida al escándalo y decidió aprovecharla. Mientras su hijo comenzaba a escupir espuma por la boca y se convulsionaba, gritó:

—¡Satán! Satán está en ella, ¡en ella!

Paolo miró al obispo, indicándole que le siguiera, que convirtiera a Lucrezia en una poseída por el mundo de las tinieblas. Los hombres de Manin avanzaron para sujetar a Lucrezia, la inmovilizaron y le taparon la boca con un pañuelo.

—*Pater Noster, qui es in caelis, sanctificétur nomen Tuum, adveniat Regnum Tuum, fiat volúntas tua, sicut in caelo et in terra. Panem nostrum cotidiánum da nobis hódie, et dimitte nobis débita nostra, sicut et nos dimittímus debitóribus nostris; et ne nos indúcas in tentationem, sed libera nos a malo.*

El obispo siguió rezando el padrenuestro y salpicando el cuerpo de Lucrezia con agua bendita. Los hombres de Manin oprimían sus pulmones y le presionaban tan fuerte el pañuelo en la boca que comenzaba a no poder respirar. Paolo se sumó al rezo y miró con intención a Ludovico, que se unió sin protestar. Al poco, algunos invitados hicieron lo mismo.

Filippo, alarmado, intentó impedir que Lucrezia fuera apresada. Los soldados le cerraron el paso.

—¡Necesito salir! ¡Dejadme salir! Os lo ruego…

Filippo forcejeó e imploró hasta que recibió un par de golpes que lo dejaron inconsciente.

—¡Sacadlo de aquí!

Los asistentes, poseídos por la superstición, necesitaban creer en el mal de Satán y de todo ese horror. Paolo miró al hombre que sujetaba el pañuelo en la boca de Lucrezia y le hizo una señal de cabeza caída. Poco después, Lucrezia cayó desplomada al suelo, inconsciente. El obispo dejó de rezar y todos callaron. Solo Roberto seguía retorciéndose, resistiéndose a abandonar este mundo, tratando de vencer al veneno que había invadido por completo su sangre.

—¡Llevaos a mi hijo! ¡Rápido! ¡Rápido! Su alma ha sido envenenada por esta… ¡bruja!

—¡Lucrezia no es una bruja! —gritó don Giuseppe, que seguía con la opresión en el pecho y con dificultades para respirar—. ¡¡¡Mi hija no es ninguna bruja!!!

—¡Apresadla!

—¡Nooooo! —gritó el mercader.

Desesperado por la situación, se abalanzó sobre el almirante Gozzi para impedir que se llevaran a su hija. En el forcejeo sintió como si un puñal hubiera atravesado su corazón pues, sin aviso, se le paró y se desplomó en el suelo. Manin comprobó sin ninguna delicadeza si el que había sido su mejor lacayo había muerto. El mercader yacía en el suelo junto al cuerpo inconsciente de su hija.

—¡Apresadla y lleváosla al calabozo! ¡Rápido! No quiero más herejías en la casa de Dios.

Paolo sonreía con la mirada porque, como en muchas otras ocasiones, su despiadada inteligencia había logrado encontrar una salida. El almirante Gozzi se llevó a Lucrezia, sujetada por sus hombres. Por el rostro de su señor intuía que aquella muchacha era inocente, pero iba a ser condenada para salvar de nuevo a los Manin.

El Dogo había observado con desconfianza el comportamiento de su primo. No creía que aquella muchacha estuviera poseída por el diablo ni que hubiera hecho nada para provocar la demencia de Roberto. La locura era una enfermedad que llegaba sin previo aviso. Aunque sabía que en esta ocasión su primo había obrado para evitar el escándalo, sus acciones le repugnaban.

—¡No pueden llevársela! ¡Hay que evitarlo! —suplicó Chiara, desesperada.

Sor Bettina abrazó a la joven tratando de calmarla. No era buen momento para hacerse oír, mucho menos para defender a Lucrezia. Muchos habían creído, por temor o superstición, las palabras de Paolo Manin.

—No digas nada. Tenemos que salir de aquí cuanto antes.

Las cosas se habían puesto muy feas para Lucrezia y la priora sabía que precisaban urdir un plan para salvarle la vida. Hacía mucho tiempo que Venecia no escuchaba la palabra «bruja», que ninguna mujer era acusada de ser el diablo, y las hijas del agua allí presentes desconfiaron en silencio.

El día terminó con una de las mayores tormentas que se recordaban. Con las mesas del banquete nupcial dispuestas y abandonadas, el pueblo veía cómo sus anhelos por recuperar el antiguo esplendor habían sido un espejismo. Poco a poco la plaza de San Marcos quedó desierta, solo ocupada por maleantes, mendigos y oportunistas que esperaban hacer negocio en esa noche maldita. Los venecianos se refugiaron en sus casas o ahogaron sus miedos con vino de las tabernas. Fueron pocos los que lamentaron la muerte del mercader y muchos los que se apiadaron de Lucrezia, aunque lo hicieron en silencio o en soledad, no fueran a recibir castigo por ello.

***

—¡Algo se te tiene que ocurrir! ¡Hay que sacarla de allí!

Della gritaba a Filippo, que escuchaba sin reaccionar a las palabras de la criada. Se había despertado con el cuerpo magullado en el suelo mojado de la plaza. Las puertas de la basílica estaban cerradas. Sin pensárselo dos veces, corrió a ver a Della.

—¿Piensas ayudarme a buscar la manera de sacar a Lucrezia del calabozo o no? Ya sabía yo que sucedería algo malo.

Criada y remero estaban en el embarcadero, tan escasos de luz como de ideas. Filippo no daba crédito a lo sucedido y le asustaba no encontrar en las horas venideras una buena idea. Nadie salía ni escapaba de los calabozos del Palacio Ducal, y mucho menos después de una acusación del poderoso Paolo Manin.

—¡Filippo! —gritó Della.

—Trato de pensar, Della, trato de hallar el modo de sacar a Lucrezia… y no pasa por encontrar una salida. Nadie puede escapar de allí. Ese no es el camino.

—¿Y cuál es? Dime, cuál es, pero piensa en algo y rápido. Me temo que el tiempo no está de nuestro lado.

Della se sentó rendida en un tonel y comenzó a llorar. Se encontraba perdida y sentía demasiado dolor como para pensar con claridad.

—¿Cómo hemos podido caer en tamaña desgracia? ¿Qué broma del Supremo es esta?

—Te prometo que vamos a sacar a Lucrezia de allí. Aunque me cueste la vida —dijo Filippo para consolarla.

Tanto Filippo como Della sabían que estaban solos en la afrenta y eran demasiado débiles para vencer a Goliat. Sumidos en la tristeza, no repararon en una góndola que atracaba en plena oscuridad en el embarcadero. El ruido del amarre alertó a Filippo, que se levantó inquieto a la espera de ver quién descendía de la barca.

—¿Quién anda ahí? —preguntó Della.

Observaron en silencio cómo una silueta descendía y se acercaba majestuosa hasta ellos. Los dos trataron de descubrir a la misteriosa dama, pero no lograron desvelar su identidad. No les resultaba familiar.

—Será mejor que entremos. No deseo que nadie nos vea —dijo la desconocida.

Della y Filippo fueron tras ella, que entró en el *palazzo* con paso firme. Un hombre que la escoltaba se quedó fuera vigilando para poder alertar de cualquier indicio de peligro.

—¿Quién es usted y cómo se atreve a entrar con semejante descaro en esta casa? —preguntó desafiante Della. Lo hizo con un hilo de voz, pero trataba de defender la poca honra que le quedaba a los Viviani.

—Mi nombre, buena mujer, es María Josefa Pimentel Téllez-Girón, Grande de España, decimosegunda duquesa de Benavente. Cuento con una decena más de títulos, pero no tenemos tiempo que perder.

Della y Filippo se quedaron petrificados ante la inesperada visita de un miembro de la realeza española. No sabían cómo debían hablarle, pero se les acumulaban las preguntas ante tan sorprendente visita a esas horas de la noche.

—Roberto Manin ha fallecido hace escasamente una hora.

—¡Jesús! —dijo Della santiguándose.

—No deberías santiguarte, era un malnacido y merecía morir.

La duquesa de Benavente era una mujer de voz ronca y mirada fuerte, pero de semblante triste. Se sentó en una silla y respiró profundamente mientras miraba los frescos del techo del gran salón.

—Será mejor que toméis asiento. Esta casa por el momento se ha quedado sin dueños —añadió sin apartar la vista de las pinturas.

Filippo obedeció sin rechistar. Della seguía recelosa de aquella gran dama que hablaba con ofensiva seguridad en casa desconocida sin haber sido invitada.

—¿Qué más se sabe de lo que ha ocurrido en el Palacio Ducal? —soltó Della con tono inapropiado.

—Necesito primero que recuperes la calma y dejes de mirarme como si fuera el enemigo.

Della cedió a regañadientes y se sentó en una silla noble, algo que una criada no acostumbraba a hacer. Con el ímpetu exaltado, decidió esperar a que la duquesa se decidiera a hablar.

—Os parecerá extraña mi presencia y lo es, pero debéis sobreponeros y confiar en mis palabras. Me unía una gran amistad con Arabella Massari, y estoy aquí para tratar de ayudar a Lucrezia Viviani.

Della atendía con interés, aunque todavía se mostraba cautelosa, más aún al saber que aquella mujer estaba relacionada con una mujer que había muerto rechazada por la sociedad.

—¿Cómo está Lucrezia? —quiso saber Filippo.

—No te impacientes. Sé que el corazón oprime cuando lo atraviesa una flecha.

La duquesa sabía reconocer a un amante desesperado, y los ojos de polluelo asustado de Filippo delataban el amor escondido que sentía por la joven Lucrezia. Su mirada de sufrimiento ablandó a la gran dama:

—Sigue viva… pero no va a ser fácil sacarla de allí…

—Daría mi vida por ella —dijo el remero.

—Lo sé, lo sé, pero no te hagas el valiente sin tener amarrada la victoria.

Della sonrió. Aquella mujer tenía buenas respuestas y sabía dar órdenes.

—Lucrezia Viviani ha sido acusada de la muerte de Roberto Manin. Le he pedido a Manuel Godoy que intervenga en nombre de Su Majestad el rey de España, Carlos IV, para que tenga un juicio justo.

—¡Lucrezia no ha matado a nadie! —gritó Filippo levantándose de la silla.

—Te creo, pero no siempre las acusaciones son justas —añadió la duquesa.

A Della se le había parado el pulso al escuchar la acusación que pesaba sobre Lucrezia y la posibilidad de que ni siquiera fuese juzgada. Si la condenaban directamente, moriría antes del alba. Sintió que se le abrían las carnes y cómo se le encogía el cuerpo. Roberto Manin había muerto, y cientos de invitados habían presenciado cómo Paolo Manin dijo que Lucrezia era hija de Satán y, aunque muchos no lo creyeran, por superstición o por temor a contradecir a Manin, testificarían en su favor.

—No puede haber juicio justo con los Manin —dijo.

La duquesa de Benavente la miró con dulzura. La vieja criada era tan fiel que podía llegar a morir de tristeza si Lucrezia sufría un terrible final…

—¿Por qué quiere ayudar a Lucrezia? No la conoce ni conocía a su padre. Al menos que yo sepa, y llevo sirviendo en esta casa toda la vida.

—¿Alguien más se ha ofrecido a ayudarte? Entiendo tu desconfianza, pero, créeme, no voy a perder el tiempo convenciendo a una doncella.

Della recibió la respuesta con desagrado, pero sabía que no le quedaba alternativa.

—Llevas razón en una cosa —afirmó la duquesa—. El juicio no sería justo, pero de conseguirlo, lograremos algo que no tenemos ahora: tiempo.

—¿Tiempo para qué? —preguntó Della.

—Para encontrar el modo de sacarla de allí con vida —respondió mientras se acercaba a la criada con pasos cortos y elegantes—. No dispongo de toda la noche. Necesito vuestra ayuda y vuestro silencio.

Della y Filippo atendieron, concentrados, a las palabras de la dama.

—Necesito que encontréis a quienes puedan dar testimonio de la fe cristiana de Lucrezia. Hay que hallar el modo de convencer al pueblo de que, lejos de ser el diablo, es una mujer piadosa.

Filippo bajó la cabeza avergonzado por el pecado cometido en el lecho de amor. Él sabía que su amada no era santa ni devota sino rebelde, mal hablada y ardiente de corazón. Della miraba al remero por el rabillo del ojo y le leía los pensamientos.

—Revolved sus cajones, revisad sus escritos, cartas, libros… Cualquier cosa que demuestre su pureza de alma podrá servirnos para salvar su vida.

—¿Y si no encontramos nada? —preguntó Della.

—Incluso al mismísimo diablo se le pueden encontrar actos benditos.

La duquesa se cubrió la cabeza con el manto negro y se despidió de Della y Filippo con una mirada compasiva. Della no deseaba que se fuera, tenía demasiadas preguntas sin respuesta.

—¿Cómo sabremos si ha conseguido… que le hagan un juicio y no la maten?

La duquesa se detuvo y permaneció de espaldas y en silencio unos instantes. Filippo también se había puesto en pie para escuchar la respuesta.

—Antes del alba enviaré a uno de mis hombres para que os comunique que Lucrezia sigue viva y que tendrá juicio.

La gran dama abrió el portón de madera y desapareció entre las sombras. Filippo y Della pasaron la noche en vela, rezando en silencio por que aquella mujer lograra alejar la primera gran tormenta.

***

Lucrezia permanecía encerrada en una celda del Palacio Ducal. No había recibido ninguna visita ni hablado con nadie desde que abrió los ojos en aquella lúgubre estancia. Nadie le había informado de la muerte de su padre, tampoco de la de Roberto Manin. Se encontraba cerca de la *stanza della corda*, donde la Inquisición veneciana torturaba a los presos de buena familia. Los llamados «señores de la noche», los carceleros, la vigilaban en silencio a la espera de poder proceder a la pena merecida para una hija de Satán. Uno de ellos era el encargado de darle su escudilla diaria con agua y comida. Lo justo para mantenerla con vida hasta que se celebrara el juicio. Lucrezia había perdido el apetito y la esperanza de que alguien le contara qué ocurría. Su rostro se había alargado, sus ojos habían dejado de brillar. Su boca hacía días que no emitía sonido alguno.

«¿Saldré de aquí alguna vez?», pensaba en el silencio desesperante al que ya se había abandonado por completo.

No tenía fuerzas para gritar auxilio y traspasar así las gruesas paredes de piedra. Esas que, a base de pequeñas muescas, le decían que llevaba demasiados días encerrada. Pasaba las horas tumbada en el camastro siguiendo la trayectoria del único rayo de luz que entraba por un ventanuco, hasta que desaparecía y la dejaba sumida en la más completa oscuridad.

Aquel día el postigo de la puerta se abrió y una luz de antorcha deslumbró a Lucrezia.

—Sigue viva. Tendrás suerte si te dice una palabra. Es como si le hubieran cortado la lengua.

El sonido metálico de llaves indicaba que estaban abriendo el candado. Lucrezia se levantó y se apoyó en la pared más alejada de la puerta. La voz que había hablado era la de uno de sus carceleros.

—¡De nada le va a servir rezar! Está condenada y su alma arderá en el infierno.

El carcelero entró con una gran antorcha que sujetó a una anilla de la pared. Los ojos de Lucrezia tardaron en reconocer a Chiara, que entró sin hacer ruido y se sentó frente a ella en una banqueta. Las dos se miraron mientras el cerrojo volvía a sellar la celda. Chiara no pudo reprimir sus lágrimas al ver el deplorable estado en el que se encontraba Lucrezia. El carcelero permaneció un buen rato con el postigo abierto, espiando, curioso por saber si la religiosa obraba el milagro. Chiara, que sabía que estaban siendo vigiladas, cogió la Biblia y comenzó a leer versículos para aburrir al vigilante. Lucrezia apenas pestañeaba, ni siquiera la presencia de Chiara había cambiado su expresión. Parecía una muerta en vida. Entonces oyeron cerrarse el postigo. Por fin estaban solas y podían conversar en susurros.

—Te vamos a sacar de aquí —comenzó Chiara—, queda poco. Tienes que aguantar, tienes que comer, ¡pareces un cadáver!

Lucrezia no la miró, no quería hablar. El dolor y el miedo la habían paralizado. Tenía los ojos entornados, se sentía muy débil y se resistía a comer.

—Por favor, Lucrezia, no dejes de luchar. ¡Te vamos a sacar de aquí!

Lucrezia la miró y sintió cómo una lágrima le bajaba por la mejilla hasta posarse en la barbilla temblorosa. Chiara se levantó y se acercó a ella. La besó en la mejilla, le cogió una mano y se la apretó con fuerza.

—Tienes que ser fuerte. No puedes abandonar.

La presencia de Chiara la había devuelto a la vida. Había recuperado la capacidad de sentir, aunque solo fuera dolor. Chiara lloró con ella sin soltarle la mano.

—¡Te lo prometí y pienso ayudarte! No estás sola —dijo.

En cuanto vio que Lucrezia asentía y se calmaba, Chiara volvió a su asiento. Era importante guardar las apariencias para no despertar sospechas.

—Tengo que contarte muchas cosas y debes atenderme porque apenas queda tiempo.

—¿Ha muerto el… león? —preguntó inesperadamente Lucrezia.

Chiara se extrañó de que nadie le hubiera contado que Roberto Manin estaba muerto, y entonces dedujo que tampoco sabría que su padre también había fallecido. Se dio cuenta de que la visita iba a ser más difícil de lo que había pensado.

—Sí. Esa misma noche y… ¡te acusan de su muerte!

—Entonces… ¿cómo me vais a sacar de aquí? Estoy muerta… Estoy… muerta.

—Hay esperanza. Se va a celebrar un juicio. El rey de España ha intervenido para detener tu ejecución.

—Solo conseguiréis prolongar la agonía —dijo.

—Lucrezia, escúchame bien, vamos a aprovecharlo para sacarte de aquí. El juicio solo es una disculpa para que puedas escapar.

—¿Escapar? —preguntó con rabia.

—¡Chssss! No alces la voz, y si oyes que abren la puerta, reza conmigo el avemaría.

Chiara tuvo que emplearse a fondo para convencer a Lucrezia de que existía la luz y de que había muchas personas influyentes esforzándose por sacarla de allí.

—¿Cuánto tiempo tardaréis? ¿Cuánto? No me gustan tus planes… Terminan mal.

Chiara entendía el dolor de Lucrezia y sabía que no tenía una respuesta a cuánto tiempo tardarían en sacarla de allí.

—¿Crees que podré aguantar mucho en estas condiciones?

Chiara vio que no podía continuar a oscuras ni alimentarse de aquella masa putrefacta. Hacía frío y las paredes eran muy húmedas. Había tenido suerte de no haber enfermado todavía.

—Mañana mismo tendrás luz, mejor comida y abrigo. Pero debes colaborar y comportarte como si estuvieses arrepentida.

—¿Arrepentida? Bien sabes que no me arrepiento de nada. Lo volvería a hacer —soltó Lucrezia alzando la voz.

Chiara volvió a calmarla, no podía contarle nada más. Todavía no tenían un plan de huida ni sabían cómo ni cuándo se celebraría el juicio. Había sido elegida para ir a verla y darle todo el apoyo para que recobrara el ánimo, e informar a las demás de las condiciones en que se encontraba. Le habría gustado sacarla de allí de inmediato, pero todo estaba demasiado revuelto. La muerte de Roberto Manin había enloquecido a su padre, y mucho más desde que el Dogo había evitado que Paolo le rebanara la garganta a Lucrezia para limpiar su nombre y terminar con las habladurías de la maldición de los Manin.

—¿Cómo ha ido el rezo, hermana? Veo que sigue igual. Ya le he dicho que era tiempo perdido con esta condenada.

El carcelero estaba abriendo la puerta. El tiempo se había agotado y solo pudieron despedirse con la mirada. Chiara cerró la Biblia y se marchó sin pronunciar palabra para evitar que el carcelero notara su tristeza. Sentía tanta impotencia que tenía náuseas. Bajó rápidamente las escaleras escoltada por los soldados y al salir vomitó lo poco que había comido. Había aguantado para insuflar valor a Lucrezia, pero estaba agotada.

—¿Se encuentra bien? —soltó un soldado.

—Sí, sí…, estoy bien. Prosigamos.

Chiara estaba débil y desanimada desde la fatídica boda. No había superado el encierro y la acusación de Lucrezia. Su amado Alonzo, desde que se había ido a Florencia, no había dado señales de vida. Ni una carta ni rastro de él. Estaba cansada del doble juego: de ser monja y ser hombre. Que Alonzo no estuviera con ella le hacía más difícil vivir encerrada en el convento. No quería rezarle a ese Dios que permitía que el mal ganara sobre el bien. Estaba enfadada con sor Bettina porque el plan había fracasado y ahora nadie podía asegurarle que Lucrezia saldría con vida.

—Debes seguir confiando, Chiara, no puedes perder la fe al primer tropiezo.

Sor Bettina no había dejado de alentarla para que recobrara el ánimo, pero era inútil. Quizá por ello la eligieron para visitar a Lucrezia. La duquesa de Benavente, que informaba con regularidad a las hijas del agua de los avances diplomáticos, visitó el convento y sor Bettina la convenció de que la persona más indicada para levantar el ánimo a Lucrezia era Chiara.

—Si no se celebra pronto el juicio, tendré que partir a España y desde allí las cosas serán mucho más difíciles. Bien sabes, mi querida Bettina, que un embajador es muy dado a recibir bolsas de dinero a cambio de...

—Perder la memoria —terminó la priora.

No era buena noticia que la duquesa no pudiera permanecer mucho tiempo en Venecia. Debían acelerarlo todo, pero planear una huida no era una tarea fácil. Debía hacerse con calma para no cometer errores.

—Partiré después de la luna nueva. Ya sabes que mi compromiso está con la hermandad y que después de la pérdida de Arabella... ¡debemos seguir!

Por su parte, sor Bettina rezaba a María Magdalena para que las ayudara en aquel trance. No era ortodoxo rezar a una mujer así, pero para una vengadora como la madre priora era lo más correcto. Hacía tiempo que había dejado de creer en la Iglesia. La palabra de Dios se pervertía y se ajustaba según los deseos de despiadados que habían convertido la misericordia en ambición desmedida. No existía la austeridad ni la ayuda a los más desprotegidos, todo era vicio y codicia de oro y poder.

Sor Bettina sentía compasión por la joven Chiara porque no solo sufría por Lucrezia sino también por el mal de amores. La priora esperaba, por el bien de su salud, que Alonzo diera pronto señales. No era un buen momento para recibir malas noticias, aunque sabía que, en tiempos de oscuridad, crecen las tinieblas.

Chiara llegó medio enferma al convento después de la visita a Lucrezia. Dio todos los detalles de cómo la había encontrado y se recluyó en su celda sin comer.

—No me encuentro bien.

Sor Bettina respetó el encierro de Chiara. Debía descansar y digerir su enfado con el mundo. El mundo era un lugar injusto y aceptarlo llevaba tiempo. Hasta ahora Chiara parecía haber ganado la batalla contra una realidad que no le gustaba gracias a su ingenio. Con su doble identidad, su amor secreto por Alonzo y su escritura. Pero ahora se daba cuenta de que su alma inquieta siempre había estado prisionera en un cuerpo de mujer.

—¡Odio este cuerpo! ¡Odio ser mujer! —le había gritado Chiara a sor Bettina entre sollozos.

La priora la abrazó y la dejó llorar en su regazo. Ella también había sentido esa rabia hacia sí misma porque no la había podido dirigir a nadie en concreto.

—No es a ti a quien odias. No apuntes donde no debes —añadió con ternura sor Bettina.

La priora estaba orgullosa de Chiara porque estaba demostrando mucho valor ante el descubrimiento de que eran prisioneras de un mundo hostil. La dejó en su silencio, pero tenía la esperanza de que despertara como lo hizo ella: convertida en un alma justiciera. La priora deseaba que la joven monja fuera su discípula, que aprendiera a preparar venenos y a vengar ultrajes. Estaba vieja, necesitaba una sucesora y Chiara tenía las cualidades necesarias.

***

La noticia de la muerte de Roberto Manin había llegado a todos los rincones, incluso a la isla de los Muertos donde Arabella, junto a Lina, permanecía oculta en una pequeña casa abandonada pero provista de lo necesario para sobrevivir una buena temporada. El desconocido les había contado, en una breve visita, todo lo acontecido en la boda y en las horas posteriores.

—¿Cuándo tendremos más noticias? No me acostumbro al silencio ni tampoco a que un extraño sea el que nos informe.

—Lina…, no me ayuda que te dejes llevar por esos pensamientos. Bien sabes el esfuerzo que hago por seguir aquí y no volver a Venecia.

Arabella se había convertido en una sencilla campesina que compartía con su criada las faenas. Tenía las manos agrietadas y el rostro quemado por el sol. Al principio, Lina se resistía a que Arabella la ayudara con las labores, pero pronto cedió. Había demasiado que hacer para convertir aquel lugar en un sitio habitable y ella ya era demasiado mayor. Eso aumentó la complicidad entre criada y señora, hasta el punto de que Lina se atreviera a preguntar ciertas cosas y que Arabella cediera a responder.

El tiempo transcurría despacio en aquella isla donde no había libros ni paseos en barca. Vivían con extrema sencillez: se despertaban con la primera luz y se acostaban cuando anochecía. Hacía días que Arabella esperaba noticias del misterioso desconocido que le había salvado la vida y que, además, había propuesto organizar la reunión de la hermandad para atraer a Paolo Manin y tenderle una emboscada. Desde su falsa muerte solo habían tenido un breve encuentro. Arabella necesitaba respuestas y eso la impacientaba.

—No puedes volver a Venecia. ¡Estás muerta, recuerda! —dijo Lina.

Arabella la miró furiosa. Sabía que estaba muerta para el mundo, pero no podía evitar querer volver y ayudar a Lucrezia.

—Tus… —Lina trataba de encontrar la palabra adecuada— tus… aliadas se estarán encargando, ¿no?

—¿Aliadas? —Arabella se echó a reír. Jamás se habría referido a las hijas del agua como aliadas pero, en cierto modo, Lina llevaba razón. Aquello era una batalla silenciosa donde había dos bandos: los aliados y los enemigos—. Estoy segura de que sí, pero la solución no es sencilla y me gustaría estar ahí para darles mi apoyo.

Arabella siempre se había rebelado contra su destino y soportaba mal su muerte fingida. Jamás habría imaginado que terminaría escondida del mundo en una isla maldita con Lina como única compañía y sin otra cosa que hacer que esperar. Además, Lina no la comprendía. Su instinto de supervivencia le impedía compadecerse del mal ajeno y no concebía la defensa de los más débiles ni la lucha por el bien de la humanidad.

No creía en el bien común, y mucho menos en una hermandad de mujeres unidas para ayudar al mundo. Le parecía una locura, un cuento con un final trágico, pero Arabella no aceptaba discusión alguna al respecto. Estaba convencida de que su labor, y la de aquellas mujeres silenciadas, terminaría por dar sus frutos.

—Las revoluciones, Lina, no se hacen en un día. Todos los grandes imperios han caído. El de los hombres también caerá.

Lina sorbía despacio un consomé mientras reflexionaba, pero siempre llegaba al mismo lugar. Ella era tan solo una criada, no una visionaria. Por lo tanto pensaba en cómo volver a Venecia y a su vida de criada de casa noble, con sus privilegios y su cama blanda.

Una luz exterior las alertó de que alguien llegaba. Había oscurecido y, siguiendo las indicaciones del hombre misterioso, nunca encendían las velas.

—Aparta la mesa y libera la trampilla del suelo. Quizá debamos escondernos.

—¿No deberíamos hacerlo ya? —preguntó Lina, temerosa.

—¡Hazlo tú! Yo quiero ver quién se acerca. Quizá sea una visita…

Solo había una persona que conocía su paradero. «El resto son enemigos», pensó Lina. Recordó que, en el fondo, eran unas fugitivas, unas desterradas, y que Arabella supuestamente había sido asesinada por Paolo Manin. Si sus hombres descubrían que seguía viva, no solo matarían a Arabella, también a ella. Con la cabeza asomando por la trampilla, esperaba noticias de su ama.

—¿Siguen ahí? —preguntó ansiosa.

Arabella no respondió. Solo le hizo un gesto con la mano para que se callara. La luz estaba demasiado cerca y cualquier ruido podía delatarlas. Tres sombras cada vez más definidas se acercaban a la casa. Arabella reconoció al hombre misterioso. Se incorporó y se sacudió el polvo del vestido de labriega. Lina abrió los ojos atenta a sus palabras, pero en ese momento llamaron tres veces a la puerta. Tres veces y luego silencio.

Arabella abrió y saludó al desconocido, que seguía con la cara cubierta.

—Ha tardado mucho en venir —dijo.

—No ha sido fácil acceder a la isla sin ser vistos —respondió con ese acento extranjero que tan bien recordaba Arabella.

Los otros dos hombres se quedaron fuera de la casa, vigilando la llegada de la noche. Arabella le hizo una señal para que tomara asiento y llamó a Lina para que saliera del escondite.

—Lina, tenemos un invitado, prepara un té...

La criada abrió la trampilla y salió con dificultad.

—¿No cree que debería poder llamarle de algún modo? Me incomoda no saber ni su nombre —le dijo Arabella al visitante.

El desconocido iba vestido igual que en su encuentro en el *casini*. Una llave dorada le colgaba del cuello. Arabella se fijó en ella y él se la escondió de inmediato, intentando disimular sin lograrlo.

—Llámeme Nasuf —dijo al sentarse.

Desprendía ese olor a clavo y tierra mojada que hacía agradable su presencia. Sus ojos seguían tristes, doloridos. Arabella le observó en silencio, esperando que arrancara a hablar y le contara los planes que iban a seguir para asesinar a Paolo Manin. Ella había cumplido con lo acordado, pero no estaba dispuesta a pasar el resto de su vida en aquel exilio.

—La luna roja se acerca y el plan sigue en marcha. Mis hombres han instalado una tribuna al oeste de la isla, con el triángulo invertido en el suelo y enormes cubas llenas de agua bendita. Rodeando el espacio esperan decenas de antorchas listas para ser encendidas.

—Nuestras reuniones no son así. Es todo mucho más natural. No somos brujas ni convertimos a nadie en sapo.

—Lo sé, pero él no, y debemos crear lo que quiere ver.

—¿Cómo sé que ellas no van a correr ningún peligro? —preguntó Arabella mientras Lina les servía el té en dos tazas desportilladas.

La criada atendía desde la distancia. Aquel desconocido no le gustaba. Su voz era excesivamente suave, como el movimiento de una serpiente antes de cazar a su presa.

—Usted, en cambio, deberá estar a cubierto y a salvo cuando llegue el momento presente.

—¿Yo? Para él estoy enterrada…

—Necesito que presencie su muerte.

Lina no dejaba de fruncir el ceño y reprimía las ganas de hablar. Todo aquello le parecía una locura y le extrañaba que Arabella siguiera escuchando con atención.

—¿Quién es usted? —preguntó Arabella.

—No importa —contestó rápidamente Nasuf.

Arabella se levantó y comenzó a pasear bajo la atenta mirada de Lina, que la invitaba con el pensamiento a que insistiera en conocer la identidad del hombre misterioso.

—No puedo confiar solo en un nombre.

Nasuf bebió sin prisa mientras miraba a Arabella. Esta insistió:

—¿Dónde está la lista de la hermandad? ¿La ha traído?

Nasuf se levantó con ímpetu y salió de la cabaña sin decir nada, dejando a las dos mujeres solas. Arabella miró por la ventana y vio cómo Nasuf hablaba con sus hombres. Uno de ellos se alejó, mientras el otro esperó fuera.

—No confío en él —soltó la criada.

—Tú confías en poca gente, Lina —respondió Arabella.

La Gran Maestre sabía que no tenía elección. Estaba en aquella isla, muerta a los ojos del mundo, y quien le había salvado la vida custodiaba el preciado documento de la hermandad. Solo contaba con su ayuda, pero tampoco podía confiar del todo en sus intenciones. Únicamente conocía de él su nombre y una desgraciada historia de muertes a sus espaldas cuyo responsable parecía ser Paolo Manin. ¿Todo aquello era una venganza en solitario? Alguien tenía que estar ayudándole, no podía enfrentarse a Manin solo, y mucho menos costear el asalto y la posterior huida.

—¿Confía en él? —insistió Lina.

—No me queda más remedio. Nuestras cartas son las que son. Pero necesito más información y él sabe que debe ofrecérmela.

De nuevo volvieron a llamar a la puerta. Tres veces. Arabella y Lina miraron por la ventana. Era Nasuf con sus dos hombres cargando lo que parecía un pesado baúl de madera. Esta vez fue Lina quien abrió la puerta a indicación de su señora. Los tres entraron en silencio y dejaron en el suelo el arca, que Nasuf abrió inmediatamente.

—Les hemos traído provisiones —indicó al tiempo que los dos hombres abandonaban la casa.

Lina se abalanzó sobre el gran cofre: saquitos con harina, maíz, cebada y arroz, huevos, patatas y algunas botellas de vino. Lina cogió todo sin pedir permiso, olvidándose por un momento de la tensa situación. Llevaba días racionando la comida y el hambre apretaba.

—Si me lo permite, señora, voy a preparar una buena cena para esta noche.

Arabella vio la ilusión en los ojos de Lina y la dejó hacer. La comida no era ni mucho menos lo que más le importaba a Arabella, pero aun así dio las gracias. Sin embargo, no se desvió de su objetivo.

—¿Dónde está la lista y cuándo me la va a devolver? —preguntó.

Nasuf sacó un grueso rollo de papiro del interior de sus ropajes. Arabella lo reconoció de inmediato, por el tipo de papel, una extraña seda de Oriente muy difícil de obtener.

—¡Puedes comprobar tú misma si es esta la lista! —dijo Nasuf—. El otro documento, el que ha escrito una tal Mary...

—Wollstonecraft —completó Arabella sin mirarlo mientras extendía el rollo con habilidad.

Era el documento original, la relación de las hijas del agua que Olympe de Gouges había ido completando meticulosamente y que custodió hasta su muerte. Vivían tiempos difíciles, pero la pervivencia de aquel documento y el original de la vindicación de la mujer debían salir de Venecia cuanto antes. Su plan seguía siendo el mismo: Lucrezia. Arabella había planeado su exilio a una tierra segura donde la joven pudiera comenzar de nuevo y continuar la labor de la hermandad. Sus premoniciones eran mucho más intensas en esa isla maldita y, casi cada noche, sentía que a través de los sueños le eran revelados los pasos a seguir.

—He soñado con usted. Necesito su ayuda —dijo Arabella apartando el preciado documento.

Nasuf volvió a sentarse tras sacar una botella de vino del interior del cofre. Arabella indicó a Lina que trajera unos vasos. En aquella cabaña apenas contaban con cubertería, y mucho menos con cristalería de Murano o de París.

—Soy todo oídos, aunque antes... me gustaría recuperar el... documento —dijo Nasuf.

Arabella sabía que no podía negarse porque, en el fondo, estaba bajo su protección.

—Para todos estoy muerta, y dependo de usted para salir con vida de esta isla.

—No se inquiete. A la muerte de Manin se lo devolveré, como pactamos. Ahora está más seguro en mis manos —dijo Nasuf para tranquilizarla.

Arabella sabía que no era conveniente que ella conservara el documento en la isla. No esperaban visitas, pero estaban preparando una emboscada. Por ese motivo debía seguir confiando en Nasuf, y porque los sueños le habían hablado de él en repetidas ocasiones desde su primer encuentro.

—Sé que no está solo —dijo Arabella con rotundidad—. Me mintió en el *casini*.

Nasuf no movió un músculo. Ella estaba en lo cierto, no estaba solo, pero no era el momento de desvelar nada. Cualquier paso en falso podía complicar el plan de acabar con Paolo Manin y por eso Nasuf siguió mirando en silencio a Arabella, esperando que prosiguiera con su petición.

—Necesito asegurarme de que… Lucrezia Viviani sale con vida de Venecia.

—¿Lucrezia Viviani? —preguntó él con calma.

—Sabe muy bien de quién hablo. No quiero más mentiras, y prometo no preguntar quién está detrás de todo esto. Sé que pueden ayudarme a sacarla del calabozo. Necesito que salga de Venecia.

Arabella bebió un largo trago de vino mientras se perdía en sus propios pensamientos. Trataba de encontrar las palabras que sirvieran para interpretar su sueño, para ofrecerle a Nasuf la certeza de que sabía de lo que estaba hablando, y que fuera quien fuese el poderoso que estuviera detrás de todo aquello se prestase a ayudar a Lucrezia a escapar.

—Las cosas se han complicado —dijo Nasuf esperando una rápida atención de Arabella—. Por orden del rey de España se ha suspendido su ejecución, pero pronto será juzgada y no tendrá un juicio justo.

—Ludovico no se atreverá a convocar el juicio él solo. Si Paolo Manin muere, quizá Lucrezia sobreviva —reflexionó Arabella.

Lina sirvió la cena que había preparado con alegría inesperada. Nasuf le sirvió a la vieja criada un vaso de vino que se llevó con gusto a la cocina para disfrutarlo mientras ellos terminaban la conversación.

—No le soy simpático a tu criada —dijo Nasuf sonriendo.

—No se fía de los extraños que ocultan su rostro y salvan vidas a cambio de muertes.

Los dos saborearon el queso y las tortas de harina de Lina mientras seguían intercambiando impresiones sobre la situación en el Palacio Ducal.

—¿Va a ayudarme? —preguntó directa Arabella al tiempo que alzaba el vaso de vino.

Nasuf dejó de comer y la miró fijamente. Aquella mujer no había perdido un ápice de seguridad ni de elegancia a la hora de ejercer el poder. Sabía manejarse en las conversaciones y ser lo bastante firme como para no dejar ningún cabo suelto. Arabella necesitaba una respuesta para mantener esa firmeza y confiar en que todo aquello iba a servir para salvar a la hermandad y a Lucrezia. Sabía que las aguas de Venecia estaban envenenadas y que escapar de sus lagunas, en esos momentos, sería un milagro. Pero no iba a admitir un no por respuesta.

—Protegeremos a Lucrezia —dijo Nasuf alzando también el vaso para brindar por el acuerdo.

Los dos siguieron disfrutando de la cena, hablando de la República y tratando de obtener en las medias verdades información el uno sobre el otro. Demostraron ser hábiles conversadores y decidieron seguir por la senda del respeto. Al despedirse, Arabella quiso confesarse porque quizá aquella sería la última ocasión que tendrían de hablar a solas, antes de la emboscada a Manin.

—Gracias por salvarme la vida —dijo mirándole a los ojos—. Espero que cuando todo pase..., tenga pensado cómo devolvérmela.

Nasuf sonrió y le dedicó una pequeña reverencia antes de salir por la puerta. No hubo respuesta. No hizo falta. Ambos llevaban suficiente tiempo charlando como para haber aprendido a leerse las miradas. Arabella observó desde la ventana cómo se alejaban los tres hombres. Volvía a estar sola con Lina, que ya roncaba en su rincón. Salió y se terminó el vaso de vino mirando las estrellas a la luz de la luna. El silencio y la soledad son compañeros de viaje en un camino llamado paciencia. Arabella sabía que debía esperar nuevas señales.

La luna roja se acercaba y el círculo estaba a punto de cerrarse.

Trece

«Nunca están los hombres más cerca de la
estupidez que cuando se creen sabios».

Lady Mary Wortley Montagu (1689-1762)

Mi amada Chiara:

Mi sentido del honor y mi cobardía me instan a ha-
blarte con premura. La vida no está hecha para bus-
car la felicidad sino para encontrarla en lo que nos
depara el destino. El nuestro, por mucho que nos due-
la, es decirnos adiós. No estoy hecho para esta vida
de engaños y encuentros furtivos. Soy el heredero de
los Farseti y me debo a ellos; no puedo empañar el
nombre de mi familia. Pienso en las promesas que te
hice y que no cumpliré, pero mi amor por ti perdu-

rará. He decidido acceder a la petición de mi padre de casarme con Angela Barbadori. Pertenece, como bien sabes, a una de las mejores familias de Florencia y nuestra unión será, sin duda, provechosa para todos. Siento que el suelo se mueve al escribirte, pero no veo felicidad en el exilio. Espero que, con el tiempo, puedas perdonarme. No quiero prolongar la agonía, ni excederme en palabras que como lanzas se te claven y te provoquen dolor. Abandono para siempre Venecia y, aunque me desgarro por no verte, he decidido mandarte mi último beso en tinta. No sería capaz de decirte adiós mirándote a los ojos.

Tu amado siempre,
Alonzo

Chiara había leído cientos de veces aquella misiva y, sentada en uno de los bancos del claustro del convento, era incapaz de reaccionar. Tenía una extraña sensación, como si su corazón se hubiese parado pero al mismo tiempo siguiera latiendo. Tenía los dedos agarrotados, incapaces de soltar la carta de Alonzo. Tenía la mirada perdida y estaba sumida en un estado de dolor agudo que aprisionaba su alma para no obtener más respuesta que el propio dolor. No podía mover ni un solo músculo de su cuerpo, ni siquiera escuchar el viento mover las hojas de los árboles, ni la campana que llamaba a la oración. Alonzo llevaba razón; sus palabras eran una afilada lanza que había ido directa al corazón de Chiara. Sor Bettina, que salía de su laboratorio, supo ver desde la lejanía que la esperada carta de Alonzo había llegado cargada de malas noticias. Fue al encuentro de Chiara y se sentó a su lado.

—Cuando el viento no sopla como deseamos, nos golpea con fuerza.

Chiara, que seguía con la mirada perdida y la carta apretada contra su vientre, no respondió. Sor Bettina se puso a rezar a la espera del llanto. «Cuando a alguien se le ha secado el alma, no es fácil que lleguen las lágrimas».

Las dos mujeres permanecieron horas en el banco sintiendo, al igual que el viento, la vida a ráfagas. Cada una con sus pensamientos mudos y, una de ellas, sor Bettina, con la experiencia de que tarde o temprano el dolor termina por reventar. ¡Y así fue!

Las lágrimas de Chiara comenzaron a sacar, muy despacio, el sufrimiento que retenía dentro de sí. Al principio tímidas, luego generosas, recorrieron su rostro sin vida. Sor Bettina siguió rezando a su lado, acompañándola en su renacer. La priora conocía muy bien los mecanismos del alma y uno de ellos era que el dolor profundo abandonaba por un tiempo el cuerpo y retornaba más tarde con fuerza para vencer el desamor.

Hasta el atardecer Chiara no recobró la calma. Cayó de rodillas, tocó el suelo y comenzó a temblar en silencio. Luego, sin poder reprimirse más, aulló como una loba herida.

—El dolor se transformará, pero primero debes sobrevivir a la tormenta. Eres más fuerte de lo que crees, no te rindas.

Chiara apenas escuchó las palabras de la priora. Seguía con la mente nublada y el cuerpo debilitado por el ayuno. No se sentía con fuerzas de procesar lo ocurrido. Todo su mundo, la razón por la que había decidido labrarse una doble identidad y lidiar con ella con esfuerzo y mentiras, se había desvanecido. Llevaba unas noches atormentada pensando que Alonzo dejaría de luchar. Sus temores se habían hecho realidad y ya nada parecía tener sentido.

—No quiero ser yo. Detesto ser mujer —dijo con rabia seca.

—Es el dolor el que habla, y ya sabes que el dolor llama a las fieras que todos llevamos dentro.

Chiara se rebeló, no quería que ni una sola lágrima más brotara de sus ojos. No deseaba más lamentos ni recuerdos de un pasado inútil.

—No puede entender lo que siento… ¡No puede!

Sor Bettina le agarró la mano y se la apretó con fuerza, pero Chiara la rechazó y se puso de pie. Caminó unos pasos con ímpetu para volver sobre sí misma y mirar sin pestañear a la priora. Aquella mujer había sido cómplice de su doble identidad; había silenciado cada una de sus escapadas para encontrarse con Alonzo, sabía que el amor estaba por encima de cualquier circunstancia o ley… Por eso no entendía cómo era posible que en ese momento no comprendiera lo que estaba sintiendo.

—Respóndame a una cosa: de poder elegir, ¿habría elegido ser mujer?

La madre priora levantó la cabeza y la miró con todo el amor que sus cansados ojos pudieron transmitir. Sabía muy bien lo que sentía Chiara; ella lo había vivido cuando la obligaron a recluirse en aquel convento. Se odió a sí misma, aborreció no haber nacido hombre y se lamentó por todos los rincones hasta comprender que ese no era el camino. Fue entonces cuando comenzó a investigar en los libros y encontró en las pócimas y venenos su refugio. Y en sus asesinatos, su venganza. No se sentía orgullosa, pero había encontrado un sentido a su vida. Ahora sabía que Chiara debía hacer lo mismo. El cascarón se había roto y su sueño de felicidad también. Chiara estaba sola con su desdichado destino y solo ella tenía el remedio para su martirio.

—No es una pregunta justa, bien lo sabes. Las mujeres estamos en desventaja...

—¡Las mujeres somos invisibles! —interrumpió Chiara—. Las mujeres no importamos y no tenemos derecho a nada. No quiero vivir más así. ¿A qué puedo aspirar?

—Yo ya soy vieja y sabes que queda mucho por hacer... —dijo sor Bettina.

Chiara quería y respetaba a la madre priora, aunque le costaba digerir que aquella mujer compasiva fuera una asesina vengadora. Por eso no se atrevió a rechazar su oferta. Sor Bettina había encontrado un propósito en la vida dentro de su encierro. Algo que Chiara acababa de perder. Amaba a Alonzo por encima de ella misma y, por ello, simuló su fe y se encerró en el convento. Cada vez que pisaba sus pasillos húmedos e infinitos, Chiara se consolaba pensando que un día los dejaría, que abandonaría aquel lugar para vivir con Alonzo en otras tierras. Renunciaría a su apellido y elegiría el amor por encima de todo. Pero Alonzo había decidido lo contrario: elegir el apellido y renunciar al amor.

—Necesito descansar. Habla mi dolor y no mi razón. Gracias por sus palabras de consuelo, madre priora.

Sor Bettina la besó en la frente y cogió su rostro con la suavidad de una madre. Habría deseado que esa carta contuviera otro mensaje, pero la experiencia le había demostrado que, solo en milagrosos casos, quien puede caminar sobre hierba escoge un camino de piedras.

***

La noche había caído también para el resto de los venecianos. Filippo y Della vivían con angustia cada día sin tener noticias de cuándo se iba a celebrar el esperado juicio a Lucrezia. Della seguía en casa de los Viviani al mando de los pocos sirvientes leales a la familia, que esperaban saber qué ocurriría con la única heredera. Solo ellos y unos cuantos *barnadotti* habían acudido al funeral de don Giuseppe Viviani, celebrado en la basílica de la Salute. El mercader más importante de la República había sido enterrado como un hombre marcado por la deshonra. Ningún veneciano de buena familia se había atrevido a pisar la iglesia para acompañar el duelo. Don Giuseppe había muerto de un ataque al corazón en el mismo momento en que su única hija era acusada de bruja e hija de Satán. La ciudad estaba dividida, pero el miedo a las represalias cubría cualquier intento de compadecerse del pobre mercader. Los mercenarios que había contratado don Giuseppe acudieron una noche al *palazzo*, entraron a la fuerza y se llevaron toda la plata que encontraron. Habían hecho un pacto con el mercader y, aunque estuviera muerto y su hija encarcelada, querían cobrar su dinero.

—¿Y si un día vuelven esos asesinos? —se preguntaba Della.

Sufría de insomnio. Tenía miedo de que algún maleante entrara en la casa, la saqueara y la matara a ella y a los pocos sirvientes que habían decidido ser leales. Durante aquella larga espera, Filippo y ella se habían convertido en compañeros de fatigas. Desde el asalto de los mercenarios, el joven pernoctaba en la casa para que Della se sintiera algo más protegida.

—No volverán. Lo saquearon todo.

Aunque la anciana no pensaba que Filippo la fuera a salvar de nada, había descubierto que era un buen conversador y que quería tanto a Lucrezia como ella. Della había comprobado la fragilidad del poder y la fortaleza del amor, y solo por eso se sentía muy unida a aquel muchacho de noble corazón.

—¿Cómo estará Lucrezia? No puedo dejar de pensar en su sufrimiento.

—Mi querido Filippo, comparto esa angustia, pero me consuelo pensando que es fuerte y que el tiempo corre a nuestro favor.

Della y Filippo se intercambiaban cada noche el papel de consolado y de quien consuela. Trataban de no coincidir para mantener el buen ánimo en la espera. Los dos se engañaban si hacía falta. Sabían muy poco de Lucrezia, solo Chiara la había visitado en dos ocasiones, y después del segundo encuentro les informó de que el aspecto y las condiciones de Lucrezia habían mejorado. No dejaban de ser palabras. Della y Filippo necesitaban verla, mirarla a los ojos, hablar con ella para comprobar que seguía firme y con la cabeza en su sitio. El encierro, la falta de luz y la espera en soledad pueden acabar con cualquiera.

—No tenía que haberle dicho que su padre había muerto —dijo Della, preocupada.

Filippo miró a la buena mujer mientras se tocaba con suavidad el león alado que le había regalado Lucrezia. Solía hacerlo cuando pensaba en ella y se imaginaba que, como un mágico talismán, cada vez que lo acariciaba, la joven podría sentir su amor e incluso oír sus pensamientos.

—¡Aguanta! ¡Sé fuerte! Iré a por ti —repetía susurrando cada vez que acariciaba el colgante.

Della lo miraba como a un loco absorto en sus murmuraciones. Le había preguntado por el colgante en alguna ocasión y, aunque no entendía muy bien el ritual, la complacía.

—Muchacho, ¿me escuchas o interrumpo tus oraciones? —dijo con sorna Della.

Filippo la miró y soltó el colgante. Él tampoco sabía si Chiara, en su segunda visita, se había precipitado contándole a Lucrezia que su padre había muerto en la iglesia apenas ella se desmayó.

—Bien sabes que no se llevaban bien, pero aun así la noticia tiene que haberla entristecido.

—¿Estás segura de que no pronunció palabra? —preguntó Filippo.

Della afirmó con la cabeza recordando lo que le había contado Chiara. La joven intentó no contarle a Lucrezia nada del exterior, pero ella, un poco más recuperada, había querido saber de todos. Chiara trató de buscar las respuestas adecuadas en cada momento. Cuando Lucrezia preguntó por Filippo, contestó: «Te espera». Al interesarse por la salud de Della, dijo: «Sigue con sus achaques de siempre». Y cuando la interrogó sobre su padre, improvisó una respuesta: «Está muy preocupado por ti y te quiere». En cuanto Chiara dijo esas palabras supo que Lucrezia no la creyó. Lucrezia conocía a su padre y sabía que, antes de mostrarse comprensivo con su hija, sometería a todo su entorno a un interrogatorio para descubrir si tenía algo que ver con la muerte de Roberto Manin. A don Giuseppe le habían cegado siempre el dinero y el buen nombre de la familia, y difícilmente habría salido de su boca la frase: «Estoy muy preocupado por ella y la quiero».

—¡Mientes, Chiara! A las puertas de la muerte quiero que me digas la verdad, y si no, ya puedes marcharte —dijo Lucrezia.

—¿Cómo puedes pensar eso de mí? —intentó persuadirla Chiara, desesperada.

—No sigas, sé que me has mentido sobre lo que piensa mi padre de todo esto. Estoy preparada para la verdad, así que te ruego que me digas qué trama el gran mercader.

Chiara sabía que no podía salir de allí sin contarle la verdad. Ella era la única que estaba autorizada a entrar en la celda y no podía arriesgarse a que Lucrezia no quisiera volver a verla.

«Así que me vi obligada a contarle que su padre había muerto —le confesó Chiara a Della—. Le dije que era cierto que la había mentido porque no sabía cómo contarle lo sucedido. Lucrezia me dio la espalda, se cruzó de brazos y así se quedó mientras yo, con todo el tacto del que fui capaz, le conté lo ocurrido».

«¿Y qué dijo? ¿Qué hizo?», «preguntó con angustia Della».

Con la cabeza gacha, Chiara le explicó que Lucrezia estuvo todo el tiempo sin hablar y que, al cabo de un rato, había dicho: «Necesito estar sola. Te ruego que te marches».

Y Chiara, desconcertada, había obedecido.

—¿Y te fuiste? ¿La dejaste en ese estado? ¿Cómo se te ocurrió? —le reprendió Della.

—Yo no la habría dejado sola, aunque me lo hubiese suplicado —le dijo Della a Filippo.

Filippo sabía que Della habría hecho lo mismo, porque cuando Lucrezia deseaba algo, lo conseguía al precio que fuera. En el fondo, Della necesitaba desahogarse, hablar para acallar sus propios demonios, que no dejaban de atormentarla con malos pensamientos sobre el estado de Lucrezia.

—¿Y si decide quitarse la vida? —añadió—. ¡Cuántos presos no lo han soportado!

—No es bueno que pensemos en lo malo, deberías seguir confiando en su fuerza —dijo Filippo.

Della rompió a llorar, estaba agotada, y le faltaban fuerzas para soportar no solo la espera, sino los días en aquella casa. No había visitas, nadie se acercaba y todos miraban de lejos las ventanas cerradas como si fuera un lugar maldito. Los Viviani habían pasado de ser la familia más poderosa de Venecia, después de los Manin, a caer en desgracia, en el olvido. A ser unos apestados. Filippo no sabía cómo consolar a Della, porque tenía razones para la desesperación. Volvió a acariciar su león alado, cerró los ojos y se concentró en sus oraciones.

—¡Aguanta! ¡Sé fuerte! Iré a por ti.

***

Lucrezia estaba echada en el camastro con la mente puesta en Filippo. Le parecía oír sus voces de consuelo en esa espera que poco a poco se le hacía más insoportable. El corazón se le llenaba de odio al pensar en Paolo Manin y de dolor al recordar a su padre. Había llorado un día entero su muerte. Había recordado una y mil veces las últimas palabras que le dijo el día de su funesta boda: «Espero que te comportes con la dignidad que merezco».

No podía controlar la rabia que se adueñaba de su interior. Recordaba cómo había mirado a su padre: con odio por anteponer el dinero y la posición a la felicidad de su hija. No habían cruzado una palabra, un gesto de amor y, sin embargo, después de llorar su muerte, Lucrezia le había perdonado y sentía su ausencia.

—Espero que puedas perdonarme, allá donde te encuentres —susurró.

Había aceptado que su padre, aunque no había sabido quererla, llegado el momento había luchado por ella.

Chiara llevaba muchas muescas en la pared sin aparecer, desde que Lucrezia la trató sin piedad cuando se enteró de la muerte de su padre. Estaba asustada, necesitaba sus visitas porque le ofrecían una esperanza, ciega, pero una esperanza. Sus carceleros eran un poco más amables, quizá porque se apiadaban de ella. Le habían cambiado a una celda con luz y algo más cómoda. La comida parecía comida y el agua era transparente y no llevaba ningún orín. Lucrezia sabía que ya no podía morir de enfermedad ni de hambre, pero sí de tristeza y soledad. Se preguntaba cada vez con menos fuerza y confianza si algún día saldría de allí. Había tenido tiempo para pensar cómo había cambiado su vida, y si de algo se arrepentía era de no haber luchado antes por ella. El encierro la había hecho fuerte en sus convicciones y se repetía que, si lograba salir viva de allí, pelearía por todas las mujeres. Igual que habían hecho Arabella o, a su manera, Felizzia. Seguía imaginando que abandonaba Venecia, una tierra que deseaba olvidar y dejar muy atrás. Por todo ello y por la muerte de su padre, se prometió que soportaría hasta el final ese encierro y que no dejaría de luchar un solo momento por su libertad.

—¡Quiero ver al Dogo de Venecia! ¡Quiero que le digan al Dogo que deseo verle! —gritó con insistencia.

—¡Como no dejes de hablar te cortaré la lengua en nombre del Dogo! —dijo el carcelero más rudo.

Entonces Lucrezia calló, pero no dejó de intentarlo cada día, aun a riesgo de que le cortaran la lengua. Una tarde la puerta se abrió y entró con furia el sanguinario. Lucrezia pensó que había llegado su hora cuando le vio acercarse con deseos de estrangularla. Era un gigante al que le faltaba media nariz. Olió su aliento putrefacto y retrocedió hasta quedar arrinconada contra la pared. No sintió miedo de lo que pudiera hacer aquel animal porque llevaba demasiado tiempo imaginando su muerte. Lejos de suplicar, cerró los ojos y aceptó su destino.

—Cámbiate de ropa y aséate un poco, vas a recibir visita —dijo el carcelero escupiéndole en la cara.

Lucrezia no fue capaz de abrir los ojos hasta que oyó cerrarse la puerta. Sobre el mugriento camastro vio un sencillo vestido de paisana, limpio y perfumado. Una jarra de barro llena de agua y una jofaina para lavarse. Se vistió sin prisa, con la paciencia de quien goza de todo el tiempo del mundo. Se imaginaba que Chiara había decidido perdonarla y que volvía a visitarla. Ella la abrazaría y le contaría que había recuperado su ánimo. Le relataría los infiernos por los que había pasado hasta reconciliarse con su padre y cómo había recuperado la fe en la lucha y en una vida fuera de esos muros. De ser así, le pediría que la ayudara a conseguir papel y escribiría pensamientos, reflexiones para que llegaran al mundo y, quizá, aliviaran a muchas mujeres también presas, pero de su matrimonio.

Lucrezia escuchó cómo se abría la puerta de nuevo; se retiró y se apoyó en la pared. Sus ojos se llenaron de ira al ver entrar al asesino de su padre. Paolo Manin, con la sonrisa de quien se sabe vencedor, se plantó delante de ella. Dos carceleros se acercaron a Lucrezia, le ataron las manos a unas cadenas y salieron.

—Me encadenas para que no intente matarte —dijo Lucrezia, y escupió lo más lejos que pudo para tratar de alcanzarle.

—Tu arrojo no deja de sorprenderme —contestó Paolo—. No eres más que una cucaracha a punto de ser aplastada.

Paolo cogió la única silla de madera que había y la colocó con un golpe seco a pocos pasos de Lucrezia. Se sentó con tensa suavidad para contemplar a su prisionera al detalle y que su conversación fuera lo más privada posible. Lucrezia levantó la cabeza y le sostuvo la mirada. No tenía nada que perder y sí mucho odio que repartir. Aquel hombre había llevado a su propio padre al infierno, le había destrozado la vida y apenas le había importado su muerte.

—¿Qué quieres? ¿A qué has venido? —preguntó.

Paolo seguía observándola. A pesar del desgaste del encierro, Lucrezia conservaba esa belleza magnética, ese poder que pocas mujeres tenían, y según había comprobado, resultaba siempre peligrosa.

—Me intriga que hayas suplicado ver al Dogo y no a mí. Soy yo quien podría apiadarse de ti y salvarte la vida.

—¡Jamás! —aseguró Lucrezia.

—¿Jamás?

—Jamás perdonarías una vida y jamás te pediría clemencia.

Lucrezia no dejaba de preguntarse qué hacía Paolo allí. Por qué había bajado a los infiernos. Qué le había llevado a querer encontrarse con ella.

—¿A qué has venido? —volvió a preguntar.

Paolo Manin se despertaba todas las noches con pesadillas. No dormía y amanecía empapado en sudor. Le atormentaba por primera vez no tener la capacidad de sentir, ni siquiera la muerte de su hijo. Cuando vio su cuerpo inerte y le tocó el frío rostro para cerrarle los ojos, no vertió una lágrima. Venecia consideraba la muerte de Roberto Manin como el principio de su caída y más de uno le apuntaba con el dedo invisible del desprecio. Los Manin seguían siendo la familia más poderosa y temida de la República, pero en los mentideros se hablaba de condena, de una maldición que terminaría con ellos tarde o temprano. Paolo se despertaba asustado de madrugada al ver aparecer de la nada el rostro de su hijo diciéndole: «¡Estás muerto! ¡Muerto!».

Siempre la misma imagen, la misma frase, noche tras noche. Paolo Manin había reforzado su guardia personal y no comía nada que no hubiera sido catado antes. La falta de descanso le había sumido en un agotamiento que comenzaba a provocarle alucinaciones. En cualquier mirada veía sospechas de una nueva conspiración. Estaba más encorvado y flaco. Y vivía con una sola obsesión: terminar con la alianza de mujeres que se habían unido para evitar que el hombre reinara en la tierra. La noche de la luna roja se aproximaba, y con ella la ansiada reunión en la isla de los Muertos para honrar a Arabella Massari y elegir a la nueva guía de la hermandad. Como si de una batalla se tratara, Paolo llevaba semanas preparando el ataque, la emboscada, para que ninguna mujer pudiera salir viva de allí. Pensar en ello era lo único que le provocaba alivio; solo así lograba olvidarse de la imagen de su hijo y de su advertencia.

—He venido a preguntarte algo —dijo Paolo rompiendo su silencio—. ¿Se te ha aparecido mi hijo en sueños?

Lucrezia reprimió su sorpresa ante la pregunta. ¿Qué intenciones podía haber detrás? Sabía que debía ser cauta porque cualquier cosa que dijera podría ser usada en su contra. Una añagaza para evitar el juicio y ejecutarla sin más. Sin embargo apreció en la mirada de Paolo algo mucho más profundo que la ansiedad de un asesino que espera que su presa caiga en sus redes. ¿Miedo tal vez?

—¿Qué gano yo con responderte a eso? —dijo para ganar tiempo.

Paolo bajó la mirada. Intentaba encontrar una respuesta adecuada para sonsacarle la verdad a Lucrezia. Deseaba saber si ella también tenía extrañas visiones. No quería que viera en él un atisbo de duda. ¿Estaba perdiendo la cabeza? Durante los primeros días pudo mantener la cordura y convencerse de que sus desvaríos se debían a la mala conciencia. Pero pasaban las noches y, aproximadamente a la misma hora, la misma amenaza: «¡Estás muerto! ¡Muerto!». Roberto Manin se rebanaba el cuello con una daga y se desangraba delante de él mientras lo miraba fijamente. Paolo sudaba cada vez que lo recordaba. Lucrezia observaba extrañada a su enemigo.

—No —respondió al fin—. No se me ha aparecido.

Paolo la miró y los ojos de la joven le confirmaron que no mentía. Le habría gustado oír algo que ahuyentara el miedo que le consumía. Se volvió a sentar frente a Lucrezia, con la mirada baja, perdido en sus temores.

—¿Temes a la muerte? —preguntó.

Lucrezia seguía sin entender, pero sospechaba que aquella conversación forzada no conduciría a nada bueno. Sabía que Paolo era responsable de cientos de muertes y que jamás había tenido curiosidad por saber lo que sentían sus víctimas antes de perder la vida. ¿Por qué se lo preguntaba ahora a ella? Intuyó que debía meditar bien la respuesta; era cierto que tenía miedo a la muerte, pero en la desesperación del encierro le había perdido el respeto, incluso la había deseado. Paolo comenzaba a impacientarse con su silencio.

—Yo no estoy condenada. No temo mi muerte. Solo los condenados sufren pesadillas —dijo Lucrezia sin dejar de mirarle.

Paolo contuvo la respiración y la miró como si ya no tuviera alma. Comenzaba a pensar que, al igual que su hijo, estaba perdiendo el juicio. Cada noche, con cada pesadilla, sentía que derramaba su carácter despiadado. Se había convertido en un ser temeroso y vulnerable; una presa fácil para los tiburones hambrientos. Luego, como cuando la bestia despierta, la miró con los ojos de siempre. Se frotó las manos y sonrió de forma descarnada.

—Mañana mismo estarás condenada. Reza para que se te aparezca el fantasma de mi hijo esta noche. Quizá te ayude a librarte de la muerte.

—Bien sabes que no llevo al demonio dentro.

Paolo se levantó con la fortaleza despiadada de siempre.

—Tendrás que demostrarlo mañana en el juicio —dijo.

Manin golpeó varias veces la puerta para llamar al carcelero. No había logrado vencer sus temores, ni tampoco ver el miedo en Lucrezia.

—He esperado demasiado tiempo para vengar a mi hijo —amenazó antes de salir.

Lucrezia intentó contestar, pero esta vez el miedo sí le había secado la boca. Había llegado la hora del juicio y su verdugo le había confesado que su condena era segura. El carcelero le quitó los grilletes y Lucrezia se desplomó en el suelo. Las piernas le habían fallado al saber que le quedaban pocas horas de vida. De haber podido, habría gritado o llorado, pero tuvo que contentarse con un silencio amargo.

Paolo Manin había engañado a Lucrezia solo por el placer de hacerla sufrir. A la mañana siguiente nadie abrió la puerta de la celda porque no había la más mínima intención de celebrar el juicio. El Dogo de Venecia necesitaba retrasarlo para recuperar alianzas. Las relaciones estaban tensas y Venecia se había quedado aislada y sin apoyos.

—¿Piensas mantenerla encerrada para siempre? —le preguntó Paolo Manin a su primo.

—Bien sabes que es inocente y su muerte puede llevarnos a romper definitivamente con España.

Paolo necesitaba celebrar el juicio y enterrar a Lucrezia Viviani. Quizá así dejaría de ver a su hijo por las noches y recuperaría su mente.

—La quiero muerta. ¡Muerta!

Ludovico, sentado en su trono, observaba a su primo con inquietud. Había perdido la salud y actuaba por primera vez con las cartas boca arriba. Paolo jamás se había impacientado por matar a alguien; siempre había disfrutado planeando su muerte. La ansiedad solía llevar al camino equivocado, y Paolo tenía demasiada experiencia para dejarse llevar por ella.

—Llevas tiempo delicado de salud, primo. ¿Debo preocuparme? —preguntó Ludovico.

Paolo sabía que su semblante había cambiado; sufría las consecuencias de la falta de sueño y tenía los nervios a flor de piel por la visión de su hijo todas las noches.

No se lo había dicho a nadie, pero los habitantes de palacio estaban al corriente de sus terrores nocturnos. Paolo había prohibido que nadie entrara en su alcoba mientras dormía. Solo Antonella había presenciado una noche su despertar; solo ella había visto en los ojos de Paolo el miedo a la muerte, entre convulsiones y cubierto de sudor. Había tratado de calmarle y pagó un alto precio por ello.

—¡Maldita zorra altanera! ¡No vuelvas a mirarme así! ¿Me oyes? ¡Nunca!

Paolo se abalanzó sobre ella y comenzó a pegarla con fuerza, descargando su rabia y su miedo por haber sido descubierto. Nadie podía pensar que temía a la muerte; nadie podía ver su debilidad. Paolo sabía que su amante podía ser tan despiadada como él ante la fragilidad y, por ello, debía ser aleccionada. La golpeó con fuerza hasta partirle el labio y no se detuvo hasta ver suficiente sangre en las sábanas. Antonella se cubrió el rostro como pudo para evitar que le destrozara más la cara. Paolo jamás había descargado tal furia contra su amante.

—Será mejor que olvides lo que has visto esta noche. Una sola palabra y te mataré con mis propias manos.

Antonella se quedó en la cama, cubierta de sangre, humillada. Había jugado con fuego con Paolo Manin a cambio de dinero y poder. Creyó que nunca se ensañaría con ella, pero se había equivocado. Aquella noche Antonella juró vengarse de él al precio que fuera.

—¡Lleváosla! ¡Sacad a esta ramera de aquí!

La que había sido su amante fue rescatada por el almirante Gozzi y trasladada a otra habitación. En unos días y con la ayuda del médico, se recuperó de los golpes. El almirante veló por ella, la cuidó y rezó por que siguiera con vida.

—Nadie me ha cuidado como tú sin exigir mi cuerpo a cambio —le confesó Antonella a Gozzi.

—Soy un hombre acostumbrado a estar en la sombra. Sé proteger sin hacer notar mi presencia.

Antonella acarició con suavidad la mano de Gozzi, sabiendo que el viejo almirante llevaba tiempo espiándola y deseándola en secreto. Agradeció su trato y le sugirió que se vieran a escondidas de Paolo. Necesitaba un aliado en el círculo cercano a Manin. Después, con un labio partido y magulladuras por todo el cuerpo, fue invitada a abandonar el Palacio Ducal junto a un buen saco de monedas de oro. Paolo Manin no deseaba dormir con quien había visto la debilidad en sus ojos. No perdonaba a quien viera su lado humano.

—Primo, ¿debo preocuparme? —volvió a preguntar Ludovico.

—Preocúpate de que el juicio se celebre cuanto antes. Esa bruja debe morir si no quieres que la maldición de la que hablan caiga sobre nuestras cabezas.

Paolo Manin abandonó la sala llevándose consigo el recuerdo de Antonella y de la cara desfigurada de su hijo. Recorrió los pasillos con debilidad y temblor en las piernas, sin reparar en las miradas de reojo de sus hombres. Todo el mundo sospechaba que Paolo Manin estaba perdiendo el juicio como su hijo, pero nadie se atrevía a insinuarlo, ni siquiera con la mirada. A medida que pasaban los días, se fue transformando en un ser sombrío y decrépito. Sus aposentos se convirtieron en su refugio; apenas salía para encontrarse con su primo y con algunos de sus hombres. Los demás esperaban a ser llamados a su puerta, escoltada por seguridad y temores.

***

Lucrezia llevaba varias horas en aquella celda. Chiara había reanudado sus visitas, pero Lucrezia se mostraba recelosa ante cualquier demostración de ánimo excesiva. Además, la encontraba más distante desde que Alonzo había decidido quedarse en Florencia y abandonarla. Pero aquel encuentro fue distinto al resto.

—Es mejor que no hablemos más del juicio. No quiero pasarme otra noche soñando despierta.

—No he venido a eso —dijo Chiara con semblante serio.

Lucrezia la miró intrigada. En las últimas visitas, Chiara había estado pensativa, triste. No era la misma, la luz de su temperamento había sido sustituida por la rabia.

—He venido a despedirme.

Sorprendida, Lucrezia se sentó en el camastro. ¿Acaso había decidido dejar de luchar? Y de ser así, ¿por qué se lo contaba? Ella seguía encerrada, maniatada, prisionera, esperando que cualquier día le cortaran la cabeza… Lucrezia pensó que esa despedida era cruel por parte de Chiara. Le había costado mucho tiempo alcanzar la serenidad en su encierro y no estaba dispuesta a perderla por nadie.

—No quiero explicaciones. Prefiero que te vayas ahora mismo.

—No me voy a ningún lado, pero dejo de ser Chiara.

—¿Cómo?

La miró fijamente a los ojos. ¿Qué estaba ocurriendo? Lucrezia esperaba una explicación. Chiara se tomó su tiempo; era una decisión meditada pero difícil de expresar con palabras. Solo la sabía sor Bettina. Lucrezia sería la segunda y última persona en conocer la verdad.

—Esta noche mato a Chiara Simoniato. Dejo de ser yo. Renuncio a ser mujer y me convierto para siempre en Giacomo Crosoni.

Lucrezia tardó unos segundos en asimilar lo que acababa de escuchar. Le costó encontrar las palabras adecuadas; no quería herir a Chiara, pero aquella revelación llevaba a demasiadas preguntas sin respuesta. «¿Dejas de ser una mujer? ¿Matas a Chiara? ¿Te vuelves solo un hombre?». Lucrezia sabía que Chiara había sufrido por el abandono de Alonzo, pero no imaginaba que su reacción fuera seguir un camino imposible.

—¿Por qué? —fue lo único que acertó a decir.

—Porque no quiero que este mundo me siga negando lo que más deseo. La única manera de ser libre es convirtiéndome en hombre para siempre.

Chiara la miraba con los ojos vidriosos, le temblaban la barbilla y las manos. Era la primera vez que se enfrentaba al juicio de alguien y sabía que sería la última, pero le importaba la opinión de Lucrezia.

Aquellos días oscuros las habían unido a pesar de sus diferencias y había nacido en ellas un sentimiento mutuo de admiración y respeto. Lucrezia siguió preguntando, intentando comprender cómo se renunciaba a ser mujer y se vivía en un cuerpo de hombre sin serlo.

—Nadie lo sabrá, como hasta ahora nadie lo ha sabido fuera de la hermandad —afirmó con seguridad Chiara.

—Yo lo descubrí —replicó Lucrezia, recordando cómo en Ca Massari se dio cuenta de que Crosoni era una mujer.

Era cierto que Lucrezia descubrió a los dos amantes, pero Chiara sabía que eso no volvería a ocurrir. Desde que Alonzo le escribió esa carta, había estado meditando qué hacer con su vida. Necesitaba encontrarle un sentido. Se le hacía difícil verse en el convento, siguiendo los pasos de sor Bettina. Le gustaba la biblioteca, tener acceso a manuscritos antiguos, disfrutaba del laboratorio, pero no era capaz de asesinar. La muerte planeada de Roberto Manin y todo lo que ocurrió después había sido prueba suficiente.

—No te pido que lo entiendas. Tú has decidido luchar como mujer por lo que no podemos ser. Por lo que no nos es permitido. Yo no quiero malgastar mi vida en eso.

—¿Malgastar? —dijo Lucrezia con sorpresa—. Si no luchamos, jamás avanzaremos para ver el mundo que deseamos.

Chiara no confiaba en que nada pudiera cambiar. La hermandad y la unión de mujeres poderosas era solo un espejismo.

—¿Qué nos queda si no luchamos? —insistió Lucrezia, molesta por las palabras de Chiara.

—Encontrar otros caminos, otra salida a nuestro destino.

Cada palabra que pronunciaba Chiara le resultaba más incomprensible a Lucrezia. Ella, encerrada y sin futuro alguno, estaba convencida de que el único camino era rebelarse, pero jamás renunciar. Sabía que Chiara estaba herida de amor y que podía haber tomado esa decisión llevada por la rabia, que siempre conduce a los sentimientos más extremos.

—Prefiero vivir en la mentira de ser un hombre que en la verdad de ser mujer y perderlo todo.

—¿Y el amor? —preguntó Lucrezia—. ¿Vas a perder también el amor?

Chiara la miró antes de responder. Se sentó a su lado y le cogió la mano con cariño. ¿Cómo explicarle que el amor que se sustenta en un desequilibrio jamás puede ser amor? ¿Que el corazón se le había parado con Alonzo y que ahora tenía que buscar otros afanes con que alimentar su alma?

—Amo más mi libertad —respondió con lágrimas en los ojos.

Lucrezia la abrazó con fuerza y lloraron juntas. Quizá la valiente era Chiara y no ella. No podía juzgar la decisión de alguien que sufría los estragos de un mundo injusto. Ella tenía a Filippo y creía en la lucha. Jamás podría hacerse pasar por un hombre, pues sería descubierta al instante, pero Chiara tenía esa belleza inusual y una inteligencia especial que lo hacía creíble. Había actuado por amor y también porque deseaba escribir y publicar, y había logrado que Giacomo Crosoni fuera un personaje querido y respetado. ¡Que fuera real! La admiraba por ello, aunque le embargaba la tristeza al mismo tiempo. Ella estaba encerrada en una celda y Chiara viviría encerrada en Giacomo para siempre.

—Te echaré de menos —susurró.

—Lo sé, pero Giacomo estará a tu lado, no te preocupes —contestó Chiara.

Las dos mujeres dedicaron el resto de la visita a despedirse. Chiara no volvería y Giacomo no podría hacerlo. Chiara le explicó que no podía esperar más: iban a simular que sufría una enfermedad y, según los planes de sor Bettina, había llegado el momento de llorar su muerte.

—¿Qué sientes? —preguntó Lucrezia.

—Vuelvo a respirar.

Se fundieron en un fuerte abrazo. Lucrezia sabía que ella sería la portadora, junto a las hijas del agua, de ese secreto. Que jamás podría llamarla Chiara y que, con el tiempo, quizá se olvidara también de ella cuando mirara a Giacomo. Se habían aceptado y mirado a los ojos como nadie lo había hecho. Habían confiado la una en la otra y se habían ayudado. Lucrezia sabía que no había sido justa con Chiara, ni siquiera le había expresado su respeto y admiración. Ahora que la iba a perder, lo supo. A veces dos almas gemelas se pueden pasar toda una vida rechazándose. Lucrezia se dio cuenta de que Chiara era para ella lo que Giacomo era para Chiara. Nuevamente la vida las separaba y las llevaba por senderos distintos, pero, al igual que los gemelos, estarían unidas para siempre.

—Chiara, siento haberte tratado a veces con frialdad. Me has ayudado, me has guiado…

Chiara la miró con respeto, escuchando con emoción sus palabras. Habían madurado juntas y se habían visto reflejadas en un mismo espejo, ese del que tantas veces deseamos huir.

—Y aunque mis sentimientos por ti sean muchas veces encontrados… no deseo perderte.

—No me vas a perder… Siempre estaré a tu lado y, si estás en dificultades, acudiré. Somos hermanas de agua, recuerda. Un lazo mucho más poderoso que la sangre.

Lucrezia se emocionó. Supo que Chiara estaba decidida a renunciar a ser la mujer que era para sacar a flote al hombre que había construido con sabiduría y firmeza. Muy al contrario que con Chiara, había tenido mejor comienzo con Giacomo; siempre le había despertado curiosidad y una especie de ternura por su sutil fragilidad.

—Yo también cuidaré de… Giacomo, lo prometo.

La joven monja se levantó conteniendo la emoción. No quería despedirse de Lucrezia con tristeza; aquello no era el final, sino el principio de algo nuevo. Lucrezia lo entendió y admiró su coraje.

—Eres muy valiente. Tu secreto estará a salvo conmigo —dijo.

—Antes de irme, quiero decirte que estés alerta por las noches. Sabes que no quiero darte falsas esperanzas, pero tu salida está próxima.

—¿Cuándo pensáis sacarme de aquí?

—En menos de tres noches serás libre.

Lucrezia se levantó de un salto y le cogió las manos. Le habría gustado saber más, pero era peligroso seguir hablando.

—¡Gracias! —dijo Lucrezia antes de que se abriera la puerta.

Las dos mujeres volvieron a abrazarse y a darse ánimo en silencio mientras el carcelero se impacientaba con tanta despedida. Chiara se volvió para contemplar por última vez a Lucrezia antes de que la puerta se cerrara. Se miraron un instante, suficiente para memorizar la imagen. Sería la última de Chiara como la joven monja; la última como mujer. Lucrezia se quedó petrificada, mirando por el ventanuco de la celda, asimilando lo que le había contado su amiga y tratando de mantener la calma.

«¡Pronto seré libre…».

No deseaba hacerse demasiadas ilusiones. Los golpes de alegría bruscos siempre suponían después una bajada a los infiernos. Lucrezia llevaba demasiados viajes, y controlar las subidas y bajadas había sido su salvación. Hacía tiempo que no sentía ni una alegría inmensa ni una tristeza profunda.

—¿Ya no quieres ver al Dogo? —preguntó el joven carcelero, que se había quedado mirándola por el postigo de la puerta.

Lucrezia no contestó. Ninguno de los carceleros se había dirigido nunca a ella si no era para responder a una súplica, a una queja o a un grito angustiado. El carcelero repitió la pregunta, pegado al postigo. Por su mirada y su voz, Lucrezia sabía que era el piadoso; el sanguinario jamás había sentido compasión por ella; muy al contrario, de haber podido la habría matado con sus propias manos. Pero este otro se había ido ablandando con el paso de los días y a menudo la espiaba en silencio. A Lucrezia no le importaba, se sentía acompañada aunque fuera por un extraño obligado a custodiarla. Jamás habían hablado, por eso su pregunta la hizo dudar. Se había vuelto precavida y desconfiada.

—No quiere verme —se limitó a decir.

El carcelero siguió mirándola sin atreverse a continuar la conversación. Ella siguió absorta en sus pensamientos. Al rato, Lucrezia escuchó cómo se cerraba el postigo y volvía a quedarse sola entre esas paredes.

Las horas de encierro se hacían eternas. Nadie la visitó y no intercambió más palabras que las justas con sus carceleros. Se pasaba horas intentando ahuyentar el sueño, esperando el rescate anunciado.

Cuando la desesperanza comenzaba a poseerla, sucedió. Lucrezia no dormía; el exceso de silencio se lo impedía. Fue entonces cuando escuchó el cerrojo. Se levantó y se pegó a la pared más alejada de la puerta mientras trataba de escudriñar en la oscuridad, tensa por el miedo. Para no alertar a nadie no podía gritar, debía esperar a ver qué ocurría.

La puerta se abrió de golpe y el resplandor de una antorcha la deslumbró.

—¡Cúbrete! —dijo alguien al tiempo que le lanzaba una capa negra con capucha.

Lucrezia obedeció sin preguntar. Aquella voz de acento extranjero no pertenecía a ninguno de sus carceleros. Sintió un escalofrío. Vio una silueta negra, también envuelta en una capa y con el rostro escondido tras una máscara.

—¿Quién eres? —preguntó Lucrezia sin poder evitarlo.

—No preguntes. ¡Sígueme y todo saldrá bien! —dijo el desconocido.

Lucrezia cruzó la puerta de su celda y se detuvo en seco al ver a dos de sus carceleros muertos. Ninguno de ellos era el sanguinario. «Los de corazón podrido suelen librarse más veces de la muerte que los compasivos», pensó al ver el cuerpo inerte del guardia que la espiaba en silencio. El desconocido la agarró del brazo y tiró de ella.

—¡Será mejor que no te detengas! Cualquiera puede vernos.

—¿Quién eres? —volvió a preguntar Lucrezia.

—Mi nombres es Nasuf. ¿Te basta con eso?

Lucrezia notó una punzada profunda en el estómago, una señal inequívoca de que aquella era la oportunidad para salir con vida de allí. Recorrieron deprisa las galerías subterráneas del Palacio Ducal. Ella tenía las piernas adormiladas, frágiles después de tantos días de encierro. Estaba tan nerviosa que, a pesar de andar descalza, no sentía dolor por las pequeñas piedras afiladas que se le clavaban en los talones. Todo estaba oscuro, a excepción de la luz de la antorcha. Lucrezia respiraba con dificultad por la emoción contenida. Necesitaba creer que aquello saldría bien. Nasuf se detuvo frente a una pared y comenzó a palparla. Localizó una piedra y la empujó con todo el cuerpo hasta que, para sorpresa de Lucrezia, que sostenía la antorcha, cedió dejando al descubierto un pasadizo.

—Nos queda un buen trecho y puede que encontremos sorpresas. Debes estar preparada —dijo a la vez que le ofrecía un espadín.

Entre los dos devolvieron la piedra a su sitio para ocultar su rastro. Cuando emprendían de nuevo la marcha, escucharon los gritos de alarma de los guardias; habían localizado a los carceleros muertos. Pronto toda la guardia del Dogo se organizaría en un perfecto ejército con un único fin: capturar a Lucrezia viva o muerta.

Caminaron deprisa y en silencio por túneles subterráneos que, a modo de oscuro laberinto, debían conducir a la salida. Nasuf se detenía en todas las intersecciones, reflexionaba y tomaba una dirección concreta. Lucrezia iba tras él. Al principio confiada, pero cuando llevaban tiempo sin ver la luz, comenzó a sospechar que estaban atrapados.

—Necesito aire —dijo con la voz quebrada.

Nasuf se detuvo mirando a un lado y a otro del túnel, alumbrando con la antorcha. A lo lejos se oían gritos, los guardias habían entrado en el laberinto y solo era cuestión de tiempo que los encontraran.

—No podemos detenernos. Queda poco.

—¿Estás seguro? —preguntó Lucrezia.

Nasuf comenzó a andar de nuevo sin responder. Lucrezia tenía los pies llenos de heridas, las piernas le fallaban y cada vez escuchaba más cerca los pasos de los guardias. Todo esto le nublaba la razón. Pero seguía caminando, adelante, sin rendirse. Durante su encarcelamiento apenas había comido y estaba débil. Al ver una puerta sellada al final del pasillo le entró el pánico. ¿Estaban sin salida? ¿Se había equivocado en alguna bifurcación? Nasuf abrió el portón con una llave que llevaba escondida y lo cruzaron. Se hallaban en una especie de sala rocosa semicircular sin posibilidad de salir.

—¿Cómo piensas sacarme de aquí? —preguntó Lucrezia.

—Escalando y nadando —respondió él señalando con el dedo.

Lucrezia vio un pequeño túnel ascendente que parecía no llevar a ningún sitio. Era cierto que había una salida, pero debían trepar y ella tenía los pies destrozados. Lo intentó varias veces, pero el dolor era insoportable.

—¡No puedo! ¡No puedo subir!

Sin perder tiempo, Nasuf cargó con ella sobre sus espaldas y, con mucho esfuerzo, subió escalando por las paredes. Lucrezia apoyaba sus manos en los laterales del estrecho túnel para que el peso de su cuerpo fuera menor. Así llegaron al final: una cueva. Nasuf se detuvo al divisar en el suelo una trampilla bajo la cual se veía correr agua.

—Espero que tengas buenos pulmones. Debes contener la respiración y nadar lo más rápido que puedas.

—Pero… —balbuceó Lucrezia.

—Nadie lo ha intentado, pero sé que saldremos vivos de aquí. Solo tienes que confiar y seguir nadando.

Nasuf la miró antes de abrir la compuerta. Lucrezia cerró los ojos para concentrarse mejor. Había llegado el momento de poner a prueba esos días de encierro, en los que le había perdido el respeto a la muerte. El agua comenzó a subir. Cuando casi le cubría la cabeza, Nasuf le indicó que había llegado la hora de tomar aire y sumergirse. Ayudados por unas argollas de hierro, a las que se agarraban para tomar impulso, avanzaron sin descanso. Lucrezia sentía cómo su pecho se endurecía, cómo se quedaba poco a poco sin aire. Pensó en Filippo y sus deseos de abrazarle, en la muerte de su padre y en las ganas de salir de allí con vida. No pensaba rendirse. Siguió nadando hasta que salió a la superficie. Dos barqueros se lanzaron al agua para rescatarla y la subieron a una barca, que se alejó sin hacer ruido del Palacio Ducal.

—Cubridla con las redes, que nadie pueda verla —dijo Nasuf.

Los remeros siguieron el camino trazado, pendientes de esquivar cualquier ataque. Era temprano, los soldados de Manin todavía seguían enredados en los laberintos rocosos del Palacio Ducal buscando a Lucrezia. El rescate había sido un éxito.

En uno de los canales, Filippo esperaba junto con Della en una góndola la llegada de la barca. Aún era de noche y las aguas estaban tranquilas, sin demasiados viajeros ni bullicio en los palacios.

—¡Ahí llega! ¿La ves? Dime… ¿es Lucrezia? ¿Está Lucrezia? —preguntó Della, angustiada.

Filippo divisó la barca, pero no a su amada. De pronto pensó que era posible que el plan hubiera fracasado. No estaba preparado para tal tragedia.

—¿Dónde está Lucrezia? ¿Estás seguro de que es esa barca? —insistió Della.

—No tengo dudas —contestó Filippo con la voz apagada.

Nasuf vio sus caras de sufrimiento y se apresuró a tranquilizarles.

—¡Remero! ¡Ayúdame a sacarla! Está inconsciente, pero todo ha salido bien —dijo mientras las caras de Della y Filippo recobraban el color.

Della no pudo evitar aplaudir y soltar unas lágrimas de felicidad. Por un instante se había puesto en lo peor y la sola idea de perder a Lucrezia la había paralizado. Filippo se sentía tan fuerte como un león, un león enamorado, que cogió en brazos a su amada y, casi como el príncipe del cuento, la besó.

—Será mejor que no se despierte. Ha pasado mucho y debe reposar —dijo el desconocido.

—No sé cómo agradecerle... —contestó Filippo.

Nasuf se fijó en el colgante de Filippo, el león alado y la llave, regalo del sultán otomano. Lo miró y sonrió cómplice. Ambos eran hermanos sin saberlo.

—Eres afortunado por tener esa llave. No la pierdas, te dará más de lo que deseas —dijo.

Filippo se dio cuenta de que casi había olvidado las palabras del sultán. No había vuelto a reparar en la llave, pero la llevaba siempre consigo a modo de talismán, igual que el león alado. Con Lucrezia en sus brazos, no pudo apenas reaccionar al comentario del desconocido.

—Pobrecilla, ¡está muy delgada y pálida! —dijo Della apartándole un mechón mojado de la cara.

Filippo la cubrió con varias mantas. Quiso seguir conversando con el desconocido, pero cuando se dio la vuelta la barca ya se alejaba.

—Filippo, será mejor que remes como nunca… Debemos llegar al convento antes del amanecer.

La góndola se dirigió a Murano. Debían ser cuidadosos y no levantar sospechas. Por ello, Della había cargado la góndola de sacos de arroz, cereales y harina. Una vez a la semana, Ca Viviani solía llevar víveres a las monjas.

—¿Tú crees que está viva? —dijo Filippo sin mirar a Della.

—¿Cómo dices eso? Está viva y será mejor que no se despierte hasta que lleguemos al convento.

Filippo no había podido evitar confesar sus miedos. Por otra parte, no podía soportar la felicidad de estar otra vez junto a Lucrezia. De tenerla a dos suspiros de él, de ver al fin sus anhelos cumplidos. Siguiendo las instrucciones del desconocido, remaron con fuerza y sigilo hasta llegar al convento. Sor Bettina los esperaba. Ella se encargaría de dar refugio a Lucrezia hasta que pasara la tormenta de la búsqueda y encontraran el modo de salir de Venecia sin ser vistos.

Aprovecharon la última oscuridad para amarrar la góndola y sacar a Lucrezia todavía inconsciente. Filippo entró con ella en brazos. Della y sor Bettina lo seguían. La habría besado allí mismo, la habría abrazado durante dos días sin soltarla; rezaba por que abriera los ojos y le mirara una sola vez antes de dejarla en la celda. Como no lo hacía, se lo dijo al oído:

—Ya estamos otra vez juntos, y juro que nadie volverá a separarnos.

Mientras, Della ultimaba los detalles con la madre priora, que caminaba arrastrando un poco los pies. Las últimas semanas sor Bettina había sentido más que nunca los achaques de la edad.

—Quédate tranquila. Aquí estará bien y segura.

—Está muy frágil y ha sufrido mucho —dijo Della, preocupada.

—El amor lo cura todo —dijo la priora con un suspiro y señaló con los ojos a Filippo, que seguía murmurándole versos de amor.

Della aprovechó el camino para darle el pésame a la madre priora por la muerte de la joven Chiara. Le había llegado la noticia de su súbita enfermedad.

—Una gran pérdida… pero murió en paz —mintió sor Bettina.

La criada siguió preguntando. Le había extrañado lo repentino de su muerte. Además le estaba muy agradecida porque era la única que había visitado a Lucrezia en la prisión.

—¿Era contagioso? —quiso saber Della.

La priora sonrió para sus adentros, divertida por la pregunta, porque sabía que la vieja criada sufría como una madre por Lucrezia.

—No te preocupes, Lucrezia estará bien —respondió.

Los tres entraron en una celda y dejaron sobre la cama a la joven. La madre priora indicó a Filippo que saliera para que Della y ella le quitaran la ropa mojada y la acostaran en la cama bien tapada. Antes de despedirse, la criada le dio un beso en la frente y le acarició la cara.

—Ya pasó, mi niña, ya pasó.

Filippo entró también para despedirse de Lucrezia, y sor Bettina y Della fingieron no ver cuando la besó en los labios. El cuento no se cumplió y Lucrezia no despertó como habría deseado el remero. Aun así, la tuvo un rato en sus brazos.

—Será mejor que nadie os vea aquí. Podrían sospechar —alertó la priora.

—¿Cuándo sabremos algo? —preguntó Della.

La criada estaba impaciente por saber cuál sería su destino y el de Lucrezia. Escapar de las garras de los Manin no iba a ser sencillo, como tampoco lo había sido la fuga del Palacio Ducal. Della llevaba una semana cerrando la casa, llenando los arcones de ropa, de recuerdos y de una vida que se había evaporado en pocas semanas. Abandonar Ca Viviani le iba a resultar doloroso y difícil. ¿Qué ocurriría con la casa? Toda una vida a punto de ser borrada. ¿Qué sería de ella? Era vieja y nunca había sido aventurera. Amaba Venecia, era todo lo que había conocido y los viajes siempre le habían dado mucho miedo. Pero Lucrezia no podría permanecer allí. La única salida para conservar su vida era huir, comenzar de nuevo. Dejar todo atrás… ¿Incluso a ella?

—Pronto. La luna roja se acerca… —se le escapó a la priora, interrumpiendo los pensamientos de Della.

—¿La luna roja? —preguntó Della, sorprendida.

—Tres días… ¿Lo tendrás todo listo?

Della asintió y se frotó las manos con inquietud. Quedaba mucho por hacer antes de que se llevaran los arcones con los enseres de Ca Viviani a un barco que las llevaría a un lugar desconocido. Filippo y ella salieron deprisa y se subieron a la góndola.

—El final del camino está cerca, mi querido Filippo —dijo Della acariciándole el pelo—. Pronto estaréis juntos.

El amanecer de aquel día fue el más brillante en mucho tiempo. Volvían a tener esperanza. Los días grises y oscuros comenzaban a quedar atrás, aunque sabían que las nubes nunca desaparecerían del todo y, cuando menos se esperasen, podían descargar tormentas. Della se había quedado extrañada con la alusión a la luna roja, pero las emociones de la noche le impedían detenerse en ello. Faltaban tres días y todo debía estar listo para entonces. Lo que ni Della ni Filippo sabían es que esa luna también teñiría de rojo sangre las aguas del Adriático. Arabella estaba preparada; Paolo Manin, carcomido por la espera.

El final estaba cerca y solo uno de los dos saldría con vida.

Catorce

«Los hombres, viendo nuestros méritos, intentan destruirnos como hace el cuervo cuando le nacen hijos blancos, que viéndose tan negro, le entra envidia y los mata».

LUCREZIA MARINELLA (1571-1653)

Estás muerto! ¡Muerto!». Se había acostumbrado a no dormir, incluso a las apariciones nocturnas de su hijo, siempre con la misma cara y repitiendo la misma frase. Paolo Manin llevaba despierto varias horas y esperaba la llegada del día señalado con un sosiego que hacía tiempo que no sentía. El sudor frío había desaparecido, lo mismo que el terror a la oscuridad que lo había hecho llorar como un niño al mínimo ruido extraño. La inexplicable huida de Lucrezia les había costado la vida a varios de sus hombres y la daga de la sospecha señalaba a su primo. Paolo pensaba que era el principal responsable.

—Nadie sale vivo de las mazmorras sin ayuda de alguien de palacio. ¡Nadie!

El gran Dogo no respondió a los ataques de Paolo. Prefirió callar y sembrar la duda. Ya no le temía. Desde la funesta boda, el poder de su primo había disminuido. La propia Antonella Contarini, presa del rencor, se había encargado de alimentar la leyenda de la maldición sobre Paolo Manin. Media Venecia esperaba su muerte y la otra media su asesinato. En el Palacio Ducal ya nadie se dirigía a él. Incluso evitaban mirarle para no terminar degollados. No solo habían aumentado las visiones de Paolo, también su sadismo. Matar tranquilizaba su agitado espíritu. Ya no existía *Morte o fortuna,* solo muerte. El juego, como las horas felices, había terminado. Para Paolo Manin solo había una palabra: «enemigo». Necesitaba matar para ahuyentar sus demonios y disimular su locura.

Sin embargo, aquella mañana salió de su habitación con un semblante triunfal, distinto al de las últimas semanas. Su paso era firme, seguro.

—Quiero a todo el mundo preparado. Nada puede fallar esta noche —le dijo al almirante Gozzi, para que convocara una última reunión antes de partir hacia la isla de los Muertos.

Había llegado el momento más esperado. Ya no le importaba que Carlos IV le considerara un necio o que Jorge III de Inglaterra pensara que había perdido el juicio. Para Paolo, el mundo estaba ciego ante la verdadera amenaza: las mujeres librepensadoras. Ahora le correspondía a él acabar con esas mujeres para evitar que se hicieran más fuertes.

***

—¿Una reunión de brujas en la isla de los Muertos? —preguntó Ludovico Manin al joven espía que el Dogo tenía entre los hombres de confianza de su primo—. ¡Responde! ¿Cuánto tiempo lleva con esto?

El joven soldado bajó la mirada. Sentía la desesperación del Dogo por haber tardado tanto tiempo en averiguar lo que había ocupado los pensamientos de Paolo Manin durante las semanas de su encierro demente.

—Desde la muerte de Arabella Massari... Gozzi ha estado reuniéndose a escondidas con Manin y unos pocos escogidos.

Lo que menos podía imaginar Ludovico era que la emboscada prevista para la reunión secreta de mujeres estuviera relacionada con la muerte de Arabella. En cuanto el soldado pronunció su nombre, el Dux se levantó, alterado, del trono. Seguía teniendo remordimientos por el asesinato de la que fue su confidente.

—¿Qué tiene que ver Arabella Massari en todo esto?

—La reunión es para elegir a su... —el soldado se pensó la palabra—: sucesora.

Ludovico comenzó a caminar por el salón principal. Un sentimiento oscuro hacia su primo le sobrevino al sospechar que la muerte de Arabella pudiera tener que ver con la cruzada contra las llamadas «brujas».

El joven espía no podía aseverar la relación directa de su asesinato con la conspiración, pero lo cierto era que todo tenía sentido.

—¿Quién está al mando? —preguntó Ludovico.

—El almirante Gozzi, Dux.

Ludovico hizo una señal a sus hombres para que convocaran al viejo soldado a una reunión secreta. Conocía la fidelidad de Gozzi hacia su primo, pero también que en Venecia ya no existía nada que no pudiera comprarse. Ludovico precisaba saber todos los detalles de la batida que Paolo había organizado. El Dogo, al contrario que su primo, no temía a las mujeres, ni las consideraba brujas o responsables de las revueltas. Sabía por Arabella que una mujer puede ser más inteligente y fiel que un hombre. Impedir aquella sangría podía expiar el pecado de haber asesinado a Arabella Massari. Un buen modo de honrar su muerte. Pero primero tenía que conocer la estrategia al detalle y preparar el contraataque. No encontró mejor modo que extorsionar al almirante.

—¿Mi primo en persona capitaneará la operación? —preguntó.

—Es su deseo, Dux —dijo el almirante Gozzi.

Ludovico sintió la punzada de la superstición; aquella iba a ser la ocasión de enterrar a su primo antes de que lo matasen a él. Venecia estaba convencida de la maldición de la familia y nadie haría demasiadas preguntas sobre la muerte de Paolo Manin en un lugar como la isla de los Muertos.

—Eres un hombre honrado y leal a la República —dijo Ludovico—, y Venecia te necesita. Hay que detener la sangría si no queremos quedarnos sin aliados.

El almirante Gozzi escuchó atentamente las explicaciones del Dogo. Era un hombre de pocas palabras, acostumbrado al campo de batalla; tosco, valiente, pero también ambicioso. La guerra ya no era su fin, sino el dinero. Deseaba retirarse pronto con la bolsa llena de oro y tierras de su propiedad. El Dogo le ofreció parte de lo que deseaba y, como buen estratega, mostró fidelidad y confianza.

—Jamás he fallado a mi Dogo —afirmó contundente.

Ludovico se preguntó si podía fiarse de sus palabras, pero solo había una manera de averiguarlo.

—Tu fidelidad será recompensada —dijo.

Las fichas comenzaban a moverse en el tablero. Era preciso no mostrar todas las cartas pero sí jugar con las mejores, y Gozzi, aunque no era hombre de confianza del Dux, podía ser de utilidad.

El Dogo no se equivocaba en su recelo; el almirante sabía que había mucho dinero en juego y quien más podía ofrecerle era Paolo Manin. En cuanto tuvo ocasión, le contó lo acordado con el Dux.

—Al fin se atreve a desafiarme... ¡Espléndido! —exclamó este, complacido.

El almirante y él trazaron la emboscada perfecta para el Dogo. Igual que Ludovico, Paolo pensó que no había lugar mejor que la isla de los Muertos para asesinar al Dogo de Venecia y aprovechar así la maldición que planeaba sobre ellos para que nadie sospechase de él.

—Mi querido Gozzi, el día no podría presentarse más propicio.

***

Arabella y Lina también habían madrugado. Debían asegurarse de que todo se ajustaba a las instrucciones que había dado Nasuf. Las hijas del agua llegarían con los últimos rayos de sol, con la capa negra, la *moretta* y la antorcha en la mano para iluminar el camino hasta el triángulo invertido dibujado en el suelo. Arabella contemplaba la explanada dispuesta para la reunión y cómo los hombres de Nasuf ultimaban los detalles. Los tocones a modo de asientos ya estaban dispuestos en círculo dentro del triángulo. En el centro habría una gran hoguera.

—No me gusta este lugar —dijo Lina mirando el palacio abandonado que se dibujaba tétrico detrás de la explanada.

—El miedo no ayuda a ver las cosas bellas —respondió Arabella.

Las dos mujeres estaban impacientes por que cayera la tarde y diera comienzo la reunión de la hermandad y, con ella, el fin de Paolo Manin. Lina miró a Arabella con cautela. En aquellas semanas de aislamiento, su señora había recuperado no solo la salud sino la juventud perdida.

—Y después de esta noche, ¿podremos volver a casa? —preguntó.

Arabella prefirió no responder. Sabía reconocer cuándo el silencio era mejor que la palabra, y ese día debía ser cauta y callar. Había demasiado en juego: antes de salir de allí, tenía que volver a la vida y destruir a su mayor enemigo.

Arabella miró con ternura a su criada. Sabía que estaba muerta de miedo, cansada de vivir exiliada, de pernoctar en aquella isla abandonada. Sabía también que nada podía tranquilizarla. Había demasiadas fichas en el tablero y estas podían augurar tanto la victoria como la derrota.

Las dos mujeres decidieron dar un paseo para distraerse. Habían recibido una buena noticia de Nasuf: Lucrezia había sido liberada y se encontraba sana y salva con sor Bettina en el convento. Su huida también estaba prevista para aquella noche.

—No estamos solas. Debemos confiar, Lina —dijo Arabella con una media sonrisa.

***

Aquella misma mañana, en el convento, la priora informó a Lucrezia del plan de fuga.

—¿Esta noche no hay luna roja? —preguntó.

Lucrezia no había olvidado la fecha de la reunión de la hermandad y suplicó a sor Bettina que la permitiese acudir.

—Sería poner inútilmente tu vida en riesgo. ¿No crees que ya has sufrido suficiente?

—Es mi obligación ir y rendir homenaje a Arabella Massari. No pude llorar su muerte como hubiera deseado. Debo despedirme antes de partir.

Sor Bettina miraba con orgullo a Lucrezia. Admiraba su tenacidad, su valor y su compromiso con la hermandad, pero era demasiado peligroso que acudiera a la isla de los Muertos. Lucrezia debía custodiar los documentos originales, sacarlos de Venecia y llevarlos a un lugar seguro.

—Tienes una misión más importante. Es la mejor ofrenda a Arabella. ¡Tu nueva vida te espera!

—¿Quién tiene ahora los documentos? —preguntó Lucrezia.

—Irán contigo en el barco rumbo a tu nuevo destino, pero antes tenemos muchas cosas que hacer.

—Sor Bettina, ¿quién tiene los documentos? —volvió a preguntar.

—Querida, una monja es más valiosa por guardar secretos, y este no puedo revelártelo todavía.

—Como considere, madre.

—Lo que sí puedo confiarte es que recibirás instrucciones a su debido tiempo. Lo más importante es que protejas esos documentos con tu vida hasta que nos reorganicemos. Esta ciudad se hunde y debemos buscar tierra firme y fértil para seguir creciendo.

Lucrezia se quedó un rato callada reflexionando. En poco tiempo había perdido a su padre, había matado a su prometido, la habían acusado de asesinato y había sido rescatada de las mazmorras. Entre tanto desierto, había encontrado un oasis con dos fuentes: Filippo y la hermandad. Todo se había precipitado y apenas había tenido tiempo de asimilarlo.

—¿Y si le digo que tengo miedo?

Sor Bettina la miró con bondad. Se acercó a ella y la abrazó con cariño.

—Los recién nacidos también lloran por miedo a la nueva vida que les espera. Todo irá bien, no sufras.

Lucrezia sabía que sor Bettina estaba en lo cierto, pero no podía evitar pensar en la reunión de las hijas del agua y en el homenaje a Arabella.

Sor Bettina, por vieja y asesina, sabía leer en sus ojos y supo que Lucrezia tramaba un plan para asistir a la reunión pero no dijo nada. No sería ella quien le impidiera soñar.

—Ha llegado Giacomo. Te espera en el jardín —anunció con una mirada cómplice, dando por terminada la conversación.

Lucrezia corrió al encuentro de su amiga. Deseaba contarle la huida, hablarle del extranjero que la había rescatado y de los planes de su nueva vida lejos de Venecia. Por primera vez, sintió la punzada de la felicidad; una pequeña descarga en el vientre que le devolvió la sonrisa y el brillo en los ojos. Caminó ansiosa por los pasillos interminables mientras trataba de no pisarse los bajos del hábito. Le resultaba gracioso que ahora fuese ella la que iba vestida de monja y no Chiara, pero había decidido querer a su fiel escudera del modo que fuera. El amor es como una gran nube que se cuela y se adapta a cualquier cuerpo, a cualquier alma. Ahora debía aprender a tener confidencias con un hombre y, aunque sabía que al principio resultaría tan extraño como el primer beso, se acostumbraría.

Giacomo descansaba en uno de los bancos de piedra, leyendo su última crónica y mascando tabaco. Parecía tranquilo, seguro, confiado y cómodo con su nueva identidad. Lucrezia le miró en silencio. Era el mismo hombre que había conocido en la fiesta en

Ca Massari, pero más distinguido. Lucía un traje muy elegante y una peluca lustrosa. Se veía que había empleado tiempo y dinero en adquirir un vestuario con estilo y carácter. Curiosamente, Giacomo estaba cambiado incluso en los gestos: habían perdido el dulce desconcierto y comenzaban a mostrar una tosquedad masculina.

—¿Giacomo? —lo llamó Lucrezia con timidez y emoción.

El joven se levantó con una gran sonrisa y abrió los brazos para recibirla. Los dos estuvieron un buen rato juntos, cuerpo con cuerpo, abrazados, hasta que el paso ruidoso de una novicia les recordó que ahora eran hombre y mujer y que debían mantener las distancias.

—¡Cuánto me alegro de verte!

—Yo también —dijo Giacomo con los ojos vidriosos.

Lucrezia no pudo evitar buscar a Chiara, tratar de reconocerla. Se hizo un silencio tenso entre ambos mientras intentaba encontrarla con la mirada. La echaba de menos y apenas la reconocía en él. Giacomo estaba distinto porque ya no era un mero disfraz, sino una identidad plena. A ojos de Lucrezia, se comportaba de manera más segura tanto en sus gestos como en sus palabras.

—No la busques más, por favor —dijo de pronto.

Lucrezia lo miró sorprendida y avergonzada. Había incumplido la promesa de respetar la decisión tomada; pero allí, sentada frente a Giacomo, no había podido evitar buscar a su amiga.

—Ella ya no existe.

Lucrezia sintió que había sido egoísta y que había herido a su... nuevo amigo. Era una situación extraña porque percibía en él la misma proximidad que con Chiara, pero no la veía por ninguna parte. Tratar de encontrarla en Giacomo había sido una impertinencia por su parte.

—Lo siento. Lo hice sin querer, no pretendía...

Giacomo levantó la mano para interrumpir a Lucrezia. Comprendía la dificultad de todo aquello, pero también sabía que ella se llevaría su secreto a la tumba, como el resto de la hermandad.

—Me marcho, Giacomo. Esta noche. Un destino nuevo y desconocido me aguarda. Necesito salir de Venecia. Olvidar lo vivido y seguir en otras tierras con la lucha.

Giacomo comprendía a Lucrezia, pero su vida y su futuro estaban en Venecia. Sus planes eran seguir escribiendo y contando lo que sucedía en aquella ciudad que se apagaba cada día un poco más. Estaba comprometido con la República y convencido, como otros muchos, de que se avecinaba una crisis que marcaría la historia de todos los venecianos.

—Necesito que me prometas que jamás dejaremos de escribirnos y que quizá un día volvamos a vernos. ¿Me lo prometes? —dijo Lucrezia.

Giacomo la miró con complicidad y supo leer el juego de una nueva promesa como el sello de su amistad.

—Te lo prometo. Jamás faltará una carta mía.

La emoción embargaba a los jóvenes, pero Lucrezia cortó el momento para volver a la realidad. No podía entretenerse. Tenía que resolver una cuestión importante y decidió pedir ayuda a su nuevo amigo.

—Necesito que avises a Filippo. No voy a irme de Venecia sin despedirme de Arabella.

—¿Quieres poner en peligro todo el plan?

—No te he pedido consejo. La decisión está tomada. Voy a ir a la isla de los Muertos.

—¿Y sor Bettina? —preguntó Giacomo.

—Bien sabes que no impedirá que acuda a la reunión.

No sería fácil convencer a Filippo de volver a poner la vida de Lucrezia en riesgo y desbaratar el plan de fuga. El joven remero llevaba varios días empaquetando su antigua vida y preparándose para la que le esperaba junto a Lucrezia. Había demasiado en juego y alterar la ruta podía resultar peligroso.

—Necesito que le escribas una carta —dijo Giacomo—. Solo tú puedes convencer a Filippo. Las palabras de un emisario desconocido no tendrán el efecto deseado.

Lucrezia aceptó la idea de buen grado y fue corriendo a escribirle. Giacomo llevaba razón. Solo ella podría convencer a su amado de que aceptara una última locura. Una prueba más de amor, un lazo más fuerte entre ellos para una vida plena y cómplice. Mientras Lucrezia escribía la misiva, Giacomo aprovechó para visitar a la madre priora y ver con ojos nuevos el lugar que había sido su hogar durante años.

—Me alegro de verte, aunque ya soy vieja para emociones —dijo la priora.

Giacomo la saludó con el respeto y la distancia propios de un hombre honrado a una religiosa. Toda aquella contención le resultó extraña, fría… Habría deseado abrazarla y confesarle al oído que, en el fondo, estaba muerto de miedo y que por las noches se despertaba por las pesadillas del temor a ser descubierto. Necesitaba sentir el amor de esa madre que todavía hoy lloraba por la muerte de su hija Chiara y que desconocía a Giacomo. Sentía que aunque las decisiones fuesen férreas, los sentimientos eran de agua y navegaban arremolinados por su interior. Giacomo no volvería a ser Chiara, pero no podía evitar el vértigo de quien se enfrentaba cada día al engaño.

La priora leyó en sus ojos sus inquietudes.

—No le des la espalda al miedo. ¡Acéptalo! Te ayudará a estar alerta —le aconsejó.

Como siempre, sor Bettina tenía palabras sabias. No había sido fácil tomar la decisión de matar a Chiara y renunciar a su familia, y solo la priora había estado a su lado.

—Es la primera vez que he matado a alguien que no se lo merecía —bromeó sor Bettina para lograr una pequeña sonrisa en Giacomo.

—¡Gracias, madre priora! —dijo este abrazándola, saltándose todas las barreras de la educación.

Para desviar la emoción, hablaron de la fuga de Lucrezia prevista para esa misma noche. Estaban tristes, pero había que sacarla de Venecia cuanto antes. Aunque ambos sabían que los propósitos de esta eran otros. De pronto, Lucrezia interrumpió, nerviosa, la reunión.

—Será mejor que partas hacia Venecia sin demora —le dijo Lucrezia a Giacomo entregándole la carta.

Los tres cruzaron en ese instante pensamientos y plegarias para que aquel día terminara con una huida y una sola muerte. Sor Bettina miró cómplice a Giacomo; se conocían lo bastante para entenderse sin palabras.

«Me cuidaré como siempre he hecho, madre priora», escuchó sor Bettina mientras le veía marcharse.

***

Filippo y Della esperaban con ansiedad noticias del convento. No acogieron a Giacomo con demasiado agrado. Della lo consideraba un chismoso, un charlatán.

—¿Por qué te envía a ti sor Bettina?

—Un cronista acostumbrado a deambular por aquí y por allá en busca de información jamás levantaría sospechas.

Della no quedó convencida, pero tenía mayores preocupaciones. Se negaba a ir a la isla de los Muertos. Con voz autoritaria, trataba de convencer a Filippo de que obligara a Lucrezia a seguir con los planes de fuga.

—¡No! ¡No! ¡Y no! ¡No puede ser y debes impedírselo!

—¿Qué peligro puede haber si acude a esa maldita reunión? —preguntó Filippo con la mente abotargada por los gritos de Della.

—¡Todos! Arabella Massari solo ha traído desgracias a esta familia. ¿Honrarla? ¡Si ni siquiera ha honrado a su propio padre!

Della daba vueltas alrededor de una gran mesa del salón bajo la atenta mirada de Giacomo y Filippo. Hablaba sin parar, soltando improperios y todo tipo de temeridades. Estaba desesperada por impedir que Lucrezia volviera a poner en peligro su vida.

—¡Niña caprichosa! ¿No ha tenido suficiente?

Filippo sabía que el único modo de que Lucrezia continuara con el plan de huida pasaba por seguir sus deseos. No tenían tiempo para seguir discutiendo, debían apresurarse para cumplir con lo previsto. Había que llevar los arcones al puerto a la hora señalada. Mientras Della seguía gritando furiosa, Filippo se llevó a Giacomo al balcón.

—¡Necesito tu ayuda! —dijo Filippo—. Lucrezia me ha escrito que eres como un hermano para ella, y si ella desea ir a esa maldita isla bien sabes que no habrá nada ni nadie que se lo pueda impedir.

Giacomo asintió cómplice y escuchó atento el plan de Filippo para engañar a Della. Los dos convinieron que el mejor modo era separarse, llevar a Della al muelle a la hora convenida y contarle que Lucrezia debía ir por otra ruta para evitar sospechas.

—Debes ser tú quien la lleve mientras yo acompaño a Lucrezia —terminó de explicar Filippo.

—¿Cómo la convencerás si no se fía? —preguntó Giacomo.

—Con una carta con nuevas instrucciones que... tú mismo escribirás.

—¿Quieres que escriba como la duquesa de Benavente? —preguntó Giacomo.

Filippo asintió con la cabeza. Aquella gran dama se había encargado de organizar la partida de Lucrezia y Della no pondría reparos. Giacomo sabía que la única manera de convencer a la testaruda de Della era la carta. Aunque era analfabeta, tenía un gran olfato para las mentiras, pero la desesperación atrofia los sentidos mucho más de lo que pensamos. Giacomo estrechó la mano de Filippo. Se sintió en paz, feliz de saber que dejaba en buenas manos a su amiga. Había visto el corazón de Filippo, la honradez de su alma y el poder de su bondad.

—¿La cuidarás siempre? —dijo mientras le retenía con fuerza.

—No deseo hacer otra cosa —respondió Filippo.

Giacomo no podía evitar no confiar en el amor. Temía la traición, como la que sufrió con Alonzo, que se dejó vencer por el miedo y no quiso vivir una vida en contra de lo establecido. Receloso, previno al remero.

—De no hacerlo... Te encontraré y ¡te mataré!

Filippo se tomó la amenaza como un cumplido hacia su amada. Además, hasta ese momento, nadie le había amenazado con castigarle si dejaba de amar a

Lucrezia sino más bien al contrario. Por ello, sonrió y entraron sin más.

***

Venecia vivía el anochecer como una fiesta, ajena a los vertiginosos acontecimientos que estaban a punto de suceder. El tráfico de balsas, góndolas y barcas era abundante. Y como cualquier noche, los palacios albergaban fiestas y recibían a embajadores risueños y entregados al laberinto de la diversión. Como una cadena de luciérnagas negras, las hijas del agua fueron llegando a la isla de los Muertos sin ser vistas. Llevaban la cara cubierta por una *moretta* y el cuerpo envuelto en una capa negra con capucha también negra. La tierra de esa isla era tan frágil como la vida y cuando desembarcaban, hundían sus pies en ella dejando un rastro de barro a su paso.

Lina y Arabella, escondidas entre los arbustos, observaban con alegría y en absoluto silencio su llegada. Siempre el mismo ritual: desembarcaban y seguían a la guía que, sin demora, las conducía al triángulo invertido y al asiento asignado. Una gran hoguera dentro del círculo proyectaba una luz mágica. Los tocones dibujaban un círculo perfecto. El gran fuego esperaba a las hijas del agua, y la luna roja iba apareciendo despacio, majestuosa, presidiendo la noche.

Los hombres de Manin observaban desde el mar cómo las aguas se revolvían y acompañaban la entrada de las mujeres a la isla. Incluso en calma, el mar hablaba desde su inmensidad. Paolo se frotaba las manos con cada mujer que aparecía; le importaba bien poco su identidad, solo que su llegada demostraba que estaba en lo cierto. Existía una sociedad secreta de mujeres que actuaban como las brujas y se reunían para planear el desastre. Aquello era una oportunidad. Estaba convencido de que terminar con aquella reunión le sería muy ventajoso.

—Lo estás viendo, mi querido Gozzi. ¡Ahí las tienes! Las hijas de Satán —dijo a su almirante—. ¿Has informado a mi primo tal y como te ordené?

Gozzi había seguido las instrucciones de Paolo al pie de la letra y, sin más apoyo que una veintena de hombres de confianza, Ludovico Manin había abandonado el Palacio Ducal. Nadie sabía que el Dux viajaba en una pequeña embarcación hacia la isla maldita. Ludovico deseaba ser testigo de la muerte de su primo. Sus hombres lo transportaron en un sencillo barco de pescadores, simulando que salían a faenar cuando cayó la noche. Señales de luz intermitente, emitidas por el almirante

Gozzi desde la isla, les dirían cuándo debían desembarcar.

❋

Lucrezia y Filippo se besaron intensamente. El amor recorrió sus cuerpos y los fundió en uno solo. Por unos segundos no había más mundo que ellos, el tiempo se detuvo en abrazos intensos, torpes, repletos de pasión desmedida. Habrían querido seguir así para la eternidad.

—Mi amor, debemos salir cuanto antes —dijo Filippo acariciando la cara de Lucrezia.

Ella se resistía a abandonar el oasis; no podía dejar de besarle.

—¿Alguna vez perdiste la esperanza?

—No existía otro camino en mi pensamiento que volver a estar junto a ti —respondió Filippo besándola de nuevo con la misma intensidad que había hecho ella.

Lucrezia se cubrió con la capa y la *moretta* y lo miró con unos ojos tan vivos como el latido de su corazón. Sentía un agradecimiento infinito por que Filippo la acompañara a la isla de los Muertos, por que hubiera accedido una vez más a sus deseos.

—Me duele separarme de Della… Ha sido como una madre para mí —dijo mientras subía a la balsa.

Filippo solo tuvo que encogerse de hombros para que Lucrezia comprendiera que la buena de Della estaría mejor en Venecia. Ya era mayor y se merecía una existencia tranquila y cómoda después de tantas emociones. Además, habría impedido con su propia vida que Lucrezia fuera a honrar a Arabella.

—La echaré de menos...

Lucrezia decidió no demorarse más. Los besos de amor eterno habían retrasado a la pareja; la noche ya se había abierto majestuosa y enigmática sobre ellos y el mar tenía la calma extraña que precede siempre a la tormenta.

—Será mejor que pongamos rumbo a la isla de los Muertos, la ceremonia debe estar a punto de comenzar.

***

Las hijas del agua, sentadas cada una en el tocón asignado, aguardaban el comienzo de la reunión. Sus movimientos eran de poca celebración y murmuraban agitadas. A ninguna le agradaba el lugar, y cuanto menos permanecieran en él, mejor. ¿Quién tomaría el relevo de Arabella Massari? La responsabilidad de mantener viva la hermandad no era tarea sencilla; las últimas revueltas habían complicado las cosas. La favorita era Elisabetta Caminer, aunque también estaba la duquesa de Benavente, que en las últimas semanas había ganado apoyos. La votación debía hacerse cuanto antes y todas aprovechaban esos momentos para comentar los acontecimientos de los últimos meses con suma preocupación.

Sor Bettina, sentada al lado de Mary Wollstonecraft, era la única que parecía animada. Era la primera vez que se encontraba con la autora de *La vindicación de los derechos de la mujer* y podía decirle de viva voz todas aquellas cosas que se habían escrito por carta. Había conseguido una copia del libro por medio de Elisabetta y las tres habían iniciado un acalorado debate sobre los pasos a seguir para la liberación intelectual de las mujeres.

—Mi querida Mary, ¿cómo siguen las cosas en Inglaterra?

—La ignorancia persiste, mi querida Bettina. Debemos seguir luchando para que las mujeres dejen de malgastar el tiempo motivadas por la vanidad y cultiven la mente y la libertad de pensamiento.

La madre priora miró a la escritora con admiración. Todas sabían que la suya era una lucha muy lenta. No contaban con el beneplácito de todas las mujeres, porque algunas no se daban cuenta de la trampa que las convertía en meros objetos decorativos de la sociedad.

—Debemos permanecer alerta y agitar más los ánimos. El camino existe, pero quizá debamos desviarnos en ocasiones de él para resistir.

Frente a ellas, y departiendo con elegancia pausada, estaba Elisabetta. Como de costumbre, se mostraba compasiva mientras atendía las dudas temerosas de las hermanas recién llegadas a Venecia. Algunas se mostraban asustadas debido a los acontecimientos de los últimos meses: la muerte de Arabella, la huida de la joven pupila Lucrezia Viviani…

—¿No es un riesgo innecesario proteger a una fugitiva? —dijo una hermana rompiendo el círculo y provocando un gran murmullo.

Todas las hermanas sabían de la predilección de Arabella por Lucrezia Viviani, pero ahora que estaba muerta ponían en duda que Lucrezia fuera la indicada para preservar los documentos.

—¿Cómo sabemos que podemos confiar en ella? Ni siquiera ha sido aceptada oficialmente como una de las nuestras —preguntó otra.

—Ha mostrado más valor que todas juntas —añadió abruptamente sor Bettina.

Nadie podía predecir el futuro de la hermandad en un mundo agitado y dividido entre la tradición y la modernidad. La leña avivaba la llama de la hoguera que iluminaba el gran círculo.

—Deberíamos comenzar, mi querida Elisabetta —dijo otra, impaciente por escuchar las respuestas a tantas dudas.

Elisabetta observó la gran luna y, con movimientos gráciles, se dispuso a iniciar la reunión bajo la mirada atenta y silenciosa de las presentes. Todas escondían su preocupación; sentían ansiedad por terminar aquella reunión y desaparecer de aquel lugar inhóspito.

—Esta noche, queridas hermanas, hemos sido convocadas para una gran misión. Pero debo informaros de que no es la que pensáis, sino otra bien distinta. La hermandad sigue intacta, pero corre peligro.

Hubo un murmullo general hasta que Elisabetta rogó silencio con un gesto. No había tiempo para preguntas inapropiadas, era preciso que todas descubrieran lo que ella había visto nada más pisar la isla.

Cuando desembarcó, la guía se había desviado del camino para conducirla al encuentro de la vieja Lina, quien a su vez la había llevado hasta Arabella.

—¿Estás viva? Pero…

—Siéntate, querida, es preciso que me escuches sin demora —dijo Arabella después de recibirla con un afectuoso abrazo.

Elisabetta escuchó con atención los detalles de su asesinato encargado por Paolo Manin y consentido por el Dux. Su muerte simulada gracias a la intervención de un desconocido, el exilio a la isla de los Muertos con Lina y los planes para esa noche: un mensaje para la hermandad y una emboscada a Paolo Manin.

—¿Quieres decir que en cualquier momento pueden irrumpir? ¿Quieren matarnos a todas? —preguntó aterrorizada.

Arabella le contó, sin esperar la aprobación de Elisabetta, el plan del desconocido de asesinar a Paolo Manin. Era cierto que para lograrlo se había puesto en peligro a las hijas del agua, pues la convocatoria era una trampa, pero Manin se había vuelto una amenaza y era preciso eliminarlo cuanto antes.

—¿Para qué nos has convocado aquí? —quiso saber, preocupada, Elisabetta.

—Ha llegado la hora de crecer, de ser valientes, mi querida Elisabetta. Ha llegado el momento de luchar con la mano alzada si es preciso.

Elisabetta repasaba la conversación con Arabella mientras observaba las caras de incredulidad de las presentes. ¿Cómo iban a reaccionar ante todo aquello? Debía evitar la estampida, pues tenían que seguir unidas para que no se produjera una tragedia.

—Queridas hermanas, esta luna roja nos acoge en tiempos extraños —comenzó Elisabetta tratando de calmar los ánimos y recuperar el hilo.

Medio círculo se levantó al ver en la lejanía la llegada de una silueta a cara descubierta que se parecía demasiado a Arabella Massari.

—¡Dios santo, es Arabella! —se atrevió a decir una.

Sor Bettina y Mary Wollstonecraft fueron las últimas en levantarse. Todas observaron en tenso silencio la llegada de Arabella, ataviada con la capa negra y caminando segura con la mirada al frente. No reparó en ninguna hasta que se colocó junto a Elisabetta. Le tendió la mano y le indició que ocupara de nuevo su asiento. El círculo se había cerrado y todas las hermanas miraban atónitas a la recién la llegada.

***

—¡Arabella! ¡¡Está viva!!

Filippo le tapó la boca a Lucrezia para impedir que los descubrieran. Esta no salía de su asombro. No tenía dudas de que era Arabella y no su fantasma. Suspiró de alegría y se abrazó a su amado con fuerza ilusionada por reencontrarse con la mujer que le había inspirado su nueva vida.

—¡Filippo! El mundo vuelve a sonreírnos, ¿te das cuenta? ¡Arabella está viva! ¡Viva!

Sin tiempo de reaccionar, alguien le tapó la boca y la dejó inconsciente de un golpe. Filippo corrió la misma suerte. Los hombres de Ludovico Manin los habían avistado desde el agua y el Dogo había ordenado su captura. Llevaron a Filippo y a Lucrezia junto al Dogo, que avanzaba rezagado con otros soldados.

—No quiero más muertes. Atadlos a un poste y custodiadlos —ordenó el Dogo—. ¡No pueden escapar!

No era momento de decidir qué hacer con la fugitiva Lucrezia Viviani, pero ya lo pensaría. El Dogo fue informado casi al instante de la inesperada noticia: Arabella Massari seguía con vida. ¿Cómo había podido eludir su propia muerte, simular su entierro y mantenerse viva en secreto? Todas aquellas preguntas desconcertaban al Dux, aunque al mismo tiempo sentía una alegría inesperada.

—No quiero más muertes que la de mi primo —volvió a advertir mientras avanzaban para encontrarse con las mujeres.

Nadie había movido la última ficha en el tablero y la partida estaba más viva que nunca. Paolo, en un ataque de superstición, había decidido no pisar la isla maldita y contemplar la victoria desde el barco. Se había dado cuenta de que no era necesario ver la sangría, que podía celebrarla desde ahí sin poner en peligro su vida. Había enviado a sus mejores hombres y ordenado que mataran a todas las mujeres. Ludovico no esperaba que su primo se quedara en el barco y ahora era él el que estaba en peligro. Los hombres de Paolo eran superiores en número y aunque su misión era matar a todas las mujeres, él no iba a consentir que volvieran a asesinar en su presencia a Arabella Massari.

***

Paolo se había librado de la emboscada de su primo, pero no era el único que deseaba matarlo. Su amante, Antonella Contarini, dispuesta a vengarse, convenció al viejo almirante Gozzi de que entregase a Paolo a quienes deseaban asesinarlo.

—¿Qué gano yo con esa traición que me pides?

—Dinero, mucho dinero, el que jamás hayas soñado… y ver tus deseos cumplidos —respondió la bailarina con una sonrisa pícara.

Gozzi estaba enamorado de Antonella y esta aprovechó su debilidad para convencerle de que traicionara Paolo Manin. La ambición de la Contarini era proporcional a su orgullo y se le había presentado la ocasión de satisfacer ambas cosas. El desconocido enmascarado había logrado sobornar a la bailarina para que ella hiciera lo propio con su pretendiente, el almirante Gozzi. En ese cruce de traiciones, los peligros para Paolo Manin no habían terminado. Dos de los mejores hombres de Nasuf habían subido al barco haciéndose pasar por hombres de Manin. Nadie sospechó de ellos ni impidió que permanecieran cerca de Paolo. Nadie se percató de que esperaban el momento preciso para asesinarlo. Gozzi había hecho la vista gorda dejándolos subir al barco. Había cumplido con su misión. Pero un asesino nunca pierde su olfato, y Paolo se había cubierto las espaldas. Nunca apostaba a una sola carta, así como tampoco depositaba la confianza en un solo hombre y, por ello, descubrió la conspiración para asesinarle.

—Alguien de la tripulación quiere matarle, mi señor —le dijo un nuevo informante.

—No quiero que nadie sospeche que lo sé. Si haces bien tu trabajo, esta noche saldrás con los bolsillos llenos de oro. ¿Me has entendido? —le respondió Manin con la mirada perdida.

Todo hombre tiene un precio pero no toda traición tiene el final esperado. Por eso aquella noche era tan incierta. Cualquiera podía pervertir un alma, hacerla cambiar de bando y dar un vuelco a la partida. Paolo conocía mejor que Ludovico qué fichas se estaban moviendo en el tablero. «Tener más enemigos te ayuda a saber moverte en el lodo». La noche roja se había transformado en un hervidero de engaños y cuchillos alzados. Nadie estaba seguro, nadie podía imaginar cómo terminaría todo aquello.

✳✳✳

—Ha sido un largo camino hasta llegar ante vosotras —prosiguió Arabella—. He pasado miedo, mucho más del que ahora sentís ante la duda de si os encontráis ante un fantasma. Debemos estar preparadas para la muerte, pero también para ahuyentarla. Yo me vi obligada a simular mi propia muerte, a engañaros y a convocaros aquí con un propósito. Esta noche de luna roja debemos celebrar nuestro triunfo y acordar que la hermandad prosiga su labor fuera de Venecia. Esta tierra, como bien sabéis, ya no es segura para nadie.

—¿Cómo es posible que estés viva? —preguntó una de las hermanas.

—Lo estoy como muchas otras mujeres que sortean la muerte a base de engaños. No debe sorprenderos mi presencia, sino lo que está por llegar. Debemos ser fuertes y encontrar nuevos lugares de reunión. Ha llegado el momento de crecer y hacernos visibles. De salir de la clandestinidad y ser un ejemplo para las mujeres que aspiran a otra vida. Eso no será posible si lo hacemos como hasta ahora, sin mostrarnos al mundo. La hermandad debe propagarse. Salir del agua y tomar tierra para acoger a toda mujer inquieta, rebelde con su destino. No seremos libres hasta que nosotras no seamos cómplices de nuestra propia lucha. Ha llegado la hora de dejar de escondernos. Tenemos que ir a cara descubierta, sin máscaras.

Arabella esperó una reacción de las presentes, pero guardaron silencio mirándose entre sí, a la espera de que una diera el primer paso y se quitara la máscara. Jamás habían mostrado su rostro. Elisabetta prefirió que otra tomara la iniciativa; sor Bettina y Mary Wollstonecraft se detuvieron cuando vieron a una mujer levantarse. Se quitó la *moretta* y miró a Arabella. Esta atajó el murmullo creciente alzando la mano para pedir silencio y respeto. La mujer habló:

—Me llamo Susan Stewart, soy la quinta duquesa de Marlborough y ciudadana del Imperio británico. Durante años he mantenido correspondencia con Arabella Massari y he actuado para que las mujeres dejemos de ser un divertimento de alcoba y seres destinados a la procreación. Mi deber es tener más descendencia y así será, pero también ofrecer a este mundo mucho más que mi fertilidad. Si para ello es preciso enterrar mi *moretta* y descubrir mi rostro, que así sea. Para avanzar hay que ser valientes, y para salir de la oscuridad de poco sirve escondernos en ella. Necesitamos unirnos, ser muchas más, y debemos mirarnos como iguales, sea cual sea nuestro origen. De cuna noble o humilde, somos igualmente sometidas. Desde esta tierra maldita celebro que mi querida Arabella Massari siga con vida y me uno a ella. Deseo como ella que la hermandad crezca, solo así conseguiremos nuestra libertad. Prometo, a partir de ahora a cara descubierta, proclamar en Inglaterra los deseos de reunir a cuantas más mujeres ilustradas mejor y abanderar este nuevo comienzo. No os engaño si os confieso que me tiemblan las piernas, que tengo la garganta seca y un pequeño nudo en el estómago que me dificulta el habla. Pero coincido con Arabella en que no podemos seguir en la madriguera si lo que pretendemos es que este mundo sea mucho más justo para nosotras.

Apenas la duquesa terminó de hablar, sor Bettina se levantó para respaldar el acto de valentía. Tras ella, Mary Wollstonecraft y Elisabetta Caminer, y así todas ellas, menos dos que permanecieron sentadas con la *moretta* puesta.

—El tiempo muestra el camino que cada una debe emprender —afirmó Arabella mirando con respeto y compasión a quienes habían decidido seguir con el rostro oculto.

El resto se acercó a la hoguera y esperó a que Arabella fuera la primera en lanzar la *moretta* al fuego.

—¡¡Malditas brujas!! ¡A por ellas! ¡Que no quede ni una viva! —gritó uno de los soldados de Paolo Manin antes de lanzarse sobre ellas.

—¡Corred! ¡Id hacia el palacio! —dijo Arabella al comprender que se trataba de una emboscada.

Al mismo tiempo, varios hombres salieron de la nada en su auxilio, liderados por Nasuf, bajo la mirada atónita del Dogo y sus soldados que, recién llegados, también se preparaban para el combate.

—¿Quiénes son esos hombres que protegen a las mujeres? ¿Dónde está mi primo? —preguntó Ludovico—. ¡Traedme al almirante! ¡Lo quiero vivo!

En un segundo comenzó la escaramuza a tres. Las hijas del agua habían logrado llegar a la gran casa para resguardarse. Tres hombres protegían la entrada para que ninguna resultara herida. Sin embargo, dos de ellas, las que no se habían quitado la *moretta*, se habían quedado rezagadas y no pudieron evitar el desastre. Los hombres de Manin las alcanzaron a la carrera y les asestaron estocadas mortales.

El Dogo, escoltado por uno de sus hombres en la retaguardia, esperaba con angustia salir victorioso. No hubo suerte, los esbirros de su primo eran demasiados y aplastaron sin apenas esfuerzo a los soldados de Ludovico.

—Si te mueves, eres hombre muerto —dijo Nasuf en el oído del Dogo a la vez que le ponía una daga en la garganta.

—¿Quién eres? ¿Qué deseas? ¿Quién te manda? —preguntó Ludovico sin moverse.

—Demasiadas preguntas —respondió Nasuf. Después lo condujo hacia la casa, junto a las mujeres.

Las hijas del agua presenciaban los acontecimientos aterrorizadas. Arabella se había encargado de calmar los ánimos, pero el temor es un enemigo difícil de batir y aunque lo acorrales, siempre sale indemne.

**

Desde el agua no se oía el ruido de la lucha ni los gritos de horror de algunas de las hermanas. Paolo Manin, que ya sospechaba de todo el mundo, se había asegurado de ser el único con vida a bordo. Toda la tripulación había bebido agua envenenada a excepción de él y su informante, el soldado que había desenmascarado la traición de Gozzi. Antes de que cayeran como moscas, Paolo se dejó atrapar por los dos hombres que Gozzi había dejado subir al barco. Necesitaba saber quién era el amo de sus verdugos.

—Decidle a mi primo que siempre he sido su fiel aliado.

—¡Cállate! —dijo uno de ellos golpeándole en plena mandíbula.

—¡Matadme ya! ¿A qué señal esperáis? —preguntó Paolo—. Mi primo deseará mi muerte, pero no imagino en su corazón la tortura como crueldad.

—No es el Dogo de Venecia quien nos envía, sino Selim III.

Paolo Manin tenía lo que quería. El sultán del Imperio otomano había ido tras él para vengarse.

—¡Maldito! —gritó al recordar cómo el sultán había logrado escapar del Palacio Ducal.

Mientras recibía un par de patadas en el estómago y bebía su propia sangre, encogido en el suelo, sonreía para sus adentros por la idea de encontrarse ante un enemigo a su altura. En el fondo se alegraba de que no fuera su primo quien le retara a muerte, pues habría sido una partida demasiado fácil de ganar. Sus verdugos comenzaron a sentir los primeros síntomas del envenenamiento. Entornaron los ojos, se les doblaron las piernas y cayeron de rodillas echando espuma por la boca. Una muerte limpia y rápida. En unos segundos dejaron de respirar. Paolo contemplaba con satisfacción los dos cadáveres. Aún en el suelo, demasiado magullado para ponerse en pie, vio que se abría la puerta del camarote.

—Mi señor, no queda nadie con vida en el barco —dijo el soldado muerto de miedo.

—¡Ayúdame a levantarme! Debemos salir cuanto antes de aquí.

Manin caminó despacio sujetado por el joven soldado, que temblaba a cada paso y todavía no se creía que se hubiese librado de la muerte, y subieron a un bote de remos.

—A la isla de los Muertos… —dijo Manin.

Haber vencido a la muerte había despertado en él una sed insaciable de sangre. Quería ver morir a su primo, a las mujeres y a quien se cruzara en su camino. Con la mandíbula medio rota y varias costillas partidas, contemplaba la imponente luna roja. Al llegar a la isla se apresuró a desembarcar, como si quisiera demostrarle a la muerte que jamás podría con él.

—Estoy aquí, ¿lo ves? Y sigo vivo. ¡Nadie puede conmigo! ¡Nadie! ¡Soy invencible! ¡Invencible!

Mientras danzaba desafiante, el joven soldado aprovechó para coger los remos y alejarse de la isla como alma que lleva el diablo. A diferencia de Paolo, no se creía inmune. Pisar la isla de los Muertos habría sido para él como mofarse del Dios que le acababa de salvar la vida.

—¡Maldito cobarde! Tenía que haberte matado a ti también —soltó Paolo observando con impotencia la huida del joven.

Tenía las piernas maltrechas, pero el odio le daba empuje suficiente como para recorrer a pie tres islas como aquella.

Tierra adentro, los hombres de Nasuf seguían luchando contra los de Paolo Manin, mientras las hijas del agua rezaban para que todo terminase y pudiesen salir de allí con vida.

**

—¿Cuánto tiempo llevas en esta isla? —preguntó una de las hijas del agua a Arabella.

Ni Arabella ni Lina se habían decidido a contar toda la verdad, con la complicidad de Elisabetta, que prefirió callar también por el bien de la hermandad. A veces era mejor olvidar los tropiezos para continuar la historia, y eso era precisamente lo que deseaba hacer. Pero lo ocurrido suscitaba demasiadas preguntas. Dos de las hermanas habían sido asesinadas y todas reclamaban una explicación. Finalmente, Arabella, sin entrar en detalles, confesó que existía un plan para acabar con ellas.

—La hermandad fue descubierta hace unos meses y, como bien sabéis, para algunos representa una amenaza. Los hay que prefieren arrancar la planta que brota salvaje e inunda el jardín para que las flores que brillen sean siempre las mismas.

Cundió el miedo. ¿Cómo saldrían vivas de allí? ¿Habían ido demasiado lejos? Aquellos hombres les habían visto la cara. Y además la lista había caído en manos extrañas. ¿Estaban en peligro?

—Quizá sea una señal de lo que puede ser nuestra vida a partir de ahora. ¡Deberéis elegir entre seguir formando parte de esta lucha o abandonarla! —dijo Arabella de forma tajante bajo la mirada de recelo de Elisabetta.

No había sido justa ni generosa en explicaciones, pero estaba demasiado alterada por las muertes. Elisabetta no podía comprender la dureza de Arabella. Sabía de su sufrimiento, pero no era momento para ser cruel. Todas temían por su vida.

—No te reconozco en la ira. Infundir buen ánimo y esperanza en ellas es tu obligación. Bien sabes que estamos aquí por ti —dijo.

—Los acontecimientos se han precipitado también para mí —respondió Arabella.

—Eres Arabella Massari —dijo severamente Elisabetta—. ¡Actúa como se espera de ti!

Antes de que pudieran hablar más de la cuenta, llegó Nasuf acompañado del Dogo de Venecia. Ludovico fijó sus ojos en Arabella. A pesar de sus ropas de labriega, la reconoció al instante. Sin dudar, se dirigió a ella y se arrodilló ante el asombro de los presentes, que contuvieron la respiración. Todos se extrañaron de que Arabella aceptara que el ser más poderoso de Venecia se postrara ante ella. Nadie había visto a ningún dux hacer algo así. Después de un tiempo de tensión contenida, Arabella le tendió la mano en silencio, sin pronunciar palabra. Ludovico la cogió y se levantó sin dejar de mirarla. Entre los murmullos, los dos buscaron la intimidad que precisaban.

—Mi querida Arabella, no encuentro palabras que reparen cuanto ha sucedido —se atrevió a decir el Dogo.

Ella no podía mirarlo sin sentir la herida de la traición de quien había sido su mayor apoyo. No le guardaba rencor porque entendía su deserción. Sabía que su mayor defecto era la cobardía y que no dudaría en traicionarla si su vida dependía de ello. Pero eso no le permitía ser compasiva, y aquella noche se sentía incapaz de perdonar.

—Hablar del pasado causa dolor. ¿A qué has venido? ¿De qué parte estás?

Ludovico supo que no debía hurgar más en la herida, quizá habría otra ocasión más propicia.

—He venido a matar a Paolo.

—Su habilidad para evitar la muerte siempre me ha fascinado —replicó Arabella.

Los dos, unidos de nuevo frente a un enemigo común, siguieron hablando con la poca confianza que les quedaba.

—¿Quién me ha hecho prisionero? —preguntó Ludovico.

—El que me salvó la vida. También quiere matar a tu primo.

Arabella no quiso hablar más y, en un nuevo acto irrespetuoso, dio por terminada la conversación.

—¿No sabes que jamás se le da la espalda al Dogo de Venecia? —dijo Ludovico tomándola del brazo.

—Esta noche eres lo mismo que yo, un simple prisionero.

Arabella no tenía tiempo para una reconciliación. Solo quería saber cómo podrían salir de allí con vida y si Paolo Manin ya era hombre muerto. Habían fallecido dos hijas del agua y la batalla seguía abierta. Se acercó a Nasuf desconfiada y repleta de dudas.

—Creo que merezco saber más sobre ti. ¿Quién eres y quién te manda? —susurró Arabella a Nasuf.

Él supo que había llegado el momento de revelar la verdad. Aquella mujer había despertado en él un interés que hacía tiempo que no sentía; le había abierto la puerta a las emociones que creía olvidadas. Sabía que la exigencia de Arabella era justa. Ya no había peligro de que le descubrieran, ya no había nada que ocultar. Se quitó el antifaz.

—Mi nombre real no es Nasuf, sino Giorgio Amari, hijo de Angelo Amari. Mi padre era un sencillo comerciante que Paolo Manin mandó asesinar por rebelarse y no pagar los elevados impuestos que le exigía. Mató a toda mi familia: a mi madre y mis dos hermanas, a mi mujer y mis hijas. Yo evité ese destino porque había salido de viaje para negociar nuevas rutas y al regresar me encontré con la muerte de los míos. Quise ser uno de ellos, le rogué a Dios que me llevara con él; así que dejé de comer, me volví un fantasma en vida, un paseante de alta mar. Un amigo de mi padre, un comerciante otomano, me recogió y me cuidó como a un hijo. Sigo enfermo, pero la vida me ha brindado la posibilidad de vengarme y aquí estoy, deseando arrancarle los ojos a ese malnacido con mis propias manos.

—¿Por qué me salvaste la vida?

—Porque nuestros destinos se cruzaron y teníamos un enemigo común.

—¡No mientas! ¿Quién te envía?

—Un buen amigo tuyo que prefiere mantenerse en el anonimato. Y que desea ver muerto a Paolo Manin tanto como tú.

Arabella escudriñaba la mirada de aquel infeliz, todavía roto de dolor. Al aflorar la verdad, su voz se quebró y se volvió amarga. Aquel hombre representaba a muchos, a cientos de hombres que habían perdido a sus familias por culpa de Manin.

Arabella y Nasuf guardaron silencio. Arabella había recuperado de nuevo la esperanza, pero dudaba de la suerte de Ludovico; Nasuf no había dicho nada de él ni de por qué lo había hecho prisionero.

—¿Y el Dogo? —preguntó Arabella.

—Él solo caerá. El mar habla y no trae buenos augurios para estas tierras.

***

Lucrezia y Filippo permanecían inconscientes, atados e inmovilizados dentro del barco de pesca del Dogo. Sus hombres aguardaban impacientes la señal convenida para regresar al Palacio Ducal. Aquella isla removía las entrañas a cualquiera y despertaba los miedos más profundos y escondidos.

«Si al alba no he vuelto, informad de mi asesinato», habían sido las últimas palabras del Dogo.

Comenzaba a clarear y el cielo seguía sin dar señales de Ludovico Manin, pero nadie se atrevía a izar las velas.

***

En uno de los embarcaderos, Della y Giacomo llevaban horas esperando también la llegada de Lucrezia y Filippo. Las mentiras se deshacen con el calor de la verdad y Della comenzaba a ver la luz del embuste. Ella misma se había dejado engañar porque conocía muy bien a Lucrezia; sabía que nadie podía hacerla cambiar de opinión y que, siguiendo sus instintos, estaría esa noche roja homenajeando a Arabella en la isla de los Muertos.

—¡No aguanto más! ¿Para qué me has traído aquí? ¿Qué esperamos? Conoces tan bien como yo la terquedad de Lucrezia.

Giacomo no sabía qué responder. Della había superado el terrible sufrimiento del cautiverio de Lucrezia y el miedo diario a que su señora perdiera la vida. Se había preocupado como una madre por ella y se moría de la tristeza solo de imaginar que «su hija adoptiva» hubiera decidido escapar sin despedirse de ella.

—¿Acaso no me merezco un adiós? —susurró.

Giacomo se encogió de hombros. No había respuesta porque tampoco sabía si volverían a verla. Ni siquiera sabía si la huida había resultado un éxito.

—Todo irá bien —dijo, a pesar de la incertidumbre.

No se atrevía a confesarle a la vieja criada que Lucrezia le había encargado que cuidara de ella para siempre. Lucrezia necesitaba encontrarle una buena casa para que pasara sus últimos años. Giacomo precisaba de una fiel sirvienta para mantener a salvo su secreto y Della encajaba a la perfección.

«Bien sabes, Giacomo, que el viaje será largo y no soportaría verla sufrir o que enfermara en el camino. ¿Podrás hacerme ese favor? ¿Te ocuparás de ella?», le había pedido.

Lucrezia adoraba a Della y lo había previsto todo para que jamás le faltara de nada. Incluso había dejado una carta para ella que Giacomo le entregaría en el caso de no producirse el último encuentro.

—Ni una despedida…

Della sufría la pérdida y Giacomo contenía la respiración. Todavía era temprano para entregar la misiva. Era tiempo de acompañar con silencio la poca esperanza compartida. Ambos soñaban con ver a Lucrezia, con abrazarla, pero pasaban las horas y sus aspiraciones no se cumplían.

***

Venecia permanecía ajena a la batalla cruenta que, desde hacía unas horas, se libraba en la isla de los Muertos entre los hombres de Paolo Manin y los de Selim III. Los de Manin habían perdido demasiadas vidas y comenzaban a agonizar. Un buen comandante debía reconocer la derrota y proteger a sus hombres de la muerte inútil. Ese momento había llegado. El almirante Gozzi, al verse rodeado, ordenó la retirada, pensando que quizá Paolo Manin ya estaba criando malvas.

—¡Retiraos! ¡Retiraos! —gritó al tiempo que emprendía la huida.

Nadie podía imaginar que en aquel preciso momento aparecería como un fantasma Paolo Manin, malherido, ordenando todo lo contrario. Seguir luchando hasta morir si era preciso. Los soldados esperaron las indicaciones de su almirante mientras esquivaban como podían las espadas enemigas.

—¡Nos han vencido! ¡Debemos retirarnos! ¡Es una locura quedarnos! —gritó el almirante.

—Ninguna rata se va a mover si yo no lo ordeno. ¿Me has entendido? ¡¡¡Seguid luchando!!! —dijo Paolo mientras escupía sangre y sin apenas mantenerse en pie.

Gozzi, hasta ese momento siempre a la sombra de Manin, vio con rabia cómo sus hombres eran condenados a morir por los caprichos de un ser despiadado y moribundo. Les superaban en número y las fuerzas les fallaban. Sabía que si no lo evitaba, morirían todos inútilmente. Decidió desafiar a Manin y abandonarlo a su suerte.

—¡Retiradaaaaa! ¡Retiradaaaa!

Había llegado la hora de que aquel malnacido rindiera cuentas de su maldad… Durante años Gozzi había obedecido y soportado sus humillaciones, pero ahora tenía que escoger entre sus hombres y él. Además, sabía que Paolo había descubierto su traición y que era cuestión de horas o días que su cadáver apareciera en alguna esquina. Gozzi no dudaba de que Paolo Manin ya le había colocado la cruz de la muerte, y de eso solo podía librarse si le mataba él primero. El almirante, como buen estratega, jugó su última carta: abandonar como a un perro a Paolo Manin y esperar que fuera despedazado.

—¡Retiradaaaaa! ¡Retiradaaaa! —gritó otra vez mientras mantenía la mirada a Paolo.

—Eres hombre muerto, Gozzi —soltó Manin.

—Espero que antes la muerte se quede con tu alma. ¡Hasta siempre, Manin!

Gozzi sabía que los soldados siguen a quien les protege y lucha junto a ellos, jamás elegirían a un gobernante que les desprecia, y menos si ya tiene un pie en la tumba. En esa ocasión no hubo excepción. Ningún soldado se apiadó de él. Ninguno decidió proteger a Paolo Manin. Todos siguieron al almirante Gozzi y le demostraron la misma lealtad que él había tenido con ellos en cuantas batallas habían librado juntos.

—¡¡¡Seguid luchando!!! ¿Qué hacéis? ¡¡¡Cobardes!!! ¡¡¡¡¡Cobardes!!!!! ¡¡¡¡¡Volved!!!!!

Paolo Manin, que apenas podía mantenerse en pie y respiraba con dificultad, fue rodeado por los hombres de Selim III. A pesar de no tener escapatoria, movía el sable como un ciego mueve su vara, a tientas, ofreciendo una imagen deplorable de quien había sido el hombre más temido y poderoso de Venecia.

—¡Vamos! ¡¡¡¡Luchad!!! ¡Nadie podrá conmigo! ¡¡¡Nadie!!!

En su ceguera de poder, ladraba con rabia y movía el sable sin encontrar con quien batallar. En un giro brusco, perdió el poco equilibrio que le quedaba y cayó al suelo. Como un animal enfurecido, utilizó el sable para intentar levantarse sin lograrlo. Desesperado, arañó un puñado de tierra y la lanzó al aire con la poca fuerza que le quedaba.

—¡Cobardes! ¿A qué esperáis? ¡Matadme!

Ninguno se atrevía a responder a sus agravios porque, aunque fuera un enemigo, habían sido entrenados para admirar a quien jamás se da por vencido. Paolo Manin estaba acabado, solo, y era incapaz de levantarse, pero seguía desafiando a su contrincante. Imploraba un final digno. Pero eso habría sido ofrecer una muerte respetable a quien no la merece. El corrillo solo se abrió cuando llegaron Nasuf, Arabella Massari, oculta bajo su capa, y Ludovico Manin. Los tres guardaron silencio mientras Paolo recuperaba el aliento.

—¡Levantadlo! —gritó Nasuf.

Dos soldados agarraron a Paolo y, tras un leve forcejeo, lograron inmovilizarlo y sostenerlo, sujetándole de las axilas. Este miró con desprecio a cada uno de los presentes y escupió a su primo un gargajo ensangrentado.

—¡Cobarde! Ni siquiera eres capaz de matarme tú solo. ¡Una rata tiene más valor que tú!

Ludovico Manin empuñó su sable para responder a las palabras de su primo con una estocada mortal, pero un soldado de Selim III se lo impidió.

—¡No debes manchar tu nombre! —le dijo Nasuf mientras contemplaba sin compasión a Paolo.

—¡Inclínate en mi presencia! —gritó Paolo ante el silencio del resto—. Soy Paolo Manin, primo del Dux de Venecia y descendiente de la familia más poderosa de la República. ¡No te atrevas a desafiarme con la mirada, maldito! ¿Quién eres? ¡Responde!

Nasuf le miró como quien acaricia por fin la oportunidad de la venganza. A pesar de la insistencia de Paolo, guardó silencio para prolongar su agonía. Arabella se retiró la capucha y aprovechó para revelar su identidad.

—No creo que haga falta que me presente.

Paolo abrió los ojos con miedo, como quien ve un fantasma. Comenzó a revolverse, a luchar para liberarse de los dos hombres que le sujetaban.

—¡Estás muerta! ¡Muerta! ¡Estás muerta! ¡¡¡¡Soltadme!!!! ¡¡¡Soltadme!!! —gritaba mientras seguía pataleando.

Arabella contemplaba el final de aquel ser repugnante que había convertido Venecia en una tierra fértil para la muerte. Le habría degollado ella misma, se habría manchado las manos de sangre envenenada, pero decidió no actuar y disfrutar de la escena. Los tres viajaron atrás en su dolor, sanando sus propias heridas con la bestia apresada y a punto de ser ejecutada. Nasuf repasó el sufrimiento vivido como Giorgio Amari, sintió la ira recorriendo sus venas, recordando a su familia asesinada.

Dos hombres de Nasuf irrumpieron de la nada y le tendieron una arqueta de madera. Arabella y Ludovico apenas giraron la cabeza, se resistían a apartar la mirada de Paolo Manin. Nasuf abrió con ceremonia la arqueta y sacó una hermosa cimitarra que tenía grabadas las palabras «*Exitus acta provat*»: el fin justifica los medios.

—Se la encargué al mejor herrero turco y la he venerado todo este tiempo a la espera de poder usarla.

Nasuf lo cogió con exquisita suavidad, apreciando sus detalles, y pasó el dedo por su filo. Hizo un gesto a Ludovico para que abandonara el lugar.

—¡Eres libre! Mis hombres te acompañarán hasta tu barco.

Ludovico se debatía entre la razón y los sentimientos. No quería obedecer, pero sabía que era lo correcto. Había acudido a escondidas; todos le hacían durmiendo en el Palacio Ducal y así debía seguir siendo. La debilitada República no podría soportar que se relacionara a su Dux con la muerte de su primo. Paolo Manin tenía aliados que podían complicar las cosas.

—¿Qué importará que presencie su muerte? —contestó sin embargo, pues se resistía a cumplir con su deber.

—Eres el Dogo de Venecia. No es tu batalla, sino la nuestra —sentenció Nasuf.

Ludovico deseaba, como el resto, verle morir, incluso lo hubiera matado con sus propias manos. Le odiaba lo bastante como para no querer perderse esa venganza por los agravios recibidos, por eso se resistía a abandonar el lugar. Pero la rabia es siempre mala consejera y enemiga de la prudencia. Ludovico era un cobarde, un ser despreciable por su ambición desmedida e incluso por su egoísmo, pero no podía pasar a la historia como un asesino.

—Espero que tu alma halle consuelo en la muerte.

Paolo miró a su primo y se echó a reír. Eran carcajadas profundas, roncas, como si quisiera invertir sus últimos minutos de vida en vomitar toda su cólera.

—¡Rata cobarde! ¡Déjate de bendiciones!

Paolo se revolvía con la energía de quien había perdido definitivamente la batalla.

—¡Cobarde! Sin mí estás acabado, ¿me oyes? ¡Nos veremos en el infierno!

Ludovico le dio la espalda mientras se despedía de Arabella con una mirada piadosa.

—Venecia forma parte de ti. No la abandones. Me ocuparé de que recuperes tu palacio, tu nombre y tu honor. Arabella Massari, la República te necesita.

Arabella respondió con una mirada complacida. Necesitaba al Dux para recuperar su posición y hacer frente a posibles enemigos. No lo había perdonado ni lo haría nunca, pero aceptaría su ayuda. Ludovico Manin se fue acompañado de los insultos de su primo. No detuvo el paso ni volvió la cabeza una sola vez. La guerra había terminado y había salido victorioso. Sonreía: su principal enemigo había caído y, al fin, podía gobernar tranquilo. Siguió caminando, escoltado por los hombres de Selim III, hasta convertirse en una sombra negra que se fundió con la oscuridad de la noche.

—¡¡Bruja!! Eres estiércol. ¡No eres nadie! ¡Nadie! ¡No me mires así! —siguió gritando Paolo.

Arabella quiso contestarle, pero fue tarde. Nasuf empuñó el sable con las dos manos y, sin previo aviso, acercó la hoja hasta atravesar la garganta de Manin. La cabeza de Paolo saltó por los aires con un reguero de sangre que salpicó a los presentes. Al fin se había hecho justicia, el indeseable había caído. Ni Nasuf ni Arabella pronunciaron palabra. Necesitaban digerir la venganza en silencio.

—¡Soltadlo! —ordenó Nasuf.

El cuerpo decapitado de Manin se desplomó ante la mirada impávida de todos. Aquella tierra maldita se había regado como dictaba la leyenda: con sangre.

***

Las hijas del agua desaparecieron como habían llegado. Cada una en su pequeña embarcación, asimilando los acontecimientos que acababan de vivir.

—¿Estás segura de que aparecerá? —preguntó la duquesa de Marlborough a Arabella antes de partir.

—Así debe ser. ¿Cumplirás lo acordado?

La duquesa la miró incrédula. Una verdadera dama jamás faltaba a su palabra, y lo ocurrido aquella noche no había hecho más que reafirmar su voluntad de seguir en la hermandad.

—Lucrezia Viviani y los documentos viajarán conmigo. No te preocupes. La cuidaré como a una hija. Llegará un día, mi querida Arabella, en que la tierra será de las mujeres porque a ella pertenecemos. Hemos conseguido lo más difícil: crear el principio, el germen, el origen… la historia nos dará la razón.

Y con estas palabras, la duquesa de Marlborough se marchó con las demás. Aquella noche, aunque solo unas pocas supieron todo lo ocurrido, cambió para siempre a las hijas del agua. Todas informaron a las hermanas no presentes de la emboscada y del asesinato del primo del Dogo. La duquesa de Benavente tardaría semanas en recibir la noticia y lo celebraría encargando un nuevo retrato a Goya. Había logrado no solo salvar a Lucrezia, sino cambiar el rumbo de la historia. Ella también se deshizo de su *moretta*, la enterró como todas las que habían decidido comenzar a caminar con el rostro descubierto y la valentía como estandarte. Aquella noche la Hermandad del Agua resurgió con la bravura de Neptuno, abandonando para siempre la oscuridad de las profundidades.

Arabella, Elisabetta y sor Bettina, con la ayuda de los hombres de Selim III, dieron sepultura a las dos asesinadas y honraron como se merecían a aquellas mujeres que habían encontrado la muerte injustamente.

—¿Será posible lo que ven mis ojos? —exclamó Lina.

La vieja criada, sentada en una roca, fue la primera en avistar dos siluetas que se acercaban a lo lejos:

—¡Filippo y Lucrezia!

El Dogo de Venecia, al llegar al barco, había decidido dejarlos en libertad. Siempre había sabido que

Lucrezia Viviani era inocente, pero por el momento seguía siendo una fugitiva de la República. Así se lo hizo saber:

—Me comprometo a limpiar tu nombre, pero habrá que esperar a que las aguas estén calmadas. Mientras tanto, espero por tu bien que ni yo ni mis hombres volvamos a verte.

Lucrezia, todavía abotargada por el golpe, había respondido con una leve reverencia y, después de saber que Arabella permanecía en la isla, pidió que los llevaran a la orilla. Dejaron atrás decenas de cadáveres sobre la tierra húmeda hasta ver un escuadrón de soldados y, al fondo, tres siluetas frente a dos tumbas.

—¡Corre! Ve con ellas —le dijo Filippo besándola suavemente.

Cuando las tres mujeres estaban rezando, se les unió por sorpresa Lucrezia. Arabella le estrechó la mano con fuerza mientras seguían con el avemaría. Sus predicciones se habían cumplido. Lucrezia acudía a su encuentro y el círculo sobre el triángulo invertido se había cerrado. Lucrezia estaba viva y más dispuesta que nunca a seguir en la lucha. Cuando la ceremonia del entierro terminó, las tres mujeres abrazaron a la joven. La alegría asomaba en sus rostros después de tanto sufrimiento.

—¡Dichosos los ojos! —dijo Arabella.

—¡Estás viva! —exclamó Lucrezia, llorando.

Se abrazaron sucesivas veces, hasta que lograron calmarse. Las tres formaron un círculo alrededor de Lucrezia, que recobraba poco a poco la respiración.

—¡Debes partir! Todo está listo para tu nueva vida —soltó Arabella.

Lucrezia asentía en silencio mientras se secaba las lágrimas, que no cesaban de brotar. Todo había salido bien y la tormenta amainaba.

—Todo está previsto para que te instales en otra tierra, mucho más limpia y fértil que esta, y mantengas a buen recaudo los documentos de la hermandad.

Arabella miró de soslayo a Nasuf, que debía cumplir con su promesa de devolver los documentos a la hermandad. Ella había cumplido con su parte: tender una emboscada a Paolo Manin.

Nasuf se fijó de nuevo en la llave que colgaba del cuello de Filippo. La había visto la primera vez que habló con él para rescatar a Lucrezia y lo interpretó como una señal esperanzadora. El sultán se las entregaba solo a quienes consideraba intocables. Era el momento de compartir con Filippo que, al igual que él, también era portador de una llave. Nasuf, con el cuerpo roto por la batalla pero el alma renovada, se acercó a Filippo y le enseñó su llave.

—¿Tú también? —preguntó Filippo con curiosidad.

—Somos hermanos bendecidos por Selim III. Solo unos pocos la tienen, y no solo abre puertas, también cuantos cofres llenos de monedas de oro puedas imaginar.

Filippo cogió su llave y la miró sin reaccionar a lo que Nasuf le contaba. Al fin parecía que había encontrado el sentido al regalo del sultán.

—¿Quieres decir que soy un hombre rico? —preguntó.

—Tan rico que podrás tener las tierras que desees, mi querido amigo. Y siempre que tu vida esté en peligro tendrás a la guardia otomana para protegerte.

Filippo miró a Lucrezia sin dejar de tocar la llave. El destino le había reservado un final imprevisto. Sin saberlo, hacía tiempo que se había convertido en un hombre rico; solo tenía que cumplirse la venganza del sultán, como así había sido. Él le ayudó a escapar de la emboscada de Paolo Manin y ahora el primo del Dogo estaba muerto por orden suya. Miró a Nasuf y sintió que le unía a él un vínculo nuevo y fraternal.

—¿Nos volveremos a ver?

—Solo el destino lo sabe.

Nasuf aguardó junto a Filippo a que Lucrezia se despidiera. Él los llevaría a la galera de la duquesa de Marlborough y descargaría los arcones de oro prometidos a Filippo.

—¡Inglaterra te espera! —dijo Arabella.

—¿Inglaterra? —preguntó Lucrezia, sorprendida—. Siempre había pensado en un destino más lejano, como Oriente.

—Debes estar cerca y entre nosotras.

Las despedidas debían ser cortas porque ya estaba amaneciendo. Nasuf y Arabella tuvieron la suya.

—Pensaba que tu gran señor aparecería para ajusticiar él mismo a Paolo…

Nasuf la miró con una sonrisa burlona; los dos sabían muy bien de quién hablaban. Los hombres de Selim III eran inconfundibles y Arabella los reconocería a la legua.

—¿Supiste desde el principio que estaba detrás de todo? —preguntó Nasuf.

—Nadie conoce a Selim mejor que yo. Aunque fue un descuido tuyo lo que me dio la clave. La llave que cuelga de tu cuello es su sello y la prueba de su generosidad.

Arabella se había percatado de que la mano del sultán movía los hilos cuando en la primera visita de Nasuf vio la llave de oro en su cuello. Entonces supo que todo saldría bien, pero no imaginó que Nasuf la sorprendería así.

Nasuf cumplió su palabra y le hizo entrega de los documentos de la hermandad. Junto a ellos había una carta lacrada. Arabella la abrió en silencio y al instante volvió a doblarla.

—¡Gracias! Escribiré en breve al sultán para mostrarle mi gratitud y mis deseos de acudir a visitarle a Constantinopla.

Miró a Lucrezia de soslayo y sonrió al recordar una de las frases de la carta —«Mi querida Arabella, mi alma, como la tuya, resucita de entre los muertos»—. La buena de Felizzia no solo estaba viva, sino que se había refugiado en la tierra del sultán y esperaba con impaciencia noticias de lo ocurrido. Arabella rebosaba de alegría. Esa carta la había emocionado. La vieja cortesana había escrito también una carta para su querida Lucrezia. Arabella se dirigió cómplice a Nasuf:

—Al despedirte de Lucrezia, te ruego que le entregues esta carta. Es la mejor noticia que se le puede dar.

La veía feliz, sin miedo a todo lo nuevo que le esperaba. Lucrezia hablaba con Elisabetta y sor Bettina, que bendecía a la joven pareja de enamorados. Arabella se despidió de Nasuf con respeto y admiración. Los dos sabían que habían hecho lo correcto y, aunque les quedaban cosas por decirse, no era ni el momento ni el lugar.

—Te espero en Constantinopla.

—¡Será un placer volver a verte!

Arabella volvió al encuentro de ellas. Lucrezia la abrazó fuerte; a ella y a sor Bettina y a Elisabetta. Aquellas mujeres habían logrado doblegar al titán. Sentía la emoción de su nuevo destino, vivir en Inglaterra junto a Filippo y seguir, como miembro de la hermandad, congregando a mujeres que necesitaran ayuda o deseasen ser libres como ellas. Sintió el vértigo de un nuevo comienzo y la punzada de la separación.

—No alarguemos la despedida, pronto amanecerá —alertó sor Bettina.

—Todo está previsto —dijo Arabella—. Nasuf y sus hombres os llevarán hasta la galera de la duquesa de Marlborough. Viajaréis con ella a Londres y os acogerá en sus tierras hasta que tengáis vuestro propio hogar.

—Pronto recibirás noticias nuestras, la hermandad debe crecer y expandirse. ¡A cara descubierta! Se acabaron las máscaras —dijo Elisabetta acariciando el rostro de Lucrezia.

Las mujeres se fundieron en un último abrazo. Ninguna quiso añadir nada. Lucrezia se marchó invadida ya por la nostalgia de quien tiene que cortar con sus raíces. Caminó cogida del brazo de Filippo y en silencio. Se giró decenas de veces para despedirse. Filippo derrochaba ventura. Estaba junto a la mujer que amaba. Al fin, la dicha presidiría sus vidas. Su sueño se había cumplido. Deseaba contarle a Lucrezia que eran ricos, pero pensó en asegurarse primero los arcones y dedicar la travesía a soñar qué haría con el oro. Lucrezia le apretaba la mano para sentirse más unida a él y llenarse de fuerza. La fuerza de la voluntad, del amor deseado y cumplido. Pero no era momento de pensar en eso, quería concentrarse en las incertidumbres que traería consigo una nueva vida. Mientras salía de aquella isla, se prometió ser fuerte y dueña de sí.

Epílogo

Venecia amaneció soleada. Una enorme galera zarpaba rumbo a Inglaterra. Lucrezia contemplaba desde la proa la llegada del día y se abandonó al rugido del mar para releer la carta de Felizzia que le había entregado Nasuf antes de partir.

Querida Lucrezia:

Solo hay un lugar en el mundo donde la tierra no reposa sobre sí misma y los pies de quien la pisa se humedecen como los anhelos más profundos. Esa Venecia que abandonas y que yo dejé atrás hace tiem-

po siempre flota y pervive meciendo a sus habitantes en un baile de claroscuros, de secretos enmascarados y de lujos cegadores. Por ello es única y no debes odiarla sino guardarla para siempre en tu corazón. En ese juego de equilibrios donde todo parece que se hunde y nada subsiste, pudimos albergar el sueño de liberarnos de una existencia invisible y banal. Solo la Serenísima ha sido capaz de preservar el secreto de la Hermandad del Agua, mujeres que decidimos creer en los milagros y recoger la esperanza de lo imposible. Dejar de ser objetos, tener derechos y ser tan libres como los pensamientos. Es el momento de que el mensaje fluya como el agua y corra por ríos, mares y océanos hasta hacer de este un mundo mucho más fértil. Quizá no volvamos a vernos, pero cuando te sientas desfallecer o que la soledad te invade, busca el agua, el mar... y verás cómo encontrarás la respuesta en su murmullo y la fuerza que anhelas. En la tierra sabrás reconocer quién es como tú, una hermana dispuesta a la lucha. Recuerda no mirar atrás. El nuestro es un camino sin retorno.

Lucrezia tenía una extraña sensación. Todo había terminado y al mismo tiempo todo comenzaba. Todo estaba por hacer. La Serenísima desapareció poco a poco. Recordando las palabras de Felizzia, se despidió de ella en silencio. Había dejado atrás definitivamente la tierra. Rodeada de agua por los cuatro costados, lejos de asustarse, respiró hondo y sintió que la fuerza de las olas del mar era también la suya. Cerró los ojos y supo que no había vuelta atrás: definitivamente, era una hija del agua.

«Para viajar lejos no hay mejor nave que un libro.»

EMILY DICKINSON

Gracias por tu lectura de este libro.

En **penguinlibros.club** encontrarás las mejores
recomendaciones de lectura.

Únete a nuestra comunidad y viaja con nosotros.

penguinlibros.club

Penguin
Random House
Grupo Editorial

 penguinlibros